华北抗日根据地及
解放区文艺大系

陈晋 郑恩兵 主编

河北红色文艺
作品选

小说

第二卷

郑恩兵 王勇 高露洋 编

河北出版传媒集团
河北教育出版社

图书在版编目（CIP）数据

河北红色文艺作品选．小说．第二卷／郑恩兵，王勇，高露洋编．——石家庄：河北教育出版社，2023.12
（华北抗日根据地及解放区文艺大系／陈晋，郑恩兵主编）
ISBN 978-7-5545-7688-5

Ⅰ．①河… Ⅱ．①郑… ②王… ③高… Ⅲ．①中国文学－现代文学－作品综合集②小说集－中国－现代 Ⅳ．① I216.1 ② I246

中国国家版本馆 CIP 数据核字（2023）第 066843 号

书　　名	河北红色文艺作品选·小说·第二卷
	HEBEI HONGSE WENYI ZUOPIN XUAN XIAOSHUO DI-ER JUAN
编　　者	郑恩兵　王　勇　高露洋
责任编辑	曹　智　吴文轩
装帧设计	郝　旭
出　　版	河北出版传媒集团
	河北教育出版社　http://www.hbep.com
	（石家庄市联盟路705号，050061）
印　　制	石家庄众旺彩印有限公司
开　　本	787毫米×1092毫米　1/16
印　　张	28
字　　数	359千字
版　　次	2023年12月第1版
印　　次	2023年12月第1次印刷
书　　号	ISBN 978-7-5545-7688-5
定　　价	158.00元

版权所有，侵权必究

丛书编委会

顾　问
陈平原　刘跃进　王长华　李　扬

编委会主任
吕新斌

编委会副主任
彭建强　孟庆凯　刘　月

主　编
陈　晋　郑恩兵

副主编
董素山　向　回　汪雅瑛

编　委（按姓氏笔画排序）
马春香　王少军　王亚民　田浩军　包来军　吉　喆　刘书芳
刘贵廷　关小彬　杨　程　杨春生　宋少净　张　辉　张川平
赵　华　高露洋　郭义强　阎晓宏　梁晓晓

编纂说明

在中国共产党百年发展历程中，文艺始终是党领导人民开展进步事业的有机组成部分，是党在各个历史时期的中心工作的实时反映和重要推动力量。"华北抗日根据地及解放区文艺大系"，是一部全面展示抗日战争和解放战争时期华北地区党的历史创造、奋斗风采和形象建构的大型革命历史文艺文献丛书，对于深入研究华北地区革命文艺史、红色新闻史，弘扬伟大建党精神、梳理中国共产党人精神谱系，是必不可少的第一手资料，是我们在新时代坚定树立文化自信的重要思想资源。

一、编纂缘起

抗日战争及解放战争时期，华北地处各方政治与文化力量激烈博弈的前沿，这种特殊政治、军事、文化、地理环境中产生的革命文艺，具有鲜明的地域性特征，是五四新文化运动以来的革命文艺发展史上的突出标识。

但一直以来，由于史料文献整理不足，对华北抗日根据地及解放区文艺的研究，始终未能深入，其独特的地域性实践价值和蕴含的文化创新意义被严重遮蔽。这些史料文献主要以党报党刊的形式呈现，梳理汇编这些党报党刊中的革命文艺史料，借之以探索华北革命文艺的发展路径、发展方向、创造机制和创新经验，是深入贯彻习近平总书记关于"把红色资源利用好、把红色传统发扬好、把红色基因传承好""用好红色资源、赓续红色血脉"等系列重要讲话精神的有力举措，也是新时代文艺研究者不可推卸的责任。

2017年6月左右，我们去中国社科院文学所拜访时任所长刘跃进先生，协商合作研究事宜，寻求中国社科院文学所的帮助。请教过程中，刘先生建议我们结合地方特色，做好地方红色文艺文献的搜集整理与编纂出版工作。经过一段时间筹备，2017年底，我们以"河北红色经典系列丛书"为名，正式申报"2018年度河北省省级宣传文化发展专项资金"项目并成功立项，旨在通过选定刊行河北红色经典作品、梳理汇编河北红色经典研究资料、系统阐述河北红色经典发展历史等基础性工作，打造一个集大成式的河北红色经典文献资料库。

项目最初设计共二十四卷，包括六大板块：《河北红色经典史》一卷、《河北红色文艺作品选》六卷、《河北红色经典作家作品索引》三卷、《河北红色经典研究资料汇编》四卷、《〈晋察冀日报〉副刊文学作品全编》六卷、《晋冀鲁豫抗日根据地文艺作品及〈新华日报〉太行版文艺作品汇编》四卷。但在项目实施过程中，我们充分吸收专家意见，认为网络时代和大数据背景下的科研活动有了很大变化，《河北红色经典作家作品索引》与《河北红色经典研究资料汇编》的编纂工作，在当前学术生态中价值不大，并予以取消。同时，在项目实施过程中我们发现，《晋察冀日报》《人民日报》等党报除刊发大量文艺作品外，还有大量记录边区文艺工作者行迹，反映边区戏剧、音乐、文学、美术、舞蹈、曲艺活动与报刊书籍出版发行等各方面情况的文艺史料，以及体现我党文艺方向、方针变化的政策文件与重要领导讲话，是华北地域党和人民对敌作战的重要宣传武器，更是飘扬在华北地区军民心中一面旗帜。这些史料是华北地域革命文艺发生、发展与壮大的真实记录，对我们正确认识革命文艺的特点与历史地位有重要的决定性作用。

为此，我们精心整理了《〈晋察冀日报〉文艺文献全编》《晋冀鲁豫〈人民日报〉文艺文献全编》《〈晋察冀画报〉文艺文献全编》《晋察冀日报社人物志》（共五十一卷），同时收入全国抗战时期和解放战争时期与河北地域相关且被广大群众所喜爱并广泛传唱的红色文艺作品，结集为《河北红色文艺作品选》（共六卷），至此形成丛书目前的五大板块，而且将名称由"河北红色经典系列丛书"改为"华北抗日根据地及解放区文艺大系"，方便以后在此基础上做进一步拓展。

二、地域范围及文艺特质

华北抗日根据地包括当时山东、河北、山西、察哈尔、绥远、热河全部及豫北、苏北、皖北部分地区，分晋绥、晋察冀、晋冀豫、冀鲁豫、山东五大块。1941年，冀鲁豫合并到晋冀豫，称晋冀鲁豫。其中晋察冀抗日根据地作为开辟最早、地域最大、人口最众的模范抗日根据地，是华北抗日根据地的坚强堡垒，牵制和抗击了三分之一以上的华北日军和二分之一的伪军。

在河北及其邻省周边地区开辟与创建华北抗日根据地，是红军长征到达陕北之后党中央迅速做出的重大战略决策。这些根据地地处对日武装斗争最前线，不仅打开了抗战的新局面，成为华北敌后抗战的主战场，而且进行了新民主主义社会的实践探索，对解放战争的历史进程产生了巨大影响，成为我党开辟东北解放区的前进基地和逐鹿中原的战略后方。随着抗日根据地的开辟，延安文艺工作团、西北战地服务团、东北促进纵队干部队、八路军总政治部前线记者团等大批文艺工作者，随同党政干部一道陆续抵达华北，东北、平津的青年学生也纷纷冒着生命危险来到边区。他们一手拿枪，一手拿笔，深入农村与抗战前线，切身体会工农兵的生活，深刻了解工农兵的需求，从而根本上克服了艺术至上主义思想倾向。所以，华北抗日根据地及解放区文艺，既响应了伟大的民族抗战对文学艺术提出的时代要求，亦充分兼顾到广大人民群众的接受习惯和欣赏水平，真实地反映了华北人民火热的战斗与生产生活。很多作者本身就是农民、战士或基层工作者，他们把自己的经历和熟悉的人和事，通过小说、戏剧、诗歌、报告文学、歌曲、绘画、舞蹈等文艺样式记录下来，语言通俗平实，富有生活气息。由于产生于特定时代、特定区域而又适应特定需要，故而无论是题材、语言还是风格，在体现革命大众文艺共性的同时，又具有强烈的华北地域特性。

华北抗日根据地及解放区文艺的繁荣发展，是专业文艺工作者与工农兵群众共同创造的结果。人民群众不仅是革命文艺运动的主导主体、推进主体、受益主体，还是一切成败得失的评判主体。华北抗日根据地及解放区文艺，归根结底，是"以人民为中心"的文艺。

三、学术价值

今天的河北在抗日战争、解放战争时期是晋察冀、晋冀鲁豫两大根据地的中心区域，有着悠久的革命历史传统和丰厚的红色文化底蕴。据不完全统计，抗日战争和解放战争期间，仅晋察冀边区专区以上就办有报刊四百余种，编印图书五百余万册。如果将这种统计扩大到环绕河北的整个华北抗日根据地及解放区，时间扩展至从中国共产党成立到中华人民共和国成立，数据更为可观。这些红色图书、报刊的出版发行，团结了一大批来自全国各地的著名革命文艺家和专业文艺工作者，其中有大量文艺相关信息，是研究近现代中国革命文艺的重要史料。但因受当时物质条件及复杂局势影响，它们传播范围有限，保存困难，如今已普遍出现老化或损毁现象，面临着消失、断层的危险。

长期以来，由于对抢救、整理和利用红色文艺文献的意义认识不足，现行的科研评价、出版机制亦难以有效刺激科研工作者积极从事老旧报刊等红色文艺文献的系统整理，大量有待整理的红色文艺文献尚未进入学界的视野。特别是华北抗日根据地及解放区的文艺文献，有很多甚至还是学术盲区。如《冀中导报》《救国报》《边政导报》《冀南日报》《团结报》《前进报》《新察哈尔报》《冀热察导报》等各类党报，以及《冀热辽画报》《冀中画报》《北方文化》《五十年代》《新长城》《新群众》《诗建设》《诗战线》等期刊，虽有部分学者对其办报（刊）历程、思想以及传播等方面予以研究，但均无系统的文艺文献整理本。"华北抗日根据地及解放区文艺大系"整理的《晋察冀日报》、晋冀鲁豫《人民日报》、《晋察冀画报》，是当时华北抗日根据地及解放区党报党刊的典型代表，是党的理论和实践同文艺结合的主要媒介和载体，是华北革命文艺重要的传播平台。这些报刊，既客观记录了华北革命文艺的传播与发展，也完整展现了华北革命文艺的特殊使命与风格特征，具有极其重要的史料价值。在此基础上，我们还会将视角延伸到《晋绥日报》《新华日报·太行版》《新华日报·太岳版》等党报，不断地充实这套大型文献史料丛书，以此来系统建构华北抗日根据地及解放区的"文艺史料学"。

四、丛书特色

这套丛书的编纂，主要以抗日战争及解放战争期间华北境内各根据地、解放区出版、发行、制作之图书、期刊、报纸等红色文献中的文艺资料为内容。编纂特色主要包括：

（一）抢救珍贵历史文献，弘扬伟大建党精神。

华北抗日根据地及解放区的红色文献发行于条件艰苦的战争年代，数量少，印制质量粗糙，历经岁月的洗礼，留存下来的品相完好者已经很少，有些到今天已成孤本。这些文献作为特定历史时期和区域的产物，见证了中国共产党领导华北人民争取民族独立和人民解放的伟大历程，反映了华北近代社会的巨大变化，蕴含着珍贵的史料价值和鉴往知来的现实意义，是中国共产党领导的文艺事业、新闻出版事业与意识形态建设发展的历史见证。它们诠释了党的初心和使命，蕴含着坚定的理想信念与崇高的革命精神，到今天仍然具有强大的感染力与说服力，是陶冶情操、磨炼意志，走好新时代长征路的有效精神资源。抢救性搜集、整理与研究这些珍贵历史文献，有利于增强党政干部政治信仰，弘扬伟大建党精神和践行社会主义核心价值观。

（二）文艺与党史密切融合，拓展革命文艺与党史研究的新视野。

革命文艺作品的创作、发表和传播，和党的历史任务和奋斗实践是分不开的。在艰苦卓绝的革命岁月，奋斗前行的中国共产党始终强调，既要拿"枪杆子"，也要拿"笔杆子"。革命的文艺工作者，一手拿枪，一手拿笔，深入农村与抗战前线，以人民大众易于接受和欣赏的形式，宣传党的政策，推行党的方针，为中国共产党顺利完成不同历史阶段的中心任务和伟大使命发挥了独特而重要的作用。本套丛书收入的文献史料，主要是抗日战争与解放战争时期党报党刊中的文艺作品与文艺史料，它们鲜明生动地体现了党的历史，党领导人民争取民族独立、人民解放的奋斗历程和精神面貌，从而为学界从文艺角度研究党史和从党史角度研究文艺提供了有力支撑。

（三）作品汇编与史料梳理并行，还原革命文艺的历史场域。

"华北抗日根据地及解放区文艺大系"的编纂，全面辑录华北抗日根据地及解放区党报党刊上刊登的诗歌、小说、戏剧、报告文学、散文、歌曲、版画等文艺作品，并系统梳理当时文艺发生、发展、传播以及社会各界文艺活动的各类消息和报导，同时选编了大量的河北红色文艺作品作为补充。这种文艺史料与文艺作品的配合整理，还原了革命文艺的历史场域，有利于构建对革命文艺的科学认识。

五、丛书内容

（一）《〈晋察冀日报〉文艺文献全编》共三十八卷：

诗歌三卷

戏剧一卷

小说二卷

文艺评论三卷

文艺史料九卷

外国文艺二卷

散文报告文学十七卷

歌曲版画一卷

（二）《晋冀鲁豫〈人民日报〉文艺文献全编》共十一卷：

诗歌一卷

戏剧、小说、文艺评论一卷

散文报告文学五卷

文艺史料四卷

（三）《〈晋察冀画报〉文艺文献全编》一卷

（四）《晋察冀日报社人物志》一卷

（五）《河北红色文艺作品选》共六卷：

诗歌一卷

戏剧一卷

散文一卷

小说三卷

六、编纂体例

（一）整套丛书题材丰富、门类众多，在体裁上不做强行统一。

（二）丛书中所录作品均为当年报刊发表的原文。为确保丛书的文献性、学术性、专业性和资料性，丛书编辑加工的总原则为保持文献原貌，内容上不做改动。

（三）文字的使用

1. 丛书中文字的使用以2013年教育部、国家语言文字工作委员会公布的《通用规范汉字表》为准。

2. 丛书中的古体字、通假字、俗体字，以及所涉及姓名字号、职官地理等专用字，均予保留。

3. 丛书原文字迹模糊残损，但仍可辨认或可依上下文校正，以字外加方框"囗"表示；原文缺字或无法辨识，且无法校补，每字以一个方框"□"表示；如无法统计所缺字数，则以"☒"表示。

4. 丛书中数字的使用，保持原貌。

（四）标点符号及其他符号的使用

1. 丛书在不改变原文意义的情况下，将旧式标点改作现行标点符号。

2. 丛书原文中出现代表文字的符号，如"×""△""○""▲"等，保持原貌。

3. 丛书原文中的着重号、专名号等不再保留。

（五）其他

1. 丛书原文中的注释，保持原貌；编者亦出部分注释，供读者参考。

2. 因为原始文献本身产生于战争年代，保存不易，漫漶不清处较多，丛书疏误之处在所难免，希望专家读者批评指正。

七、鸣谢

本套丛书得以顺利面世，要特别感谢中共河北省委宣传部、河北省社会科学院、河北教育出版社的资金支持，以及北京大学陈平原教授、中国社科院文学所刘跃进研究员、南开大学文学院李扬教授、河北师范大学文学院王长华教授等，为丛书编纂提供了多方面的学术支撑；晋察冀日报社老报人及报史研究会诸位老师，中国社科院文学所现代室、中国丁玲研究会、中国现代文学馆各位专家，也在丛书编纂过程中提出了许多建设性意见；院内外的数十位年轻科研工作者，在原文录入和校对方面付出了艰辛劳动，确保了项目的顺利进行。在此一并致谢。

把艺术交给大众（代序）
——祝贺"华北抗日根据地及解放区文艺大系"结集问世

中国社会科学院　刘跃进

由河北省社会科学院文学研究所编纂、河北教育出版社出版的"华北抗日根据地及解放区文艺大系"结集问世，值得庆贺。

文艺是时代前进的号角。1937年7月7日，卢沟桥事变爆发，全面抗战由此而起。广大的爱国知识分子和青年学生，表现出同仇敌忾的民族气节，走出书斋，走出校园，用知识、用智慧、用不屈的精神力量唤醒民众，用实际行动担负起抗日救亡的历史重任。在此后的岁月里，延安文艺和华北抗日根据地及解放区文艺，是中国共产党领导下的两大主体，双峰并峙，展示着那个时代的风貌，引领了那个时代的风气。

随着抗日根据地的开辟，延安文艺工作团、西北战地服务团、东北促进纵队干部队、八路军总政治部前线记者团等大批文艺工作者，随同党政干部一道陆续抵达华北，东北、平津的青年学生也纷纷冒着生命危险来到边区。他们一方面积极创作大量街头剧、活报剧、街头诗、墙头小说、木刻版画、歌曲、舞蹈等革命文艺，开展抗日救亡宣传运动；一方面也通过开办文艺干训班，开展各行业、各阶层甚至全民的文艺创作与评选活动,吸引工农兵群众加入文艺队伍,掀起了"晋察冀一周""冀中一日"等具有深化性质的群众写作运动,以及"创造模范村剧团""穷人乐"等群众戏剧运动,为晋察冀文艺史添上了浓墨重彩的一笔。

说到这里,我想起2009年参加《北平学生移动剧团团体日记》捐赠仪式的一段往事。从1937年到1938年,在中国抗战史上唯一以大学生组成的"北平学生移动剧团"在长达一年半的时间里,历尽艰难,转辗于国民党第五战区的各个战场,演出话剧,创办报纸,宣传抗日,鼓舞斗志,谱写出响彻云霄的时代赞歌。移动剧团的成员每人一周轮流记述,用日记形式记录了那段不平凡的岁月,《北平学生移动剧团团体日记》就是这部历史的记录。它不是写给个人看的私密记录,也不是为将来面世扬名。作者完全出于一种历史责任,真实客观地记录了那段鲜为人知的历史,体现出强烈的史家意识。日记封面上有这样一段题记,"北平学生移动剧团·愿我永恒·中华民国二十七年二月二十三日始·璧华"。孤立地看这部日记,也许没有什么轰轰烈烈的战斗业绩,也没有什么感人肺腑的情感纠结。客观、平实是它的本色,正是这种本色,为那个历史年代留下一段真实。"北平学生移动剧团"的抗日活动,是文艺工作者投身抗日洪流中的一个历史缩影。

随着抗战的胜利,察哈尔省会张家口解放,晋察冀文协、晋察冀剧协、晋察冀音协、晋察冀美协、晋察冀通讯社、晋察冀边区剧社、晋察冀日报社、晋察冀画报社等文化团体随中共晋察冀中央局和军区领导先后开赴华北根据地,一大批文艺工作者也随之来到华北,开展丰富多彩的文艺活动。他们坚持毛泽东《在延安文艺座谈会上的讲话》中指出的方向,一手拿枪,一手拿笔,深入农村与抗战前线,既为切身体会工农兵的生活,也为深刻了解工农兵的需求,从而在根本上克服了自身相当普遍和严重的艺术至上主义思想倾向，为工农兵而创作，为工农兵所利用，以人民大众易于接受和欣赏的形式，普遍写人民大众的生产战斗故事。譬如左翼作家邵子南，于1938年10月随西战团到晋察冀，主持战地社日常工作，主编《诗建设》；1943年整风运动后，他到阜平任小学教员，在反"扫荡"中与群众、民兵一起转移、战斗，还直接在五丈湾跟随李勇的游击组对日寇展开地雷战；1944年5月随团回延安，在鲁艺任教，后调陕甘宁文协搞专业创作，开始大量创作反映晋察冀边区生活的小说。他以亲身体验为基础创作的短篇小说《李勇大摆地雷阵》（后改为《地雷阵》），运用阜平农民群众的语言，以口语化方式讲述了爆炸英雄李勇的抗日故事，明显吸取了民间说唱文学的优点，特别是在白话叙述中还插入不少快板式的韵白，更适合群众的喜好，因而在当时广为流传，家喻户晓，起到了很大的宣传鼓动作用。其他作品，如《荷花淀》《太阳照在桑干河上》《漳河水》《赶车传》《王九诉苦》《孟祥英翻身》《新儿女英雄传》《白求恩大夫》《我的两家房东》《穷人乐》《李殿冰》《戎冠秀》《没有共产党就没有中国》《团结就是力量》《没有土地的人们》《白毛女》等，都是成功的文艺典范，在现代中国文学史上占据比较重要的位置。

在华北抗日根据地及解放区的文艺创作成果中，还有数以万计的文艺作品和极具研究价值的文艺史料刊发在根据地及解放区所办的报刊上。很多作者，本身就是农民、战士或基层工作者。他们把自己的经历和熟悉的人和事，通过小说、戏剧、诗歌、报告文学、歌曲、绘画、舞蹈等文艺样式记录下来，语言通俗，富有生活气息。人民既是历史的创造者，也是历史的见证者；既是历史的"剧中人"，也是历史的"剧作者"。让故事中的人物自己编词、自己表演的创作方式，很好地反映出人民的心声，并让人民群众从生动活泼的艺术作品中得到教育，这确实是一个成功的尝试。

配合党的中心工作，"把艺术交给大众"，通过文艺唤醒大众，这已成为华北文艺工作者的自觉意识。他们积极响应伟大的民族抗战对文学艺术提出的时代要求，充分兼顾到广大人民群众的接受习惯和欣赏水平，创作了大量的作品，真实地反映了燕赵儿女火热的战斗与生产生活，起到了良好的宣传教育与鼓动激励效果。刘萧无编排新闻报道剧《李殿冰》，编剧与演员一起住到李殿冰家里，以便于熟悉主人公的生活，搜集真实生动的群众语言，还模仿他们的动作，理解他们的心理，甚至还让主人公李殿冰等直接参与剧本的修改和编排。描写群众的生活，邀请群众参与创作，这是当时文艺工作者走群众路线的生动体现。该剧演出后获得当地老百姓的极大赞赏，鲁中实验剧团还专门学习该剧的创作方法，创编了三幕五场话剧《过关》。艾思奇《前方文艺运动的新范例》更是誉其开创了前方文艺的新范例。抗敌剧社的《王老三减租小唱》、冀中火线剧社的话剧《我们的母亲》，也都具有这种特色。

这些文艺作品，可能略显仓促，有的甚至急就于战火中，所以在素材提炼、人物形象塑造以及语言的使用、细节的刻画等方面还有很多不足。但是，这不是一般意义上的创作，而是燕赵大地为争取民族独立、人民解放的集体记忆和行动号角，是中国革命事业的重要组成部分。华北抗日根据地及解放区的文艺，有很多这样未经沉淀的纪实作品，不管其艺术性如何，但在发动群众、组织群众、铸就抗击日寇和国民党反动派铜墙铁壁方面，发挥了无可替代的作用。20世纪五六十年代，河北地区涌现出大量的红色经典，便是华北抗日根据地及解放区文艺的传承和发展。

2017年6月，河北省社科院文学所郑恩兵所长来京与我们协商合作研究事宜。我根据所了解的信息，建议他们结合地方特色，做好地方红色文艺文献的搜集整理与编纂出版工作。"华北抗日根据地及解放区文艺大系"就是那次商讨的成果。全书由五个部分组成：第一部分为《晋察冀日报》文艺文献全编，第二部分为晋冀鲁豫《人民日报》文艺文献全编，第三部分为《晋察冀画报》文艺文献全编，第四部分为晋察冀日报社人物志，第五部分为河北红色文艺作品选。全书收录各种文体的作品六千余种，包括小说、诗歌、文艺评论、戏剧、报告文学、散文、文艺通讯、美术、书法和音乐、文艺史料，还有文艺信息、文艺广告，基本涵盖了华北抗日根据地及解放区的文艺创作情况，具有很高的研究价值。

  时值中华人民共和国成立七十五周年之际，我们有机会阅读这部皇皇五十余册的"华北抗日根据地及解放区文艺大系"，更加深切地感受到新中国的建立真是来之不易，她是无数条战线的可歌可泣的人们不懈奋斗的结果。在这样一个特殊的日子里，我们感念当年那些有名无名的作者，感谢参与整理工作的学者，当然，更要感激我们这个伟大的时代。

目 录

刘绍棠
 红飘带 …………………………………………… 2

刘真
 大舞台和小舞台 ………………………………… 8
 弟弟 ……………………………………………… 17
 长长的流水 ……………………………………… 35
 小尼姑 …………………………………………… 54
 英雄的乐章 ……………………………………… 66

鹿特丹
 不屈 ……………………………………………… 85

马加
 飞龙梁上 ………………………………………… 107
 减租 ……………………………………………… 111
 距离 ……………………………………………… 122

苗培时
 鞋 ………………………………………………… 134
 炮 ………………………………………………… 157

秦兆阳
 炊事员熊老铁 …………………………………… 170
 老头刘满囤 ……………………………………… 182
 歪脖子兵 ………………………………………… 189
 何花秀 …………………………………………… 196

邵子南

地雷阵 ………………………………………… 209

牛老娘娘拉毛驴 ……………………………… 236

阎荣堂九死一生 ……………………………… 245

孙犁

芦苇 …………………………………………… 261

邢兰 …………………………………………… 263

光荣 …………………………………………… 269

荷花淀 ………………………………………… 284

钟 ……………………………………………… 292

嘱咐 …………………………………………… 310

看护 …………………………………………… 319

山地回忆 ……………………………………… 326

小胜儿 ………………………………………… 333

吴召儿 ………………………………………… 341

田间

最后的一颗手榴弹 …………………………… 351

王林

日寇活人靶场逃生记 ………………………… 354

十八匹战马 …………………………………… 368

五月之夜 ……………………………………… 382

最后一分钟 …………………………………… 390

花果 …………………………………………… 398

神童小翻译 …………………………………… 415

刘绍棠

红 飘 带

一

　　二区公安助理员，单臂黄振声，新近两月，他的盒子枪上系上了几条红飘带，远看去瞧不出啥毛病，可近处一瞧，虽说仍然还有点儿近似红色，却一点儿也不鲜艳。那颜色，黑紫黑紫的，再一摸，不是绸子也不是缎子，敢情是羊肚手巾染的。

　　这真叫人纳闷，飘带一点儿不好看，老黄却像珍珠一样喜爱，谁要是拿过来摆弄摆弄，老黄千叮咛万嘱咐，不许沾上丁点儿尘土。

　　人多眼尖，慢慢有人瞧出来了："哎呀！这是血染的，怨不得老黄那么在意呢！不用说，这里头一定有故事。"于是见着了老黄，大伙儿齐心一致，七嘴八舌地刨起了根。老黄左挡右架，到了给问了出来。

　　不错，这个红飘带还是真的大有故事，这故事就是老黄的血仇。

二

　　一九四五年春天，麦苗儿发青的时候，在一天下晚，一架美国飞机去打京古路上的火车，叫日本鬼子的高射炮打了回来，伙伴散了，又迷失了方向，东冲西撞老大半天，才不得不降落在蓟运河西岸，京津公路旁的麦田里。

　　那工夫，蓟运河东岸是游击区，西岸是敌占区，鬼子在公路旁安着大炮楼，活像个"镇物"，瞧见飞机落下来了，一窝蜂似的，由炮楼上跑了下来。三里地远，刚跑了一半，不提防，河东边响起了枪，鬼子吓得亡魂丧胆，撒腿就往窝里跑。

打枪的是河东和合村民兵队。他们过了河,看见那两个美国飞行员,就跟木头人一样,见着民兵队的人,脸变了颜色,身子直打战,语言又不懂,民兵队长便派了个人去找县政府的人。那个民兵,就是老黄。

县政府的人把两个飞行员接走,派了县大队把住公路北口,集合了几村民兵,看住了鬼子炮楼,等天明,叫美国飞行员把飞机平平安安地开走。

夜里,小凉风扎脊头,民兵们都瞪大了眼,留神炮楼上的一举一动,恐怕鬼子溜出去报信。老黄这个年轻的小伙子,紧了紧裤腰带,挽起袖子,有劲地说:"哥们儿,咱们可搁点心,把飞机护住了,叫洋人朋友见识见识咱这两下子。"大伙儿全说:"没错儿!现不了眼!"

忽然,炮楼上的灯灭了,民兵们都加了小心,老黄的眼瞪得像个包子;猛古丁,由炮楼上闪下了几个黑影,大月亮底下看了个真,登时,枪就像炒豆似的响开了。

鬼子顾前顾不了后,俗语说,狗急跳墙,鬼子不顾三七二十一,一死儿地往北跑。老黄三步并作两步,追了上去。那鬼子回头打了一枪,他胳臂一麻,也没管这些,过去就跟鬼子扭打起来。终究,老黄捏死了那个鬼子,可是老黄也成了血人。

老黄胳臂上的白羊肚手巾叫血给湿透了。事后,他胳臂留下个亮晶晶的疤,那条手巾,他搁在了包袱里,不管情况多紧,手巾也跟他做伴。他说:"咱一瞧这手巾,火就撞上来了,打起仗来,分外有劲。"

三

日本鬼子投降了,又换了蒋匪军。老黄由民兵当了县大队的班长,小伙子干得起劲,打起仗来,就像一只白额虎。那条手巾,不随身带着了，搁在了他的柳条包里。

县大队攻打蓟运河西岸镇上，这个镇真是老百姓眼中钉肉中刺，蒋匪军抓丁抢粮，都打这儿出发。

干了一宿仗，白天县大队就隐蔽起来，下午太阳还没落的时候，远处传来了飞机声。战士们手搭凉棚、仰着脸往天空上看，飞机越来越近，也越飞越低，老黄左看右看，忽然骂了起来："日他娘的，美国大鼻子的飞机，你瞧那碎芝麻旗子。"猛然想起前年为救那架美国飞机，伤了自个儿的胳臂，真是火撞脑门子，牙咬得咯咯直响，心里骂："合着是救了一只狼，倒咬了自己，偷空儿非使快枪把它揍下来不可。"打定了主意，他便不错眼地盯着天空上的美国飞机。

飞机翻了几个斛斗，打了几梭子机枪，镇里的蒋匪军就像一群夹尾巴狗，缩头缩脑往外跑。县大队登时开了枪，战士们像猛虎下山一样冲了下去，最前头的不是别人，正是老黄。

美国飞机，就像找着了买卖，机枪像雨点似的打了下来，炸弹也一个接连一个胡乱地扔。一声巨响，老黄眼前一黑，身上不知哪儿热辣辣的，便摔倒在地上。

老黄住了些日子医院，他一只胳臂掉了。好硬棒的小伙子，眼泪疙瘩也没掉，这个血仇，老黄把它埋在了心窝儿里。

四

老黄养好伤以后，被派到二区当武装干事。小伙子虽然成了半残废，可一点儿也不泄气，干啥工作，总是踏实。

别人也没人当他的面提这事，恐怕打击他的工作情绪，老黄工作挺忙，哪有闲空儿想这事。后响，躺在炕上，忙了一整天，腰酸腿疼，脑袋只要一挨着枕头，就呼呼睡着了，还顾得上琢磨零碎事。

抗美援朝运动一开始，老黄想起了失掉五年的胳臂，好几宿没睡踏实，埋在心窝里的仇冲了出来，他恨不得拿起他那盒子枪跟美国鬼子干一干。

那天，老黄到镇上县政府去开会，听完首长的报告回来，脑子里想起了以前的事，顺着大道走着想着，来到了南门外的树林旁。老黄脑袋嗡的一下子，原来他的那只胳臂就是在这里炸掉的。

他两眼定住了神，眉毛拧在了一块，使劲咬着下嘴唇，沉默了一会儿，他用手摸了摸那个空袖子，脸立刻涨红了，青筋鼓了起来，呸地吐了一口唾沫："日他娘，报仇！"

在区上，老黄头一个报名参加志愿军，组织上没叫他去，这回老黄可闹开了情绪，工作没心干，整天就跟病病恹恹的一样。区委书记跟他谈了几回，对他说："老黄呀！公安工作也是抗美援朝，特务还不是美国鬼子派来的？"老黄低着头老半天，说："对！咱们先把美国鬼子的狗腿子清除了吧！"自打那天，老黄工作比以前更卖力气。

反对美帝武装日本的运动展开了以后，老黄又镇静不下去了，躺在炕上一合眼，想起了鬼子打伤了胳臂，还有，多少老百姓被鬼子杀死了，他躺不住，爬起来，从柳条包里翻出来那块黑紫的血染成的手巾，用剪子剪了好几条，系在了盒子枪上。

老黄对人说："咱掏出了枪，一见这红飘带，想起了跟日本鬼子那个仇，再一摸这空袖子，胳臂是叫美国鬼子炸掉的，咱救过美国兵，可是胳臂叫这些家伙给弄掉了，这是仇上加仇呀！"

五

红飘带的故事传遍了整个二区，没有多少日子，老乡们也诉起苦来，回想被日本鬼子压迫的仇恨，他们这些遭遇比老黄这个经过还悲惨。鬼子的血债，这工夫，又翻了出来。

区里注意了这个工作，老黄可高兴啦："想不到咱这羊肚手巾、一只胳臂,掀起了反对美帝武装日本的大运动,行咧!再一加油宣传,又跟美帝打了个胜仗。"

工作员到各村这么一宣传,老乡们弄过个儿来了:"秃老美可真是阴奸坏呀!他把小日本鼓捣起来,再来祸害咱们,这不明搁着是借刀杀人吗?"像热水开锅似的,家家户户,男女老少,坐在一块儿没杂话,先说起受日本鬼子的苦处,话头儿一转,骂开了美国鬼子;孩子们更"鬼头",找了个圆球,一个人拿一根棍子,揍老美。

妇女们纳鞋底,都使着劲扎,说得也好:"咱这是扎美国鬼子的肉,能不狠狠的?"

小伙子们跟年轻妇女,扶犁去耕地,也蛮有精神:"老黄的话对,咱不能上前线,好好生产,多打粮食,就是跟美国鬼子干了胜仗,咱们再齐心协力,把特务给整治了,美国鬼子的狗腿子就没啦,这小子没有帮手,更不经打了……"牲口拉着犁向前走,后面留下了翻得深深的新土。

运动一天一天地壮起来,对美国鬼子的仇恨,在老乡们的心里,也像雨后的小苗,滋长着……

(原载1950年《河北文艺》2卷7期)

刘真

大舞台和小舞台

一

我刚把院门开了一道缝,突然看见两把刺刀横挡在门外,猛一抬头,鬼子那钢盔脑袋我看清了。天呀!我可没再望望他们那脸,慌忙把院门又闩上了。鬼子大概不知院里虚实,也怕冷不防挨一家伙吧,竟没敢贸然冲进来。其实呢,我才十五岁,身上只挎着一把小提琴、一个挎包,想干掉他们还办不到呢。村里的枪声更激烈了。同志们一面背东西,一面冲出屋来,一看我跑回来的样子,不问也明白了。

"快!从后门冲出去!"我们音乐队的队长金歌当机立断地说。

我们的班长杨子臣,是从战斗部队调来掩护我们的。他端着上了刺刀的大盖枪,一声没吭,抢先冲到院门边,准备随时抵挡外面的敌人。我呢,跟战斗部队经历过五百里艰险的突围战,从那以后,我就不相信找不到冲出去的空隙。这次,不是我能个儿,多亏冀东老乡家都有后门,我首先冲了出来。半大小子跑起来可不得了,真叫快。我跳下沟,回头一看,只跟上来两个人,一个是导演小个子老李,一个是教我拉琴的大学生老耿。别人呢?定是队伍没有集合起来,找人去了。我最小,我能冲出来就去掉了大同志的一块心病,我知道。

冲过一片苹果园,太阳出来了,照亮了对面两座山上鬼子的钢盔脑袋。他们正死盯着村子里。这包围圈可真够大的。我急忙扔掉草帽,对身后的两个同志说:"快!把你们的草帽也扔掉,太显眼。"他们很听我的话,也把草帽扔掉了。这时候,村里的枪声响成了一个点儿,不分个粒了,一定是护送我们的县大队和鬼子拼上了。我们三人来不及商量,就在顶上有鬼子的两座山之间的沟里向外爬行,因为没有别的路可走，多亏这是阴面，又有许多深草树棵子，山上的敌人没有发现我们，真险呀！

在鬼子占领的山背后，我们爬坡跳沟地大跑起来，觉得跑了很长一段路，还没有跑出危险区。我们忽然看见前面的山梁上，炊事班长和马夫王凤来也突围出来了。事务长在他们的后面放枪打掩护，堵挡着追赶的敌人。王凤来拉着的白骡子上，像平常一样，一边一个柳条筐，筐里装着捆好的幕布。我一面向他们跑去，一面心里觉得奇怪：王凤来怎么来得及装好这一切还能跑出来呢？跑近了我才听见，炊事班长和王凤来，正在一面跑一面吵架呢。

班长说："快解开肚带，把东西推到山谷里去。"

王凤来扭回头说："有我就有东西在，你别想邪门。"

班长又累又气，喘着说："你，你不舍得扔东西，骡子和人都保不住了。"

王凤来头也不回地说："它还跑不过你？你看嘛。"

班长说："白骡子目标太大。"

王凤来说："你的目标也不小，怎么不把你扔了？"

我们追上了他们，入了他们的行列。我越听越觉得班长有理。这时候，事务长在后面百米的地方，一面撤退，一面向后扔手榴弹。很明显，敌人追上来了。不用再废话，我一把抓住了箩筐的边，两把就把肚带的捆结抽开了。班长一见，过来一使劲把幕布带筐掀翻到深谷里去。王凤来气得真想吃了我，瞪圆了冒火的眼睛说："你，你，你……"他还没有骂出一句话来，追来的枪声把他的声音打断了。他气红了脸，气出了泪，拉着空骡子向前跑去。骡子的鬃毛在阳光下一闪一闪，像黑夜的灯，还是太显眼了，这不成了敌人的靶子？

班长又跑到他的前面说："把骡子拴在树棵子里，你和我们跑。"

这一下，王凤来气得全身哆嗦，嘴唇也青了，正准备反抗到底，突然间,后面的山坡下传来了事务长的挣扎、呼喊声:"同志们,快跑!"很明显,他的子弹、手榴弹都打光了,正在和敌人拼死地搏斗呢。

这时,王凤来一下子改变了脸色,他又紧张又温和地说:"分散开,你们快跑吧。我拴好骡子随后追来。"说完,他拉着骡子,抢先向左面沟里的一大片深草和矮树丛跑去。

班长一面跑,一面指着前面的山包说:"在一起目标太大,你们向山包跑,快!"说着,他跑下右面的山沟去。我们飞快地跳下了前面的山沟。

听见事务长的喊声以后,枪声突然不响了。是敌人捉住或打死了事务长回去了呢,还是悄悄钻进树丛向前搜索呢?我们越跑越担心王凤来和炊事班长了。跑出百米以外,我们不能不爬上树林浓密的山坡向后看一看。

从高处向下望,清楚多了,没有望见炊事班长,只见王凤来跪在刨去一棵大树的圆坑里,盯着离他不远的白骡子呢。骡子是拴住了,它跑累了,正低着头吃草呢!就在这时,山顶上的敌人都冲下来。王凤来太危险了,他还在守望着。

二

这是一九四五年的七月四号,除了遵化城和各县城里有敌人以外,村镇的炮楼撤的撤,被我们打的打了。长长的、可怕的封锁沟也被人民填平了。

这是九里外的一个高高的山村。如在平常,我们来了,人欢马叫,军民都会有说不完的知心话,人人拉我们进家去吃喝住。这会儿,男女老少,连娃娃们都在村边的高处站立着,在瞭望我们受袭击的村庄。人们的情绪是紧张低沉的,眼神是焦急发直的,整个的村庄像停止了呼吸，一点声音也没有了。见我们三个人来了，他们一声不出，都在挂念着那里更多的同志。人们和我们互相望着、望着，心情同样的沉重。

一位老大娘撩起衣襟擦了一把泪，抓住我的手，望着两个大同志说："看累成什么样子了，回家吧，渴了，也饿了。"

我们摇了摇头，指了指激战的村庄，这意思是，渴呀饿的全不在话下了。老大娘领会了我们的心情，又和我们一同向那里瞭望。

一个村干部模样的中年人，轻轻来到我们面前，沉痛地说："咱们的手榴弹工厂，在那个村住了很久，暴露了。前几天得到情报，说是遵化的大批讨伐队和鬼子要来袭击，工厂马上转移了。唉！没有想到让你们赶上，遭遇了。你们是昨天晚上到的吧？"

我们三人有话难出口，只沉痛地点了点头。

一位老大爷摸着我的提琴盒子说："这是咱们军区的尖兵剧社吧？咳！都在这里吗？"

我感到了一丝的安慰，回答说"只来了十几个人，是配合军分区剧社演出的。我们完成了任务，这是要回去了。"说到"回去"二字，我的心像秤砣一样沉下去，声音越说越小了。

一个十二三岁的小姑娘跑过来说："我知道尖兵剧社，你们又演《地狱人间》那个好戏来吧？在我姥姥村里演过，我们村的人都去看了，唱得可好哩。像真的放地雷一样，轰！还有汽灯……"她话还没有说完，老大爷给了她一个白眼，止住了。

老李望了望小姑娘和老大爷，忍不住悲愤地说："作剧本的社长黄天，作歌曲的队长金歌，还有台上的主要女演员，都来了，都在枪声里边呀！"他火冒三丈，恨得眼珠子快爆出来了。人们望着他，把头低下。

好大一阵，村干部模样的人痛苦地握紧拳头说："我们都认识黄社长和金队长,庄稼人看见咱们自己的文化人太高兴了。嘿呀!真是的,护送你们的县大队怎么就不知道情况呢?"

老耿说:"他们是邻县的,一定不知道情况。"

那位老大爷说:"村干部也知道情报,怎么就不给你们说一声,都是草包大浑蛋。"

那位老大娘叹了口气说:"唉!别埋怨了,谁知道敌人真会来,来这么快呢?你们别光往坏处想,说不定他们都跑出来了,像这三个同志一样。要我说呀,他们跑到别的村里去了,这会儿正坐在炕头上吃饭、喝水呢。"

她想安慰人,可谁也安慰不了。说话间,那里的枪声由稀落变得完全停止了。百里山河陷入了死一样的寂静。树枝上一只小麻雀在叫,有人扔去了石头,嫌它太不体谅人了。我在想,这寂静里会有牺牲了的同志倒着,有被捕的同志受着折磨。这寂静,太可怕了。

"咳——敌人走了,撤了——"

一个大哥转过山脚,一面跑一面喊,像来报喜一样。来到跟前,人们围住他急问:"咱们的人怎么样了?"

那人说:"听见第一声枪响,我就跑到村外山洞里藏起来了,村里详细情况不清楚。看见敌人走了,我跑来报个信。"

在乡亲们失望的叹息声中,老李火急急地说:"走!快回去找人。"说着,他大步冲下了村庄的高坡,我和老耿紧追上去。

一路上只有脚步沙沙响,谁都没出声,这是多么紧张、焦急、担忧的时刻。敌人会不会假撤退,再来个反扑呢?只有我这样想着,四面张望。

在山路上,像飞一般,我们进了村。村庄里一片战火洗劫的景象,各户的院门都大敞着,有的门被撞倒了。院里的各种东西东倒西歪地乱扔着,各户的柴垛歪倒着,被翻了个乱七八糟。男女老少,连孩子也傻了、呆了，眼神直直地盯着某一个角落。我们三个人回来了，谁都不忍心望我们一眼。

社长住的院子，女同志住的院子，各屋子，都空了。我逃走的那个院子没有了任何人，更没有班长杨子臣持枪挡在门口了。我们向村西，当时能撤退的山沟里冲去，首先望见了牺牲在村口的杨子臣。他在最后抵抗掩护，看样子，他也是最先牺牲的。他身上多处中弹，仰面躺着，闭上了眼睛，手中的步枪没有了，战士的遗体僵直了。

在西面的沟里，倒着三个人。我们最先看见的是散乱在地上的一头黑发，不用问，那是十八岁的革命军人、女演员杨素霞。她那清脆、洪亮的女高音，在她这闭紧的口中永远消失了、停止了。停止了她青春的呼吸，我再也没有机会为她伴奏了。

倒在她身边的是让我从后门冲出的金歌。他教我识谱，教我练音，教我打拍子，这时，只有他吃饭的小碗压在他的身下。

我们急忙找他的挎包，那挎包里装着他创作的上百首歌曲，还有他再累也永远背着的两张唱片。唱片上录的是柴可夫斯基的《悲怆》交响乐，也叫第六交响乐。他从地主家、商人家借来过手摇留声机，放给我们听过。他一面放，一面解说。那挎包没有了，被敌人抢去了，只剩下他那不会动的、攥着的两只空拳头。这手，昨天晚上还敲着我吃饱了的、鼓绷绷的肚子说："这西瓜熟了，吃得了。"他一翻身累得睡着了。金歌呀，你睡着了。

有一次，他见我在部队教歌教得很认真，回到宿舍，就高兴地问我："你还想学点什么不？"我想了想说："我想学和声学。"他一扭身子不理我了。这意思是说："你连起码的音乐常识都不懂，要学和声学？好高骛远。"

金歌老师啊，我就不长大了吗？当我能够学和声学的时候，你就无话对我说了。你那一扭身子成了永远，永远没有声音了。

社长黄天微张着口，露着雪白的牙齿，他两手向两面伸开，像平日要拥抱从战斗部队归来的同志们。多么难得，抗战前他毕业于上海复旦大学西洋文学专业。不管行军再累，他一夜写出了剧本《沟线上》。《地狱人间》是在春季反"扫荡"最艰苦日子里，他几天写成的四幕歌剧。他和金歌没来之前，我们唱的歌都是从延安、从晋察冀传来的。他们来了，金歌作曲，黄天作词，我们冀东的军民有了自己的歌。我们剧社的各个方面，都整顿得更像样子了。我们出了刊物，出了歌集，更有了文化，有了秩序，面目全新。尖兵剧社的名字在冀东人民的心中更响亮、更可爱了，像开满了红花的树，在泥土中更深地扎下了根。

望着他们的遗体，怒火烧干了我们的眼泪，比哭还难受，老乡和我们都没有了声音。我求救地抬头望着老耿和老李，只见他们瞪大的眼睛里布满了血丝。心中的血凝固了，心痛得要裂了。

挖好了坑，当一锹一锹的黄土沙石埋在他们身上的时候，我忽然觉得小小的我呀，是这样孤独。我不能不想，生活的大舞台呀，我们那音乐和戏剧的小舞台，连幕布恐怕也没有了，还有艺术吗？梁柱倒了，我这小小的椽子还有什么用呢？

三

我们又回到村里去寻找牺牲和负伤的同志。当我们走到街口上，不由地大吃一惊，愣住了。王凤来拉着白骡子，幕布在柳条筐里又装好了，捆好了。就像平常准备集合队伍，待命出发一样。

王凤来哭着："团长的毛驴被打死了，我和班长当作烈士把它埋了。它为我们出了力。"

我们互相望着、望着，我扑到小舞台的幕布上，放声大哭起来。炊事班长和王凤来一看这情形，再看只有我们三个人了，他们双手捂住了脸，泪水从指头缝里涌流出来，像我们冀东石缝里憋不住的山泉水。社长和金歌都捧起来喝过。

王凤来呀，大梁没有了，你这椽子还牢固地支持着屋顶呢！你是怎样把骡子保存下来的？又是怎样找回幕布的？

我们演出《白毛女》的时候，把王凤来化装成奶奶庙的神仙，他一动不动，真像泥菩萨一样。我学着给人画像，只要喊他一声，他就盘腿坐下，让我画，一直等我画完。他的老实忠厚，在这次遭遇战中，化成了他对白骡子、对幕布、对小舞台无私的忠诚。

四五年的八月十五号，日本宣布投降了。全剧社的同志集合起来，为了悼念社长和金歌他们，小舞台上又演出了《地狱人间》。想起仅仅四十二天前的那个日子，开幕前，全体同志忍不住放声大哭。

王凤来拉幕布，他的手是颤抖的，也是有力的，像全体同志的心一样。

《地狱人间》中，有春风，有桃花，也有战斗和胜利。

生活的大舞台呀，你和小舞台相比，丰富多彩，也更加残酷无情。如果黄天和金歌没有牺牲，他们也许会成熟为更会概括生活的伟大艺术家，把我们长城内外、无人区那一场一场的苦斗和胜利编写成音乐和戏剧，使我们的小舞台更加绚丽多彩。

全国解放后，党为了让我深造，送我到国外留学七年，学音乐。回到祖国，每当我给学生讲课时，我总是觉得，这是金歌和黄天的声音，正像他们教我的时候一样。

当我在异国的土地上，不管我走到哪里，每当我听到柴可夫斯基的《悲怆》交响乐时，我就想起了那场战斗，想起了金歌背着的两张唱片。

小时候，在借来的手摇留声机面前，我听不懂这《悲怆》，我睡着过。现在，我懂了，懂了，这交响乐是柴可夫斯基对他一生的总结，是对当时俄国社会生活的概括。听着，体味着，这里边有他对美的回忆和向往，有他的感伤、叹息，有他激越奋发的精神，更有他渴望追求美好的呼声。他爱祖国、爱人民、爱生活，感情多么真挚而深沉。

金歌啊！你的唱片被敌人抢去了，但是，它没有丢，永远也不会丢。

祖国呀，我爱你！

弟　　弟

一

　　我浑身酸疼，像骨头散了架一样，糊糊涂涂做了一夜噩梦。一睁眼哪，天大亮了，哎，我为什么躺在柴火窝里呢？这是什么地方？敌人在哪里？我傻愣愣地想了半天，才明白过来。

　　从前天，我就找不到部队了，像断了线的风筝，东一头西一头地乱跑。有时候，鬼子的马队在后面追，又有时候，飞机好像有眼睛，在头顶上追。还好，他们都没逮住我。昨天晚上，我明明看见东边村里有炮楼，我一步也迈不动，就偷偷钻到这个破院子的草垛里来。今天怎么办呢？我又渴又饿，嗓子眼里像着了火，看样子，我白天是不能出去了，怎么对付这个肚子呢？这个院子，有三间破房底子、一棵小枣树、两棵小桃树，还有一棵小白杨。杨树小是小，风一吹，它的叶子也会哗哗响哩。响有什么用，又不能吃，要是一棵榆树多么好。

　　有脚步声，我急忙把头缩回来。仔细一瞧，一个十来岁的男孩，结结实实，圆头圆脑，提着两个小水桶，一蹦一蹦地朝这里走来。到了小树身边，他可认真哩，十分小心地浇着。唉！你浇浇我的嗓子多么好。谁知道他的心眼儿是好还是坏，我不敢惊动他。

　　浇完了树，他拾起一根大棍子，像枪一样端着，对南墙上立的一群烂木头发火了："站住，不许动！汉奸卖国贼，枪毙你们。"他跑上前，狠狠打着那些木头，一个一个都推倒了，他骑住一根最粗的："同志们，快来！捉住一个大官，胖着哩。"

　　"嘿嘿。"我不觉笑出了声。

　　"干什么的？出来！"

他睁大了黑圆的眼睛，端起木棍，向我冲来，稀里哗啦，挑开了玉米秸。我求救地看着他，他像木头一样呆住了。半天，他看着我，我看着他。我被枣树针挂破了脸，我的小军装……他明白了，眼圈里涌上了泪水，悄悄问："你，在这儿睡了一夜吧？"

我点了点头。

"你，饿吗？"

我没好意思点头，咬住自己流着血的食指，低下头去。哗啦，玉米秸把我挡住了，他噔噔跑了几步，又小心地放慢了脚步，提起他的小水桶，走出去。不大会儿，他回来了，也用玉米秸把自己挡住。从他的小桶里，拿出一块白萝卜咸菜、两个高粱面窝窝头，放在我手里，指着另一只小桶说："这是凉开水，你吃得噎住了，就冲一冲。"我不管噎住不噎住，先抱起小桶，咕噔咕噔喝了一顿，抹了一下嘴巴，对他笑了。他两手拄地，像小蛤蟆一样跪着，歪着头，笑眯眯地看我大口大口吃东西。看着看着，他说话了："你呀，哼！你是个小八路，还是个女的。"

"你呢？你是什么？"

"是庄稼人呗。"

"你会种什么庄稼呀？"

"嗬，你才不知道哩，我什么都会，这院里的树，都是我栽的，栽一棵活一棵。"

"你知道什么是好人坏人吗？"

"嗬！就你知道！那些坏蛋，一撅尾巴，我就知道他们拉什么屎。我早就想当八路军去，我娘呗，哼！"他咧开嘴，讽刺地学着他娘："'你还小哩，长大了再去。'她不好！"

外边有个大娘很急躁的声音："小王八羔子，你嚷嚷什么？"

这小孩子正在气头上，张口就顶她："谁嚷啦？去你的。"

我纳闷地问:"你这是跟谁说话?"

"我娘呗。"

"你这么厉害呀?"

"她比我还厉害嘛!"

"你叫什么?"

"噢!闹了半天,你还不知道?叫长生。你有娘呗?"

"我又不是石头缝里蹦出来的。"

说话间,我把东西全吃光了,他问我:"饱没饱?"

"不知道,反正肚子里满啦。"

"那就晌午再吃,我上树捋榆叶去,菜饼子比净的好吃。"

他站起来,严肃地嘱咐我:"你可别乱动,四外村里都有鬼子,说不定还到这儿来呢。你渴了,饿了,听见我的脚步,说一声就行。"

我点了点头,他用玉米秸把我挡住,又走了。从小,我就是个爱跑爱玩的孩子,指导员叫我野姑娘。现在,我在这个柴窝里,就像憋在蛋壳里的小鸡一样。长生一走,更觉憋闷得慌,怎样才能熬过这一天呢?不大会儿,长生又回来了,塞给我一个破棉袄,小声说:"你铺得舒坦点,好好躺着,我捋榆树叶去,一会儿就回来,你可别哭啊!"

在他眼睛里,女孩子一定都是爱哭的,我默默笑了。打开棉袄一瞧,里边有花生和红枣。我铺上棉袄,躺在上面,剥出一个花生豆,用两个门牙慢慢磨蹭,嘴里的香味呀,一直断不了。这样,日子就好过得多了,这一天长着呢,我可不能一下子都吃。

不知过了多长时间,突然,街口有鸡飞、狗咬,许多马蹄子嘚嘚地跑近了。我猛地坐起来,心腾腾跳着。马儿好像就在我的眼前,呼呼跑过去一群,又跑过去一群。我觉得,墙壁没有了,柴垛没有了,只剩我孤零零的一个人,坐在大街上。我正不知怎么是好,长生的娘,一面"咕——咕——咕"地喊叫着鸡,一面向这里走来。她一个人叨念着:"就在这儿刨土吧,吃虫吧,老娘看着你哩,不要乱跑,不听话,狐狸吃了你,疯狗咬了你,可是不得了。"

我明白,这是说我哩。不知跟谁,她突然发火了:"回家,不要老是往这儿跑!"

是长生的声音:"噢!光许你来,不许人家来?"

"还嘴硬,我打你。"

"给你打,这儿有根棍儿。"

"不懂事的兔羔子,我跳井去。"

长生一面往回走,一面嘟囔着:"跳井干吗?人家还吃水呢,跳河去吧!"

"铛铛——"锣声响起来,一个男人喊着:"各家各户,都到村东大庙开会去,不去不行——"枪栓声、喊声、娃娃的哭声乱成了一团,像河里发来了大水,流向村东去。好半天才静下来,死一样的静,只有小杨树的叶子,哗啦哗啦响了一阵,好像有什么危险默藏着,我又觉得无依无靠了。

是长生在这破院子门口,好像敲着一个破铜洗脸盆,有板有眼,扯着长腔数落起来:"人家都说辣椒辣,你说辣椒是甜瓜,不信问你妈,你妈说你是大傻瓜。""金咕噜棒,会打仗,爷爷敲鼓奶奶唱……"

他不断声地数了一套又一套,好像敌人不在眼前,他是过着太平年哩。我的剧烈跳动的心,也渐渐平静了。

二

一直到天黑,敌人才滚蛋。长生和他娘每人抓着我一只手,把我领进家去。暗淡的棉油灯光下,我看出这是两间被烟火熏黑了的草房。长生的娘,四十多岁了,脸上的皱纹挺深,眼睛也熬红了。她把我搂在怀里,仔细瞧着我的脸说:"唉!那爹,那娘,怎么会不挂念呢?"

长生得意地笑着:"娘!我说了吧,她是个女孩,是不是?"

"一边子待着去。"

"嗬!是我先看见的。光凭你呀,哼!早把人家饿成干巴猴啦。"

"看这小子说话多难听!"

我笑了:"大娘,你们就两口人?"

"唉!你大爷叫鬼子抓到关外去挖煤啦,三年了,没有音信。"她愤恨地看着油灯。"我有过九个孩子,男男女女,生龙活虎,都是得了病没法治,一个一个离开娘去了,剩下这么个最小的,光叫我生气。"

我看了看长生,他深深地低下头去。娘又说:"心眼儿倒不坏,就是做梦,也喊咱八路军。"

"领我到家来,不怕吗?"

"咳!天塌下来地挡着哩。"她使劲抓着我的手。"要是没有咱八路军,庄稼人还有什么盼头呢!"

"大娘,咱们一定会打胜的。"

"谢天谢地。可是这会儿,咱八路军到了难处了。我看见叫鬼子打死的那些同志,都是多么好的孩子呀,我那心呀,唉!就像刀子剜着一样,吃不下,睡不着……"

看见她难过,多少天的伤心事,都涌到我嗓门上来,我一头扎在她怀里,和她一起哭了。

长生把脸扭得对着黑墙壁,不高兴了:"哭就把鬼子哭跑啦?就把死人哭活啦?女孩子家,没见识。"

"兔羔子,你娘也是女孩子?你从哪儿学来的这种见识?"

"反正比你们强,哼!放着大事不办,咧开大嘴哭开了,没见过。"

一句话提醒了大娘,她撩起衣襟擦干了泪,严肃地对我说:"孩子!这几天乱着呢,四处都是敌人,你在这儿藏几天才行。"

我感激地点了点头。长生不满意了,用白眼珠看着他娘:"看你那笨嘴,说了半天也没说清。"他对着我:"剃头刀磨好了,水也烧开了,衣裳也找来了,叫你剃成一个光葫芦头,装成个半大小子,跟我一样,行不行?"

像火烫了一样,我两手抱住头,惊慌地看着他们。大娘推了长生一下:"看你这明白二大爷,你那嘴伶巧,说出话来像杠子一样打人的头。滚到旁边待着去。"

长生傻呵呵地笑了。

好言好语,大娘劝了我半天,人家说得蛮有道理,我不能说不行,也不愿意答应。只恨鬼子来"扫荡",要不然,我怎么会碰见这么倒霉的事呢?

大娘端来水,拿起刀,不管我愿意不愿意,给我脖子里围上一块破布,硬把我按在小板凳上说:"越剃越黑,等把鬼子打出去,你准有一头乌黑的长头发。"

长生帮着他娘说:"你没看见过苜蓿吗?割一茬,下一茬长得更好。"

我的满头短发,像房顶上扫下的雪,一堆堆地落下来,我心里可难受哩。每天早上,我梳它,把它塞进军帽里,它不太听话,总露出一两撮,耷拉在眉头上,也是挺好看的。现在可好,变成个光秃秃的和尚了。我的泪珠,也和头发一起滚下来。

大娘给我打扫着脖子里的头发。长生安慰我说:"你剃了光秃,就是我哥哥了,咱俩一块当八路军打仗去。你看我娘,她要是背上个

22

枪，戴上兵帽，兵帽后边撅哒着一个大纂儿，那不是老妖怪吗？还是男的当兵好，是不是？"

说着，他拿来一面镜子，往我脸前一放，我只看了一眼，又想哭又想笑，一头扎在大娘怀里了。

长生说："你的头皮儿曲青，像刚刨下来的白萝卜，好看着哩。"

从此，我和长生每人提着一个篮儿，捋树叶，挖野菜。长生对孩子们说："这是我的表哥，从东乡逃难来的。"

一个圆胖胖的男孩，把头摇得像个拨浪鼓："不信不信，你怎么一下子冒出个表哥来？"

长生用眼角斜着他："你耳朵里塞上驴毛啦？就没听说过我表哥？"

"我奶奶说，你没有表哥。"

"你奶奶？她八百年前就聋咧，一聋三傻，她是个傻瓜。"

"你是什么东西？"

"你是什么东西？"

我怕惹出祸来，急忙劝那胖孩子："我弟弟不懂事，你是哥哥哩，别吵咧。"

胖孩子不让步，像只好斗的公鸡，更上前迈了一步，凶狠地斜了我一眼："他呀，哼！小八路！"

长生是只更凶猛的公鸡，伸出铁一样的小拳头："你，你是小八路！"

"你是小八路！"

旁边有个圆眼睛的孩子，眉开眼笑，跑上来神秘地说："小八路就小八路呗，别说算了，咱们都是小八路好不好？每人找一杆枪，咱们打仗，打鬼子吧？"

两个就要厮打的孩子，歪着头，互相仇视地对望着，一听这孩子的话，想了想，像河里开了冻，扑哧一声都笑了。胖子说："好好！咱们都是小八路，打鬼子！长生，你当刘师长吧？"

长生指着他："好！那你当陈司令。"

胖孩子十分崇敬地看着我："你呢？你当毛主席行不行？"

我不好意思地笑了，急忙摇手说："不行不行，我腿疼，你们玩吧，我看着。"

呼啦一声，孩子们散了，每人找了一根高粱秆扛在肩上，又是侦察兵，又是运输队，长生站在高岗上，腰里别着一块木头当手枪。一场战斗，十分认真地开始了。

我是个女孩子家，早就不习惯和男孩子一起玩这种游戏了。真打仗见过好多次，这算是什么？不过，人家玩得挺有意思，我纳闷，这是谁教给他们的？

玩完了，孩子们流着汗，喘着，问我："像不像？"

我点头笑着："好，很像。"

胖孩子遗憾地说："看！叫你当你不当，现在这个样子，你就很像是……"

长生冲上来，翻着白眼睛："像什么？像什么？我表哥！"他拉起我就往家走，孩子们在身后看着，不知他们想什么。

晚上躺在被窝里，长生打呼噜了，我问大娘："你这个长生，天不怕地不怕，好厉害呀。"

大娘说："他们赵家祖宗八辈都是这样，没有多少财产，就有一把硬骨头，这是他们的传家宝……"

第六天中午，我们宣传队的老管理员找我来了，长生硬是要跟我们去。大娘一张嘴，长生就把她顶回去："你这老顽固、老落后，不许你说话。"

大娘说："好好，我算不管你咧，只要管理员带着你，你就去，

反正早早晚晚，你也是八路军的人。"

管理员拉着他的双手，嘴唇都快磨破了，说今后环境不好，部队要改成便衣队，秘密活动。上级不叫要小兵，部队里的小兵，都要暂时回家去。长生别愣着脑袋瓜，硬是不信这一套。管理员擦着汗，没法儿治了。

我们临走的时候，家里不见了长生，大娘说："谢天谢地，神仙把他领去了。"没想到，在离开村子很远的野地里，在小树丛中，他突然冒出来。管理员说："这可好，神仙把他领到这儿来。"他两手掐腰，气愤的眼睛里，好像要冒火星了。管理员拉他，他打管理员的手，管理员向我使眼色，叫我劝劝他。我忍不住地流着泪，只是远远地望他。他走过来，捏住我的衣角，求救地看着我。他那满含泪水的眼睛，使我想起，他从柴堆里翻出我来的时候，我就是这样看着他的。没有一点犹疑，他救了我。那花生，那红枣，是去年冬天，他姑来看他，给他拿来的，他没舍得一下子吃光，都给我吃了。他，活生生就是我们的，我们党和军队忠实的儿子，不带他去，就像亲娘不要她的孩子。我说不出什么话来，一把抱住他，哭开了。

管理员本该埋怨我的，可是他，五十多岁的大老头子了，呜呜呜，哭得也是痛着哩。

三

在解放战争中，部队打了很多胜仗，有一天，我们给部队庆功演出。我去向老乡借衣服，走到大街上，两旁都是我们的指战员。我听见一个小伙子说："嘀，文工团的女同志，也把脸晒得这样黑呀！比咱们当兵的还黑哩，这也算是个女同志？"

另一个小伙子的声音，很严肃，很强硬："又不是发面馒头，什么黑呀白的。你要是闲得嘴痒，帮助老牛嚼干草去。"

我忍不住笑着,向这小伙子望过去。呀,我惊呆了,这是谁?这样面熟!小伙子也好像从我脸上看出了什么,走上前来。我还没有想出个眉目,他突然两手抱住我的肩膀,像孩子一样跳起来:"啊,我表哥,我表哥!"

刚才挨呲哒的那个战士,撇着嘴说:"装得可像个明白二大娘,连男女都分不清了,明明是他表嫂,硬说是他表哥。"

小伙子被狂喜抓住了,不再计较什么,和气地对那战友说:"留着废话以后再讲,快打开水去。"

说完,拉着我就往他住的地方跑。房东大娘也说话了:"噢!是他姐姐来了吧?"

战士们的声音:"不,大娘,他表哥。"

"嘿!孩子家,光知道胡说八道的。"

老大娘进来了,挺喜欢地抓住我的手:"闺女,你饿吗?我给你烙饼去。"

我感谢地摇了摇头。

她埋怨她的战士:"你这傻孩子,都是说了些什么?"

青年站起来:"大娘,是我表哥,有空我细细跟你说,你先走吧!"

大娘一面笑着一面往外走:"你要是说不清啊,哼!看这一顿打。"

这老大娘的背影、口气、对人那亲切的笑容,多么像我的赵大娘啊!现在,她在家里做什么呢?给前线的战士们做军鞋?还是缝军衣?她怎么也想不到,她的两个孩子,分别多年,在这遥远的战场上见面了。

刚才那个挨呲哒的战士,真的端来了开水,还拿来两个挺干净的茶碗,一句话不说,只是笑。战友求他说:"你给我请个假去,就说我表哥来了,下一课操练我不去了。"

那战士点着头,走出去。

起初,我觉得奇怪,在众人的面前,他为什么一定要违背事实地叫我表哥呢?看着他严肃的眼睛,听着他真挚的口气,我明白了。我那童年的朋友小长生,我们哭着分别以后,在艰苦的年月里,他是多么想念、挂心他那患难的小表哥呀。不知经过了多少的梦,他终于找到了他。看样子,他恨不得喊上一千个表哥,来表达他多年积攒的感情。

这一刹那,我们各怀着激动的心情,沉默着。猛然,他站起来,把他那满鼓鼓的子弹袋、卡宾枪、一长排手榴弹,一样样地摆在我面前,仍然有点孩子气地歪着头说:"看!叫你们带我,你们不带,现在,我什么都有了。这个美国政府和他的走狗蒋介石,比你们那个东条英机和汪精卫可有气魄,可大方多了,送来的都是上等货。"

我忍不住笑着说:"那好哇,你再也用不着哭了吧?"

"哼!还说呢,你们那时候可真狠心哪!你知道不?我仰脸朝天,躺在野地里直直哭到星星出来,两顿饭没有吃。我娘找我来了,她还骂你们哩,说不该不把我带去。"

我擦了一下眼睛,问他:"现在你还不明白那时候的情况?问问你们张团长好不好?他是咱们那地区的武工队长。"

"不管他情况不情况,反正你们不允许我革命,我恨你们一辈子!"

"再长大一点,你就不恨了。"

"没那么便宜的事,一百年以后也饶不了。"

"哈哈……"

我满含着泪水,大笑起来。可不是吗,满打满算,他才十八岁,我也才二十岁。他是个结结实实的小伙子了,可是他那聪明的黑眼睛,也还有点孩子气,也还有点调皮。他又把身子扭得对着墙壁:"光看我干什么?不认识就打听打听,你还没喊一声我的名字哩,忘了吧?"

我又想笑,但另一种严肃的感情抓住了我,我站起来喊他:"长生,我们十八团的英雄战士,我小时候最亲爱的朋友……"

他还像小时候一样,调皮又得意地笑了。

"哈哈,稀奇的消息传遍了全团,我以为出了一件什么古怪的案子,我这个'福尔摩斯'悄悄地跑来了。说了半天,是你们俩呀,到底是怎么个表哥表弟呢?"

张团长一说话,像是开了一台戏,想不到他是这样突然插进来。我问他:"你来干什么?"

团长笑着说:"看,你自己的任务你都忘了?你不是要编剧本吗?今天早上你们文工团长跟我说,叫你到英雄的六连来,首先访问连长指导员,然后重点访问那位最年轻的战斗英雄,不是吗?"

我笑了,想起了我的另一个任务,就对长生说:"那好,我以后再来找你。"

团长说:"以后干什么?一气儿谈个够吧。"

"人家有任务嘛……"

"这就是你的任务。长生,过来。"

长生真的慢慢腾腾地走过来,团长一手拉着我,一手拉着长生:"我给你们介绍,这是十八团最年轻最出色的战斗英雄赵长生。这是咱们军文工团的'白毛女'。"

长生把脸一扭:"嘀!我看见过你,我光知道是个'白毛女',不知道是我表哥哩!"

他这句话可有点玩笑的口气,我不高兴了,干脆地说:"我光知道有个年轻的战斗英雄,可不知道这么孩子气。"

团长拍起手来:"好哇好哇,这就是戏,这就是戏。"

玩笑开得够了,我拿出小本子和笔,坐在炕沿上,正正经经地对长生说:"好!你就谈谈吧,你是怎样杀敌人的?"

长生又把脸扭到一边去:"就这么个谈法啊?哼!我一个字也不会说,除了孩子气,我还是孩子气。"

"那怎么谈呢?"

"你最好把你怎么样不让人家参军,不让人家革命那回事编个戏。"

"唉呀呀!这可真是天大的冤枉。"

团长说:"不管冤枉不冤枉,他叫你编,你就编进去吧,那是他真实的历史。真实的东西,是叫人难忘的。谁都有过自己的童年,这孩子参军的时候,首先对我讲的就是这件事,他是哭着讲的。因此,尽管他那时才十五岁,我收下了他,叫他在我的团里当战士。三年,他才十八岁,战争教会他早早地懂得了真理,别光看他表面的孩子气,他有了一颗成人的心。"

长生坐到我身边来,我们一起默默听着。

这次编剧的任务,我没有完成,长生是怎样战斗的,他一个字也不对我提起,我猜不透他的心理,只觉得很纳闷。

后来,张团长告诉我:"你猜不透长生的心底吧?他想的是:一个人是打不了胜仗的,那些为祖国牺牲了的战友,是最光荣、最值得纪念的。"

我久久地看着老团长,他,是了解他的。

四

每次见到长生,我都问起我的赵大娘,我是实在想念她老人家呀!

多少年的心愿，多少年的盼望，今天，我终于站在了赵大娘的面前。当她认出我来，立刻抓住了我的两根辫子，第一句话就说："看看！这不是又黑又长的辫子吗？傻孩子，不哭了吧？打蒋介石那时候，你就是再剃上两次光头，辫子也会这么长了。留得青山在，不怕没柴烧，我的闺女，总算是长大了。"

我急迫地问："我的弟弟长生呢？"

"你不是见到他了吗？他来信说啦。"

"从一九四八年以后，我见不到他了，他现在在什么地方？"

"打老蒋呗，老蒋不是跑到台湾了吗？"

"我是说，他驻军在哪一省，福建？"

"不，在战场上。"

"哪个战场？"

"打敌人的战场。"

呀！这可真把我弄糊涂了，什么地方有这样的战场？

大娘不再回答，默默把一封信给了我，我以为这一定是长生来的。那个生龙活虎的小战士，天呀！转眼他该是三十二岁了。一定又有个小长生出世了。我正想和大娘开句玩笑，她突然把信抢过去："孩子，你还没吃晚饭哩，我就掀锅，你吃了饭再看吧。"

"不！大娘，不看我可吃不下去，我太想他了。我们那次见面呀，你要是在场，也会笑得直不起腰来。"

"好好，那咱们吃了饭再说。"

她决意不给我那封信，我惊慌地看了看她的神色，那是严肃平静的。她虽然老了许多，背也弯了，可是面色是红润的，不憔悴，不忧愁，老人家活得多么坚强。她一面端出饭菜，一面唱着儿歌："金咕噜棒，会打仗，爷爷敲鼓奶奶唱。人家都说辣椒辣，你说辣椒是甜瓜……下边怎么说来着？"

这是长生说给我听的，六十多岁的老妈妈，她还记得。我接着说出了下两句："不信问你妈，你妈说你是大傻瓜。"

我们又说又笑地吃了这顿晚饭。

晚饭后，我们对面坐在炕桌的两旁，桌上放着棉油灯。这还是二十年前那盏圆圆的棉油灯，我点过它，认识它。就是在这盏油灯下，长生给我讲故事，说谜语，我教他第一次写着他自己的名字——赵长生。就是在这盏油灯下，大娘纺棉花，长生像小燕子一样探出头来问我："你见过大炮吗？飞机的翅膀上有毛吗？小星星为什么不掉下来？一到天黑，为什么太阳就能染红云彩？"

大娘看了他一眼："你真是个多嘴的乌鸦，跑腾了一天啦，叫你表哥睡吧！"

长生可是不服气："你管啦！你不叫人家问哪？你堵住人家的嘴呀？"

想到这里，我问大娘："长生大一点了的时候，还对你那么厉害吗？"

大娘两眼盯住小油灯："他呀，是个刀子嘴豆腐心，心眼里可疼我哩。我要是有点点小病，就像他身上长了个轴一样，翻过来，调过去，一夜夜地睡不着。"

"这会儿他在哪里？该说明白了吧？"

大娘想啊，想啊，她抬起头来，眼光十分深沉："孩子，从第一眼看见你，他就心疼你，是吧？"

我默默点着头。

"你们一块到过大别山，那条路上有你的脚印，也有他的脚印。"

我点头。

"你吃过树叶，他吃过糠皮。"

"大娘……"

"我本想不对你说，可是怎么对得起那从小的好兄弟。"

我的心往下一沉，明白了，喊着："大娘……"

"孩子！战场上死过许许多多的好孩子，别人的儿子能为国家去牺牲，我的怎么就不能？"

"大娘……"

我终于扑在被卷子上，哭起来，为这母子的无私、坚强。

"孩子，哭吧，我也是这样哭来的。黑夜哭，白天哭，看见儿子种的大树哭，听着儿子逮过的知了哭……

"后来，我一连接到张团长的三封信，还有弟兄们的。给！都在这里。"

我擦干了手，接过来四封信，打开第一封，就是战士们写来的：

娘！革命战士的亲娘！

你的长生，是中国人民的儿子，是我们最亲爱的兄弟。娘！真的，不知是在梦中，还是在我们的想念中，我们常常看见他那天真可爱的笑脸，听见他逗人欢笑的声音。我们全连一百二十个战士，每人喊你一声亲娘！请你都一一答应。你要是有什么病灾，你要是展不开愁闷的眉头，就请写信来吧，娘！写信来。战士们终身孝敬你，你要是天天流泪，战士们就天天心疼。

长生在战场，永远在战场，他是祖国蓝色的晴空下，一只勇敢美丽的雄鹰，只要世界上还有敌人，他就永不休歇地战斗……

六连那些生龙活虎的弟兄，好像都个个站在我面前了。待了好半天，我又打开张团长的信，我看见了他那开朗的心胸、崇高的情感和一个老革命家顽强的意志。我想，赵大娘就是从他们的信中，又取得了生活的力量。我抬起头来，看着大娘，她像在盯视着广阔的远方，说话的声音很激动："后来，我把心一硬：我哭病了，哭死了，又有什么用？不正好蒋介石拍手高兴？老娘不哭了，我才不哭哩，我留着我这一身劲儿，总有一天，打死你个老秃驴，就是你钻了地缝，老娘也要剜出你来。"

她忽然想起了什么，低头翻着她穿在腰带上的荷包，费了好大劲，才翻出一个黑黑的小东西，她递给我。

啊！这是一颗美国卡宾枪上的子弹头。我不解地问："这是？"

"孩子！你大娘步行了七天七夜，走了四百八十里，到了你们打过仗的地方。不管怎么着，娘想看看儿子。在孩子的头骨里，我听见一个响声，倒出来一看，就是它——这颗子弹。"

我的心震动了，是悲伤，更是仇恨。从鸦片战争起，一百多年了，我那多难的祖国呀！你有多少个这样优秀的儿女，都在洋鬼子的枪弹中倒下去。但是谁怕呢？我们的小长生，在他的村庄里，有三十多个被捕的同志，叫鬼子杀害了。他那幼小的心田里，没有种下自私与怯懦，他却哭着闹着要打鬼子去，他一生最大的悲痛，就是那一次没能让他去。是啊，他又被洋鬼子的枪弹打中了，可是美国鬼子自己呢？一切的强盗还敢那么轻易地到中国这块美好的土地上来吗？

一个善心的农民老大娘，没有听过火车响，没有浪费过一粒米，她的丈夫，她的儿子……她呀，怎么能不恨？她想说话，她激动得嘴唇哆嗦着："美国鬼，贼老蒋，你们来吧，老娘等你们把心都等焦了，头发也等白了，老娘实在不耐烦了。是英雄，是好汉，是草包，是坏蛋，要来都来吧。你们吃什么？喝什么？老娘有一口祖先留下的大铁锅。要住高楼有高楼，要住鸡窝有鸡窝……"

我双手抱住亲爱的大娘，她累了，我不让她再往下说。仇恨，像高山的瀑布，像江河的波涛，是泻不尽，流不完的。

夜深了，我们坐着，像暴风雨后的海洋，无声无息。长生栽种的高大的白杨，在夜的晴空下，飒飒喧响，我和大娘的身旁，是那盏古老的棉油灯，是那颗美国造的子弹。乒的一声，大娘把那子弹摔了一下,突然指着它问我:"孩子你说,这是什么?"

我反问:"不是子弹吗?"

"孩子!这是子弹!可咱们要常常看看它,瞅着它,咱们子子孙孙什么也不怕,什么也不怕了……"

大娘那高昂的脸色像一片灿烂的阳光,在她的照耀下,那颗罪恶的子弹显得多么卑鄙,多么渺小!

我心中久久想着:是啊,这是历史的见证;是啊,不忘烈士,不忘对敌人的仇恨,才能更有力量把我们的国家建设好,把革命进行到底。

长长的流水

十三四岁的时候,我是多么不懂事啊。

一

我家住在平原上一个很小的小村庄里,不管眼睛往哪儿看,全都是平展展的土地。我常常想,山是什么样的呢?比白杨树还高吗?站在最高的山顶上,离天还有多么远呢?

一九四三年春天,党把我送上了太行山,我这才明白,原来山是石头的。山上有古庙,有绿葱葱的树林。山下,有一条长长的小溪,它弯弯曲曲地往下流,流到什么地方去。我觉得,我是在一个甜蜜的梦里。

我们全家人,都从山东跑到冀南来参加了革命工作。真气人,去年敌人几次大"扫荡",到处都盖起了炮楼,挖了一道道的封锁沟,把我们冀南抗日根据地,割成碎片片了。话又说回来,要不是这样,冀南区党委党校,也不会搬到太行山的小村庄里来住,我也就看不见山了。

来到的第二天,组织部的王干事把我叫了去,问我:"这里有整风大队,也有学校,你想整风,还是上学?"

我想了想,问:"和我一起来的大同志都干什么?"

王干事说:"当然啰,他们都整风。"

我毫不犹豫地说:"那我也整风。"大同志干的事都是最有用、最光荣的,我还能落后吗?

没想到,旁边坐着一个女同志,她插嘴说:"你这么小个孩子,整风干什么,上学去吧!"

我盯了她一眼,她脸上有许多黑点点,看那样子,也是刚从平原上来的。我很不满意地顶了她几句:"噢!光许你整风,不许人家整风?我偏要整风,看你把我怎么着!"

王干事笑了:"好好,叫你整风。"他转身对那女同志说:"你看她小哇,她从九岁就到革命队伍里来了,当过宣传员、交通员,被人逮捕过两次。叫她先整整风,提高提高思想也好。"

我很想对那女同志说:"怎么样?这一下把你那嘴堵住了吧?"她却笑眯眯地站起来拉着我的手:"那就走吧!"

我把身子一扭:"你是干什么的呀?"

王干事急忙站起来说:"我还没给你介绍呢。这是李云风同志,枣南县妇救会主任,现在是整风六队的小组长,就把你分配在她的组里,以后要听她的话。"

我心里想,真倒霉!

来到女同志宿舍,看她那个热闹劲吧。又是跟房东借大盆,又是去担热水,还拿出她的手巾和肥皂,下命令一样对我说:"脱了衣裳,洗!"

嗬!这是干什么呀,热气腾腾一大盆水,又不是宰猪哩。我站着不动,她推了我一下:"先洗头。"

我一当上交通员,为了工作方便,就剃成个光秃了。我觉得挺委屈地说:"人家连一根头发丝儿也没有,洗哪家子的头哇?"

"没有头发,上边也有土。"

"没有土怎么长庄稼呢?"

"我看你又调皮,又不讲卫生。"

"在敌占区,人家整天滚得像个泥蛋蛋,也没人叫我洗这洗那的,就是你那道道多。"

不管三七二十一,她伸手把我的头按进水里,看这一顿洗哟,从头到脚，她差一点剥下我一层皮来。洗完了，她喘着粗气说："看！比一个小猪强多了。"

我噘起嘴说："人家那一身土气儿，是从冀南带来的，叫你这一收拾，连一点家乡味儿也没有咧。"

"等你学习好了，再回去嗅你那家乡味吧！"

忽啦，大门外涌进来十多个女同志，梳两条长辫子的、短发的，一个个唱着，大声说笑着。她们不再梳假髻了，也不再装成个农民的小媳妇儿了。一离开敌人的眼睛，看把她们疯的，都想上天呀！她们一看见我，就围上来嚷开了："我们队又来个女同志？噢！这么小哇？"

"这不是个半大小子吗？头发呢？"

"你也整风？给你提个意见，你哭起来怎么办？"

我说了声："你，你才爱哭呢！"一下子冲出了包围圈，不叫她们七嘴八舌地评论我。

又一个女同志，倒是还有点农民大嫂子的味道，从门外端着饭进来，笑眯眯地对我说："咱们是一个组的，我叫玉珍，给你打晚饭来了，你和云风快吃吧。"

我们吃着，她不眨眼地看我，要是我的脸皮儿薄，早叫她看臊了。谁也没有问她，她就说："我是三分区妇救会的，是背着孩子到太行山来的，现在把孩子放到老乡家去了。"好像她不说说，心里憋得慌。

晚上，十二个人睡在一个大炕上，她们给我挤了个空，左边是玉珍，右边是云风。玉珍在灯下给她的孩子缝夹袄，云风到房东屋里去了。我指着她的空被窝，悄悄问玉珍："她好吗？"

玉珍作了个老大娘的表情："咳！好着哩，高中毕业，抗战前就在济南领导学生运动，叫韩复榘抓到牢狱去三次，都是她爹用银圆把她买出来的。她爹是个商人,有一次对她说:一个大闺女家,整天在外边胡闹腾,不害羞?家里又不是没你的饭吃,你要是再叫人家抓了去,我有钱也不白白糟蹋了。云风说:你害羞,你就在家吃你的饭吧,我要是再叫人家抓进去,请别再糟蹋你那钱啦。她爹把胡子一撅,乓!摔了个大茶壶。就从那,她跑出来再也没回去。现在是我们县的县委委员了。"

嚄!不简单。

二

我们全队十多个女同志,就数云风年岁大,也数她老资格,人们都喊她大姐大姐的。整风嘛,有的女同志心眼儿小,听到一点意见,就回到宿舍来偷偷哭。我心里想,还是你们爱哭吧?我一次也没哭哩。大姐却悄悄地把人家叫出去,坐在门外的石头上,低声地说呀说,有时候说到半夜,她们才回来睡觉。

不知道为什么?她怎么偏偏对我那么厉害呢?人家都念一本本的大厚书,她却给我找来了小学的语文和算术课本,从一册到八册,很不客气地对我说:"除了看整风文件,你要抓紧一切时间,把这些课本读完,每一个标点符号都要学会,还要学会加减乘除,马虎一点也不行。"

看!我还没有长大,就有了一个婆婆。

我们住的这个村,正在闹反霸斗争,佃户们有了什么事儿,也来问她,她大步大步地迈着,去给人家想办法。谁家日子过不去了,她坐到人家炕头上,给人家出主意。连两口子打架,婆婆对儿媳妇不好,她都去劝说。人家谁知道她是从哪儿来的呢?她一点也不客气,就像到了自己的家一样。她只是一个县的妇救会主任,好像全中国都属她管着哩。老乡们看见她,眉里眼里都是笑意。两个婆娘一面锣,三个婆娘一台戏；和大嫂子们说笑起来，她自己就满够一台戏了。偏偏一走到我面前，她的脸儿也变冷了，声音也难听了，好像我上一辈子该她二百块钱，没有还她。她翻着我的笔记本说："你把字写这么潦草！一笔一画地写嘛，还不会走路，就要跑。"

我可真有气了，你们写字不都是哗啦哗啦一大片吗？怎么偏偏不叫我写快了呢？人家大小也是个干部哩，听报告的时候，就不叫人家记录个什么的？倒过去竖过来她都有理："记录的时候，可以写快一点，回来一定要清清楚楚地抄一遍。"咱敢不听吗？人家是婆婆哩。

我们住的房后边，就是那条长长的小溪。它的两岸，有很多好看的石头子儿，长的，圆的，粉红的，雪白的。我把每个衣兜都装满了，像蛤蟆肚子一样鼓着，跑起路来哗哗响呢。每天吃罢了晚饭，我就跑去找，一直到天黑才回来，大姐早摆出我的课本等我哩，进门就问："野够了吗？学习！"

老实说，在敌占区，我一个人到处跑惯了，愿意学习就学一会儿，不愿学就玩一玩。敌人三天两头来，还要钻地洞，没有人像她这样，两只眼睛老是盯着我。看看别人，整风就是整风呗，我可倒好，还多了一层麻烦事儿。没办法，坐下来学！可心里总觉得别扭，就盯着她的眼睛说："你说话像刀子挖人一样？不好听。"

玉珍在一边说："她是刀子嘴豆腐心，心眼儿可好着哩。"

我扭头顶了她几句："当然你说她好了，你的孩子没衣裳穿，她脱下裤子来，做成小衣服，送给你，就把你的心拴住了。"

"嘿嘿！"玉珍笑着，"不信你等着瞧，你要是没衣裳穿了，只要她有，也会送给你。"

"我又不是吃奶的孩子，我才不要呢。"

大姐拍了一下课本，忍住笑说："这就是我送给你的，要也得要，不要也得要。"

我一面学习,一面把脸拉得老长,嘴撅得老高,总想法鼓捣出点声音来,烦她的耳朵。学习完了,她老半天地望着我,叹了一口气说:"你呀!唉!长大了你就明白了。"

我用白眼珠斜着她:"我这也不算小,三年前,我在宣传队就是排级干部待遇了。"

"哼!你叫我又想哭又想笑。"

我指点着她的眉头:"你呢?你也叫我又想哭又想笑。"她哈哈大笑着,一把捉住我,捶了我一顿。

有一次,我没头没脑地问她:"你几个孩子了?"

"两个。"

"谁给你看着?"

"他姥姥。"

这天晚上,我躺在被窝里,她不声不响地补我那破棉袄。是啊,秋天过去,冬天又要来了,柿子树叶在一片片地往下落,落在小河里,水也有点凉了。她拉着长长的线,唱出很好听的歌,说是个摇篮曲。这一会儿,我觉得她挺可爱的,就悄悄问她:"你想孩子了吧?"她不点头也不摇头,只是默默一笑。我劝她:"别想啦,他姥姥会心疼他们的。"

哗的一声,满屋子女同志都笑了。玉珍小声对我说:"傻丫头,人家还没结婚呢。"

我才不信呢,天下还有二十八岁不结婚的吗?我气呼呼地问她:"你到底有没有婆婆家?"

她哧一声笑了:"我那是逗着你玩的。"

我使劲把被子往头上一蒙:"你自己不害羞,自己负责,我管不着。"

玉珍把头伸到我被窝边来,悄悄对我说:"她有一个很好的爱人,前年刚说要结婚的时候,牺牲了。"

噢!我的心沉下去,偷偷瞧了瞧大姐。她的脸是平静的。微小的灯亮,在她眼里闪着光,她又唱起了摇篮曲:

  宝宝,你好好地睡,
  风儿等着你,带你到无边的海洋去,
  闪电背着你,带你到遥远的天空去……

玉珍哑声说:"听见吗?是她自己编的,她还会作诗呢。"

我心里久久地想着,诗,什么叫诗呢?

三

从这以后,我觉得有点喜欢大姐了,她脸上的雀斑点点,也好看多了。有一次,我照着镜子想,我要是有那么白的脸,上面也有那些小黑点点,该是多么好。

一惹她生气的时候,我就想起,她爱人牺牲了,急忙不叫嘴噘着了。可是有一次开会的时候,我怎么也忍不住了。她给别人提意见,总加上"同志"两个字,说到我身上,一口一个小刘长小刘短的,好像我不算是一个干部哩。整风嘛,别人都有个什么阶级意识、立场,什么什么主义。我呢?她真瞧不起我,连个名词儿也不给我下,好像我是个偷瓜摸枣的野孩子,就配叫她这么直打直地数落我:"小刘不用功,不踏实,连个加减乘除还不会,就有点骄傲自满,不往远处看。革命需要我们干的还多哩,我们又会什么呢?"

散了会,她又教我功课。人家肚里的气还没有消嘛,我就狠狠地对她说:"一个鬼子加上两个鬼子,等于三个鬼子,这么一加,那三个鬼子也死不了。"

她又气又笑地说:"你这样想?那就什么也别学,等着吧!"

我说了声:"当然等着,等到明天早晨,我一顿吃四碗小米干饭,喝五碗野菜汤。"管她爱听不爱听呢,我撒腿就跑了。

跑到小河边,我脱了鞋,坐在一块明光光的大石头上,把两只脚丫儿伸进清清的水里泡着,两手打着拍子,唱起歌来:

我们在太行山上,

我们在太行山上,

山高林又密,

兵强马又壮……

一只小鸟,歪着头儿,从石头缝里瞧着我,好像在说:"你唱得真好,再来一个。"那还用说嘛,我一个接着一个唱下去,越唱越有劲儿。我好像是在指挥着一个合唱队,小风一吹,水中一个一个闪亮的波纹,像许多只眼睛看着我哩。

我共唱了十五支歌。天黑了,回到宿舍,我还一面唱着,一面解扣子钻被窝。

大姐一把揪住我:"没有那么便宜,你还没有做功课。"

我只好又拿出本本来,让她教我。她要开始教了,又忍住笑,两眼盯着我说:"你会吃小米干饭,能喝那么多野菜汤,就很不简单了,还学这个那个的干什么?"

我立刻又解扣子说:"咳!那就钻被窝儿呗。"

她笑着,捶了我一下:"把你喂肥了,又不能宰着吃,没人白白养活你,学!"

整风到八个月上,发生了倒霉的事,大姐长了一脖子淋巴结核疙瘩,叫她到卫生所去休养。她对玉珍说:"你来教她高小的功课吧。这孩子够聪明,就是太浮躁,管严一点才好。"

她又对我说:"我有时候很性急,说话不好听,你可以骂我、恨我,可是不好好学习不行。"

听了这话,我没有生气。想起了这样一件事:在我们老家,把大姐长的这种疙瘩，叫作气瘰疙瘩，说是人生了气，才得这种病的。我想来想去，觉得很难受，大姐走我也没听见。忽一下子，我闯出门去追她了，追了二里多，她听见了我的脚步，猛一转身，在那条山间的小路上，她站住了。我紧张地望着她脖子上的疙瘩说："你长这个，是叫我气的吧？"

她握起我的手，说了声"不"就淌泪了。她立刻打开书包，拿出一个很新的黑皮本子，递给我说："用它写日记吧。每天写，锻炼思想，锻炼手笔。"

我一声没出地点了点头。她又弯下身来，无限亲切地嘱咐我："将来你会明白，革命需要有文化的好干部。"

这一次，我顺顺当当地听了她的话。我第一次写日记了，开头我写着：

"大姐走了，她病了。晚上看见她那空空的床铺，我想哭一场。我明白了一件事，她对我好……"

四

整风学习完了以后，我又去上了半年中学。在敌人对太行山最后一次"扫荡"中，我病了，每天发一场疟子。我也被叫到卫生所去休养，和大姐住到一个屋里去。

我跑进门，她大喊了声"小刘"，向我伸出两只胳膊。她瘦了，因为缺乏必需的药品，淋巴结核串遍了全身，她的一条腿完全不能动了。我一头栽到她怀里，说不出的难过。八九个月，我多么傻呀，就不知道来看看她。

只住了一天，我就看出来，她整天一个人坐在门板床上，性情变温和了。我这一来，她高兴得不得了，对我说话，比从前好听多了。

我发过高烧，呕吐老半天，头疼得睡不着，老是跟她说这样一些话。"我家门口,有一块大石头。""我娘会做粉条煎饼。""我姨家有一棵杏树,长的杏又大又红。"我自己也不明白我这是想家了。

每当这样的时候,她就急忙拄着双拐,坐到我床头上来,叫我喝一些开水,轻轻给我唱一支好听的歌:

唱吧,你快乐的风,

你走遍全世界的高山和海洋,

全球都听到,你的歌声……

她的眼睛,通过小窗,望着远远近近的太行山顶。有两朵雪白的云,在蓝天上慢慢向东流,高山仰头望着它,好像在说:"我们怎么就飞不起来呢?"一阵秋风刮起,大山还是纹丝儿不动。风好像也说话了:"不行,大石头们,你们太重。"

大姐还是在歌唱着风。

医生用针灸,把我的疟子制住了,叫我养一养。这时候,大姐要看我写满了日记的黑皮小本子。我很害羞,也有点怕,慢慢吞吞递给了她。她打开一看,默默笑了,正要往下翻,门外突然有个生人说:"小刘住在这儿吗?"我说了声:"我住在这儿,你是谁呀?"说着,他就进来了。

我不认识他。他有三十多岁,蒙着白羊肚子手巾,化装成个农民的样子。他自我介绍说:"我从冀南六分区来,到延安去路过这儿,你娘叫我给你捎来点东西。"

一听"你娘"两个字儿,我的泪水立刻涌出来,三年,我没有看见娘了。那人从包袱里拿出两双白亮亮的细布袜子,递给我说:"冀南的同志们,老房东们,都很想你们,盼着你们学习完了赶快回去,快反攻啦。"说完,他迈腿就要走。大姐着急地说:"你歇一会儿嘛。""不!我还要赶路呢。"我急忙追着问他:"我娘说什么没有?"他回过头来:"噢!说啦,她说她很好,叫你别挂心她,好好学习,不要病了。"我抱着两双袜子,低头走进门来,心里有说不出的难受。大姐不满意地说:"真是个冒失鬼,就不给咱们多说两句儿。"

我忽然想起了袜子。敌人的封锁,又加上两年灾荒,我们冀南的同志,三年没发过衣服和津贴了。我没有毛巾,每天洗了脸用衣裳襟擦干。棉衣拆成单,单的穿成破片片。有了两双新袜子,可真是"财主"了。我立刻蹦起来,把其中的一双往大姐手里轻巧地一放:"这一双你穿吧,你从去年冬天就没袜子穿,你的脚又坏了。"

大姐点了点头,眼圈湿润了。她把袜子细心看了看,满意地放在身边。又打开我的日记说:"你很快就要回去了,让我好好看看你这半年的思想。"

她一页一页地看着,突然皱起了眉头,我就有点心跳。她指着本子说:"是啊,你进步很快,可是……"我就怕"可是"两个字。她偏偏要说:"可是,你看看你写的这是什么?我念给你听:中学的算术太难了,我第一不当供给部长,第二不当会计,学这些干什么?长大了,我要干一件最不用脑子的工作……"她仰起脸来问我:"什么工作能不用脑子呢?除非你不革命了,当神仙去。"

看,是不是?我就知道她的脾气儿改不了,厉害劲儿又上来咧。我耷拉下脑袋,不听也行。

她又翻开一页说:"老师批评了你几句,你就在日记上这样骂人家呀?不叫人家批评,你怎么能长进呢?"

好家伙!我浑身上下都是缺点了,每根汗毛都长错地方了,脚趾头也太短了,耳朵不该东一个西一个,腿肚子也不该脸朝后了。我的脸越拉越长,反正是没好地方啦,不好就不好吧。

她只管看日记,没有注意我,又往下说:"你看,你每天都这样检讨:我不用功,要求自己不严格。怎么光检讨不改呢?这样下去,不是变成个兵油子了吗?"

我像当头挨了一棒，愤怒地望着她。整风的时候我听说，国民党里才有兵油子哩，他们歪戴着帽，趿拉着鞋，抽大烟，抢人家东西，打内战，陷害了我们那么多新四军，都是混账王八蛋。她怎么敢把我和他们相比呢？我的泪水一下子气出来，伸手拿过那双袜子，不送给她了。我要送给小喜去，她和我一起到太行山来的时候，脚上打满了血泡。她是个老实巴交的小闺女儿，从来不说我长说我短的。

大姐愣住了，想笑，又把脸绷起来，一句话不说了，低头用红笔批改我的日记。她愿意怎么批就怎么批，反正那日记本我也不要咧。

晚饭号响了，我把饭打来，往她面前狠狠一顿，她盛上一碗小米加黑豆的干饭吃着，说："把整风的精神全忘啦？又变成了蝎子的尾巴，不能动啦？光叫顺风吹着你长？把你放在神台上，供着你长？拿轿抬着你长？"

我嘴上说："你管我怎么长啦？反正越长越高，不会越长越矮。"心里却有点怯了，按整风的精神说，我是有点不虚心哩。我也不知是怎么回事，一听见人家批评，怎么就像身上着了火一样呢？一直到熄灯，我们谁也没理谁。

深夜，整个太行山都在静静安睡，只有我睡不着。风儿不刮了，树叶不响了。天边的月牙儿，好像怕人家把地球偷走了，默默看守着。远处，有一条小瀑布，哗哗哗，日夜不停地往下流，往下流。忽然，东面很远的远处，传来咕咚、咕咚深沉的炮声。是啊，今夜我们的平原上，在打仗了。打哪个县城呢？封锁沟好过吗？城墙好攻吗？平原，我想你了。

大姐在她的门板铺上轻轻坐起来，小窗前立刻现出一个清秀的黑影。窗外遥远的天边，三颗小星星在眨眼睛。她静静地望着窗外，自言自语地说："这炮声，这炮声……"

又沉闷了。她要是能和我说上一句话，多么好。不！她还生我的气呢。我翻了一个身,她忽然小声问:"小刘,睡着了吗?"她的声音多好听啊,我差一点哭起来,说:"没有。"

"想什么哪?"

"想平原。"

又停了很久,她说:"在苏联,有一个高尔基,小时候,他是个很苦的孩子。有一次,姥姥把他送到伏尔加河边,他上了大木船……"

就从这,每夜睡不着了,她就给我讲故事,讲"保尔",讲"铁流",讲"祥林嫂",她知道的可多哩。听着她的故事,就像有一种甜蜜美妙的东西,在我心里慢慢融化着。天上的小星星,也好像会说话了,太行山在点头笑,树叶也会唱歌了。我回想着小时候和过去的很多事,一切都变得更有意思、更美好了。

五

在白天,她看书,或是想着别的事,我烦了,就叫她讲故事,她不讲,我硬摇着她的膀子说:"讲,讲。"她上下打量我一下,点了点头,找出一本大厚书,往我手里一塞,"去!自己去看。"

这本书叫《我是劳动人民的儿子》,我可叫它迷住了。看完后,又跟她要第二本、第三本……当我还给她第五本的时候,把书狠狠往她面前一摔,埋怨地说:"敢是你会讲呗,说了半天,都在这上面写着哩。你光叫人家念一册二册,不叫人家看大厚书。"

她笑了:"谁说不叫你看啦?你原来没打好基础嘛。"

"你说,这样的好书有多少?我几天才能看完?"

她忽然从床上下来,用一只腿站着,把她的褥子被子一卷巴,嗬!老天爷!不知她从哪儿鼓捣来的,褥子底下铺的全是大厚书。在平原上,我看见这个同志的挎包里布两本,那个同志的枕头底下有一本,好像都跑到她这儿集合来了。有革命领袖的政治书,有中国古时候的小说，我第一次看见了鲁迅的名字。我愣了半天，忽然觉得，我是一个从家乡那小小村庄里爬出来的，多么可怜的孩子呀。在我的前面，在很遥远的地方，有一个广阔美丽的世界，我还一点也不知道呢。

大姐又把褥子摊开，坐在上面，老半天瞧着我说："等把北京上海那些大城市打开，那里有一楼一楼的书，都是我们的，你说，你几天能看完？"

我一把抱住她说："大姐呀！我还是个傻瓜哩！"

这是一九四四年的秋天了，树上挂满了金黄的柿子、鲜艳的山里红。花椒也熟透了，在绿叶丛中，偷偷瞧着蓝天白云和重重的山峰。小报上登出河北平原打胜仗、收复了八个县城的好消息。大姐欢喜又着急地说："小刘，快！去叫医生。"

我噔噔地跑着，恨不得把我的劲都使上，叫她一下子好起来。孙医生来了，没有特效药，他又有什么办法呢？他照常给她拿些药来，抱些好书来。（这我才明白，那些书都是他给她抱来的）他老半天地低着头说着话，安慰她，直到她平静下来，他才离开。

没有别的办法，她就给她工作的县里写信，写给县委书记，写给区妇救会主任，写给那些大嫂子们。问他们生活有什么困难，问孩子们可好。写完了，她就叫我去打听，问问有没有回平原的人，好把一封封的信捎回去。

我的身体一天天健康起来。忽然，通讯员大喊着跑进来说："小刘！快收拾东西，叫你马上出发，跟最后一批整风队的人，回冀南平原去。"

"啊！"我大叫了一声蹦起来，回头一看，大姐咬着唇，浑身在颤抖。我上前抱着她，多么想背起她，一块回到我们的岗位上去呀！她努力忍耐着，推开我说："把你那些破烂东西扔过来，我给你收拾收拾。"

我把所有的东西都抱给她,欢乐和痛苦一起来抓我的心,我傻愣愣地站着,不知道干什么好了。

忽然,我看见了那两双雪白的袜子,在我那些破烂东西里面,像珍珠一样闪着光,我的脸一下子热了。大姐正要给我打进被包里,我上前按住她的手说:"留下一双吧,那一双是你的。"

她说了声:"不!"把我一推老远。我又去按住她的手,哭着说:"人家一时的过错,你就一辈子不原谅了吗?"

"不!"她扳起我的脸说:"好孩子!你这次回去,不一定分配到什么地方,一时半时,恐怕见不到你娘。就是把鬼子打败了,在我们的身后,在峨眉山上,还有秃老蒋那一双狼眼睛在盯着我们。你人虽小,在你的前面,艰苦的道路还长着哩。"

我们紧紧地抱着,我哭得说不出话来了。

外面集合号一响,她推开我,急忙给我打好了背包,又递给我一个紫皮的小本子说:"用它写日记,在反攻的日子里,写得越详细越好,多给我留下一些印象吧。"她的脸是苍白、庄严的,默默向我一挥手。

望着她,我一步步退出了那间石板盖的小屋。一路上,我的心很沉重,身上背着两双袜子,就像背着一座大山一样。

三天的行军,在最后一个高高的山顶上,忽然看见了辽阔的华北大平原。一条条小路,通向战场,通向家乡的河边。家乡啊,我的平原!回头再望望亲爱的太行山,在重重高山的后面,在一道深深的山谷里,柿子核桃的树荫中,有一座石板盖的小屋。我的大姐,还默默守在那个小窗前,静听着高山的瀑布,日夜不停地往下流,流向村庄,流向遥远的树林中。低头再看看我自己,这脚,这手。二年来我的一言一动,唉!

高山，平原，你们有一个多么不懂事的孩子啊。

六

回到平原，我在文工团工作，这两年紧张而又欢乐的生活，使我简直把大姐忘了。直到蒋介石发起了全面内战，我们要开拔到中原战场上去。出发的头天晚上，一个老大爷找我来了。在我面前，老人默默打开了一个小包袱儿，拿出来两双雪白的新袜子，还有一件粗毛线背心。他用手托着那背心说："这是她，在太行山一下一下纺出来的。"

我的心猛一跳，急忙问："她什么时候回来的？"

"回来一年了，住在我们村。"

"她的腿好了吗？"

"唉！怎么说好呢？锯下去一条。"

"啊！"我痛苦地大叫了一声，想起了那双袜子的事。"老大爷，是不是太行山天气冷，她没有袜子穿，把腿脚冻坏了？"

老人摇了摇头："唉！反正是环境艰苦，什么原因都会有的。"

我一下子坐在床上，万分难过地自言自语着："她残废了，不能工作了。"

老大爷说了声："不！"两眼愉快地睁大了，"她还是我们县的妇救会主任，天天拄着双拐，去东村，去西村，风里雨里，她走得快着哩。这会儿，正在叫妇女做鞋袜，叫男人组织担架队，你们在前面走，随后就去支援你们。"

我上前握起了老大爷的手，想让他，把我的问候带回去。可是，我一句话也没有说上来，只把那个写满了日记的紫皮本子，默默交他带走了。

这三年，在前线，有胜利的欢乐，更有艰难的路程。在枪林弹雨中，我一看见那些英勇奔跑的担架队和紧追队伍送粮食的赶车老人，也就像看见了大姐。她拄着双拐，在风里，在雨里，和千千万万的父老兄弟在一起，和前线的同志在一起。

解放战争胜利后，我回到了北方，当我远远望见了太行山，我的心猛烈地跳动起来。太行山，我亲爱的太行山！在你的怀抱中，我所丢掉的那些，我所得到的那些．在战争中，在生活的道路上，我渐渐都懂得了。

到了一九六〇年，我十五年没有看见大姐了。一个偶然的机会，我听一位地委书记说，她在他们那里做地委党校的校长，多年如一日，她都辛勤刻苦地学习、工作着，这次也到省委来开党代会，住在国民饭店三楼。我又高兴又激动，一口气跑上楼去，心急地呼啦推开了门。大姐正在窗前站着。她猛一转身，我跑上去把她抱住了，没有说出一句话，我哭了。她流着满脸的泪说："别哭，我很好。"

我从上到下，轻轻摸了摸她的假腿和假脚，心，颤抖了。我站起来，仔细望着她，她的头发有白的了，一双眼睛还是那么活泼年轻，却显得更深沉更慈祥。

她把我拉在身边，上上下下望了我一遍，微笑着说："还记得太行山我们住的小屋子吗？唉！你总算是长大了。"

我忽地又想起了那双袜子的事，想哭也想笑，一下子扑在她怀里了。她轻轻拍打着我的手说："那样的一双小黑手，写起文章来了。每次看见你写的文章，我就想，小鬼！不用脑子不行了吧？"

我偷偷一笑，立刻为难地说："这比当初学文化还难，文学要求一个人懂得的东西太多了。"

她立刻站起来踱着步子说："是呀，不容易！当初把我的腿锯下去一条，我想，我再也不能走路了。可是我走，走，终于又走过来了。所以我相信，人既然能走第一步，也就能走第二步，不要让任何东西绊住你的脚……"

几句话,说得我心胸开朗起来。我闭上眼睛,好像看见了她在一步步地学着走,走。

她忽然想起了什么,立刻打开她的书包,拿出两个小本本。"噢!"我狂喜地一把抢过来,紧紧抱着,这是我那最初的两本日记,黑皮的,紫皮的,我急忙打开了第一本。

大姐说:"我总想找到你,把它送给你。现在有用处了吧?可认识认识那个调皮的小家伙吧!"

我忍不住地笑着往下翻看,那歪歪扭扭的小错字儿,胡乱用的标点符号,她都用红笔细心地给我改过了。还有我那最初的自我检讨:"我不虚心,不用功,我这个贫嘴,一天到晚总爱瞎叨叨……"

我真的又看见了她,那个又野又傻的小丫头儿。在她面前,有平原上秀美的白杨树林,有太行山长长的流水;有激烈的战斗,也有平静的月夜。那些日子里,大姐给予她的一切,都是永远珍贵的。

日月的流逝,洗去了我童年的虚荣心,我爱大姐的亲切,也爱她的严厉,更爱她那颗忠于革命、忠于人民、永远年轻向上的心。

我抬头一看大姐,心情又紧张起来,都长这么大了,我还是容易只想到自己的事情:"大姐,你呢?"

她对我默默一笑:"还记得孙医生吗?"

我点了点头。

"你们走了不久,他送病中的一位负责同志到延安去了,后来又去了东北。过了好几年,他找我来了,我们生活得很好。"

我跳起来,重新紧紧抱住她,把她转了两个大圈,抹了一把泪说:"你这次回去,一定代我,代我骂他一顿。"

"为什么?"

"谁让他在太行山的时候,不偷偷告诉我说,'我爱上你的大姐了'。看他装得像个面人儿一样。我以为,他从家出来的时候,他娘没教给他，叫他在外面娶个媳妇儿呢！"

大姐一把扯住我的衣襟，哈哈笑着说："死丫头，走！这次跟我回去，把你这一套话儿，亲口去对他说一说。"

一九六二年八月一日于保定
一九六二年九月十六日改于北京

小 尼 姑

一

我们这一班小兵，一共十个，最大的十四岁，最小的九岁，我们是八路军的宣传队。还宣传呢，自己一个一个都够人一呛。虽然不常抓架，爱哭的、尿炕的、调皮捣蛋的、惹祸精，样样都有。发生了矛盾，我们自己有批评会，谁也不愿意单蹦个儿到队长和指导员面前去告状，这是我们班长不允许的。要不然呀，就把队长和指导员的耳朵吵聋了，叭叭叭，一个一个的小嘴都不饶人，能说着呢。

我们的班长十四岁，叫香玲，她是从家里偷跑出来的童养媳妇儿。她在家里受婆婆的气受够了，来到这里可不受我们的。她专爱学新名词儿，说不对也硬敢说，胆子可大呢。我们班有个男孩叫小二胖，像一只爱斗架的大公鸡。他一吵闹，班长就举起拳头高声喊："打倒亲日派！"有一次，我和班长去抬水，井太深，我不敢往下瞧，班长一瞪眼睛说："你真封建。"

这是一九四〇年秋天的一个下午，是星期六，一个一个盘腿坐在炕席上，又要开批评会了。有时候我们选举班长当主席，有时候选别人，这一次选的还是班长。班长说："开会啦，你们自己说吧。"大家有个毛病，有缺点自己说出来不脸红，别人一提意见就坐不住。班长这一宣布，大家都举起手来说："报告主席，我先说。""报告主席！""报告主席……"班长急了，一拍巴掌说："咳咳咳！别这么七上八下的乱乎，土炕不是捣蒜罐。小文你先说，我批准啦。"

小文拉了拉军上衣，捏了捏扣子说："报，报告主席，我昨天回家去看俺奶奶，她叫我替她逮跳蚤，她看不见，逮着逮着我吃晚饭了,回来也晚了。报告主席我完了。"紧接着别人就说开了:"报告主席,我吃饭有筷子,不该抢人家的小勺,又叫人家夺回去了,是我不好。""报告主席,我尿了老百姓的炕,自己不知道,再尿几天,土炕就塌出个大圆洞来了,我要求和别人换换地方。"这是个男孩,叫小生子。听他这一说,男孩都拿眼瞪着主席说:"报告主席,俺不和他换地方。"主席说:"算了,叫他睡在门板上,木头尿不透。"

每人说了一遍,空气立刻紧张起来,谁也怕自己首先挨一棒。小二胖打冲锋说:"报告主席,我对小文有个意见,昨天她回家拿来一个梨,每人叫咬了一口,就是没有叫我咬。"小文一听急红了脸说:"报告主席,我也有意见,俺二大娘给了俺一个梨,俺没舍得吃,拿回来了。每人叫咬了一口,轮到小二胖身边,连梨核也没有了,俺不能叫他咬俺的手指头。你们看看,他那两个门牙大不大?咬住不疼吗?"小二胖急忙闭嘴,要藏起他的大门牙。

哗啦一声,八个小孩子笑瘫了,东倒西歪。小二胖红了脸。咬住下嘴唇,第一次看见他不好意思了。小文瞪着他说:"我也没吃梨,舔了舔手指甲盖,你也能舔吗?"

班长依墙坐在炕当中,她和大家笑着笑着,不笑了,两眼直勾勾地盯住了屋门口。大家转身一看,一个十五六岁的小尼姑,身子在门外,剃光了的头,斜进来,依靠在门框上。不知道她像这个样子站了多久了,像门神的头,一动也不动。她的脸,上宽下窄,白白净净,一双睫毛乌黑的眼睛里,黑白眼珠清亮分明。她望着我们,泪珠珠一对一对地掉下来,从脸蛋上滚落下来。她没有表情,好像雨滴从白色光滑的石头上落下来一样。她背着一条空布袋。

我们不明白她这是怎么回事,为什么望着我们哭,又不出声。我们大眼瞪小眼,互相看了看,谁也不知道该怎么办好。叫她进来坐下吗?她是个小尼姑,这不是庙,觉得不可以。问问她为什么掉眼泪?

她和我们不是一样的人,不敢问。她又不走,该怎么办呢?

班长香玲遇见事儿很会想办法,又很愣,大家盯住了她。没有想到,她望着小尼姑悄悄唱起来了,笑眯眯地唱道:

叫声老大娘,你听我把话讲,

日本那鬼子来到咱家乡,

我说大娘哎……

房东老大娘忽然迈进来了,她看了看小尼姑,又望着香玲,拉长了脸说:"这,这是怎么说的,老大娘是我,你这是对谁唱呢,驴唇不对马嘴,你不如个哑巴好。"她转身拉着尼姑说:"走!别理他们,到我的北上房去,我给你米。"

我们住的是南屋,等她们的脚步声听不见了,大家望着香玲哈哈笑起来。小二胖说:"人家是光秃,还小哩,又不能结婚,你不该叫人家老大娘。"小香玲说:"谁叫她老大娘来?我是唱歌给她听。"大家问她:"你唱歌干什么?"香玲说:"没看见人家掉泪吗?我唱歌叫她喜欢。"说话间,小二胖踮着脚尖出去了,大家悄悄地……

二

我们悄悄地走到了老大娘的窗下,偷听屋里边说啥话儿。窗子上有块四四方方的玻璃,擦得很亮,我们蹬着墙脚的砖缝,扒着窗台上的砖,正好可以轮流看看里面。香玲和几个男孩坐在门台上,像两排哨兵,他们一面听,一面偷偷地瞧瞧里面。

老大娘的老头儿,和她的儿子、儿媳妇、小孙子,都到野外割豆子去了,只剩她一个人看家。老大娘是信佛的,她的方桌上供着笑眯佛、老寿星、观音菩萨,是神她都信,这里成了众神的落脚点。方桌上香火不断,她每天吃饭前都要叩头。她有一大串黑油油的佛珠,只要她往椅子上一坐,这就一面数珠子一面念叨,我们常瞧她念经。

这时候，她从瓦罐里端出一大碗新谷子碾出的小米，对小尼姑说："撑着布袋口，我给神仙倒进去。"小尼姑对着窗户站着，她抓着布袋不动，不撑口，望着窗玻璃上我们一伸一伸的小头。老大娘发现不对劲儿，猛回头一看，我们急忙把脖子缩回来了，她没有瞧见。她一把拉住小尼姑，坐在炕沿上说："别听那些行行子，他们出去了，一个一个还有个人样儿吗？"接着，她就数落起我们来：

"我喜欢八路军，他们打鬼子救国。这些小人人呢？筲箕疙瘩戴上个帽，也算个兵？把枪杆子往他们肩膀上一放，一下子就把他们压到地宫里去了。呸！打什么鬼子？都是些穿上军装要饭吃的小叫花子。没爹没娘没人调教的小玩意儿，才到这里边来，你仔细看看，男不男女不女，女孩也不留个辫子，男女都有个小分头，都像秃尾巴鸡，连个帽缨子也算不上。村里村外，天天疯跑乱跳，直着脖子叫唤，还说是唱歌。唉！像是谁也逮不住的一群野兔子。女孩还算个女孩吗？这纺花织布、针线活儿、抱柴禾做饭、描花绣朵，一切正经事儿她们都学不会了。长大以后，一个一个粗腿大脚，跨跨跨，比男人走得还带劲，谁家敢娶这样的媳妇儿？一下轿就吓死人了，像娶来个母夜叉。你是神仙、佛爷、菩萨面前的人，死后要上天堂，会变成仙女，千万不要再看他们，多看他们几眼，你就看见了地狱的门。他们是些丧门神，也是野岗子乱坟堆里钻出来勾引人们灵魂的小鬼。不信你听听，他们的司令和大兵，都叫他们小鬼，小鬼，我可听见了。你想一想，正正经经庄稼户的好孩子，谁会去当小鬼？小鬼能干好事？他们就会来勾咱们活人的魂，叫咱们去挨枪子儿。这都是阎王爷爷派下来的，假装是八路军，可不敢沾他们，沾上他们是有罪的。"

小尼姑听完了这一大套，又望了一眼窗玻璃，那眼神，就怕得要命了。她急忙站起来，撑开了化缘的布袋口，叫老太太把金黄黄的小米倒进去了。老太太说了一声："好神神，再供上我一碗。"她刚掀开瓦罐儿，呼噜一声，香玲领着一群小兵冲进去。她和小二胖，每人拿着一个捶布的大棒槌。小尼姑抱住布袋口，倒退了几步，依在墙上不敢动了。再看她那瞪圆了的眼睛，好像她一下子就会被我们砸死一样。老太太扔下碗，举起双手说："这，这，你们要干什么？"

孩子们全都气红了眼睛，像捉住了老汉奸汪精卫，一步一步逼近了她，和她没话说。老太太眼珠一转溜，抬头望着窗外大声说："我喊，我喊救命，把你们的大兵喊来，说你们要打死老百姓，不把你们枪毙了才怪呢。我怎么碍着你们啦？你们要干什么？唵？唵？你们住在我家还要打我，有这个样的八路军吗？"

香玲扔下棒槌，挽了挽袖子，伸出拳头说："你刚才说了什么？你再说一遍？"老太太双手一合，低了低头说："阿弥陀佛！众神在上，佛家的活人就在身边，我啥也没说，你们要害我。"

她这一装相，小兵们的肚子要气破了，一步冲向小尼姑，齐声说："你不能撒谎，你说你说，她刚才说我们什么？"

小尼姑扑通跪在黄土地上，扔下布袋，双手撑着地，嘭、嘭、嘭，一连叩了三个响头，咬紧牙关哭起来了，但还是不出声，双手捂住脸，泪水从她的指头缝里挤出来，一行行流进她的道袍衣袖里去。

我们看呆了，愣住了，没有看见谁像这样子叩头、这样地哭过。她哭得很痛，又不出声，不会憋死吧？喊她不要哭了？她不会听，也止不住。拉她起来坐在炕上？不敢拉，怕她和我们拼命。可把我们吓住了，怎样办也不是办法。

只见香玲一挥手，说了声："撤退，走！游击战术。"我们转身刚要跑，队长和指导员站在我们面前了。我们不知道房东老太太是什么时候偷偷溜出去告了我们的，这一会儿，她站在队长和指导员的前面，两手卡着腰。那脸色，那刀尖一样的一剜一剜的眼神，很像要一口把我们吃了。老少三个人，都像军法处长，我们十个人都要挨枪毙一样。

三

房东老太太说:"看看吧,嘿!出家人也快叫他们逼死了。"

一听这声音,小尼姑站起来,抹了两把泪甩掉,才看清楚是大兵来了。她背起布袋,从人缝里冲出去,撒腿就要跑。队长伸手拦住她说:"别走,有话要问你,你不要怕。"香玲和小二胖瞪圆了眼说:"对!你不能走。"房东老太太也说:"好,你别走,要告一状。"小尼姑谁也不看,把头一低,冲出门槛跑了。房东老太婆望着她的背影,叫人看不出地点了头,脸上飞过了一丝鬼一样的笑容。

我们的队长眼珠子很大,向外鼓鼓着,平常,对我们说话像唱歌一样好听、软和,这一会儿,模样儿很可怕。他直冲着小二胖说:"胖子,你手里拿着棒槌要干什么?"小二胖说:"没有哇,棒槌?"小尼姑一哭,他早把手中的棒槌忘记了。小文悄悄夺过来,放在地上去了。这一夺,小二胖醒过来了,他看了看脚下的棒槌说:"我拿过?"房东老太婆,一下子变成笑脸了,她急忙走过来,抱住小二胖的肩膀说:"咳!别这么吓唬孩子。这棒槌嘛,槌布槌了多年,全身滑溜溜的,像个小胖娃娃,谁见了也爱它,他拿一拿算什么?"接着,她夸奖起我们来,说我们一早起就抢着扫尽扫院子,扫大街,扫胡同。又用很甜蜜的声音说:"孩子人小担不动水桶,抬也要给我抬满缸,还帮我看孙孙,给他擦鼻涕也不嫌脏。还帮我收秋,割谷子摘棉花。别看人小,像小蚂蚁搬家,老大一块庄稼,一下子就收拾干净了,这都是咱八路军教育得好。长大了,一个一个准有出息,都是好样的。借了我的盆碗,还我的时候总是刷洗得干干净净,这些小手小脚丫儿,别提有多勤快多利落了。别再说啦,这件事情过去吧,孩子都小哩,可怜不待见的,行咧。"她眼珠一转溜,又望着我们的队长和指导员说："你们要是对他们使厉害，大娘我可心疼哩，我不饶你们，这都是我的好孩子。"

叫她这么一说，好像什么事情也没有发生似的，可是队长和指导员一脸的怒气，像老厚的冰，化不了。指导员一挥手说："走！全体到队部去。"

到了队部的屋里，不许我们坐下，让我们排成一排立着，像一捆一捆卖不出去的玉米秆。队长叫香玲站出来先汇报。她本来很能说，平常叭叭叭，像过年时点着的一挂小爆竹。这时候，她左看右看，很想拉出个帮忙的，我们都缩着脖子，很怕被她叫出去。

队长说："叫你说你就说，不要看别人。"

指导员说："犯了错误承认就好，不承认要关禁闭，逼哭了尼姑，问题很严重。"

香玲想了想，吭哧了半天，说小二胖为了一口梨，还报告主席。说小尼姑望着我们哭。说老大娘把小尼姑领走了，给她米。她说不清了，回过头来求援说："到底是些啥事？啊？你们说说呀，我忘记了。"她急得要哭。

队长和指导员互相望了望，对香玲说："你回到队伍里去，大家随便说，都说说。"

十个孩子的脑袋瓜，像大风吹着的向日葵的头，东摇西摆，你看看我，我瞧瞧他，说啥呢？谁也说不清这件事情的经过。老大娘对小尼姑说出的一大套，着实把我们气坏了，恨不得一棒槌敲死她。可是，到底她说了些什么？她为什么对小尼姑说那些话呢？谁也学说不明白，都白白长了个舌头，没有用处，变成木头棍子把嘴给塞住了。不说吧？如果关禁闭，又实在冤枉。再一想，那老大娘又说小二胖拿着棒槌是玩哩，她先是厉害，后又护着我们，再说她是汉奸呀、亲日派呀，又有点舍不得，也说不出口了。这可怎么办呢？

指导员说："好吧，你们先回去，向房东老大娘赔礼道歉，承认错误。然后，我领你们到村北的庙里去找那个小尼姑，也向人家赔礼道歉，别的以后再说。"

我们回到房东的南屋里，老大娘端来了一小盆刚刚煮熟的红薯，热气腾腾，一块一块油光光的，又烂乎又干净。老大娘说："都吃吧，都吃，正好是每人一块，闹腾了半天都怪饿的。谁不吃也不行，这不算犯纪律，大娘疼你们，都可怜不待见的。"

大家围着这红薯看，不吃吧？她站在旁边逼我们。吃吧？一定堵在嗓子眼上咽不下去。她实在是骂我们来着，她说的那些难听话，很不好听，我们想汇报又不会说她那一大套。我们向她赔礼道歉？吃她的红薯？两件事我们都不愿意，真是远不得也近不得。不吃这红薯心里边也堵满了，再吃更加受不了。

四

正在这时候，队长又来了，他一进门就问："老大娘，他们向你赔礼道歉了吗？"房东大娘一拍巴掌，满脸笑着说："嘿！别提这些孩子有多懂事儿了，一进院子，就给我行军礼，大娘长，大娘短，好话说了有一大船。行了，这就完了，你下个命令，叫他们吃红薯吧。要是不吃，这赔礼道歉就是假的，咱军民就团结不了咧。反正是自己地里刨的，孩子们用大箩筐帮我从大老远的野外抬回来，每人不吃一块大娘心里过不去。"

她越说越像个好人，我们没有向她赔礼道歉，不知道她为什么编一套假的。香玲拉长了小脸说："报告队长，请你不批准我们吃红薯行吗？"队长歪着头问："为什么？"香玲说："我们要去找那个小尼姑，不是你叫我们去的吗？"队长说："也好！道完了歉，回来再尝尝大娘的红薯吧。"

老大娘一听，伸手拦住说："刚才我到庙里去过了，她已经高高兴兴的没事了，你们再去，勾起她的心事来更不好。再一说，一群当兵的，不管大小还有男的，不应该到尼姑庙里去。大老远的一看，都穿着军装，都像是男的，这算干什么呢？不好瞧吧？"队长抓住大娘的手说："老人家，你真好，比我们想得周到。都别去啦，大娘替你们去过了，谢谢她吧。"

就在这时候，开晚饭的军号响了，司号员真好，我们拿上小碗和筷子，跑出来了。

吃罢了晚饭是自由活动，不知不觉，我们的腿脚奔跑到庙门口外的小河边上来了。小尼姑那不出声的泪珠，那跪下去的一连三个响头，手指头缝里的泪，还有她那一冲一跑，全都是为了什么？听不见她的声音，我们憋闷得受不了。为大娘说出的那些话，我们逼着她叫她作证明，向她去赔礼道歉，我们是愿意的。

小尼姑正在河边提水，她刚要担起两只大木桶，忽然被我们几个女孩围住了。她真像看见了鬼，全身哆嗦了一阵，稀里哗啦，猛担起水桶来，歪歪扭扭地跑进了庙院的大门。我们愣住了，香玲说："走！追进去。"

只听哗啦一声，小尼姑扔下水桶，慌忙关上大门，上了门闩，当头把我们挡在外边了。很久很久，小尼姑在门里边没有动静，我们又像卖不出去的玉米秆，在庙门外立住了。

里边一个老尼姑的声音叫喊起来："你站在那里干什么？魔鬼在你身上还不走吗？快进来！有罪呀，阿弥陀佛！神明要惩罚你哟！"她这个"哟"字，像在牙缝里挤出来的，可狠呢，就像她举起了棍子在等着小尼姑哩。听不见小尼姑的动静，她一定觉得，门里门外，都是很可怕的东西，她被挤在石缝里要死了，出不来气了。她的泪珠珠，又是那样无声地滚落下来了吧？

"咚咚咚"香玲伸出两个拳头砸着老厚的门说："开门开门！你一伸手就冲出来了，老姑子像我婆婆，我把她一甩就跑出来了。你出来看看我，我对你说说，你也能冲出来参加革命救中国。"

是小尼姑动了一下吗？是小尼姑下了决心吗？是小尼姑伸手要来开门吗？门闩哗啦一响，老天爷呀！凶神一样的老尼姑和我们面对面了。她青黄的长脸上，有一对弯刀似的眯缝着的眼睛。她从眼皮缝里露出黑白眼珠盯着我们说："阿弥陀佛！兵们！你们闯到佛门来干什么？"她黑色的道袍，她那老长的斜着的衣襟，她白色的长筒袜，她那像鞋又不像鞋的鞋，整个的她，像阎王奶奶，吓住我们了。我们不动，都打量她，在想，我们全体是不是又闯了祸呢？这时候，埋伏在柏树坟后面的小二胖和五个男孩，已经站在了我们的身边来。

老尼姑从眼缝里把我们扫视了一遍说："从古到今，就是土匪强盗，也没有谁敢来闯我的佛门，你们来干什么？你们也算八路？"

这几句不得了的话，使我们想起了我们是来赔礼道歉的。香玲确实砸了人家的门，男孩子也站在这里，真的，这像是来干什么的呢？尤其是香玲，还说出一句："你也能冲出来救中国。"这不是来捣乱，来闯祸，来勾引小尼姑，又算干什么的呢？

突然，老尼姑双手拉住香玲和小二胖的胳膊说："走！去见你们当官的。"这句话，像一座山压住了我们，我们真会坐禁闭的。

香玲挣脱不出胳膊来，扭头对我们说："快拉，拉住我的军装，快把我拉出去。"小二胖一低头想咬住老尼姑的大手。我们一齐高喊："别下嘴咬，我们拉你。"说着，我们急忙分成了两排，一边四个，像拼命拔河，每一个都拉住了前边一个的后衣襟。拉呀，拉呀，拉出来就坐不了禁闭。

小尼姑依在门框上，在老尼姑的背后，眼睛睁得比铃铛还大，她咬紧牙，在替我们使劲。那模样儿好像说："拉呀，拉不出去她会吃了你们。"

多亏香玲和小二胖还有一只手闲着,我们拉,他们用空着的手撕扯。差一点把老尼姑拉得扑倒下来。她突然一松手,我们全体摔了个屁股蹲,一个压在一个的怀里。我们一起翻滚到旁边,急忙爬起来,噔噔一串脚步声,跑了个精光。

真倒霉,我们不知道房东老大娘也在庙里,她跑出庙门口,在我们背后说:"好哇!不吃我的红薯,这就是来赔礼道歉吗?"这句话,才像鬼说出来的呢,吓得我们没有魂了,跑得更快。

五

晚上点名的时候,我们在月光的下面,在打谷场上,排成了长长的队伍。队长一张口就向大家宣布:"小兵班违犯了我军铁的纪律,全班连夜开会反省,决定把班长香玲和小二胖关禁闭。"

小二胖一跳说:"这不怪我们,我不坐禁闭,我不进去。"

指导员宣布:"解散!都围住他们坐下。"全体照常喊了一声:"杀!"就散开,团团围住了我们。没有人坐下,看来,事情太严重了。队长说:"都发言,斗争他们,事实的经过,已经向各班传达清楚了。"

香玲站在所有人的中间,放声大哭起来,我们都哭了,像白天的小尼姑一样,只是她无声,我们放声。我们只欠叩响头了,我们不会干那个。我们想冲出去,到白杨树身上去碰头,碰死就心静了。

这一阵炮轰,把最小的小文和女孩们打晕了头。只有香玲,她抹了两把泪,一面哭一面说:"这不怪我,不怪我们全班,是老尼姑不好,是房东老大娘不好,我们不成问题。"

队长和指导员一同说:"别哭啦,都说说理由。"

因为我们说不清,又觉得冤枉,有理由,还是哭,哭,哭得更痛了,干脆坐下哭着。

突然,旁边一个响亮的声音说:"别打他们,都怪我,我想当八路,他们要救我。是我,是我的过错。"

大家闪开了一道缝,一个手电光下,照见了小尼姑。她痛痛地哭着说:"我,我,我呀,我爬墙抱着树偷跑出来了。"说完,她撒腿就往回跑,跑向了黑夜的深处。在她的前面,那一条小河,流着,无声无息地流淌着……

长大以后,一看见河水的闪光,我常常想起她,她的面容、身影、她的泪珠。可惜的是,她要求解放,找错了门路。那时,我们太小,太小了,没有文化,有理不会说,说不清楚,不能自救,怎能救别人?一群小浑蛋。在成长的过程中,应该悔恨的事情太多了……

我也常常想,如果那一次把我们全班关禁闭,我心里边还好受一点。她的一句话,把我们救了,使我们在童年的时候,没有受到不明不白的惩罚。她呢?好姐妹呀!她怎样熬过了自己的童年?我们的国家,民族啊!

英雄的乐章

——献给十月

一

庆祝建国十周年后的一天夜晚,我坐火车来到了北京,迎着十月凉爽的风,我急步走到天安门前。北京!这难道是你吗?那六亿人民的大礼堂、宏伟的博物馆、辉煌的民族文化宫,长安街上是一片电灯的海洋、电灯的森林。我好像进入了童年奇妙美丽的梦中,又像看见了共产主义的顶峰。

首都啊!八国联军曾撕破你古老的衣衫,日本法西斯害得你遍体血淋淋,那些民族败类把你的心肺——珍贵的历史文物,盗给了帝国主义。然而首都哇,我的母亲!今天你站立在宇宙间,你把月亮照耀得苍白无力,暗淡的群星在讥笑着自己。

首都!你就是中国人民伟大的灵魂。你的英雄儿女,为了你有这身合体的衣裳,曾付出了多少鲜血和生命,今天你站立在世界上,和华盛顿、巴黎、伦敦比起来,你是最新最美的。

首都,我的母亲!在你这光辉灿烂的上空,我看见了一个青年的笑影,他是我童年的朋友……

二

一九三九年,我还是一个不满十周岁的女孩子,跟母亲一起,来到了革命队伍里。我不识字,也不知道什么是歌声,天天睁大着一双孩子的眼睛,搜寻着世界上一切新奇的事物。忽然,我看见在村边的柳荫下,有一排整齐的队伍在学唱歌。教歌的是一个小兵。他穿着灰

色的小军服,黑红的长脸形,个子不高,又细又健美。他两腿紧紧并立,两手挥动着拍子,又精明又有力。他们唱着:

  我现在要当兵,
  去参加八路军,
  去杀鬼子兵,
  父老兄弟姐妹们,
  大家都很高兴,来欢送我当兵,
  ……

  在家,我见过打地基喊号子的,每年正月十五夜里,看过我们村的小戏,他们只会唱王大娘锯大缸与后娘打孩子,别的什么也不会。我还没见过这么多男人站在一起唱歌的呢,教歌的又是那么小的一个小男孩。我想:等我回了老家,我首先应该把这件事告诉我的女朋友们,我出来的时候许下她们了:"我在外边看见什么稀罕事儿,都回来告诉你们。"

  为了安慰她们,我把我姥姥给我缠的花线蛋儿、花布块块、老鸹枕头(椭圆形的头子儿)都分送给了她们。

  不久,母亲送我参加了宣传队。每当我学会一个新歌、新舞,都要求去看看她,为了向她显显本领。我觉得已经很了不起了,可是人家说我们不够水平,调我们到艺术训练班去受训。

  这一下,我的眼界更扩大了,我看见了十几个宣传队的五百多孩子,就是他们小声说话,也比大群的喜鹊儿吵架还热闹哩。有一次,胖大的音乐教员领着一个男孩,穿过许多孩子群,来到我们队前说:"我给你们介绍,这是派给你们的音乐组长,平常帮助你们练歌。别看他人小,简谱、五线谱,他都会,他还会作曲呢!他叫张玉克。"

  大家拍完了手,我的心猛然一跳,把他认出来了,这就是我第一次看见教歌的小兵。原来人家是个有大本事的人,我心里很高兴。

队伍散了,他从身后拍了我一下肩膀说:"你也来啦?"

"你怎么认识我?"

"去年夏天,我在独立营教歌,用眼角看见你站在场边上,你的嘴一张一张,也想跟我们唱,就是不好意思出声。我想:这个女孩早晚也会参加宣传队的,我猜得对不对?"

他笑着,很亲热地拉起了我的手,我觉得很害羞,就用力把手抽回来。这一抽,他唰的一下脸红了,扭头跑到远处去。

看着他矫健的背影,我觉得很难过。在家的时候,男孩和女孩是不许拉手的,来到革命队伍里,学会了握手,握完就急忙撒开,除了跳舞的时候,我还没和男孩子拉过手呢!其实,一个手拉拉有什么关系?叫人家怪不好意思的,真成问题。

在他这个小组里,我是个最小的女孩子,可是声音最高最洪亮,学歌学得最快,不到半月,也学会了识简谱,我看得出,他越来越喜欢我。可就因为那次拉手的问题,我们相处得很不自然,好像有什么东西把我们隔开了。他不再单独和我说话,我唱得再好,他也不表扬我。我不恨他,只恨自己的手。

我们这个组,共有八个女孩子,上级每人每月发给两毛五分钱的津贴。有个叫凤琴的,特别好吃,她号召我们说:"咱们有了这些钱,轮流请客,每天由一个人买两根油条,第二天另一个人买,这样下去,我们可以吃很久。"

听她这么一说,馋虫儿立刻爬到我们嗓门上来了,我们举手通过了她聪明的提议。第一天,她先买来了,用纸包着,神秘地向我们一挥手,我们齐呼啦地跟她跑到村边一个大麦秸垛后面去。她把我们排好了队,又把油条送到我们嘴唇上,叫我们每人咬一口,然后她自己咬一口,还事先发表声明说:"都少咬一点,吃得太快了,香味儿在嘴里呆的时间短。"

遵照她的指示，每次我们只咬那么一点点。已经轮流吃了三遍，一根油条还没有吃完。

突然，一声大吼，从枣树棵子里蹦出一个人来，原来是张玉克。吓得我们蹲在地下，抱成一团，听人家训起我们来："你们参了军，都是伟大的抗日战士，看你们吃油条的样子，真给八路军丢人。你们为什么要排队？排起队来是抗日的，不是叫你们吃油条的。"

这时候，我们还有一根多油条没吃完呢，凤琴偷偷咬了一口，还让我们轮流咬，我们谁也不张嘴了。凤琴比我们大，比我们凶，她气呼呼地站起来，高举着油条说："你等我们吃完了再批评不行吗？要把我们吃病了，你负责？"

玉克高举起两个铁拳头："我负责？我该把你们这群馋猫打到泥坑里去。你们这样发展下去，前途是不光明的，长大了准是一个一个的馋老婆。你们以为那两毛五分钱来得容易吗？那是老百姓的血汗，是拿来抗日，培养我们长大的。你们该买成本子学文化，买成鞋袜行军，你们这样糟蹋了，有了困难再去找上级？同志！艰苦的战争年月还长着呢。"

说完，他涨红着脸，愤愤地走了。我们蹲了半天不敢动，谁也不好意思看谁。只有凤琴，忽闪着两只大眼睛，愤怒地斜视着远去的玉克，一口一口，把油条咬得可狠哩。

第二天早晨跑完步，照常是练歌，玉克站在我们队前，脸上是那么庄严、平静，好像昨晚没发生什么事似的。可是，我不好意思抬头看他。这次唱的是《黄水谣》，当唱到"扶老携幼四处逃亡"那一句的时候，我哭了。

从这以后，我老是躲着玉克走，他也很少抬头看我一眼。我想：他永远不会再喜欢我了。

就在这个日子里，开始了百团大战，部队在打仗，群众在大破公路铁路。狡猾的敌人也常跑到后方来报复我们。有一次,我们这群娃娃队,一气被鬼子追了三十里。平常,孩子们为了表示互助友爱,总是你抢我的被包,我夺他的米袋。这一次,谁也顾不得谁了。我从来也没跑过这么长的路,胸中好像有大块的东西堵塞了一样,大张着嘴也喘不出气来,我就要躺倒了。突然,一双有力的小手,把我的米袋、书包、被包,统统从我身上扒下去。立刻,我觉得背上去掉了一座大山,我又能跑了。直到跑出了危险地,队伍休息下来,玉克把我的东西往我身边一扔,跑着去给我们找房子了。

当一个人最需要帮助的时候,他帮助了你,你怎么能忘记他呀?

三个月以后,我们训练班要结束了,孩子们要各回各的宣传队。在一条小胡同的中间,我碰见了玉克,我们面对面地站了一会儿。这一次,我想主动地向他伸出手来握手告别,可是他根本不理我的手,只说了声:"清莲!再见!"

我什么也没回答上来,就分别了。走到胡同口上,我回头看了他一眼,他也正好回头看我。

这一年,他十五岁。我觉得,他是我童年真正的朋友。

三

从这以后,我没有再见他,直到一九四二年敌人大"扫荡"的时候,有一次,在战场上,我突然看见一个英俊的少年,被十几个鬼子追赶着,那少年一面跑一面用了枪往回打。他打得那么沉着、那么准,一连打死了五个敌人,敌人不敢再追,他跑脱了。他跑得真快,他的身材,他的步伐,他的气质,多么像玉克呀。我在后面拼命地追他,一直追了十多里,他钻进一块玉米地里,仰脸朝天,躺在一个长满青草的坟头上喘粗气。我大喊了一声:"玉克!"

他忽地坐起来了,天呀!我不认识他!可是他多么像玉克呀!我相信,假如玉克处在他刚才的情况下,也会像他那样的勇敢顽强。他笑着说:"小妹妹,我口干死啦,你有办法吗?"

我立刻高兴地满地跑起来,给他拔了一抱青青的玉米秆,扔给他说:"你就嚼吧,它解渴。"

他拿起一根来,一面用牙剥着皮,一面笑着看我。

我又跑着扒来几块大红薯说:"你饿吗?我身上有洋火,把它们烧熟了,就是一顿饭。"

他狠狠地吸着玉米秆的水说:"谢谢你,你就烧吧,反正我不能帮助你。"

我立刻蹲在地下用两手挖呀,挖呀,几下就挖了个大深洞。我把红薯排在上面,留了个烧火的口,拾来一抱干玉米秸,点着火烘烘地烧起来。烧到半熟,我把红薯推到火中,用土埋起来,对他说:"焖一会儿就烂了。"

他点了点头,忽然睁大眼睛说:"哎!你老是看我干什么?"

"你是不是姓张?"

"对不起,我没姓过张。"

"你有没有一个弟弟?"

"对不起,我妈就生了我自己。"我们一同大笑起来。

"你问的真奇怪。"

"因为,你很像一个人。"

"当然我像人,反正不会像小狗儿。"我们又笑了一阵。

吃完了红薯,他用袖子擦着嘴上的灰说:"好哇,我又有劲跑啦,可以追上队伍了。小妹妹,我怎么谢谢你呀?"

"你只要像刚才那样,永远别叫敌人捉住就好。"

他笑着,向我点了点头,又是那么敏捷地跑走了。哎!他真是多么像玉克呀!

敌人"扫荡"以后，宣传队取消了，我剃了光头，假装成个男孩，和我侄女一起，藏在一个老大娘家里。夜间我们三人共盖一床被，白天帮大娘收秋。敌人把庄稼都糟蹋完了，我们把一颗颗的豆粒、大麻子，从地下捏起来，把柴草一筐筐地捎回来。

有一次，我和侄女正背着筐往地里走，迎面来了个挎手枪的小战士，啊！好像又是那个吃红薯的人，可是他猛地喊了一声："清莲!"

天呀！这一次是真的玉克，他站在我面前。我那套可身的小军装没有了，我剃成了光葫芦头，穿着老大娘又宽又长的蓝裤子。我们童年共同的歌声、欢乐不见了。他成了一个真正的兵，他好像并不关心我，他只看着我脚边的青草说："上级要求，把你们送到太行山去念书。"说完，他头也不回一下，就走了。

天呀！我觉得，他并没有看见我，他越走越远了，我想放声大哭，可是我侄女却猛然大笑起来，笑得她倒在地下，半天才说出："一认出玉克，你的两手紧忙把光头抱起来了。你抱也白抱，人家看得见。还不如不抱呢，一抱起来，两个袄袖子那么长，那么宽，就像戏台上吊死的李翠莲。"

她这么一说，我也觉得刚才自己的样子太可笑，我气恼地追打她，越打她越笑，没办法，我放声哭起来。我一哭，她更笑得喘不上气来了，用手抱着肚子说："哎哟我的妈呀！妈哟!"看见她那疯样子，我又把哭转成大笑了。

第二天，是一个清静的早晨，只听见嘚嘚嘚远远地跑来一匹马，停在我们大门前。进来了一个魁梧的骑兵通信员，他一把拉住房东的手说："老大娘！你家不是有我们的两个女孩子吗？是这么回事，昨天玉克从这里路过，看见她俩没有衣服，他回去抱住教导员就哭起来了。教导员叫我送来了二十块钱，叫你老人家费心，每人给她们做一套衣服。"

老大娘擦着她那流不完的泪说："好孩子，都是好孩子。"

老大娘急忙买了几丈白粗布，用胶泥染成了土黄色，整整五夜她没好好睡，在暗淡的油灯下，给我们每人做成了一套可身的新衣服。

不久，地委会派来了一个老练的男同志，把我们送上了太行山。

一年以后，一个女同学对我说："你是不是认识张玉克？他也来太行啦，他像是变成一个大人了。前天咱在东山坡上课，他藏在一块大石头后面瞧咱们，我看他是在瞧你呢！等咱们上完课，他就跑了，听说他刚被捕回来，身上负了好几处伤，敌人把他折磨得可苦啦，他正在整风班里接受审查。"

听了她的话，我喝不进水也咽不下饭，也不懂得请假去看看他，只是幻想着，在山石草木中偶然地碰见他。不管我的眼睛怎么寻找，太行山，有的是瀑布流泉，有的是巨石飞鸟，有的是花草果木，有的是古庙小桥，就是没有看见他。

四

一九四五年冬，平汉战役开始了。我已经下了太行山。我仍然是个宣传员，是解放战争的第一炮，在我的经历中，没有比这次战役更残酷的了。但是，我们没有被打倒，倒把每个人民战士的头脑打得更清醒了。我觉得，我们的军队好像是一个巨人，他的身子被打得歪了一下，当他掌握了重心，重又站稳的时候，他的眼睛更加明亮，他手中的武器也瞄得更准了。也就从这里开始，蒋介石一生反共的、残忍的、野兽的梦，被打成了冬天的树叶，渐渐的，从那棵毒虫咬空了的老树上，一片一片完全落下来了。

在一天夜里，我小心地走进了放彩号的房间，我动作的声音，连我自己也听不见。但是，在这寂静的、寒冷的、战争的夜里，我听见了一个急促的声音："清莲！"

天呀！我站着，怎么不敢回头看呢？我慢慢地，像机器人一样转动了我的身体。在靠近门口的地铺上，我看见了一个英俊的、瘦瘦的、健壮的年轻战士。他的两手交叉在胸前，一起被绷带缠着，在脖子上吊着。他稍微低着一点头，一双聪明透亮的眼睛，像黑暗中草原的烈火，把屋内所有的伤号轻轻扫视了一遍。我明白他的意思，要我尽快把我应该做的工作办完。但是，我的动作是多么的慌乱呀。

我用热毛巾给每个同志擦了手，擦了脸，又给他们喂水、喂饭。我想尽力把一切事做得更好、更细、更周全。但是，我的手一直在哆嗦，因为他那一双热切的眼睛在察看着我每个细小的动作。

最后，我拿着一条热气腾腾的毛巾，走到他面前，他向我摇了摇头，我又把手巾放下了。

他倚墙坐在草铺上并点头向我示意，我面对着他，也轻轻地坐下。他盯着我，看呀，看呀，我们都流泪了。

话，多么难出口哇，他终于先开始了。他的声音低沉而洪亮，他吐出的每个字，像一颗颗的明珠，重重地落在我的心盘上：

"清莲！你，快长成一个大姑娘了，长得很好。可是，你知道我吗？我刚十九岁就当了连长，不！你别觉得奇怪，这连长二字，是多少战士流了很多的鲜血凝结成的。我最后看见你那次不久，就被捕了。清莲，像咱们小的时候在一起，怎么会想到人世间会有那么沉重的苦难？日本法西斯，用活埋、狗咬、刀砍，使多少个亲爱的笑容永远消失了。那些同志临死前，有多少话要对这个星空世界诉说呀！但是，他们紧闭着嘴唇，一个字也没有吐露。那时候我想：要是我出去了，能看见党，我把话都替他们说出来。但是，当我看见了党，我能说什么？从那里说起呢？

"日本鬼子要把我送到他们的国家去做苦工，你想：我能去吗？没走到天津，我就从火车上跳下来了。是一个穷苦的老大爷，用一双神仙才会有的手,接住了我,偷偷养好了我的伤,他一手拄着拐杖,一手背着五斤面蒸的糠窝窝,把我送出了敌占区,我才又找到了咱们的部队。不就是这些吗?还有什么要说呢?"

"那么,你在太行山看见过我吗?为什么……"

"不!原谅我,那时我刚当俘虏回来,怎么能让你看见?可是我看见了你,你又长出了一头更黑、更亮的头发,我高兴死了。你恨我是个自私自利的人吗?"

我对他摇了一下头,问他:"你的手?……"

"那没关系,不久全会好的,再回到部队上,还能拿武器,可是你呢?你和你的文工团,还有你们演的戏,能一直在前线吗?"

我向他点了点头。

"要是我们打到黄河,打到长江,打到四川、广州去呢?"

"都跟着你们。"

他完全抬起了头:"假如过大海呢?到海南岛、到台湾,你们也能?"

"当然,都跟着。"

他松心地出了一口气,快乐的眼睛,好像要看穿整个世界。他本想站起来,可是又坐下说:"我还要问你,要是到社会主义,到共产主义,你都一直跟在我的身后吗?不会当我回头的时候,看不见你了吧?"

"不会,如果你不放心,我和你并排走,行不行?"

他仰起脸,把头依在墙上,长串的热泪,从他那微闭的眼睛里无声地流出来。

这时候,天亮了,太阳从东天边伸出了他那五彩的胳膊,那些劳苦功高的民工们,扛着担架,来抬伤员了。

玉克猛地睁大了眼睛,想了一会儿,说:"哎:清莲!你还是那么爱吃油条吗？"

当我明白了他的意思，放声大笑起来，他站起来说："听见你的笑声，多不容易呀！"

担架都抬走了，玉克的腿没负伤，他跟在担架最后面自己走。他出了门，步子迈得那么大，我必须小跑步才能跟上他，他不愿意回头，只是说："战斗打了半夜，后面的伤员同志马上就来，你不要送我。"

我急步跑到他面前，两手伸开，挡住他的路说："这一次，我不能和你握手怎么办？"

他是那么调皮地笑着说："我才不跟你握手呢，你那么小个人儿，就那么封建。那时我心里发誓说：这个女孩子老顽固、老封建，我一辈子不和她握手。"

"现在，你还遵守你的誓言吗？"

他看了看自己一双负伤的手："是的！要遵守。"

他走远了，清晨茫茫的白雾，裹住了他那一双宽阔的肩膀。

在人生的道路上，尤其是在战争年月里，有多少次分别，有多少次会见，但是他呀！使人永远难忘……

五

听说他很快治好了伤，就回到了他的部队，这次他回来，他的步伐在大地上迈得更快了。到了一九四七年，关于他的三次立大功，他的非凡的勇敢，他的高度的智慧，他升任为营长，他才二十一岁已知道像父亲一样热爱他的士兵。总之，关于他和他部队的英雄故事，像飞雷闪电，很快传遍了全军。我想，如果外国人认识他，也会念颂着他的名字。

那时候，我多么傻呀，已经十八岁了，还不知道写信是怎么回事，而他呢？那么聪明，为什么也这样傻？

在多少个深夜里，在冰河中，在山顶上，在多次部队交叉行军的十字路口，那战马，那脚步，沙沙沙走过去了，像巨浪一样地流过去了。我察看过无数战斗员的面孔，我的眼睛都酸痛了，可是，一次也没看见他。

这时候，我们文工团在演出《白毛女》，我扮演喜儿。每次的演出我都是那么热情激动。我总以为，在台下那千万双眼睛里，也许会有他的那双热切的眼睛。他仍然像看我服侍伤员那样察看着我每个细小的动作。但是，他为什么不来找我？

有一次，我卸完妆，低头一看，在镜子里看见了他，我把镜子紧紧抱在心口上，在我的身后，突然有一个雷一样的声音说："你像小时候一样，还是唱得那样好：不过声音老练多了。"

我突然地转过身来，面对着他一个二十一岁的脸上每根线条都成熟了的战斗指挥员。他是个真正的大人了。

我气恼地说："白长着这么大的个了……怎么那样不懂事啊？"

他望着我，眼中含满了激动的泪，轻轻扶我坐在放服装的床上。

人们都在忙乱地收拾着舞台，谁也没注意我们，只有枣树枝，在我们头上微微摆动。

汽灯的光，照在他的眼睛里，他像从前一样地看着我说："我不愿意只是在信上见你。你知道吗？有一次，我们住在运河渡口，听说你们要从这里过河。我直直地站了一夜，又等了一个白天：部队全过去了，最后一个人的脸我也看过了。没有你，我就跟着那个队尾走了一段路，是骑兵通讯员把我找回去的。后来才知道，那不是你们的部队。"

我通过自己的眼泪，惊喜地看着他，他是多么神秘，又多么平常啊！我永远不为自己再去折磨他，我相信，不管他当了什么首长，不管他有多少功勋，他永远不会变，他永远会是他。

我真想详尽地知道他的一切。

"玉克，对我说说你打仗立功的事吧！"他微微摇了摇头，两手轻轻往下一按："你知道，'打仗'二字是用血写成的，你叫我暂时休息一下吧。"他忽然高兴地问，"你给前方战士做过一个蓝色的慰问袋吗？"我笑着点了点头，他也笑了，"你说巧不巧，那个绣着你名字的慰问袋，正好分到我们营来了。我打开一看，里面有两盒香烟、一包饼干和许多红枣。我本想独吞了，又一想，我们营战斗英雄很多，谁也有份儿。我吃了一块饼干、两个红枣，就送给我们营五十岁的一个老英雄了，他又送给我一块饼干。老实说，我很喜欢那个蓝色的袋子，没好意思向他要。"

看着他，我笑了，他现在的样子，多么像小的时候呀！等到再过几年，他又会是个什么样子呢？

"玉克！你想过吗？等到战争胜利了，你干什么？"

"不记得了吗？我是多么热爱音乐呀！在打仗的时候，我听见的不是枪炮，而是像海涛巨浪，像雷似的音乐。我想，用我的双手，我的头脑，用我整个生命去尽快地、彻底完成这部战争的、胜利的乐章。然后，你给我伴奏着，或是歌唱着，我们共同去谱写一部真正美好的乐曲。"

他的话，像冲开阻石的激流，涌流不尽。他每次带给我的这些智慧澎湃的新思想，是人世间最崇高、最珍贵的礼物。我愿永远听他说下去。

"我们党，从他出生以来，已经战斗了二十六年，付出了多么高的代价呀！创造一种新生活，可真是不容易。一个真正的人想从地球上站起来，可是那些豺狼恶狗嫉妒你是一个人，你比它们美，就从四面八方出爪撕你、咬你。我们的祖先，战胜了野兽才有今天的人类。

我相信，今天的人更聪明。"

说着，他解开身上背的皮包，从里面拿出一些半尺长的五彩照片，摆在我面前。我惊喜极了，我长这么大还没见过这么高大华丽的楼房呢！

"玉克，这都是真的房子吗？"

"当然是真的。你想想看，在这个世界上，有人住这样的楼房，也有人睡在大街上。可是我们呢？今天是山顶，明天是草地，还没有一个站脚的地方！想看看自己喜欢的人，比上天还难。"

他拉我站起来，把那一张张的照片摆在床上向我介绍："这是美国的华盛顿，法国的巴黎，英国的伦敦，意大利的罗马，这都是他们的首都，可是清莲呀！咱们的首都呢？你有首都吗？咱们那些大娘大爷劳苦了一辈子，知道什么是自己的首都吗？等我们胜利了，哪里应该是我们的首都呢？你想过没有？"

我对他摇了摇头。他用食指轻轻点着我的额头说："你呀，别光想演戏那一件事，如果一个人不想世界大事，就是思想懒汉，懒来懒去，就变成一个地道的大傻瓜子。好！我不再批评你，现在我们来猜想，哪里是我们的首都？不！你先别说，让我打着拍子，咱俩一齐说，看看咱俩想的是不是一样。"

我很紧张，恐怕和他说的不一样了。他那么庄严地抬起手来说："现在开始，我打四拍，最后一拍落地，咱的话也一齐落地。"

我们一齐说："好！一、二——北京！"

我们拉起了手大笑着跳起来。就是童年的时候，我们也没有在一起这样说笑、欢乐过。他稍微歪着头，笑着对我说："既然你喜欢那些照片，都送给你，并且，一言为定，下次再见你，我一定把北京的照片带给你。听说北京很美，就是没有人家那么多好看的楼。这没关系，咱们自己修哇！"

我收拾起那些照片，重新叫他坐在床上，我细看着他脸上每根线条，和他那双聪明无比的眼睛。我忽然觉得，他有多么奇怪呀！他的心胸像海似的宽阔，他的思想像天空的星星一样透明而丰富。他整个生命，像清泉水，在山间，在花草中，在住满飞鸟的密林里，无声地流出来，流到人间，默默地给人好处。

"玉克！在你的面前，我真像个小傻子，你为什么懂得那么多事呢？你也没念过多少书，不就是上过小学吗？你像是从外国刚留洋回来一样。"

"哈哈！"他清脆地笑了一声，"这没什么了不起，每个战斗员都懂得。在生活的激流里，是会懂生活的。比如说，你踏过了人生的各种海洋河流，你就会知道哪儿深，哪儿浅，哪儿有吃人的鲨鱼，哪儿有宝贝。清莲啊！这人生的海洋，可不像咱童年想象的那么简单，只有用你的头脑，真正熟悉了地形，懂得了什么是好，什么是坏，什么是美，什么是丑，你就不会堕落到腐烂的泥坑里去，你就会永远走着一条光明的大道。"

"这么说，你对一切都明白了吗？"

"不！要是和'一切'比起来，我只不过是刚从蛋壳里爬出来的小鸟儿，还没长毛呢。我多么想上学呀，胜利以后，如果我上了音乐学院，我身上长出文化艺术的翅膀，我就飞着去看看我们走过的每个地方，把经历的一切都谱成乐章。那里面会有英勇的战斗，也有战后甜蜜的休息，有我们的大娘大爷——我们亲爱的人民，和他们那不朽的劳动。其中也必然有太行山清清的流水。在山顶的一棵柿子树下，坐着一个多情的少女，她从小就离开了母亲。假如她允许我坐在她身边，我就对她唱起我自己谱写的歌曲……"

我好像看见了他说的一切，又像听见了他那美好的歌曲。天哪！我把他怎么办呢？假如泪水能说出我心里有多么感动，我真想扑在他怀里哭……

眼前的生活惊醒了我们,舞台前后收拾完了,团长叫人家回村休息,说明天要到更远的地方去演出。

玉克轻轻扶起我,悄声对我说:"我们离这儿十五里,送送我好吗?"

我没有回答,悄悄跟他走出后台,走出村。

身后汽灯的亮光远了,人声被深夜的寂静淹没了。在我们前面,只有高空的月牙,只有一条中原的、明亮的小路,和路旁的草丛。

我们走着,走着,尽量放慢脚步走着。我把他送到了,他又把我送回来。

有无限延长的乐谱,没有无限延长的道路。当黎明的鸟声一叫,他像被火烫了似的,紧紧握起了我的双手……

> 中原!
> 你这历次英雄的战场,
> 你这古代祖先的住所,
> 你给过人多少苦难,又多少欢乐?
> 你给人们起过多少光荣的名字?
> 多少人在你的土地上走过?
> 中原!
> 这一对年轻的友人,
> 在这二十世纪四十年代里,
> 在你的胸脯上,
> 肩负着时代的重托,
> 留下了深深的脚印。

六

不久,羊山集战役开始了,打的是蒋匪帮最强硬的六十六师。

地球上有多少高山峻岭?我们祖国的河山数不清。可是羊山,谁知道你是个什么东西?你只不过是个大黄土堆。那些万恶的豺狼疯狗占据了,在你上面修了数不尽的地堡。

一个年轻的营长——我童年的、少年的、青年的、永远的朋友,我最亲爱的人,用他和他战友的鲜血,把"羊山"二字,永远写在了战史里。

战斗结束不久,那个五十岁的老英雄找我来了。他站在一个十八岁的少女面前,不像是父亲吗?他却像孩子一样捂着脸,不愿让自己哭出声来。

我明白什么事情发生了,我像木头一样站着。

世界好像不存在了,在我面前,只有他的面容,他的眼睛,他那珍珠似的语言,和他手中的武器——这一切,化成了他那不朽的音乐,在我整个的心灵中热烈地鸣响起来。

"老英雄!别哭啦!让他自己谱写完他的乐章吧!"

"我们的营长,每次打起仗来,想尽一切办法保全我们的生命,并想更多更快地消灭敌人。他像最孝顺的儿子,又像最慈爱的父亲。这一次,又是他领着头,在那不分个粒的弹雨下,用刺刀、手榴弹,打毁了所有的地堡,扫清了道路。敌人的枪炮哑巴了,成群的俘虏举着双手,跪着。满山都是乱扔着的枪炮和飞机空投的弹药。我们以为这次战役就算结束了。可是谁知道,最后,还有一个最坚固的地堡,就是它,把我们全营战士的心挖去了……

"那个地堡里,半天没往外打枪,当我们营长领头冲上去时,枪声响了……

"全体战士,像狂风一样,呜的一声冲进了地堡。那里面集中了六十六师所有还活着的团长、师长、参谋长。他们像被勒住脖子的疯狗一样,挤在角落里。战士们多少只手一齐撕住了他们。就是把他们剁成肉酱,把蒋匪军全部消灭光,也减轻不了我们的愤怒和悲痛……

"我们掐着那些狗官狗将的脖子,把他们拉出地堡来,叫他们跪在我们营长身旁……

"多次的流血、战斗,把我们锻炼成了勇敢坚强的战士,可是这一次,我们围着亲爱的营长……"

老英雄颤抖着手,从腰间抽出那个蓝色的慰问袋,放在我手里,哽咽着告诉我:"他说,就是还没有给你找到,北……北……北京的照片……"

七

今天,我在首都每座宏伟的建筑物前,都拍下了五彩照片。我把它们拿回家去,和那些华盛顿、伦敦、巴黎、罗马的放在一起。亲爱的,我告诉你,那古老的北京——我们的首都,是最新最美的。

亲爱的!这北京的照片,是党,毛主席,你的战友们,和全体劳动人民给咱们找到的,给我找到的。

亲爱的!在每座建筑物的光辉里,我都看见了你。你微仰着年轻健美的头,在瞭望全宇宙。

你从童年就向往的,世上最美好的交响乐,在我们童年欢聚的河北大平原,在秀美的太行山,在我们战斗的中原,在祖国辽阔的土地上,一起轰响起来。

亲爱的!你该是多么高兴。

鹿特丹

不　屈

一

　　一个伪军来传韦真家的去岗楼上问话。这是在沦陷区日寇统治下的"和平"的村庄里，每一个被日寇认为"和平"的居民的义务。什么是和平，老百姓是清清楚楚的。当岗楼还像铁蒺藜卡在人们喉咙里似的，鬼子像疯狗般猖獗的时候，"皇军"宣扬的"和平"在哪里呢！各种隐蔽的战争，以及枪对枪来刀对刀，精神对精神的战争仍在进行，而且人人都学会了。

　　要问什么话呢？天晓得！叫去，就去吧！

　　韦真家的略微收拾了一下家，又用了一条宽布带缠在肚上，因为她已经有了七个月的身孕。

　　这个伪军倒也是本村人，认识的，韦真家的问他："苟才哥，你知道问什么事吗？"

　　伪军没有作声。

　　"看你，说说怕什么？"韦真家的装着满不在乎，嘻嘻嘻地笑了。

　　"我也不知道！"伪军说。他向周围四面偷偷瞧了一下，韦真家的也跟着他那警惕的眼光向四周探索着。路上静静的，没有别的人。

　　"韦家嫂子。"他忽然又缩回了话头，两眼盯着她，好像说：我不该告诉你，又不能不告诉你，可是你怎样呢？靠得住吗？

　　"苟才哥，说吧，外人吗？先晓得点，大家方便。"她说，并用一种完全坦白、真诚的眼光去回答他那猜疑不定的眼光。

　　"唉！告诉你吧！韦真哥被逮住了，鬼子要他承认是本村人，并招出这村里的暗八路还有些谁，就是这样。"他顿了一顿，看看她的脸上起了什么变化没有。但她只哦了一声,好像这事情她早预料到似的。于是他接下去说:"韦真哥被逮住的时候,和他们打,被他们用刀砍伤了脸,他们认不出他原来的样子了。他说他是老八路,长征过来的,他是不愿暴露本村的人呀!"

"这好,"她说,"我知道他会这样做。"

"是啊!谁不愿他这样呢?可是鬼子疑心他,狗日的翻译官告诉他们说,他可能就是你的丈夫,所以传你去认呢!"

"呸!"她吐了一口大气,像所有的勇气都由这口气表达似的。她再没有说什么。

二

岗楼的第二层,从四面墙壁上的枪眼里,透进来稀微的光亮,屋子里昏暗不明,刚从外面进来的韦真家的,简直什么也看不清楚。但站在角落里的韦真,已经认清是她了。

他在这里被拷问了三天,头上被军刀砍伤了,脸上抹了一脸的泥土和污血,浑身还布满了鞭子、皮靴等的伤痕。他完全不像原来的样子了。声音也嘶哑破碎得一点不像原来的样子,加上他又故意学着南方人讲话的腔调。因此,就是那个狗杂种的翻译官也终于不敢肯定,才去传了他妻子来认的。

一见她进来,他立刻懂得这是鬼子的又一个阴谋诡计,套他来了,他忙首先发出告诫的声音,通知她,不要认他。

"嘿!娘儿们来了,不行,老子不吃这一套。"

而他的声音无论怎么变,她还是听得出来的。这是她的丈夫,和她一起生活了五六年的丈夫,虽然并不常都在一起。循着这个声音,她立刻在墙角发现他了。她的确吓了一大跳,那个血肉模糊的、乱蓬蓬的头颅发出来的声音,使她不相信那会是他的。但她仔细地看了看,她就认出来了,这是他,为什么不是他呢!

他的每一根头发她都清楚,因为她抚摸过、亲过。他手上的粗糙的皮肤和爆栗而凸起的筋络,她也很熟悉,而眉毛和眼睛呢?即使割它下来单另放在一处,她也辨别得出来。当她第一次用自己的眼光去迎触了他射过来的眼光时,她已经完全肯定了,一点不错,那就是他。

但她不能认他。

她懂得,认了会怎样,那就是全村青年人的死灭,全村的大清洗,鸡犬不宁。这是有过例子的,离这里二十五里的河川村就是由于查出了一个暗八路,遭到了全村的毁灭,日寇在发现他自以为握紧的"和平"的村子里,碰上了意外的反抗,是连一点虚伪的人道也不讲的,因为他的幻梦破碎了,于是就要更加倍地践踏,用力抹去这不愉快的影子。

她可怜他,心疼他,想去摸一摸他的伤口、他的粗硬的头发和他粗糙的手。她在他面前站住了,她又看见了从那被削断的眼皮重压下的一条细缝里射出来的坚毅的眼光,那眼光重复着说:不能认我,爱你自己吧!她感到急剧地心跳,肚子里的胎儿,也像冲撞得很厉害。

她极力要压抑住自己的情感,忙不知所措地,用惶惶然的眼光,往屋子的别的地方望。

在她站的左边,一张白木桌后面,一个极肥胖的日本鬼子坐在一张陈旧的靠背椅上。他的块头那样大,看起来简直像塞在椅子上似的。她刚进来时,那大块头抖动了一下,像是要站起来看看他这个新的捕获物,大概是塞得太紧了,他抖动了一下之后,仍旧挤在那儿。她听见他哇里哇啦不知讲了些什么,一个不穿军服的人,看样子完全是个中国人,可是她坚决地不相信他是中国人。她常听人说高丽棒子如何如何坏,她想他也许就是那高丽棒子吧!但一听他那口音,竟完全是本地的，于是她厌恶地别过了头。

"韦家嫂子，"那人装着认识她的样子说，"你来看看，这不是你的丈夫韦真吗？"

"什么？"她故作惊奇地反问他，"你说什么？"

"别装傻，这是你丈夫，你认了，你可以领他回去，他被砍成这样子，你看，他被误伤了。"

她又偷看了韦真一眼，她忽然觉得十分难受，她不忍见他被糟蹋成那样子，她一阵心酸，眼泪已经流到眼角上了，她想哭，大声地哭。然而，一股冷静的、坚毅的眼光射过来，止住了她的眼泪。于是她又有了力量，这眼光帮助了她，支持了她。

"不，你别乱讲，他不是我的丈夫。"她斩截地说。

"这是何苦呀！韦家嫂子，"那家伙冷笑了一下，阴森森地说，"人终归是你家的人，你看他成了这样子，你就不要了吗！"

忽然，韦真又发出他那嘶哑的、破碎的声音说："给我个娘儿们，老子受用不起咯！"

这声音却像尖刀一样刺伤了她，她想偷偷地示意给他，不要这么说，这有点伤她的心，因为她就在此刻仍是极关怀他呵！她想去抚摸他，跪在他面前，她不能呵！

"我，我求你，翻译老爷，对'太君'说说，让我回去吧！他不是我的丈夫，他不是。"

她咬紧了牙齿，才使得后面这两句话说得没有颤抖。

翻译和鬼子咕噜咕噜不知又说了些什么。他忽然生起气来，大块头则挤在椅子上，恶狠狠地望着她狞笑。

"不认！你不认！好。这是隐瞒八路，通'匪'的。"

她不愿看那假作生气的、装腔作势的鬼样子，又把头别过一边去。

"给你苦头吃啦!"翻译咆哮起来,伸手在桌子上取了鞭子。

"打好人吗?你打吧!狗养的!"她一下兴奋起来,忘记在她面前的是敌人,是杀人不眨眼的魔鬼。她一点也不害怕了,她用平时对付邻居间争吵的态度,挺了挺胸脯迎上去。

翻译的个子并不大的,看见她冲上来,后退了一步,惊诧地叫了一声:"你……干吗?!"

"你打啊!狗养的,你们什么也打哟!你这种狗!"

翻译这才清楚了,明白了妇人在骂他,心头也就真的起了火,一鞭子朝她头上抽去。她把头一歪,落在肩膀上了。

大块头挤在椅子上在狞笑,笑得抖动起来,椅子发出承受不住的声音,吱咋吱咋地乱叫。

带她来的伪军,别过了头装着注意韦真的样子。

她尖声地叫起来:"打啊!你们打和平的老百姓啊!"

韦真起初见他妻子的肥厚的肩膀挨了一下,还不怎么着急,可是当他看见又一下却是落在她那挺出的肚子上时,他的心疼了。那里面是他和她盼望了五六年的种子啊!是一个跟他一样,或跟她一样的活的宝贝,他们的儿女呀!

他不顾异常沉重的头,正难忍地疼得快要炸裂、快要麻木,想冲过去抢下翻译官的鞭子。他厉声叫着:"欺负娘儿们,打娘儿们呀!你瞎了眼吗?她是个大肚子,有了娃娃的啦!"

但守住他的两个日本鬼子拖住了他,他只好眼睁睁地看着那鞭子一下下落在那圆鼓鼓的肚子上,比一鞭鞭打在他自己身上还疼痛。

"说!认不认?"翻译逼着问。

"狗东西!"她喘着气,双手护着肚子:"认什么?不是,不是,打死我也不是。"

日本鬼子的狞笑忽然收了,他阴险地虎着脸,对翻译哇里哇啦说了几句。

"好，弄到下边去！"翻译泄气似的，用劲抽了她一鞭子，命令那个伪军。伪军忙过来带了她，一道下了两级梯子，他立刻警觉地朝后面看了一眼，伸手去扶着她走。

三

苟才到了二拴家的时候，天已经完全黑了。夜雾笼罩着村庄，静得小虫子在地上扒泥土的声音也听得出来。他的突然的叫门，很引起二拴家的惊惧。

"开门，开门！"他低声地叫。

二拴忙抽身进了内房，揭开地窖子的板门，躲下去。又吩咐老婆说："你去看看，要是日本鬼子，好好对付对付。"

二拴家的精细地盖上了板门，轻轻拍去了手上的尘土，走出来不耐烦地问道："谁呀？黑天半夜家来喊门，我屋里男人不在家。"

"二拴嫂子，开门来吧！我呀！听不清是我吗？苟才，我是苟才。"

"哦！"她缓了一口气，"是你哟！要进来吗？"

"是嘛！有要紧事呢！"

二拴家忙开了门让进了苟才，苟才一头大汗还没干了，不住地用衣袖在脸上擦。

"拴哥呢？"他问。

"不在家，早不在家啦！这年头除了你们跟上'太君'的，谁还敢落屋呀！"

"不用挖苦了，拴嫂子，紧急事。"

"谁骗你来，当真是不在家呢！什么紧急事，跟我说说。"

"唉！你还不相信，那就先给你说几句吧！"他只得把一腔紧急心情暂时缓下来，在靠门的地方，摸上一个凳子坐了，继续说："韦真哥被逮住了，听说了吧！"

"不很知道。"二拴家的仍旧很警惕地回答。"不是听说抓住了个老八路吗？"

"这我不骗你，真的是韦真哥，不过他不承认就是了。他一口咬定说是老八路，他是为了好掩护咱们村子里的哥们儿啦！"

"嗯！"她似信非信地应了一声。

他见她这样冷淡，竟有些不愿讲下去了，刚才的紧急的心情又松弛了一些。

"把韦真嫂传去了，要她认。"他无精打采地说。

二拴家的这才惊惶了起来，忙问："那她认了吗？"

"没有！"他凝望着房顶，像回忆着刚才韦真家的被拷问那一幕，"没有呢！拴嫂子，韦真家的是个好硬的人呵！"

"呀！"她放心地舒了一口气。

"可不过是，他们打她啦！她又是个大肚皮，狗娘养的，专打那里咧！现在又把她和韦真关在一起，你想这是什么意思？"他停了一停，看见对方正紧张地注视着，没有插话，立即接下去说："要他们不得不认呀！他们在暗中监视着呢！"

"鬼东西真毒呀！"她咬了咬牙说。同时很自信地补充了一句："不会的，她一定还是不认。"

"不认是靠准了，不过恐怕熬不过明天了，鬼子的意思，再不认，一齐都枪毙。"

"什么？枪毙什么？"黑黝黝的屋角里，突然发出这个声音，随即一个高大的黑影子走了过来。

"二拴哥！"苟才惶乱地喊道："你吓了我一大跳，我早知你在家，为啥这会儿才出来，二嫂要再不信，我就溜了。"

"还是警惕些好。"二拴笑着说:"我在地下闷得太久了,偷偷爬上来,一听是你,正说韦真哥的事情呢!我存心要吓你一下的。"停了一停,他焦急地问:"你看这事情怎么办呢?"

"这个……我是来通知通知你们,尽尽心就是了,办法还不是你们去想。"

"岗楼上的鬼子没有增加吧?"二拴问。

"还是那三个,和那翻译官,最讨厌的家伙,狗娘养的。"

"那请你们帮帮忙,反正你们这碗饭也吃不长了,就乘这机会拖过来吧!"二拴紧盯着他,露出非如此不可的神气。

"好是也好,你们在外头准备,我回去和胡明他们商量商量。"苟才说着起身要走。

二拴家的插进来说:"要干就干好咯!""这个,"她叉开食指和拇指,"八路军就开来啦!听去过山里的人回来说。"

"要是八路能够很快开来,那就没问题。"

二拴沉吟了一下,"好吧!明天早晨你给个记号,我们来就是。八路的问题,交给我。"

门一开,苟才消失在黑夜里。接着是二拴,他本来站在门口吩咐老婆好生在家里等着他的。可是一到听不见脚步声,她也随手带上门,隐进夜的黑幕中去了。

四

刘老婆婆和儿媳妇刘明家的正在担心地谈论着什么。老婆婆苍老的声音时时因咳嗽而停顿,接着是困难的喘息。刘明家的也一直发愁得不住地叹息着,并痛恨着什么。

"咳,韦真,韦真家的,一对好夫妇。"是刘老婆婆的声音。"狗东西们又不知道……"

"唉……"

刘明家的又一阵感到难受。她和韦真家的，都是妇救会会员，平日情感也很好。如今韦真被捕了，韦真家的被传去问话，她和婆婆都深深替他们担忧。

忽然一阵轻微的叩门声。

婆媳两个一时都噤住了，你望着我，我望着你，在菜油灯一闪一眨的光亮下，映出了两副惊慌不安的面孔。

叩门声又响了起来，比第一次还紧一些。

"谁？"刘明家的大胆地问。

"我，刘嫂子。"二拴家的在门外答应。这声音她们是熟悉的。

"我当是谁呀！"刘明家的开了门，说："你这个夜游神，跑来干吗？"

二拴家的有一点喘息，老婆婆说："你是有事情才来的哇！看你累成那样子。"

"可不是，你们知道韦真家的被传去了？"

"这个，晌午我们就知道了。"刘明家的不在意地说。

"挨了打啦！她不认。"二拴家的忙着把知道的继续告诉她们。

刘明家的和她婆婆，吃惊起来："挨打了吗？厉害不厉害。"

"哼！狗杂种们专打她那怀着娃娃的大肚皮。"二拴家的很气愤。

"那还得了！惊动了胎位，会跌身子的呀！"刘明家的也很着急了。

"七个月了是不是？"老婆婆说，"小两口盼了五六年啦！那伙狗杂种。"她苍老起皱的面皮，也一下绷紧了："不会好死的，狗杂种！"她喃喃地骂起来。

"等着那一天吧！八路来了就好了。"刘明家的满怀希望地说。

"呵！我来告诉你呀！八路就来啦，二拴邀他们去了。"

"真的？"刘明家的和刘老婆婆一齐说。

于是三个女人挤在一起，唧唧噜噜，细声地商酌起来。油灯暗了，灭了，她们也没有觉得，三个黑影子越靠越紧……

五

岗楼的最下一层，又潮湿，又阴暗，墙壁上全起了霉，枪眼也少，大门是用厚重的木材做的，透不进一点点光来。

韦真和他的妻子被关在用砖挡起来的一个角落里，离地七八尺高的地方挂了盏小油灯，阴惨惨地照射着。

韦真家的刚下来时，因为肚子上的鞭打，震动了肚里的胎儿，小肚外面的皮肉灼热得难受，像要裂开来；里面冲撞得很厉害，像要钻出来。一些收敛不住的东西，不住地往下坠，湿汩汩的腿裆里全沾满了血了。她就一阵昏迷，躺在屋角里。但潮湿而发霉的墙壁挨着她，一股酸味冲着鼻孔，又使她略微有点清醒。

不知道多少时候了，这个被当作小小的囚室的门忽然打开了，一股强烈的灯光射进来，蓦地乓的一声，扔进来黑簇簇的一个东西。

日本鬼子粗鲁的声音在门外叫："八格！滚进去！"

接着，门被拉上锁了。

韦真被一下推进时，跟跄了几下，又站住了。

昏暗的油灯的光闪跳着，他惊喜地看见旁边躺着他的妻子，那圆鼓鼓的肚子正在抽搐。他立刻想走拢去，去安抚她，去分担她的痛苦和惊慌，去问问她的情形，他多么想和她亲密地说几句话呵！

她也辨出来是他了，她几乎要跳起来，她困难地翻了翻身，用一种得到所希望的东西那样的幸福的眼光看着他。

他的脚步已开始移动了，但他又停了下来，他立即意识到这是不行的。如果他走去摸她一下，亲热地叫她一声，他和她就完了，全村也完了。他和她的距离，还是多么远呵！

在他这一迟疑和变更意念的时候，她本来紧张地注视着他的眼光，倏地也变了。她看出了这一迟疑的意义，她和他还是隔得很远的，他不能安慰她了。她的作为一个妻子的心，虽然强烈地要他这样做；但是，一个战士，一个妇救会会员的心，制止了她的冲动。

他含有深意地看了她一眼，退往门边，靠着门坐了下来。在这里，他听见了粗重的气息在门外一缓一急地抽动着，这是日本鬼子的呼吸。

"鬼家伙！真的玩的这一套。"他想，不由地安心地微笑了一下。

躺在屋角的韦真家的，几次想坐起来，都被剧烈的痛楚按住了。她把两手放在肚子上，想用手势和眼光把自己的痛苦、希望、信仰、勇气……表示给他看。她一次又一次用眼去找他的眼光，双手无力地举起又放下。但韦真没有再去看她，他知道过分亲昵地交换眼光，也会告诉出两人之间的关系的秘密的，他宁肯忍住强烈的冲动，把眼光死死地望着天花板。

门外的呼吸声突然匀称而缓和起来，那个日本鬼子因为等得太久，不耐烦地打瞌睡了。

他想轻轻爬过去摸一摸她，想去对着她的耳朵说几句知心的话。她呢，不明了门外的情形，就只能一次又一次地向他投出抚爱的眼光。看见他移动了身子，她是多么欢悦呀！然而不，她知道这是不行的，从门外边的黑暗里，一定有鹰鹫般的眼光注视着这昏暗的小囚室里的两个囚人的动作。这是夫妻两个，又是两个战士。他们的战斗的气息总是在一块，志向趋向一起，但是他们不能接触。他的冲动，显然对战士的坚守岗位是有害的。他们最好是各据一个据点，来向敌人作斗争。如果合在一块，那敌人就会乘虚而入，攻破他们的防线了。于是，她忙用严厉的、拒绝他爬过去的眼光阻止他。

韦真碰见这眼光了,他战栗了一下,他感到自己的羞耻,他几乎动摇了自己的意念。当然,这是不行的,敌人也许是伪装睡着。他投出了抱歉似的一瞬,仍旧仰身靠在门上。

一会儿,过分的疲劳和痛处的麻木,他睡着了。

六

"我已经那个了。"韦真家的在加入了妇救会以后的一个晚上,对韦真说。

他以为她说的是肚子里的小孩,就用手去摸了一下她那圆润的肚子。

"快啦吧!"他的声调是异常温存的。

"不是这个!"她因他的误会而有点生气了。她不愿详细告诉他,但希望他会追问下去。她推开了他的手。

"唔!什么?"他很惶恐:"你说哪个了,是哪个啦?"

"我参加了。"她仍旧不明白告诉他。

"参加了,参加什么?"他没有想到妇救会那方面去。"她会去参加什么呢?"他想:"这个三年多来已经不多说话的,平常门也很少出去的妇人。"

看见他还是不明白,她赌气不说了。

他继续在想,想起他在八路军开走以后的工作来。他从来没有告诉过家里任何人。但她是知道的,她常常留心他的行动。有一个深夜里,他偷偷溜下了炕要走,他以为她睡着的,她却醒着。

"你到哪去呀?"她在炕上问。

他惊住了,一时答不上来。她轻轻地说:"你走吧!你还在干暗八路,我知道。"

他一愣,忙回身跳上炕去。

"你不要乱说！你……"

她坦然地笑了："我又不碍着你，你怕什么？"

从此，他有什么行动，也偶尔告诉告诉她。她呢，居家很少出门的，从不对人乱说一句话，因此他很放心。

"但是，她这会去参加了什么呢？"

他忽然一下子明白了，但还装着不清楚。

"到底参加个啥呀！慰劳组吗？"

"咻！"她笑他太笨了。

"那个……那个妇救会。"她只得明白告诉他。

"呵！"他故作震惊地说："几时呀？你们倒秘密得很！"

"不告诉你！你当就只有你们能干吗！"

"这是好事呀！"他一翻身挨过去亲了她一下，"我的个乖乖！"

"去你的！"她用力一推，并为他这不尊重的动作真的生了气，身子一滚，离他远远地，在炕头上睡去了。

"别生气啦！你们妇救会有什么了不起，能打仗吗？！"

"打仗不打仗你别管，你敢和我打赌吗？咱们看谁的工作积极。"

"好，骑毛驴看唱本——走着瞧吧！"

七

他睡得正朦胧，一个尖利而凄惨的声音像是很远，又像是很近地响了起来，搅醒了他。

他用手去揉眼睛，不知几时有一团稠浓的眼屎粘住一丛睫毛在上面。他蘸了一点口水润了润，才轻轻撕了开来。

灯光仍是昏黄的，他先侧耳在门缝上听了听，外面那重浊的呼吸还在响着，而呻唤的声音却就在近旁响得很厉害。

她双手紧压着肚子，两条腿不停地伸直又拳拢。脸上淌着大颗大颗的汗珠,牙齿咬得吱吱吱地响。

他惊惶得不知怎样才好,呆呆地望着她,看见她闪着疲惫的、无力的眼光,在和生理上的苦痛挣扎。

"哎哟!"她猛地一翻身,一半身子斜靠在墙上,一半身子侧躺在地上,两条腿斜斜地向上竖起来,双手在空中乱抓,没有结果,一只手就落在头上,狠狠地抓住了一绺头发。

"她要小产!"他一下懂得了,想过去帮她。

从来他也没见过这号事,他虽然已经站起来了,可不知道怎么办。他惶惑地、紧张地看着她,一句亲切的话来到舌尖上,又咽了下去。怎么办呢?他站着久久不动。

她又从地上勉强撑起来,双手去抓着墙,大大张开了腿,用劲要从身上抖落什么地痉挛着。但这样并不久,手和足都没有力啦!她一软,又跌在地上,这下跌得很重,发出了一声水迟迟的声音,双手在空中乱挥了几下,张开嘴大大地喘息起来,眼泪一股股流出来。她感到了悲痛无助的伤心,难忍的疼痛逼得她哭了。

一种内疚的情绪突然袭击了他,他要去帮助她,哪怕是毫无效力地替她扶稳身子也好。他恼怒自己,这时候一个丈夫不能帮助自己的妻子,看着她在痛苦中挣扎,而且默默地一个人忍受,他感到太惭愧了。于是他狠狠地一挥手,迈出了脚步。

但小门突然开了,翻译跟了两个日本鬼子进来了。

"呔!你干吗?"翻译向他大声地问。

这时,他所有的愤怒和气愤都转移到翻译身上来了,他猛地一翻身,调转血肉模糊的、乱蓬蓬的头,向翻译冲过去。可惜两个日本鬼子用刺刀挡住了他,翻译退到小门边去了。

"狗东西,你也是人,是你娘养下的,一点良心都没有呀!"他嘶破了喉咙似的大声嚷,巨大的头不住地颤抖,同时一个巨大的黑影

也在屋里乱晃起来。

她本能地侧着身子,面向着墙壁,用背脊对着闯进来的几个野兽。她不愿在这些兽性的家伙们面前裸露自己,不愿让他们看见自己的苦痛,她狠命咬紧牙关,一只手死力撑着地,一只手扶着墙,就这样支持着。

"呵!你大喜呀!"翻译在小门边说:"快添儿子了,怎么样?要不要让她舒服一下?"

"你……狗杂种!"他气得别的话再也说不出来,又想奔过去,但两把刺刀挡住他,一步也不得前进。

"她不是你的妻子吗?我看你认了算啦?我担保让她回家去生。"翻译仍旧在那里毫不动心地说。

"你……狗儿子!"她蓦地一翻身,不知从哪里来的力量,从地上站起来,颤巍巍地向翻译撞过去!

"哼!好凶呵!"翻译飞起一脚,对准向他撞过来的韦真家的肚子上踢去。她就在这一踢之下倒下去了,双手捧着肚子,在地上翻来滚去。翻译的脸也吓白了,顿时感到了恐怖。他在她和韦真的眼里,看出了永远不能饶恕他的仇恨的火,和无畏的、一定要报仇的意志。

"走!"他招呼着两个日本鬼子,连忙带上门走了。

八

"醒一醒!醒一醒!"他扶着她躺在自己怀里,一面轻轻摇晃,一面低声叫唤。

很久很久了,自从翻译和两个日本鬼子走了,他就忙去扶她起来,她极力睁开眼望了他一眼,又闭上了。她没有呻吟,很安详地躺在他怀里,像是睡过去了。他用手扪她的胸脯,那里很热,心跳得很厉害。但她的呼吸微弱得很。

他不转瞬地看着她,看着她那安详的样子,那在一场剧烈的战斗之后的舒适的睡眠。

他用手在她身上四处抚摸着,一下到了圆鼓鼓的肚子上了,他火烫似的缩回了手。不能够呵!那里面是他的孩子,他也累了,正在休息呢!不要搅醒他,不要使他再在肚子里冲动,使她不安,让他也睡吧!好好地睡一觉。也许……也许他会安安生生在那里多住一两个月,那时她该可以在自己家里的炕上慢慢生了。他呢!自然已早被鬼子枪毙了,但是不要紧,他死了,这里却又生出来一个,只是不要在现在出生就一切都好了。他沉浸在深远的想象里,逐渐地睡着了。

"哎……"她突然醒来了,想翻一个身,但浑身没有一点劲。她睁开眼一看,在她头上有一个黑簇簇的东西挡住了灯光,看不清面目。

"刚才是一场噩梦呀!"她伸出手摸了摸,一下触到他胸脯上了,一堆乱茸茸的汗毛,在她手上搔了一下。"这是他!"她非常熟悉地记了起来。是什么时候她回到了家吗?她又睡在他怀里了,刚才真是一场梦呀!

他也醒来了,模糊地觉得怀里在动,他怕她会滚下地去,忙用手去圈住她,略微仰起了头,抒一抒那俯得太久的脖子的酸痛。

立刻,她的头上明亮了,一个乱蓬蓬的头给她看清了。脸,那割成了几块的脸,血肉模糊的脸呀!呵!这是他!是被残酷地砍伤了、打伤了、踢伤了的他呀!她忘记了自己的苦痛,手伸去抚摸那颗被毁伤了的、但是属于他的并没有屈服的头。

"哦!你……"他看见她伸出手来,知道她清醒了,就很想对她说点什么。可是说什么好呢?就是称呼吧!称呼什么呢?乡下人,丈夫叫妻子,或妻子叫丈夫,照例是用孩子的名字来叫的,比如:"小拴他爹、小拴他娘"之类,而他们又还没有孩子,平常又非常羞赧于叫彼此的名字，在家里总是用这个"你"来通称的。此刻如果有一个更亲热的称呼，那是多好呵！那么，就叫出她的名字吧！不行！不行！门外边有人守着的，他们就是等着这一声称呼，这就给他们一个清洗村子，一个杀人放火、奸淫妇女的借口了。这伙野兽是什么也做得出来的。

然而，要亲热地称呼一下的欲望，于他是太强烈了，而"你"算个什么样的称呼呢？又不是陌生人、不相干的人，为什么用"你"呢？不，无论如何得有一个适当的称呼，热烈地表达出自己的情感的称呼才行。

终于，他想起来了，想起在游击小组里边互相称呼的那个名字，就是那个：同志！

"哦！同志！"他俯下头，用慈和的眼光去找那对此刻闪着欢愉的光的眼睛。

"同志！"她也极轻声地这样叫他，并去抱他的头，又怕碰痛了他，就极小心地将自己的头，搁在他那宽阔的肩上去。

九

"哈！你们已经睡在一块儿了，这可好啦！"小门突然又开了，大块头的日本鬼子踏着厚重的皮靴走在前面，瘦小的翻译跟在后面这样说。

"呸！"他轻轻地把她放在地上，站起来向翻译憎恶地唾了一口。

"怎么？还不认吗？觉都睡过了。"翻译得意地、奸险着说。

"我操……"他一下扑过去，重重地压倒了那家伙，双手去掐住他的喉咙。但他被厚重的皮靴一下踢昏了，两手无力地松了，瘫在地上。日本鬼子狞恶地笑着，翻译用力推开他站起来，卑贱地向鬼子鞠躬，感谢他的救助。

"这个恶棍!"他又踢了韦真一脚。

日本鬼子指了指韦真家的,向翻译哇里哇啦说了几句。

"呔!"翻译走近她身边,用脚尖触了触她:"说呀!不是你丈夫你怎么跟他睡觉呀!"

她含着极端的愤怒看着这一切,对躺在地上的韦真移去希冀的眼光,她多么想他还能动一动呵!他没有被踢死吧?他为什么不动了呢!

她对翻译的话置之不理,把头扭过一边。

"怎么?还能赖?说呀!说呀!"他逼近去,并且弯下腰向她问。

她本不想说话的,和这只狗,一只没有肠肝肚肺的狗,但是她忍不住了,她太愤怒了。

日本鬼子很赞成她的行为似的,又狞笑了,一种什么样的笑呵?疯狗也不会笑的那样凶险,那样丑恶!

"狗!"她叫了起来,"你咬吧!咬吧!你是疯狗!"

"不要再嘴硬了,再硬救不了你,也救不了你丈夫,也救不了你们村子。明天你瞧着吧!我们要像牵狗一样牵着你们到村子里去,叫他们去认。认得的,杀掉!不认的,也杀掉!你想一想,你担待着多少条人命!你不说,你不认,哼!"他阴毒地眨了一下眼睛,一直躬下身去差不多凑近了她的面孔说:"说吧!认了吧!"

"认哪!"她立即迅速伸手拧住了他的耳朵,用指甲狠狠地掐住。"认哪……"她喘息着,被复仇的火焰燃烧着,"你这条狗!"她又用手去抓住他的头发。他挣扎着,把她全身几乎吊了起来。他像猪一样叫起来了,双手去护着发根和耳根。但她越抓越紧,每根头发像在冒火了,耳根似乎有一把尖刀在往里扎,越扎越深……

日本鬼子没有想到她会这样做,一下惊得呆了,脸上的横肉抖动着,看着他们,不知道该怎么办。

"太君!"翻译好容易忍着痛哀求地叫了他一声,他明白了,于是扬起鞭子向她手上打去。

她手上着了一下,却抓得更紧了。而且,为了躲避那鞭子,她把手往旁一扭,跟着的是翻译的头发和耳朵也被抓得更痛。

"哎哟!"翻译大声号叫起来,鬼子的鞭子就不停地抽下去,她的手也就扭得更快。

鬼子也急了,才记起她的大肚子来,忙用力朝那上面一踢,她难忍地向后一倒,狠命地最后用力一扯,一只手就掐着半只血淋淋的耳朵,一只手抓住带着血珠的一把头发。

她躺在地上昏过去了,两只手仍紧紧地捏着。

十

拂晓,岗楼上死一样的寂静,一个守在顶楼上的日本鬼子正在打盹。他已经守了那个"暗八路"一夜了,但还得不到休息,又被派到这上面来。他想着那个什么八路的,也许不会来吧!他实在是太困了,于是他就打起盹来。抱着枪,靠在墙上,长长的唾液从嘴里流出来。苟才极小心地爬着楼梯,他尽力不发出一点声音来。他把从伍长那里偷来的三颗手榴弹,紧紧揣在怀里。他们平常是不发给这东西的,发给他们怕不保险,保下了"皇军"的"险"呀!他偷去了,当大块头的日本鬼子——伍长——去楼下又一次审问韦真的时候。

翻译被韦真家的抓伤了,伍长心里非常着急、气恼,匆忙地把他安顿在行军床上,在顶楼上派了哨就睡下了。这家伙想休息休息,明天去村子里膺惩"和平"的老百姓去。这个大块头,他被这一天所发生的不如意的事情搅昏了,拖累了。尤其翻译的受伤,使他惊恐而迷惘,渐渐感到这个"和平"的"统治"区,是并不怎么"和平"了。他决心要膺惩一下,大大地示一下威。他躺在床上一会儿就睡熟了,发出猪一样的鼾声。

苟才上了顶楼,看见日本鬼子正熟睡着,就走去抢下了他的枪。日本鬼子慌乱地揉了揉眼睛醒了,忙急地摸不着自己的武器,他震栗了,立即虎视着苟才,伸手去握住了自己的佩刀。但这个在平常他非常熟悉的中国人,对他似乎并无恶意,倒笑嘻嘻地对他说:"太君,换哨的。"

他也就安心了,倒对苟才露了一个抱歉似的微笑,掏出手巾擦着口角下去了。

苟才忙探头往外边的野地里望,这时东方正升起几条金线,恰好把黑簇簇的高粱地照得有点明亮,高粱地里一缕青色的烟飘了起来,这是二拴他们已经到了的记号。他就急忙朝天放了一枪,迅速扔下那笨重的三八大盖,抢起手榴弹来,揭了盖子,手指头扣住了拉线,一蹬步穿到楼梯口去,朝下面虎视着。

布置在大门边的两个伪军,忙拉开了门闩,另外两个伪军则把看守韦真的那个鬼子逮住。

伍长被枪声惊醒了,仓皇地抓起了床头的长刀,就朝顶楼上跑。刚一冲上楼梯,一声断喝从上面震下来。

"不许动!看看这是什么?再动就请你吃香瓜啦!"

他忙抬头,只见头上苟才抡着一颗手榴弹,正对准他。

"呀!你的良心的,坏了的!"他恐怖地嚷着,一面却待在楼梯脚边了。先前那个换岗下来的日本鬼子,又正在朦胧中醒过来,在屋子里慌乱地转了几转,一下碰到了翻译的行军床了,两个一齐倒在地上。翻译一手捂着耳朵,一手推开压在他身上的日本鬼子,哎哟哎哟地乱叫!

岗楼外面的游击小组二拴他们,带领着一连八路军毫无抵抗地就进来了。

楼梯踏踏踏地响起来，在二层楼上他们逮住了伍长、日本兵和翻译。当他们下了楼时，小囚室的门已打开了，一阵轻微的声音从里边响出来。二拴听着很熟悉，走进去一看，原来是他女人和刘明家的。她们正招呼着韦真和韦真家的，准备将他俩抬回家去。

当大伙离开了约莫两袋烟的工夫，一阵炽烈的火光从岗楼上冲了起来……

一九四五年秋初稿

一九四六年五月二十日改成

（原载1946年9月1日《文艺杂志》第2卷第1期）

马

加

飞 龙 梁 上

——百团大战插曲之一

在昏暗的夜色里，青年战士贾三随着突击队出发了。他的身上背着一支七九步枪、子弹带和五颗二号手榴弹，有两颗手榴弹已经掀去保险盖，似乎随时准备向敌人的据点投掷过去。他的心情是那样的兴奋，一想起手榴弹投掷过去。堡垒里的敌人应声倒下去的情形，他的内心就洋溢着一种跃跃欲试的兴奋情绪，虽然在那情绪后面也隐藏着恐惧与不安，但终于被那青年特有的自尊心克服了。当开动员大会的时候，连队与连队提出了比赛，他带着激动的心情，自动报名参加了突击队，响亮的口号声震动着他的耳鼓："青年人打前锋！多缴鬼子的枪！"他明白什么是青年人的光荣任务，他接受那任务没有一点迟疑。

在突击队里，差不多都是同贾三一样参军两年以上的青年战士。在队伍里，大家一起上政治课、上文化课、游戏，无论什么工作，大家生活在一个集体，总是感觉有趣味、有信心，而且互相督促，谁也不甘落后，遇有困难大家发扬友爱互助的精神，也能很快解决。参加突击队，对贾三来说，这已经是第二次了。第一次的胜利经验更使他增强了信心。

他捏紧了手榴弹的木把，放轻了脚步，随着突击队的行列转进曲折的山腰里。在那里，几乎断绝了行人，丛密的绿草遮盖着波纹形的土层，一块水成岩耸立在他们的前边。他们暂时休息在石头上，等待着后边掉队的同志。贾三放下了肩头上的步枪，挨着突击队长的身旁坐下，队长身旁放着一把大砍刀、干粮袋，还有大捆绳子和门板。他注视山岗深处敌人的据点，但视线却被山岗突起的锥形物体吸引住了，那距离不过二里左右的光景。他侧过脸去，在另一个山岗又发现了一个同样的锥形物体。乍一发现这两个灰蒙蒙的东西，他的心就如同拉紧了的弓弦，头部也充满了血液，似乎感觉到一种恐怖的喜悦。他悄悄地对突击队长说："你看，那左边……是敌人驻在小军梁的堡垒！"

突击队长点了点头，摇摆了一下驳壳枪。

"右边的当然是飞龙梁了。"贾三自言自语地说："看情形不到一里地。"

"快到了！"突击队长回答说："我们应该和小军梁的突击队一齐动手！他们打响，我们也立刻打响，坚决把敌人的堡垒拿下来。"

"我想，牵制部队已经埋伏好了！"贾三自得地说，他摸弄一下手榴弹："说不定这次要抽敌人的香烟呢！"

"我们的侦察员已经调查好了，堡垒里的罐头是一堆一堆的，还有日本香烟。"突击队长拍着贾三的肩膀说："只要你勇敢一点，勇敢一点。"

"我真想搞一支三八式步枪，是真的，这支七九枪……"贾三心花怒放地摸了一下膝头上的步枪："我不应该换一支吗？突击队长，它像木头疙瘩一样……"

"那全靠你自己的本领……"

"你瞧着，突击队长，我准能搞一支三八式步枪，就在今天！"

突击队集合了，突击队长提出了战斗要求，规定了行动和联络口号，队伍兴冲冲地出发了。

一会儿，突击队越过了曲折的山腰，踏过荒山野草，消逝在昏暗的夜色之中了。

小军梁接火之后，飞龙梁也和敌人接火了。

枪声打响之后，贾三悄悄地捏着步枪，穿过一片荒野，跃到堡垒外铁丝网的前面，伏在地上，做战前的准备工作。这时候，一个突击队员用长长的绳子拉着铁丝网，铁丝网上挂的铃铛响了起来，一次又一次。随着那清晰的声音，敌人的机关枪和掷弹筒对着铃铛响的方向打过来，放在铁丝网上的手榴弹也开始爆炸了，一团爆裂的火花在天空里飞跃着，围着铁丝网的子弹溜咝咝地响着，掷弹筒的轰轰声也随着响起来，震撼着远近的山谷，清澈的回音在漫长的山岗上波动着。

突击队长拿起了大砍刀，砍倒了铁丝网的木桩子，拉开一个缝口，突击队员一个个冲进铁丝网里面，向着堡垒射击，借以掩护前面的同志破坏第二道铁丝网。虽然他们在破坏第二道铁丝网的时候，遭遇到敌人射击的阻碍，但是他们终于把第二道铁丝网破坏了，而且他们继续用那方法去破坏第三道铁丝网……

贾三走在突击队的前面，大胆地向着敌人的堡垒射击。随着战斗的进展，突然那种顽固的念头又在他的脑子里浮现，要缴获三八步枪。他兴奋地拉着枪栓，勾着机钮，他的手掌在枪声发作之后微微地震动着，敏感的神经也随着震动着，火药的气息充塞着他的鼻孔。他们匍匐着前进，这时突击队已经通过了最后一道铁丝网，接近堡垒了。

贾三紧跟在突击队长后面，不放松一步。他的身体越接近堡垒，心情越激动，也越感觉到危险，同时他也感觉内心有一种渴望决战的意志。在他的身边的一个战士突然大声地喊起来："同志们！冲呀！我们要缴敌人的三八枪啊！"手榴弹开始在堡垒的附近炸裂了，他也意识到应该是甩手榴弹的时候了。于是他匆忙的取出手榴弹，用手指握住了手榴弹把上的一根弦，他扬起胳膊向堡垒投过去，他还没有看见手榴弹爆炸，敌人的掷弹筒已经打过来了，灰土和火光埋在他的身上，敌人的机关枪也向着突击队这边频频地扫射过来，在一分钟内，突击队里的一个战士牺牲了，一个挂了花。冲上去的突击队员暂时停止在那里，有一个靠近堡垒的战士也退了下来。

"队长！怕攻不下来……"黑夜里谁在颤抖地说着。

"一定把堡垒攻下来！"突击队长严厉地叫着："怕死鬼！你们忘记上级给我们的任务了。"

贾三隐蔽着自己的身体，偷偷地向着堡垒的近前摸上去，他发现堡垒的一个枪眼，于是麻利地把手榴弹投进去。立刻，他听见堡垒里突然响起爆炸的声音，石块的坍塌声混合着惨痛的呼号声，形成了一片混乱，堡垒的机关枪的扫射也停止了。他狂热地站起身子向着突击队长打招呼。突击队长立刻带着突击队冲上来，占领了堡垒外的死角。但是贾三已经倒在自己同志的面前了，挂了花。他倒下去的时候，还在快乐地微笑着。

战斗结束以后，突击队长背着贾三走下火线，贾三反抗着，因为他还念念不忘要获得堡垒里的三八式步枪。

一九四二年

减　　租

一

有一天，分区抗联会刘主任下乡去检查工作，走到沟口柿子树底下，碰到一个打游击回来的民兵。民兵的肩头上扛着一捆电线，新蓝布小袄里掖着一颗手榴弹，见了刘主任就亲热地扯住了膀子。

"刘主任，我到处找你有一年多了！"

民兵是一个腰长腿短的小伙子，粗眉毛，大眼睛，头上扎着红喜字的羊肚子手巾。他的样子很朴实，也很畅快，脸蛋晒得通红，风吹裂了他的酱色嘴唇，每一条裂纹都浮着笑容。

刘主任看着这个民兵，觉得有些面熟，但一时想不起在什么地方见过他了。

"去年秋后，我提着一篮子鸡蛋找你去。"民兵乐得合不上大牙，要把满肚子的话都掏出来，"我到了区抗联会，他们说你在县抗联会工作。我提着篮子跑到县上，他们说你到分区开会去了，泼了我一头冷水呀！我问过交通站长，打听过卖切糕的汉子，破坏汽车路的时候，我盼望能够在人群里碰到你，我心里想，两山到不了一起，两人总能到一起的。"

民兵激动得鼓起了眼泡，闪着睫毛，差不多流出眼泪来了。

"不错，去年秋后，我离开县抗联会，到分区抗联会工作去了。"刘主任顺口答应着，脑子里还在想着这个有些面熟的民兵到底在哪里见过。

"到我家里歇歇脚，吃顿饭，带上鸡蛋，再走。"

民兵拉着刘主任的胳膊，走向前边的茅草棚去。

茅草棚搭在沟口边，墙上黏土抹得光光的，一根新埋的杨木柱子发了绿芽，家雀落在上面喳喳地叫着，檐下挂着一串玉茭种子，红色的颗粒放着光。

两个人走进了草棚，立刻感到窄小得插不下脚去，地上堆满了粮食布袋，好像一条条吃饱肚子的小肥猪竖在那里。角落里放着一个土黄色的罐子，还有泥火盆、镐头、镰刀，土炕上摆满了柿子。一个双眼瞎的老太婆坐在笸箩的旁边，迎着暖和的阳光，用指甲剥着笸箩里的绿豆角。

"娘，刘主任来了！"民兵把电线扔在布袋上，喜欢地叫起来。

"刘主任来了吗？"

老太婆的头发已经白了，掉了牙，耳朵却很好，用松枝一样的手梢扶着耳轮，听着他们的谈话声。她闪着脸上的皱纹，已经能分辨出是什么人来了。

"不错，是刘主任的口音，孩子，你快去烙饼吧！"

民兵张着嘴笑起来，抹过身子，从土黄的罐子里捞出一个熟的咸鸡蛋，用手敲碎了皮，塞在刘主任的手里。

"去年我找你回来，怕鸡蛋放坏了，才找罐子腌上，你先尝一个吧，这是我的心呀！刘主任，你知道我过去给金大叔当佃户，打下了粮食，自己反倒吃不饱肚子，自从去年你给我减了租子，我们才翻了身呀！"

刘主任这才想起了去年减租大会的情形，民兵当时是一个佃户，名字叫二顺。

二

当平西分区还没有发动减租以前，二顺已经给金大叔做了十年佃户。他和妈妈投靠金大叔的时候，这个有四架大山的地主欺负他们孤儿寡妇没人照顾,捋着嘴巴上的胡子说:"小伙子,你愿意做佃户吗?用你吃奶的力量去开山,小心别叫狼吃掉就行了。"

二顺和妈妈感激地给金大叔磕了头,领了一把镐,丢了打狗杖,开始在一架荒凉的大山落了脚,当了金大叔的佃户。

山上的烟火是稀少的,蒿子盖住了羊肠小道,野杏林和柿子树像一架大荫凉棚。太阳落了山,野雉落在草棵子里,野山羊到山涧里来喝水,山根下有烂羊骨头发着青色的磷光。二顺插上了门,躺在铺着谷草的土炕上,听到远远近近全是狼叫的声音,有些瘆人。

在这以前,已经有老佃户在山上落了脚,他来的时候嘴巴子还是光的,现在已经长出了山羊胡子。他吃过庄主许多的苦头,为了出气,故意地拖欠地租,偷着抽打庄主的牛。当二顺和妈妈搭起了草棚、到山坡上刨地的时候,老佃户来探望他们,看见娘儿俩寒碜的样子,心里冷了半截子。

妈妈穿着一条露膝盖的裤子,蹲在茅草堆里,一边打草,一边捡石头。二顺的气力很单薄,胳膊没有镐把子粗,举一举镐,喘一口气,刨了三四下,脸上立刻滚下了汗珠子。密密的草根黏结在土块上,刨也刨不断,镐尖不时地碰到石片上,咔咔地响着。

老佃户从二顺的手里抢过了镐,刨了几下,做样子给他看。

"刨吧!刨吧!穷庄稼主就是靠着吃土活下去。"

妈妈直了腰,望着老佃户的山羊胡子说:"人吃土,土也吃人呵!"

"大鱼吃小鱼,小鱼吃虾米,虾米吃污泥……小伙子,你慢慢就明白了。"

老佃户拍着二顺的肩膀。二顺听了老佃户的话,看着地上翻起的土块,似懂非懂地点了点头。

头一年的庄稼长得不好,缺少雨水。到了秋天,谷穗子结得像耗子尾巴一样，打下两口袋粮食，统统给金大叔交了租子。二顺在地边种白菜，白菜卷了心，金大叔拣好的拔了去。二顺栽柿子树，柿子一红，金大叔就用竿子来打。二顺的两手仿佛是一只漏斗，不管他种出什么东西，总是从二顺的手里掉到金大叔的手里。

有几年，二顺同妈妈采野杏树叶子，找野菜，种蔓菁，娘儿俩吃糠咽菜度命。进了冬天，野草枯黄了，野杏树叶子吹满了山沟，狼和野山羊在山坡上走着，大风雪封住了草棚的门子。草棚里挂了霜，吐到地上的唾沫立刻冻成冰，二顺夜里冻的睡不着觉，喊着："娘，脚冻得像猫咬似的。"

"老天爷睁开眼睛吧！"

妈妈心疼地摸一摸儿子的耳朵，给他拢起一把火来。树枝烧得噼啪地响着，冒着烟，跳动的火舌把二顺的脸蛋烤得红红的。妈妈蹲在火堆旁边，一面烤手，一面勉励他说："孩子，要从死路里找生路呵！"

二顺看着山上的雪一年一年地落着，又一年一年融化了。抗战开始了，他照样过着苦光景，妈妈的眼睛已经瞎了。

三

金大叔是一个刻薄的老头子，他的手缝里没有漏过一颗小米，为了地租吵得胡子撅起来像一把扫帚，常常吓唬二顺不给减租子，使二顺很久不敢在抗联会面前透露口气。

二顺记得清清楚楚，有一次，他到火线上抬担架，回来村里正开着减租大会，金大叔答应减了租子。他一口气把粮食背到草棚，放下布袋，扯下手巾擦着脖子上的汗珠。妈妈念着八路军的恩德，感动地对他说："孩子，不要忘了本呀！好好地跟着八路军打鬼子。"

正在这个时候，金大叔提着棍子找上门来了。

金大叔看见粮食，眼睛像酒枣一样红起来，用棍子敲打着布袋。

"能够过冬吗？"

"过了春也吃不清。"二顺心满意足地说："八路军来了，做了好事。"

"你为什么退租子？"

"大叔，不怪我，别的佃户都退了租子。"

"退吧！退吧！等中央军来了，将来好好算帐，一顿劈柴棒子把你打出去。"金大叔变了脸，露出黄牙冷笑着："现在，有八路军给你们撑腰，等八路军走了，二顺，你不留后脚吗？"

二顺心里凉了半截，发呆地望着粮食布袋，心里冒火，但说不出口来。瞎眼妈妈觉得忍受不下去，替儿子搭了腔。

"凭良心说，我们娘儿俩给你刨了十年山呵！"

"要有良心，也不退租子了……"金大叔怕别人知道，到外边贼眉鼠眼地看了一下，跨进了门槛，又歹声歹气地骂起来："你们吃谁的饭长大的，摸摸肚皮吧，现在像蛤蟆一样的发白了。"

二顺是一个老实人，一向吃亏让人，有一肚道理，自己却讲不清楚。他记得做佃户那天起，常常被金大叔唤去赶牲口、挑水、劈柴、推碾子，什么活计他都干过。现在也有点压不住了，冒了一句："我要和你算账！"

"什么，你要……"

金大叔威吓地用棍子敲着地皮说："三星出来的时候，给我把粮食背回去。"

金大叔把一篮子鸡蛋提走了，妈妈松了一口气，和儿子悄悄地商量说："找抗联会去吧，我们再不能吃哑巴亏了。"

二顺站在粮食布袋旁边，脸木胀胀得发烧，仿佛金大叔打了他耳光子一样，胆子虚了。

"你说什么，妈妈，你不怕惹娄子吗……"

四

晚上,三星挂在柿子树梢上,月亮洒着银光,蛐蛐在草棵子里嚁嚁地叫着。二顺给金大叔送粮食回来,背了一条空布袋,垂着头,摆着鸭子步,慢慢地沿着山坡的羊肠小道走回来。

草棚里的灯光照亮着窗子,他知道是妈妈还坐在灯下打麻绳,吃了糠窝窝,肚子不消化,山里狼多,盼他早些回来。他是从山梁那边翻过来的,白天挨了金大叔一顿臭骂,他把减了的租子又背回去,已经背了三趟,家里还剩下二斗粮食。刚刚爬过了山梁,他觉得肩头发酸,腿软软的,吃得半饱的肚子咕噜咕噜地叫起来。山坡上灰蒙蒙的,野蒿擦着他的腿肚子,一股苦清香透过了他的鼻管,他深一脚浅一脚地摸到家。

进了草棚,他看见老佃户和一个秃头的男人坐在家里,一边抽旱烟,一边谈着减租的事情。二顺把空布袋撂在地上,呆怔怔地听着。

秃头的男人是县抗联会的刘主任,下来检查工作,发现金大叔没有给二顺减租子,他又调查过老佃户,老佃户热心地把他领到二顺的家里来。

妈妈听到儿子的脚步声,高兴地叫起来:"二顺,你来见见刘主任,他是好心好意为着我们来的。"

老佃户推了二顺一把说:"傻瓜,把粮食背给金大叔啦?"

二顺扯下了头上的脏手巾,迎着菜油灯的微光,他的脸像风霜吹打的核桃叶子。

"你说明白,你背着布袋去干什么?"老佃户又叮问了一句。

二顺涨红了脸,看看老佃户的山羊胡,又看看刘主任的秃光脑袋,他的心里觉得很难过,好像有什么对不起他们的地方。他后悔不应该把粮食给金大叔背回去,他想对他们申诉一肚子的冤屈,但是金大叔的话在他脑子里响着："退吧！退吧！等八路军走了……"他很害怕，心里的话到了嗓子门又缩回去。

"刘主任，给我儿子做主吧！"瞎老太婆恳求着，腮帮子的肌肉塌下去。

刘主任慢慢地走到二顺的跟前，看着他垂头丧气的样子，亲热地拍了一下他的肩膀说："你告诉我吧……八路军和抗日政府是要给老百姓减租的。"

"八路军走了怎么办？"二顺迟疑地咬一咬嘴唇。

"不会走的。"

"万一走了怎么办？"

"不会，我打包票。"

"当真？"

"当真。"

"真……"二顺的厚嘴唇露出笑容。

"你放心，"刘主任恳切地说，"八路军不会丢掉老百姓不管的。"

二顺听了刘主任的话，心里像一把生锈的锁头打开了，一五一十地说了真话。

"我的儿子是一个好人，缺心眼，受人家欺负。"瞎老太婆拱起了罗锅腰，对刘主任诉苦说："我们娘俩受苦十年，可没有吃过一顿饱饭呀！"血液冲到二顺的脑梢上，他感到又快活，又难过，用手蒙住眼睛，呜呜地哭起来。

"挺挺腰板吧，活人不能叫尿憋死。"减过租的老佃户大声地说。

"我没有照顾到你们呀！"刘主任责备自己说，拉住二顺的手："不要难过，你明天到大会上，把实情讲出来，给你减租子。"

瞎老太婆摸到地下来，声音颤抖着对刘主任说："我的好同志，有了八路军，我们娘俩才算熬出头呀！"

外面的蛐蛐在草棵子里瞿瞿地叫着，月亮光洒满了窗子。

五

刘主任访问二顺的消息，当夜就被金大叔知道了。第二天早晨金大叔跑到二顺的家里来，敞着怀，没有擦眼屎，提回来一篮子鸡蛋，抱怨自己说："昨天，我喝醉了酒，咳！老糊涂了，干嘛提一篮子鸡蛋回家，你欠的二斗租子不要交了，地也不收了。"金大叔又凑近了一步，拍着二顺的后脑勺说："二顺，你说，咱们爷们交情不坏吧！只要减租的事……你不给我讲出来呀！"

老佃户找二顺开会的时候，二顺没有主意了，又怕得罪了金大叔，又舍不得粮食。一直迟延到傍晌，有几个佃户扛着粮食从会场回来，吵吵嚷嚷地走过草棚的前面。二顺忍耐不住了，问他们说："你们退了租子吗？"

有一个歪嘴巴子的佃户，快活地做着鬼脸，高兴地说："二顺，去吧，打铁要趁热。"

二顺赶忙地找了一条布袋，跟着老佃户到了会场，人们已经挤满了。那是在金大叔的打谷场上，碌碡放在场边，中间放着七八条粮食布袋、簸箕和斗，地上撒了一层粮食粒子。一个退了租的小脚女人抱着粮食，喜欢得擦着眼泪。有一个老头子用扫帚扫着粮食，小孩子吵吵嚷嚷地闹着，红冠的公鸡也跟着人的屁股后头啄粮食吃。

刘主任站在谷草垛的旁边，同着几个佃户讲话，看见二顺拘束的样子，把他拉了过来，亲热地对他说："你刚来吗？二顺，你心里有什么话，就放心地说吧！"大个子的区长打着算盘，计算退租的数目。一群红了眼睛的佃户围着金大叔嚷叫着。老佃户也跟着人们嚷叫起来，他的舌头像一把尖刀子。

"他喝我们穷庄稼主的血。"

"青天白日，在刘主任和区长的跟前，吃起冤枉租子来了！"

"退回来！"有人喊着。

"闪开空，没有减租的到前边来。"区长摇着算盘说。

佃户们吵的声音嗡嗡的。二顺挤到粮食布袋的前面，看见了金大叔的扫帚胡子，瞪了他一眼，他后退了一步。老佃户在后面推了二顺一把，二顺又走到前面去，想起了退地租子，清一清嗓子说："我没有减租呀……"

立刻，人们大惊小怪瞅着二顺血红的脸，使二顺呆了一下。

"讲吧！讲吧！"刘主任拍着二顺的肩膀，鼓励他说。

区长激动地摇了一下算盘，人们的嗡嗡声立刻停止了。

"十年了，不管是饥荒、雹灾、虫灾，打下打不下，金大叔都要交租子。一提到减租，金大叔口口声声要收地，过去那不是地呀！石头瓦块、坑坑洼洼的一座荒山，我们娘儿俩受了十年苦，才修得光光堂堂的……"二顺岔了气，咳嗽两声，看到前边的满布袋粮食，嗓子更提高了："我吃不饱肚子，怎么抗日呵！抬担架的时候，身上一点劲也没有，在街头站岗，风会把我刮倒……"

听了二顺的话，佃户们气得鼓鼓的，大家都指着金大叔的鼻子叫骂，区长一方面叫大家平静下来，一方面对金大叔说："你怎么违背政府法令，佃户们饿着肚子，抗不了日，有一天鬼子来，你不也跟着倒霉吗？你说！"

金大叔觉得在大家面前很丢人，老着脸皮，反倒咬了二顺一口："谁不抗日呢！叫二顺自己扪扪良心吧！去年送公粮的时候，你问问他什么时候转回来的！"

"你说谎！"老佃户反对着。

"不要抢话，叫二顺一个人讲完吧。"

金大叔想要抢嘴，被刘主任打断了。二顺从刘主任的胳肢窝底下直起了腰,好像雨后的蘑菇露出了头。

"秋上送公粮,他像狗一样把我唤去,不供我饭吃。妈妈给我做了两个菜疙瘩,到第二天傍晌,菜疙瘩吃完,没有劲,爬不过岭来。给八路军送公粮,不吃饭我也要送到的。你问问他吧!是谁在公粮里掺了烂米沙子,叫八路军同志吃了肚子疼!"

"浑蛋!"

"嗬!老顽固!"十几个人一个声地叫起来。

"退租子!"老佃户走到二顺脊骨背后,在后边吹风说。

"他不给我退租子。"二顺回过头来看看老佃户的山羊胡,看看刘主任温和的脸,也看到了后面像一堵墙站着的老百姓,他觉得自己有了靠山,壮大胆子说:"白天他给我减了租子,晚上他叫我给他背回去。他吓唬我说:'减吧!八路军快走了,好好算账……'现在我二顺看透了,八路军走不了,我减了租子,打日本不是犯法的。"

刘主任给大家解释说:"八路军让老百姓打日本,首先要叫老百姓有饭吃,给老百姓减租子……"刘主任又转过脸去质问金大叔:"政府不是有减租的法令吗?你为什么违背政府法令?打日本是大家的事情。"

金大叔望着撒在土里的粮食粒子,踢了啄粮食的公鸡一脚,又呆呆地望了半天,好像在寻找什么丢掉的东西一样。好久,他才望了刘主任一眼,不自然地说:"刘主任,我错了,政府给我保证交租子,我就减租吧!"

到了后晌,二顺把带来的粮食布袋装满了,扎上了麻绳,提了一提,舒畅地出了一口大气。最后跑到刘主任的跟前,扯住刘主任的袖子,呆头呆脑地站了半天,忽然激动地说:"刘主任……我家里有一篮子鸡蛋,你捎上吧!"

"二顺,你自己留着吧!"

"刘主任,你捎上……"

"不,二顺,我们再见吧!"刘主任亲热地摸了一把二顺的窄肩膀子。

二顺扛起了布袋,摇晃一下肩膀,跨过场院,向着沟上的柿子树底走开了。

一九四五年

距　　离

　　王老五回家的头一天，非常苦恼地碰了一个钉子。

　　一个火烧云的傍晚，他带着一种愉快的心情从远处赶到家。当他的脚板踏上村口散乱麦秸的时候，立刻被一群儿童团员包围住了。盘查他，还向他索取通行证，他们摇晃着木头刀，口笛声伴着娇嫩的花椒叶子在簌簌地发抖。他意识到莫名的畏惧，仿佛处在完全不利的陌生环境，他想对他们说明什么，但是他的嗓子像盐卤得没有一点弹性了。

　　"睁开眼睛吧！"他正经地说："我离家的时候，你们还是吃奶的小毛孩子。"

　　"你不要指东说西，没有通行证，就不叫你进街。"

　　"我又没有犯法！"

　　"怎么不是犯法？没有通行证的就不行！"被口笛声聚集起来的小孩子，一窝蜂似的把他团团地围住，吵闹着，把瓦片和麦秆向他的头上掷去，他本能地摸着脑袋，颤动着每一根汗毛。失望中，他终于看见一个穿左大襟衣裳的汉子转到前面来，挤着豆瓣眼睛，恶意地冷笑着，厚嘴唇里露出来黄色的牙齿，他认出是从前给他做短工的张存，虽然他鄙视他，但是他不能再沉默下去了。

　　"张存你看看，这些孩子简直没有一点规矩了！"

　　"你懂得晋察冀边区的新规矩吗？嗯，王老五！"张存浮着冷笑说。

　　"什么，晋察冀边区……"王老五莫解地耸一耸鼻子。

　　"边区的儿童团都要站岗放哨，检查行人，你没有通行证，一步也走不开。"

他陷于狼狈了，一切的名词他听来都是陌生的，正如他对于这种现象不能够理解一样。这意外的遭遇增加了他的反感。

到最后还是他老婆以妇救会主任的资格出来证明，他被释放回家了。

在路上，他的脚步凌乱地踏过了压扁的麦秸，熟透的麦粒蒸发出淀粉质的气息窒塞着他的呼吸，燃烧着他的喉管。过路人的眼睛火烧一样地投射到他的身上，他的身子仿佛套在滚热的铁桶里，毛孔渗着汗珠。除了本能地迈动着麻木的大腿，他不能意识到别人的嘲弄会惹起如何的反应，末了，他听见他老婆向他的耳边喃喃地说着什么，他有些清醒了。

"因为通行证你和他闹别扭了吗？张存现在当了农会主任。"

"张存当了农会主任？"他皱皱眉："他不给我们做短工了？"

"不！你走后，他不打短工，现在当了农会主任。"

她示意地摇着头，她的剪短的头发飘飘地浮动着，如同一把黑色的柔丝遮住了脸上泛起的红晕，仿佛为着什么事情害羞一样。她的神情显示着有些不安，一对小酒盅大的眸子不停地闪着波光。跳动的光焰充满了恼人的神色。

"你不能埋怨张存，他当了农会主任呵！"

他老婆为什么和张存一鼻孔出气呢？当她说出"不能怨恨张存"时，他心里很不高兴，感到那个字眼比一条咬人的疯狗都要讨厌。虽然他生了气，几乎是嫉妒地瞪了他老婆一眼，他的怨愤并未因此消失。

过了一条街，他看见了自家的皱得蛤蟆皮一样结疤的房瓦，看见了用自己的手垒起的烟囱。掺和在泥烟囱上的麦穰在晚霞里闪着光辉，他回想三年前的光景，他的生命也曾像麦穰一样闪烁过金色的光辉。

三年前，王老五在自己的家庭里被看作是一个快乐的人，有一张苍青色的鸭蛋脸，大耳朵，屁股钉在树根上讲着笑话，眼皮褶成了一条细缝。女人们习惯地用蒲扇抽着他的肉溜溜的膀子。"你不要胡说八道，狗嘴里掏不出象牙来。"那种扯打对于他倒觉得舒服，仿佛松懈的肉体应该要求运动一样。他自己不肯浪费气力在土地上，雇张存给他做长工，除了播种和收获的季节，他便把所有的时间消耗在讲笑话上面。庄稼收成以后，便挑一扁担筛好的花椒到口外做生意。家里留下使他能够相信的小脚老婆，关在院子里照管家务事，养鸡、喂猪、纺线、穿帘子、耐心地等待着丈夫回来吃咸萝卜菜。

　　那年，他很走运的在外边卖完了一泡货，要回家的时候，抗战突然发生了。他不得不绕道北平去，他忠实地给一个亲戚帮忙，在人家茶叶庄当了管账先生，一干就是三年。战争消停了，当他想起小脚老婆的时候，便毅然地回了家。

　　仅仅三年的光景，故乡的变化使他感到大大的惊讶，从前歇着卖菜担子的街口，现在已经竖起了一面方形的认字牌。救亡室代替了庙堂。大街小巷全涂上了用石灰粉刷的标语。僻静的山谷被响亮的救亡歌激荡得不能清静。开会的人们熙攘着。男女自卫队员天天忙着上识字课。他从前熟悉的朋友全在村公所充当主任与村民代表。他们有着适当的工作和属于自己范围内的活动，很少和王老五说笑了，甚至见面时还有些不愿意搭理他。总之，他在这个环境里是一个陌生的动物。他的生活节拍不能安插到这个世界的任何的空隙里。

　　这个世界使他气闷，他常常是像患热伤寒病般的一躺就是一整天，不停地抽烟，咳嗽着，想象着自己的前途。好似荒山里一只孤雁，他问着自己，他想从这个世界里找一个解答，就像要从一堆乱线里找出它的头那样，他的情感被什么东西纠缠不清，这对于他是一种最大的痛苦。

故乡有什么可使他迷恋呢？他记起他的甜蜜的爱情，他也曾在粗糙的石砾上造起坚固的房子，孵着暮黄色的大母鸡，栽花椒树，在黑色的土壤里种植甜瓜。

回到家里以后，他感觉到他的生命中丢掉了什么东西，空空荡荡的，好像一阵旋风也会把他的脚根扯倒。他避免和任何人打招呼，也很少和他老婆讲话，他没有一次去参加开会，也不参加自卫队的组织。他也从来没有随着大家下操、上识字课、唱歌、抬担架、游戏、放哨，就是这里天空中的空气都不是他所需要呼吸的。一个消极的人物，在家庭里，他也懒洋洋的，甚至不愿意动手搬一块石头挡住鸡架。

王老五并未完全失望，因为在这个世界上，还留着他所唯一眷恋的人，一想起她，心里像是燃烧着的火柴，每当他看见他老婆那红红的脸蛋的时候，他便欣喜的感叹着："那真比红萝卜都可爱呵！"

为了取得他老婆的欢心，他拿出从远方带来的冰糖给她吃，取出买来的胭粉给她用，还掏出一只精制的火柴盒在她的手背上玩弄着。他叙述着旅途的艰苦，他赞美着北京城的壮丽，他的倾诉使她的心灵感到极大的悸动，蹙着眉毛，他的脸差不多要偎到她的脸上，他看出她的眼色不时地显示出兴奋和惊愕，迷惑和不安。他渴望着她的安慰，他用充血的手掌抚摸她的胳膊，像做梦一样地对她说："你记得那年过五月节，我往房檐上插艾蒿，你煮鸡蛋。"

"你为什么想起过去的勾当？"她喃喃地低语着。

他记起他老婆是那么柔顺，是软弱得像棉花瓜一样没有弹性的老实女人，有一种忍受耻辱和吃苦的美德。他信服她比一个钉钉在木头里还要结实，永远不会动摇。

晚上，他老婆离开家开会去的时候，他意外地惊骇住了。

"你跑出去干什么呀！"

当着村干部讨论救国公粮的一天,张存昂然阔步走到他的家里来,敲着烟袋灰,用一种熟悉的步态走到阶前,看家的狗也懒得向他狂吠一声。王老五故意地背过身子,转向他老婆身旁那石头垒起的短墙,偏着头,视线死盯盯地望着短墙上被麻雀粪落成的斑点。

"王老五,你起来早啊!"张存说着一句平常的话,那是想不出什么恰当的话才这样脱口的。

王老五沉默着,他不愿意和他讲话,但是他留心着他跑到这里来的目的。

张存跟跄地跑到他老婆的面前去,闪着米黄色的牙齿,纽扣外边袒露着胸部的红色肌肉,膨胀起来的呼吸器官似乎要把对方吞噬一样,还不时肉感地鼓起来嘴巴。

"我们去开会讨论讨论吧。在敌人"扫荡"以前,我们要在群众中进行动员,完成救国公粮,保证战时给养。"

"妇救会开了一次会,"她面向张存微笑着,向前凑了一步,"现在就开会吗?收下公粮,我们还得坚壁清野。"

"坚壁清野,你们妇救会……"张存想要说什么,当他望见王老五盯着他的时候,终于局促地停止了。

王老五装出一副冷漠的样子,为着避免别人发现他的惊惶和敏感,他没有参与他们的谈话,他故意地扭过脖子望着岩石上一只跳跃的松鼠。他的心情烦躁起来,他再不能保持沉默,偷偷地窥视着他们脸上流露出神秘的表情,猜想着它的内容。突然,他们的谈话声低弱下去了,低得连一个简单的音节都听不清楚,只有张存被快乐浸过的脸皮显出亲切,红得发光。他老婆显出一种哀怜的神气,频频地注视着,似乎在向他求救一样。

抽完了烟,张存带着不自然的神色转到他的面前来,咳嗽一声,并且用多节的手掌拍着他的肩膀。

"通行证的事情,你还往心里去吗?这是法令,我不能不……"

"我不在意!"王老五冷淡地回答着,他想起那天踏上街口时那种狼狈的情形。

"我们是老乡亲,我不能不告诉你。"张存伸一伸懒腰,继续用手掌拍着他的肩膀:"在边区,连小孩子都出来抗日了,我来动员你,你愿意参加农救会吗?"

"我不!"王老五摇一摇头。

"你不参加农救会吗?王老五!"张存带着高度的自尊心继续他的说服工作,"你看看我,过去我给你做工,横竖不知,橹锄把把手掌磨出胼皮,现在我当了农救会主任,就是区长也请我帮助动员公粮。"

王老五沉默着,他并不看谁一眼,站在地上像一根拴灯笼的木杆。

"参加农救会吧!对你有好处的!"他老婆也帮着动员。

"我不愿意!"他的脸气得惨白:"我对他说过了,我一点也不愿意!"

张存同王老五老婆走出开会去了。王老五呆呆地立在院子里,沿着石墙焦灼地徘徊着,而且情不自禁地几次把头探出短墙的外边,带着异样的神情瞧着张存和他老婆的背影。他们穿过短墙,两个人像一条线似的连在一起了。他翘起脚尖,从他那被忧愁压缩的胸膛里喷出一口沉闷的气息。他独自反复叨念着:"我不愿意,我一点也不愿意!"

当他老婆走出开会以后,王老五极度焦灼地低头沉思着,一会儿又失神地望着天空,在一条僻静的通道上往返地踱着脚步,击着手掌。他还死盯盯瞧着落在窗棂子上的苍蝇粪,他明白自己在苦恼着什么,虽然他也想恢复平静,但是一想起自己的老婆同别人一道去开会,就爆发出压制不住的愤怒,还混杂着嫉妒和猜疑的情绪。由那情绪又产生了一种不祥的预感，仿佛他恐惧着在黑夜里会丢掉什么东西，使他惴惴不安，但同时他又怀着温暖的希望，恋恋地向着他老婆离开的方向遥望。他长时间的像一根木头立着不动，他的眼睛把一个转动的车轮子送了很久很久。

他下了石阶，心情烦躁地走到泥烟囱的前边，这时他才发现自己的动作竟是毫无意义。他惋惜地在烟囱上摸了一把，挪去了挡风的一块石头，发现那烟囱已经十分破旧，它的外形显得有些倾斜，陈旧的红胶泥土被雨水淋成了马蜂子窝，麦秸露出在泥的外边。他记起几年前他和张存垒烟囱的情形，他老婆照例蹲在烟囱下喂猪，戴着大耳环子，用指甲搔着猪的鬃毛。当他戏谑的时候她就红了脸，低低地咒诅了一句，他觉得在这世界上他顶喜欢的就是那女人。

他又重新踱上了石阶，抬起脚跟，视线很快的就被什么东西吸引到街上去了。显得不规则的大街上呈现着凌乱与灰暗，瓦砾躺在墙角下，杂草垫在深坑里，用石灰粉刷的标语涂得影壁成了斑斑点点的皱纹。影壁的对面拱成半环形的一群男人在高声地谈笑，他猜想他老婆也会夹在他们中间，似乎在嘲弄他的顽固的行为。他想象着人们会怎样把他的行为当成一种讥笑的资料，他不敢走到大街上去，害怕看到人们讥笑的目光和面孔。

动员公粮的时候，妇救会主任在群众大会上打了冲锋。她自动地出了七石公粮，并且影响了各界的人也拿出公粮来。消息传播着："妇救会主任起模范呵！你别看她个子小，支援抗战可真出力呵。"这像一粒微尘波荡在人们呼吸的空气里。

听到了消息，王老五带着惊疑不定的神情去追问她。

"风声传遍了，说你承认了一石公粮。"

"七石。"她轻轻地闪着睫毛。

"你说什么，一石吗？"

"我说得牙青口白,是七石呀!"

"什么,你是疯子,还是傻子!七石公粮是个大数目呀!"王老五的脸色苍白了,失望地叫着,他的紫茄色嘴唇颤成了一片肉卷。

"这是救国的事。"她平静地回答说:"我是妇救会主任呵!在大会上,我不能不起模范作用。"

"模范……你想冬天去喝西北风吗?"他激动地跳起来,带着一种不能饶恕的神情质问她,"你不知道我们的粮食快吃完了吗?还得买盐,锄刀上缺了两个铁钉。"

他们彼此都僵住了,红了脸,面对面坐着,好像两只猫儿守着一块骨头在警惕着,他们又在各自想着心事。

她理一理剪短的头发,困惑地望了她丈夫一眼,她觉得她丈夫的无知又值得深刻的同情,而且有什么责任在她的身上背负着,他的误解使她很难过。

"你知道,大家都为着抗日。"她说:"你看看农救会主任张存吧!他的麦子起了灰疸,还出八石公粮。"

"你不要说张存吧!我一听见他就头痛!"他冒了火,用力地敲着桌子。

"我说张存管你什么相干,他又没挂在我的大牙上。"她严肃地反驳说。

"我讨厌他,我讨厌他比狗都厉害,我……"

王老五痛苦的心灵在颤抖着,感情的重压使得他透不出一丝呼吸。当他望见她沉默而悲伤的神色,他又悔恨地饶恕她了,他走上前去抓着她的手,紧紧地握着,手腕上的血管跳动得那么厉害,反映出他的心脏在剧烈地跳动。他沉痛地望着她那张可爱的脸,思绪翻腾着,他好像忽然想起什么,欣然地对她说:"我们离开这里吧!在边区我是没吃过甜头的。"

"你说什么呀!"她惊讶地望着他痴呆的脸。

"这地方我住够了,我们到北平去吧!我们的亲戚会帮助我们的。"

"你就是这意思吗?"她推开了他的手,不胜惊惶地跳起身子,她的眼睛在他的烧红的脸上,凝视了很长的时间。

"是呀,到北平,我们是吃香的、喝辣的,也不纳公粮,那里的屋顶都能唱洋戏,你有了钱,可以随便逛金銮殿。"他做梦一样地在述说那诱人的故事,下意识使他对于他老婆做出一种拥抱的姿势,愉快地微笑着。

"我不去!"她第二次推开了他的手。

"你说什么!"他晃动了一下身子,莫名其妙地闪烁着燃烧起来的眼珠。

"我不去!"她坚决地摇着头,声音显得出奇的冷静,"我死也不去,你若当汉奸,你自己去吧!"

"你死也不去,我知道你要在这里恋着你的野汉子⋯⋯"王老五的脸立刻变得惨白,震颤着身体,他的喉管给粗哑的吼叫撕裂了。

"我干啥啦!你干啥要和我耍酒疯⋯⋯"她恼怒地睁大了眼睛叫着,气哭了。

"你干啥你自己知道,你给我丢人!我要揍扁你这贱骨头,省得再去开会。"

王老五跳起身子,他把他老婆扯到麦秸上,举起拳头对着她的鼻梁狠狠地打了一下。她像一只小山羊一样被打倒了,哭叫着,披散着头发。她现出一种怨恨的神情瞅着他,他没有说一句话,就踉跄地跑到外面去了。

开群众大会的一天,王老五孤独地躲到村外的一片森森的玉茭地里,他想借此消除心头的烦闷。但是,他不能保持着平静,他的神经

时时被附近会场上沸腾起来的声音所扰乱，他的情感失去了原有的控制力。

玉茭地和会场是接连的，每当他从绿叶里探出头的时候，总可以望见贴在栏杆上鲜红的标语、主席台、方桌、黑压压的人头和那像高粱秆子一样竖起的红缨枪。主席台上站着他的老婆，被打伤的额角扎着一条手巾，黑色的头发飘散到领子的两边。她挥着手臂在那里讲演，她的灵活的姿势和煽动的言辞吸引着群众热情地鼓掌，掌声风一般弥漫着会场。她骄傲地昂起头，满足于那种快乐的享受。当她挺起胸膛讲到第二段的时候，掌声又疯狂地响起来。

王老五不敢走到前面去，像一个偷儿似的担心地溜达着，他怕看见群众和他的老婆，他在他们的面前似乎干了些什么不名誉的事。有一片暗影在笼罩着他的灵魂，使他狼狈不堪，陷于从未有过的自卑自弃的心理状态中。

当他第二次张望的时候，他老婆已经安闲地坐在一个凳子上。继着站起的便是农会主任张存，他卑微地弯着腰，小声地在他老婆的耳边说着什么。凭着满口的米黄色牙齿就够使人讨厌了，他还扭晃了半天，才挺起身躯向台下的群众讲话。

"现在有一件事情向大家报告，前天动员公粮的时候，有一个顽固分子反对缴救国公粮，还打了我们的妇救会主任，打得她鼻口流血，三天不能够工作，那个顽固分子就是王老五！"

突然间，凌乱的人群从会场里卷起风暴，散布出恐怖的气氛，如同一个怪物展开庞大的两翼在天空里飞行。

王老五缩回脖颈，失望地抽了一口冷气，"糟了，我原知道他们会这样对待我，我是别人脚底下的一只蚂蚁。"

张存的绷紧的酱色脸上有些臃肿，挥着拳头向着大家讲道："他王老五，回家的那天就破坏儿童团的工作，他不参加救亡组织，反对纳救国公粮，并且强迫我们的妇救会主任到北平去当汉奸，她不跟他去，他就往死打她。没有疑问，王老五破坏抗日工作，我们怎样惩罚他，大家发表意见吧！"

"我们妇救会主任是百里挑一的好人，他压迫她，我们叫他尝尝禁闭的味道。"

"我们提议罚他的苦工，把他交给交通站去背子弹！教育教育他。"

"王老五是顽固分子，我们就应该处罚他。"

会场变得恐怖，几百只手都举起来了。

当王老五将要晕倒的时候，他又听见一个公鸭嗓的男子在讲话："我要说王老五不是顽固分子，虽然他的头脑有些个别，应该说服他，我们都是多年的乡亲，你想逼他到北平去吗？狗急还要跳墙呢！"

"他就是那个犟脾气！"

王老五的老婆插了一句，大家又嚷嚷开了。

几天以后，人们看到王老五来到了识字班。

一九四一年

苗培时

鞋

一、主人翁

　　石秋明长得个儿矮矮的，粗粗的。脸蛋子上两道浓黑的眉毛，盖着两只细细的肉泡眼。大腿又粗又结实，像两根粗木棍子，他在那里一站，看起来，简直就是个石头桩子。

　　别看石秋明长得笨，他可有着一身好本领：他力气很大，两只手能举起一百五六十斤的大石头。年轻小伙子和他打架，三四个人一齐来还不是他的对手。他能走路，走起路来和别人跑着差不多，平平常常一点钟也走个十三四里地。他还能跳高，六七尺高的墙头，一跳就上去了。

　　石秋明出生在很穷的家里，他爷爷给老财家当长工，他爹爹也给老财家当长工。到了他本身，还是一天书没有念，从七岁的时候，就给老财家放羊、放牛，放到十二岁。后来他跑到井陉煤矿，下煤井拉煤，在那里有人向他宣传过共产党。再后来日本鬼子杀到了他的家乡，八路军来到了敌后，他就在村子里当起民兵，参加了共产党。他的爹爹被鬼子杀死了，他要替他爹爹报仇，就到八路军领导的"保家民团"里当战士。在那里他开始学认字学唱歌了。

　　石秋明和他们的"保家民团"，经常住在内邱、冯村、北良一带的村庄。

　　冯村、北良一带的村庄是敌后的隐蔽根据地，是"敌后的敌后"，四周围不出个四里五里的，就是敌人的炮楼据点。

　　在"保家乡，杀敌人"的口号下面，"保家民团"就和当地群众打成一片，和敌寇坚持斗争。

别看"保家民团"当时只有三十多个战士，对于内邱一带敌人的威胁可大啦！三天两头，他们就炸断了平汉铁路的桥梁，包围火车站，背走了车站上的电话机，出其不意地袭击炮楼，将"钉子"拔掉。

石秋明在"保家民团"里，总不好和别人多说笑；和同志们打打闹闹的事情，就更少了。有了闲空，他就拿着书本子认字。同志们有时故意向他开两句玩笑，挖苦他两句，他从来就没有动过一点态度，笑笑就过去了。这样，"保家民团"里的许多战士，就认为他缺个心眼，是个半傻子。唯独团长，对于石秋明是有着特别的认识的。他从几次战斗中，细细地观察石秋明的行动，他觉着石秋明这个同志，是一个忠诚勇敢的好同志，表面上看着很笨，心里却是很有主意、有办法的。有几次打炮楼，他都是第一个进去，还鼓动身边的同志说："注意呀！子弹是没有眼睛的。前进要快，越不怕死，越死不了。子弹就专打那些胆小后退的人哪。"

二、"我的病完全好了！"

七月里，这天没有一点风。村边的白杨树梢，一动也不动，尖尖地指着天空。天空一丝云彩也没有，太阳活像一盆火，高高地挂在那里烧着。人们浑身淌着汗，心里闷得慌。连树枝上的小鸟儿，也撑着翅膀，张着嘴喘气。

石秋明发了一场疟疾，刚刚好了几天，身上软绵绵，走路都打晃儿。屋子里热得受不住，他搬了个小凳，跑到村头龙王庙的大松树底下纳凉。

他坐在松树底下，远远看见敌人的炮楼。他想："妈的！身体这样不好，战斗任务来了怎么办？一个游击队员，难道会被一点点小病给缠倒吗？"

团部的通信员小刘，气喘吁吁跑来了。

小刘脚步还没停下来，就喊："石同志，你倒不错，藏在这躲心静来了。大热的天气，让我东找西找的，连脑袋都找晕了。还不赶快到团部去，团长等着你呢！"

"等我干啥？"石秋明问。

"不知道！你赶快去吧，团长很着急呀！"小刘说着就跑了。

石秋明站起来，身子立时晃荡了一下，脑袋有点沉重。心想：病了这么几天，就这样没有精神了。团长找我去干啥呢？莫非今天夜里又要打岗头炮楼，让去当个突击兵吗？那倒也好，打起仗来，什么病都给子弹吓跑了。

他咬了咬牙，抖了抖精神，一口气就走到了团部。

石秋明向团长敬了礼。

"团长！"石秋明说："你叫通讯员找我，有事情吗？"

团长个子高大，眉毛、眼睛、耳朵、脸庞都是很大的。他靠着窗户台坐着，一只手盘在桌子上，一只手正摇着芭蕉扇，满脸汗珠。衣服的纽扣，却一个个很严肃地结着。他出身红军老干部，待人可和气啦，不说话就先笑了。

团长说："石秋明同志，你这两天觉着好点吗？走路还成吧！"他向石秋明点头招呼着。"你干吗站着不动呢？坐在那个凳子上吧，我有话和你商量。"

"是！"石秋明说，"我站着不累呀，我的病吗，就算好了吧。只要团长命令我去工作，"他把声音放得重重的，牙齿咬了一下又说，"我的病就完全好了，我就没有病了啊！"

团长说，"你昨天不是还脑袋疼？"

"不！我脑袋现在是很轻快的！"

"你不发烧了吗？"

"不！我一点都不发烧了。"

"好，"团长说，"如果你身体能支持的话，我现在派你到内邱车站去一趟。这事情可危险哩，你怕吗？"

"我不怕！"石秋明说："任啥危险我都不怕！为了完成任务，我愿意牺牲。"

团长说着站起来了："到内邱车站去，侦察侦察：那里现有多少伪军？多少鬼子？看看那封锁沟有水没水，好过不好过？……记着！最重要的，是从什么地方才容易打进去。在哪里放上哨，我们可以将敌人封锁在炮楼里，使他们出不来？"

"团长！"石秋明大声道："就是这些吗？"

"不！还有。"团长说："还有更重要的呢！你到了那里，就要好好地调查调查，鬼子的盐究竟有多少，是放在车站上呢？还是放在仓库里边？这可要弄清楚喽，不然，咱把老乡们都动员去了，结果没有，那会让老乡们多败兴呢。"

"你放心！"石秋明全身颤动了一下说："我一定搞得很清楚的。还有别的事吗？我这就去了！"

"你等等！"团长从桌子上拿起一封密封着口的信。"秋明同志！这是党的秘密文件啊！你带着它，到了车站上，绕到车站后身，从南往北数第三个门，两扇破门上写着'剿灭英美，东亚复兴'的标语，交给那院里给车站上担水的老王就行了，你只要说'你是从西边来的'，他就一切都知道了……老王长得胖胖的，说话是天津口音，他身上经常穿着件黑色的背心。他会帮助你工作的。"

"是！"石秋明说："我一定找着老王，亲手交给他！"

石秋明从团长手里将信接过来，很谨慎地藏在身边兜子里。他想：这可是件宝贝！可得小心地保护它！

"最好三天内能够回来喽！"团长十分叮咛着说："至多也不要过

七天哪！小心！小心！大意就要出岔子喽，敌人的眼睛，是很尖的！"

"团长的话，我都记着了。"石秋明说："那么我就走了。"

三、老王

石秋明上路了。

石秋明换了一身小买卖人的衣服。

路上很少有走路的人，天气还是像火烧着一样的热，路上的谷子、棒子都给太阳晒得有点枯萎了。

紧张、兴奋使石秋明的病没有了。他恢复了他平时的走路速度。亮晶晶豆子似的汗珠儿从他的两颊上慢慢地朝下滚，他也忘了擦一擦。他想：最好三天完成任务，最慢也不要过了一星期……

"你去的地方，是敌人的地方啊，敌人眼睛是很尖的！"团长的这些话，像一根针插在他的心窝里。

往内邱车站去的路子石秋明是很熟悉的，他头也不回地往前赶着。

太阳刚刚落山的时候，石秋明到了内邱县城。

城门口站岗的伪军，迎头将他拦着。

"你是干什么的？这时候进城，到哪里去呀？"伪军用怀疑的眼光望着他，那眼光闪烁着一片凶光。

石秋明心里一跳，脸上一热。忙向这两个家伙鞠了个躬，满脸堆出笑容说："做小买卖的，到火车站上找个朋友。"

伪军追问着："你做什么买卖呀？你的朋友在火车站上干什么呀？"

石秋明咳了一下，说："我的朋友在火车站上卖票，我是卖布的。"

伪军进一步追问："你朋友叫什么呀？"

石秋明一下答不上来了。他有些狼狈地说："他叫……"

"他到底叫什么呀？"

"他叫霍元！"石秋明忽然想起了这个名字——这是他舅舅的名字。

"你有'居住证'吗？"

"有！"石秋明将事前准备好了的居住证，不慌不忙地从腰里摸出来，送到伪军的眼前。

"请你看吧！"他说："这就是我的居住证。"

伪军看了看居住证，又打量了一下石秋明。

"这是你的？"伪军说："这上边的手印也是你捺的吗？"

"算了吧！"却有另一个伪军说："让他开路吧！这个老乡哪里像个八路军。"

石秋明进城被盘问，出城被盘问，到了火车站上，又是一道盘问，他都很镇静地应付过去了。

他一直到了车站后身，找到了担水的老王。

"……你问我吗？"石秋明很机警的将老王上下细看了一遍，心想：不错，老王就是胖胖的，身上穿着一件黑色的背心，说话带着天津的口音。

"我是西边来的！"

"西边来的？"老王带着疑惑的神情。"我西边没有什么朋友啊！你找错人了吧！"

"不！我一点都没有找错，我找的就是你这胖胖的、说话带着天津口音的老王。"石秋明说着笑了："我记得千真万确的。"

老王向四周看了看，耸了耸肩膀。

"你由西边来，有信吗？拿出来我看看……"

"有！"石秋明从贴身的兜子里，慎重地将信拿了出来。就这样，他和老王接上了头。

老王是个外路人,独身汉,约莫五十来岁的年纪。他从前是铁路上的修道夫,现在他给来往票车上,干着送水的营生。他是"保家民团"的敌占区情报站。

"石同志!你受惊了吧?"老王将信看完了说:"其实来到这个鬼地方,只要处处留些神,小心一点,也不会出什么岔子的。"接着,老王马上将他迎到了家里。

"盐吗?"他和老王谈起话来,老王点了点头,盐是有的,前两天,鬼子才运来两列车。老王告诉了他,以后他又问盐都放在哪里,敌人警戒得严不严,车站上有多少敌人,有什么工事,老王都详细地告诉了他。

"这样吧!"一切都明白了后,他和老王商量起来:"为了彻底了解一下情况,今天夜里,你领我到车站看看吧?"

"好,咱们晚上去。"

老王愉快地答应了他。

四、倒霉的鞋

夜里,石秋明和老王从车站上回来时,夜已很深了。老王一倒头就呼呼地睡着了,石秋明却怎样也睡不着。

"党给我的任务完成了!敌人一切情况都搞清楚了。"他兴奋起来。在车站的东南角上,咱架上一挺轻机关,敌人就是长了翅膀,也别打算冲过来了。假如那些该死的龟孙,硬要往过跑,你看那歪把机关一响!对,这挺好机关就是上回在昔阳车站打敌人得来的。拿鬼子的枪去揍鬼子,真好玩。

哦!那车站上的盐真多呀——他想。简直和山一样,一包一包地堆在那里,真让人看着眼红啊!狠心的鬼子,封锁了路口,不让根据地有盐吃，打算让咱都吃淡饭哩，你想得倒容易！看着吧，八路军带着上万的老乡，像发了大河似的，就涌到车站上来了。年轻的小伙子，力气大的，一个人扛一包，飞回根据地；年老的人力气衰了，几个人也伙抬它一包，跑回去了。那白花花盐，就不再像山一样的堆在内邱站上，而是堆在太行山上去了。

鸡叫着，东方发白了。石秋明的脑子里许多小圈子在乱转着：盐，团长，敌人的口令，机关枪响了，扛盐的人群，好老王同志，炮楼，封锁沟……转着转着，他昏沉沉地睡去，非常平稳地呼吸着了。

他睁开眼时，屋子里已经一片光亮，太阳照在墙上。

老王也去了。因为要急于回去，他没有等他就走了。

他由老王那里出来，走到街上，走到城外，走着走着，突然在他的背后，有了急促的脚步声。他猛然一回头，有个人紧紧地跟着他来了。他不由得心里一跳，就将脚步加紧了；但他后边的脚步也加紧了。

"噢！"石秋明有些心跳。他想避开那家伙，走进一家小饭铺。但刚坐下，那家伙也进来了。

那人和石秋明面对面，坐在一张八仙桌上。

石秋明没有理那人。他要了两碗面吃着，心上却像有块石头压在那里，闷得很难受。

那人冲着石秋明笑了笑。

"老哥！你出城去吗？"

石秋明抬了抬头，又将头低下了。

"你在城里做什么买卖呀？"

石秋明沉默着。

"你出城是到西边去吗？"

石秋明仍然沉默着。

那人笑了笑,将坐的凳子挪了挪,靠近了石秋明,装做亲亲昵昵的样子。

"我和你说话呢,你没有听见吗?"

石秋明无可奈何地点了点头。

"老哥!你要是出城到西边去,咱们可以一块走啊!"那人将说话的声音,放得像蚊子叫一样,很机警地向四围望了望。"你知道吗?我是北民团的人!你呀,你是不是南民团的?咱们是一家人哪。你为什么不搭理我呢?"

石秋明犹疑起来了。心里盘算着:"是啊!我是南民团的呀!北民团在邢台一带活动着,我们团部和他们有联系。可是他在什么地方认识我的呢?"

那人进一步解释着:"你不信吗?你不信我是北民团的吗?你听,你听,我给你讲讲那里的情形。"

石秋明静静地听着那人讲北民团的情况。

"对呀!"石秋明自己问着自己。"他讲的这些情况很对,他真的是北民团的吗?"

讲话的人在前一个月,确实是北民团的侦察员。现在呢?他叛变了。他现在是个忘了祖宗的浑蛋,投降了鬼子,在敌人特务队里当狗了。

"你是北民团的,你到这里干什么来啦?"石秋明终于和那人搭了腔。"我不认识你啊!"

"我来这里侦察来啦……哦,昨天真危险哪。好几个二鬼子拦着我,将我盘问,问得我个底儿掉。亏我事先有了点准备,不然,还不糟了。这时候还不进了小黑屋子。——嘿!我问你!你到底是南民团的不是?"

"不!不!我怎么是南民团的呢?我知道什么是民团呢。"石秋明脑袋摇得像拨浪鼓一样。"不是，不是，可不是，我是做买卖的。"

"你做的什么买卖呀？在城里吗？"那人追问着。

"我卖布。"

"你是什么字号啊？"

"你问我这些干什么呢？"石秋明讨厌起来了，简直要想起掏拳头，暴捶他两下。"我和你又不认识。"

那人冷笑了一声，站起来，甩了甩袖子，又回头和掌柜的打了下招呼，死死地看了下石秋明，用鼻子哼了一声，便扬长而去了。

石秋明问掌柜的说："你认识这人吗？"

掌柜的说："不认识！"

石秋明觉着不妙，他想："走吧！赶快走吧！"

石秋明才走出小饭铺，迎头就遇到了七八个人。

石秋明还来不及跑，他们已经将他包围住了。

"八路军同志！请你到我们那里休息休息去吧！"这些鬼脸，恶意地向石秋明挖苦着。

"我就这样软贴贴地让他们捕去吗？"石秋明想："我是'保家民团'的战士啊，我是八路军的侦察员哪！我还有两只手呢，我还有两只铁拳头呢！哼，看你们谁先来吧，谁先来，我就先给你一锤。"

"站着！不准动！"汉奸们喊。

石秋明真的没有动，站在那里就和石头桩子一样，眼珠子简直要从眼眶子里跳出来了。他拳头举过了脑袋，当着第一个汉奸走过来时，恶狠狠地劈头就是一拳。那家伙哎呀一声，就倒在那里了。接着又一个汉奸冲上来，石秋明又是狠狠的一拳。这家伙蹲在地下，抱着脑袋，像小孩一样哭起来了。第三个，第四个……却都向石秋明拉开了手枪。

"走吧！到警察所去吧！"

石秋明被捉去了。

石秋明被汉奸们带到警察所。

房子的门开了，喊着："将那个'匪军'带进来！"

房子里放着一张长条桌子，一个肿得和猪差不多的家伙，坐在桌子后面，两条腿叉开着，像狼要吃兔子似的，用它那两只一条线的眼睛，将石秋明从上到下仔细地看了看。

"就是他吗？"问着坐在他旁边的那人——那人就是石秋明刚才在饭铺遇见的那个家伙，就是自称是北民团侦察员的那个家伙。

"就是他！"那个家伙说。

石秋明看见那个人，眼睛早就冒出火来了。他真想冲过去咬他两口，不，他想过去一口吞掉他，可是他怎么能够呢，他的后面就有两支手枪。

"你还不承认你是'保家民团'吗？"那家伙脸色一沉，"你看看你脚上的鞋！"

石秋明把头一低，看了看自己脚上，穿着一双山鞋，不由得心窝里就砰砰地跳起来了。立时脑袋上的汗珠儿，也流了下来。怎么？是什么事将心窝迷着了呢？化装的时候，将鞋忘了换呢？

"你说话呀！"胖猪威武起来，好像抓到了有力的证据。"这还能抵赖吗？你看，你的鞋，鞋，鞋！"

石秋明还想抵赖，那个自称北民团的侦察员却说："我的好同志咧，你还能哄过我吗？告诉你吧！"他长长吸了一口气："你昨天一进城的时候，我就看见你了，我就看见你穿的那双山鞋了，我——"他将声音拉得很长，"我就猜准了你有八成是个'匪军'。我就偷偷地跟在你的后面……"

石秋明的心更跳得厉害了。他想："老王那里他也知道了吗？这可怎么好呢？"

那家伙继续往下说:"不想,一转眼的工夫,就找不见你了。累得我今天早晨,在城门口等了你两个时辰。你痛痛快快地说吧,你昨天夜里,住在什么地方,你们在这里还有些什么人?"

胖猪也搭腔说:"说吧!不说,这个地方可有两天好日子让你过呢!"

石秋明听完了那家伙的话,心完全平静下来了:"只要你们没有发现老王,我个人怕什么呢?在必要时,我可以牺牲。你们这伙狗让我说,我要说出一个字才怪呢!"

"快说吧!还让我们费事吗?你的骨头真不怕挨打吗?"

胖猪有点不耐烦了。

"我说,"石秋明跳起来了,"我说你们这伙杂种,这伙汉奸,连一只好狗都不如!"

胖猪和那个家伙,脸都红了,浑身发着抖。

"这……这……这土匪!……"

"你们这伙忘掉祖宗、给鬼子当狗、反来杀中国人的东西,才真是土匪呢!……"

那家伙急得站起来。

"你……你……你再骂!……"

"骂你们还是好的呢!"

汉奸们被石秋明骂得愣怔的空儿,石秋明一回身,从茶几上拿起一只茶碗,用了十足的力气,照着那家伙的脑袋上,就是一下。又拿起一只茶壶,也用了十足的力气,照着胖猪的脑袋上,狠狠的一下。

那家伙和胖猪的脑袋,立时开了花了。他们抱着头,哎哟哎哟地叫唤着:"将这个土匪赶快绑起来!"

几只手立时扭住石秋明。他还想挣扎,一条重重的木棒,便在脑袋上击了一下,将他打得昏昏的了。他没有力气和他们招架了。他被他们绑了起来。

胖子一只手抚着脸,一只手向拿着手枪的家伙们,摆了一摆。他命令着说:"去!你们多派上几个人,赶快将这个'匪军',送到城外大杨庄'皇军'宪兵司令部去吧。到了那里,就说:今天早晨捉着的。他已经承认了他是'保家民团'。他到了警察所里,还在打人呢。一定是个共产党!"

那家伙头上滴着血。一边流着眼泪,一边也说:"对!将他送到'皇军'那里去审问吧!让'皇军'好好地收拾收拾他。看他还野蛮不?"

"你们立刻就走吧!小心他跑掉了啊!"胖子又补充着说:"咱们这里送他的公事,立刻就到。"

他们将石秋明,像捆行李似的,捆了又捆,绑了又绑,胳膊上的绳子,都快绑进肉里边去了,殷殷地渗出了鲜红的血。石秋明连哼也没有哼。

"走吧!同志!"一个特务说。

送石秋明到日本宪兵那里去的,一共是四个特务。两个拿着手枪,两个背着大枪。

石秋明低着头,走在前面,走出了城门,走到郊野里来了。他长长地呼吸了一口新鲜空气。

他说:"兄弟们!你们都是中国人哪!"

一个特务,用手枪打了他一下说:"请你别宣传吧!"

"不管怎样说,你们究竟还说着中国话呀,为什么甘心替日本人当走狗呢?"

特务却说:"走路,不要说话。"

"难道你们就不想想,你们干的究竟是什么事情吗?这样祸害中国人,良心哪里去了啊?"

"不要你说话嘛！你胡扯些什么？"

石秋明不再和他们说话了，低着头走，立刻看见自己脚上的山鞋。唉！一切事情，都坏到这倒霉的鞋上呀，没有它，怎么会引起特务注意呢。可是这倒霉的山鞋，它是有过好处的！跑路、爬山，多么舒适轻便！谁想到它现在是坏大事的呢？这能够怨谁呢？这只能怨自己脚上穿了一双倒霉的山鞋，怨自己太大意了。

他想到，他不久就会被打死的。他有什么留恋的？他的老爹爹早就被鬼子杀掉了。他一个出身很穷很穷，做过牧童、矿工的人，确实没有什么可以留恋的了。就是任务，就是党给他的光荣任务没有完成啊。他是一个共产党员哪，没有完成党给他的任务，就被敌人捉着了，被敌人枪毙了，这是多么叫人伤心的事情啊！

倒霉的鞋啊！他想着，便狠狠地向地下跺了几脚。

到了敌人宪兵司令部的门口，两个特务到里面去报告，两个特务在门口看着他。

敌人的司令部，在村子外面。四周围有很多白杨树，石秋明望着白杨树出神。这些白杨树长得多好多高啊，他小的时候，不是常常像猴子似的爬上白杨树的尖顶，干捉小喜鹊的事情吗？顺着白杨树的顶间再往上看，碧蓝的天空，多么幽静啊。可是一转念，他又想到那双鞋上去，那双倒霉的鞋……一个共产党员被敌人捉住了……没有完成党的任务……

石秋明越想越难过

石秋明被特务们用绳子拉着，走过一个长长的走廊，到了一间小屋子里，又开始被审讯了。

这回审讯他的，是田中宪兵队长，这个魔鬼能说一口流利的中国话。

田中的眼睛一闪，眼珠像流星似的，照着石秋明射过来。两片小黑胡子一动,牙龇出来,简直要吃人一样。

"唔!"他说:"你是什么?你就痛快一点说吧,不要和我找麻烦。我是田中,八路军、共产党犯在我的手里,能有脱过去的吗?我的厉害,你大概也会听说过的。"

石秋明想:田中你这个魔鬼,这个杀中国人的魔王,中国人会有一笔血账和你清算的。他却一声没吭。

"你叫什么呀?"田中再问。

"石秋明!"

"在八路军里干什么呀?"

石秋明将头抬起来,狠狠地瞪了田中一眼。他大声说:"干中国人要干的事,干打你们这伙强盗的事!"

田中笑了笑:"你到内邱来,是谁派的呀?"

"我自己要来的!"

"你找谁呀?"

"找你们这些禽兽拼命。"

"哈……"田中狼笑了几声。

"再不说,看着我对付你的。"田中威吓着。

"哼!"石秋明用鼻子出着气,把脑袋一扭,心里说:"一个共产党员,是不会被你们这伙魔鬼吓倒的。老子和你说,你等着吧!"

"你们'保家民团'住在哪里呀?"

"住在村里!"

"住在什么村里?"

"住在中国人住的村里!"

"你们有多少人哪?"

"有的是人!"

"你故意装糊涂吗?"田中气起来了。

石秋明抬了抬头。

"你说不说？不说我就不客气了。"

石秋明只慢慢地用眼睛翻了他一下。

"你真的不怕打吗？"

石秋明想："打吗？你就打吧！你们这些魔鬼，要打算让老子屈服了吗？恐怕是做梦。"

"看你这'土匪'，不打是不会说话的！"

石秋明跺着脚骂着："你们才是真正的土匪呀！"

假如他不是被绳子绑着，他就会跳过去，像鹰抓兔子一样，将田中抓到手里，把他撕成片片了。

田中站起来，向门外招了招手。

"进来！"

四个魔鬼走到田中的面前。

田中说："给我打！给我狠狠地打！"

是的，田中有很多话，要问石秋明的。他想从石秋明的嘴里，弄出一些"保家民团"的情形，好向他的上级报功去。

他的上级曾三番五次地向他催问有关"保家民团"的材料，正骂他办事不力呢！这是因"保家民团"，对于敌人的秩序，太有害了。她威胁着每一个魔鬼的生活安定。她常常给魔鬼们个突然袭击，使魔鬼们最头痛。今天好容易捉着"保家民团"的人了，简直就是得到了无价之宝啊！

四个魔鬼，将石秋明身上剥得光光的，他们将他捆在一条大板凳上，胸朝下，背朝上，一个按着他的头，两个按着他的两条腿。一个又拿着皮鞭子，用了吃奶的力气，照着石秋明的身上抡打着。

皮鞭子上上下下，一鞭子打下去，就是一条鲜红的血印。鞭子打在石秋明的背上、肩上、两肋上、屁股上……

魔鬼们呼喊着，打着。

石秋明咬着牙，一声也不哼。他想：事情已是这样了，不能在敌人面前示弱。

田中将眼睛瞪得大大的："将鞭子抡圆了啊，要使劲儿！怎么？打人连一声哎哟的声音都打不出来。真是一群只会吃饭的东西。"

四个魔鬼换着班，鞭子已经打断了两条了。每个魔鬼都淌着满头大汗，气喘吁吁地蹲在一旁不动。

他们打人打累了。

石秋明还是咬着牙，一哼也不哼。

"将他放下来吧！"田中命令着，"看他还说不说。"

魔鬼们将石秋明从板凳上松下来。石秋明长长地吸了一口气，浑身颤动一下，就很疲惫地坐在地下了。他几次想将手抬起来，预备重重地打魔鬼们几个耳光，可是无论如何再也抬不起来了。

田中坐近了他，一阵哈哈的笑声，使人听了，浑身会起鸡皮疙瘩的。

"好汉！你还是痛痛快快地将我问你的话说了吧！不说，我还有好受的玩意让你尝呢。你的骨头真是铁打的吗？"

石秋明大大地唾了他一口。

"我说，你们是土匪！"

田中冷不防被石秋明吐了一脸唾沫，用力往后一仰，他坐的椅子倒了，着着实实地摔了他一个四肢朝天。他羞愧地爬起来，伸出手，照石秋明的脸上打了一巴掌。石秋明也用脚照他腿上，猛力地蹬了一下，就将田中蹬得晃了几晃，差一点又摔倒了。

"中国人早晚会向你们算总账的，杂种们！"石秋明拉开嗓子骂了。

"让他骂……弄凉水灌他。"田中说着就往外走了。

"这样吧!"田中走到门口,又回过头来说:"多多地灌他两桶,灌完了他,再让他吐出来,然后,将他送到后面去,等明天我再好好地问他,反正他会说的。"

石秋明望着田中的背影,眼里冒着火。

"我说你等着吧!"

这四个魔鬼,又将石秋明仰面捆在板凳上了。将板凳的一头支高,头稍稍有点低。他们用棍子猛力地将石秋明的嘴撬开,洋瓶子里装得满满的水,就一瓶瓶地流到石秋明的肚子里了,流到他的眼睛里了,流到他的鼻子里了,流到他的耳朵里了,流到他的……

起初,一阵巨大的压抑,闭塞着石秋明的呼吸。然后,他的脑子一胀,天旋地转,一会儿,石秋明晕过去了。

石秋明的肚子,被灌得鼓鼓的,和小山一样。

魔鬼们笑了。

魔鬼们又站到他的肚子上,用脚跺着。这样,肚子里的水,又一口一口的从石秋明的嘴里倒流出来了。

石秋明被魔鬼们用草纸熏过来,他浑身就像有一千把刀子刺着,他实在不能动了。

魔鬼们拉着他,像拉死狗似的,将他拉到后面的炮楼里面。

五、跑吧

炮楼里,早就有一个人,被关在那里了。这个人是抗日区政府的工作员,前十天到敌占区来催公粮,被特务们捉住的。

太阳快落山的时候,石秋明的知觉完全恢复了。他浑身就和火烧着似的疼痛。他脑里却又转着:死有什么可怕呢?一个共产党员绝不会在敌人面前屈服……倒霉的山鞋啊……三天完成任务啊……团长……

"你是干什么的呀?"那个人走过来,坐在石秋明的眼前说:"看你穿的衣服,你是做买卖的吗?"

石秋明对着眼前这个人,细细地看了一眼,心想:"这是个被捕的同志吧?"

"你不是做买卖的吧?"那个人温和地又问着。

石秋明点了一下头。

"那么,你是哪部分呢?"

"保家民团。"

"噢!保家民团。"那个人惊奇得要喊了。"你怎么被他们捉着的呢?是打仗受伤了吧?"

石秋明摇了摇头。"不!我是因为脚上穿的这双山鞋被捕的。"

"山鞋——"那个人被石秋明的话迷惘了。

"你是哪部分的?"石秋明问着那个人。

"我是区上的!"

"你姓什么呀?"

"我姓王,叫亮功。""你呢?"

"我叫石秋明。"

"噢!石同志!"

"噢!王同志!"

石秋明与区上的王同志将关系慢慢地打通了,两个人热热闹闹地谈起来。

"王同志!"石秋明说:"你被他们捉着几天了?"

王亮功说:"有十天了。"

"他们一直就把你放在这里吗?"

"一直就在这里。"

"他们打过你吗?"

"打过两回了。"

"你说了什么吗?"

"我连一个字也没有给龟孙们说,说了那还得了!"

"这个村子是大杨庄吗?"

"是大杨庄。"

"王同志!你在这里熟吗?"

"这村子我很熟,我没有被捕时,我就常来这里催公粮。"

"咱这炮楼后面还有人家吗?"

"没有了。敌人这个据点,就是在村子外面的。咱这炮楼是敌人兵营里面最后面的了。离前面敌人住的地方,还有一二百步远,过去墙就是野地了。"

"墙那面就是野地了?"石秋明紧紧地追问着。

"是野地,我记得清清楚楚的。"

石秋明心里一动,浑身抖了一下。

"我问你!"他突然将声音放得低低的,用手指着门口:"夜里他们将这门锁上吗?"

"不锁,他们想我们跑不了的。"

"哨兵呢?"

"有时候两个,经常是一个。"

"是鬼子,还是中国特务?"

"这是敌人的岗令部,放哨的都是鬼子,中国特务只管捉人,帮助审问抗日干部。"

石秋明霍地站起来,冷不防将王亮功倒吓得愣住了。他走到门口,从掩着的门缝里,往外看了看,天已经黄昏了,一个鬼子,在门口漫不经意地肩着枪,慢慢地踱着方步。

石秋明想:"今天老子若死不了,就得让你摸阎王鼻子去!"

"王同志！"石秋明说："咱们今天想法跑吧！"

"跑？"王亮功吃了一惊："那怎么能行呢？"

"怎么不行呢？"石秋明握紧了小铁锤子一般的拳头。心想："我有一百五六十斤的力气呀，照准了鬼子的鼻子，一拳头就会打他个半死的。"

石秋明说："我们两个人，在黑夜里，冷不防冲出去，将放哨的鬼子打死，不就跳墙跑了吗？"

石秋明立刻凑到王亮功的眼前，悄悄地咬了一会儿耳朵。

王亮功点了几下头，眼睛一亮。他说："咱们就这样干吧！"

"对！"石秋明眼睛里充满了胜利的光辉。

六、搏斗

时间是过得很快的，说话夜幕就拉下来了。

半钩新月悄悄地挂在白杨的梢头，淡淡的月光从炮楼的枪眼里斜斜地射进漆黑的炮楼，这一线光明给囚在里边的两个人带来了新的生命。

石秋明坐在炮楼的一角，默默地想着他的糟糕的事情，倒霉的山鞋……三天完成任务……他咬着牙，准备着一切力量和鬼子搏斗。周身的疼痛、疲劳、火烧他都忘了，他都没有了，他只觉得浑身的力量在跳跃着。

王亮功坐在炮楼的另一角，也在默默地想：这次拼着命干吧，干好了就又和区上那些亲爱的同志见面了，快乐地谈着、唱着。

石秋明蹑手蹑足地走到门口，屏着气，借着月光往外看，还是那个鬼子，还是肩着枪，离炮楼两三步远，正背对着他们站着。

四围静悄悄得没有一点声音。

石秋明的心却跳起来了。他回头向王亮功吆呼了一声，就一脚踢开虚掩着的门,从炮楼里冲出来了。放哨的鬼子,还没来得及回过身来,石秋明就从他的背后,将他的枪扭住了。

这是生死的搏斗啊!王亮功也挥起了他的拳头,照着鬼子鼻子,用尽平生的力气,着着实实地就是几下。当鬼子要叫喊时,他的枪已经被石秋明夺走了,他已经倒在地上了,他的嘴已经被王亮功用手捂住了。

石秋明的手真快呀,闪着灰色光辉的刺刀,连连地在鬼子的肋下插下去,鬼子翻了一个身,哼了两声,不动了。鲜红的血,溅了石秋明和王亮功满脸满身。

"跳墙吧!"石秋明急促地说。

十分钟后,石秋明、王亮功像两只耗子,轻轻地翻过了墙,又轻轻地跳过了沟。

石秋明说:"跑吧!"

"往哪里跑?"王亮功问。

"往冯村跑!"

王亮功路熟,在前面,石秋明紧紧地跟着他。

两人是两条黑影,是两股风,沿着大路,沿着田野,顺着狗叫的声音,飞下去了。

在他们的后面,在离开他们几百步远的地方,鬼子的马蹄也扬起了一阵阵的灰尘。步枪的子弹穿过夜的上空,嘶嘶地尖叫着。

七、完成任务了

清晨,太阳才从东边露出了一点红,很快,很快,就将东边半壁天空染成一片黄金色。

团长坐在屋子里纳闷:"石秋明到内邱车站去,今天是第三天了。附近村里的群众都动员好了,如果他现在回来,晚间就行动起来,将那白花花的盐一包一包地运上太行山多好。"

团长盼着石秋明回来。

石秋明满身浴着早晨阳光的光辉,挂着湿漉漉的露水,一脚迈进了团部。

"噢!你回来啦!"团长又惊又喜地说。

石秋明将手中的大枪一举,响亮地喊着:"报告团长!我完成了你给我下的命令,完成了党给我的任务。三天,我回来了……我在内邱被捕了!都因为我脚上那双倒霉的山鞋……它差一点把我毁了,后来,我将看守我的鬼子打死了!你看这枪,就是从鬼子手里夺来的。噢……噢……这是区上的王亮功同志,与我一齐跑回来的。内邱车站的情况,我都弄清楚了。我报告你听吧……"

过度的疲劳、疼痛、饥饿、激动、兴奋都一齐向石秋明袭来,天翻地覆,石秋明晕倒在地上。

(原载 1946 年 9 月 1 日《文艺杂志》第 2 卷第 1 期)

炮

一、炮的来历

八路军的炮都是一门门地从敌人手里夺来的。有一门顶大顶大的炮也是从敌人那里夺来的,八路军的战士都叫他"炮大哥""炮王"。

据说日本鬼子侵略中国,只有两门野炮是最大的。鬼子知道全中国的军队数八路军抗日最坚决、最能打,所以就把那两门最大的野炮都放在华北了:一门放在石家庄,一门放在德州。

这门炮是日本大正十四年造的,叫"八八式野炮"。炮身足有一丈长;张着的炮口,远远望去像个小黑洞。搬动起来,连炮车、炮弹箱,得用八头年轻力壮的骡子拉着。每个炮弹约有三十斤重,一尺半长,可以打四十里远;炮弹炸开了,五十步以内,什么东西都要给炸光、炸毁、炸平。炮开起来像地震一样,六十里地以内的房屋都会发抖;震破窗纸,震破玻璃,梁上的尘土也震得纷纷落下来。

驻在德州的鬼子桑木师团长告诉他的部下说:"这门炮是'皇军'的魂、'皇军'的胆,有了这门炮,'皇军'是无敌的。"

每次鬼子出来向平原"扫荡",总拖着这门炮。为了不使它丢掉,他们用一连串步兵保护着它。

二、大战葫芦口

鬼子的师团长并不吹牛,八八式野炮的确是一门好炮,一种很厉害的武器。

一九三九年敌人要把冀中、冀南两块抗日根据地分割开来,就开始建筑德石铁路。

提起筑路，鬼子简直气炸了。他们一开始筑路，就碰上了这样一连串气人的事：冀中、冀南大平原人口众多，物产丰富，鬼子一直把它看在眼里，可是当他们到了那里，这地方突然变穷了，要什么没有什么，更奇怪的是，当他们要筑路的时候，人也变得特别少了。他们为了完成侵略计划，只好挨村搜家。花了很大力气，人算是找到一些了，可是那些"该死的臭老百姓"，总是不听"皇军"的指挥，"皇军"叫他们好好地干活，他们老是磨洋工。

用刺刀刺，用枪托打，一整天工夫，好容易把路基筑起了一小段；可是一到夜里，人，那样多的人，像是从地下钻出来的，花了一整天筑起来的路基，一霎时就被铲平了。

一直就是这样：白天鬼子强迫老百姓筑路，黑夜八路军、老百姓又把它铲平了。筑来筑去，路老是筑不成。

"八格呀鲁！"

鬼子的师团长着了急，于是派了上千的鬼子和上千的失掉了人性的伪军，向根据地"扫荡"了。

八八式野炮，八头有力的牲口拉着它，咕隆咕隆像一只仰起头的大乌龟，蹒跚地走动着。

这只大乌龟，的确是"皇军"的胆，上千的鬼子和伪军紧紧地围着它。

因为不久之前，这门炮帮他们占领了许多大城市，帮他们吓跑了成千成万的中央军。现在他们借了这门炮的威力，梦想把八路军聚歼，把抗日根据地荡平。

由于日寇过分地相信这门炮的威力，紧紧围着这门炮的鬼子兵和伪军们的脸上，都带着一种刺眼的耀武扬威的神气。

一路、两路……鬼子、伪军，从四面八方包围拢来，八路军、民兵也一路、两路……向鬼子的后方进军。"扫荡"和反"扫荡"就这

样剧烈地展开了。

　　包围不住八路军，也看不到一个老百姓，摆在鬼子们面前的是死一样地寂静。鬼子们的兽性发作了，他们生气地架起了八八式野炮。野炮的炮筒像一只凶恶的眼睛，发射着凶恶的光，照着四面八方乱打起来。

　　"轰——隆！"

　　"轰——隆！"

　　炮弹落到野外，野外掀起了冲天的尘烟；炮弹落到了房屋上，房屋立刻被炸毁。

　　"狗日的，真厉害！"在炮火圈里的人，的确感到了这炮的威力。

　　然而，反"扫荡"也更起劲了。

　　和鬼子对手的是赵营长的那一营。赵营长看中了那门炮，他静静地听了听炮声，心里想："这可是门好炮！"他仔细地计划了一下，决心要把它夺过来。

　　打过一阵炮，鬼子的兽性发完了，"扫荡"战也就这样不明不白地完结了。

　　鬼子要退回德州了，赵营长夺炮的计划也布置好了。

　　在鬼子回窜的路上，赵营长找了个两边高中间洼的葫芦口地带。看好地形以后，赵营长又仔细地组织了三个机枪交叉火网。这火网织得天衣无缝，无论谁，走进了这个火力圈就很难逃脱。

　　赵营长布置好了阵地，回头向全体战士下了一个很坚决的命令，说："鬼子通过这葫芦口地带的时候，照例先向这里乱打炮，探探虚实，那时候，无论谁都要一声不吭地趴着，就是炮弹落到头顶上，你要拼着脑袋去顶！谁要是动一动，暴露了目标，就按最严厉的军法制裁……一切听我的命令！"

　　赵营长的命令刚刚下完，鬼子的炮弹就打过来了，炮弹落下来，炸开了,在赵营长的右边,离赵营长很近。赵营长卧着,一动也不动。跟着炮弹又打过来了,炸开了,在赵营长的左边,离赵营长更近。赵营长卧着,还是一动也不动。

一个战士,被炮弹炸伤了脑袋,他咬着牙,抱着枪不动。

又一个战士,被炮弹炸坏了胳膊,他咬着牙,抱着枪不动。

又一个战士,被炮弹炸伤了大腿,他咬着牙,抱着枪不动。

脑袋、胳膊、大腿,破的破,伤的伤,断的断。全体战士都和赵营长一样,没有一个吭声,没有一个动。

葫芦口地带前后左右落了几十个炮弹,但是,葫芦口就像睡着了一样,没有一点儿动静。炮声过后,山本大队长望了望静静的葫芦口,他放心得像毛驴叫唤似的大笑了几声:"葫芦口地带,没有小小的八路的,'皇军'胜利的,回德州。'皇协军'的,在前面!'皇军'保护野炮,走后面的。过!快快地过葫芦口的!"'皇协军'进了葫芦口,战士们手指头搬着枪机,眼睛瞪着,要打!没有赵营长的命令,不敢打。'皇协军'慢慢地、慢慢地,越过了机关枪的封锁线,过了葫芦口,慢慢地走远了,看不见了。

前头的鬼子进了葫芦口,战士们端着机关枪,眼睛冒着火,要打!没有赵营长的命令,不敢打。前头的鬼子也慢慢地、慢慢地越过了机关枪的封锁线,过了葫芦口,渐渐地、渐渐地走远了,看不见了。

战士们很纳闷。

接着,八只骡子拉着的八八式野炮,咕噜咕噜地进了葫芦口。炮的前边、后边,紧跟着一连串鬼子兵,鬼子兵耀武扬威地,昂头阔步地走着。

八八式大野炮,走进了机关枪的封锁线。战士们用手指去搂机关枪,战士们的枪还没有响,赵营长跳起来了,他手里的盒子炮像联珠般地响起来了。

"打呀！照着拉炮的骡子打呀！"

赵营长的命令霹雳似的传了下来。

机关枪、步枪、手榴弹，都集中地打着拉野炮的骡子和护卫野炮的鬼子。枪声响成一片，手榴弹声也响成一片。

护着野炮的鬼子，一个、两个、三个……横七竖八地倒在地上。

拉着野炮的八匹牲口，一匹、两匹……没有一匹再摇着尾巴。八路军冲上去了，想把大炮拉过来，拉了拉，拉不动。鬼子的机枪打过来了，没办法只好退回原地。

枪弹在葫芦口的上空飞驰，野炮茫然地张着大嘴，像一只受了伤的野狼，凄凉地站在两条战线的中间。

八路军要夺野炮，一次、两次、三次……冲锋。

鬼子怕丢了野炮，一次、两次、三次……冲锋。

八路军的援军来了，要夺野炮。鬼子的援军来了，怕丢野炮。激烈的战斗一直在继续着。

天黑了，夺炮的好机会到来了。

"一连人做敢死队，向鬼子冲锋，只准进，不许退！一连人拉野炮，不管鬼子机枪怎么凶，也得将野炮拉着走！"

在黑夜里，赵营长斩钉截铁地命令着。

枪声又猛烈地叫起来。

经过一阵激烈的战斗，战士们将八八式野炮拉起了。炮车的铁轮压过鬼子的尸身，压过拉过它的牲口的尸体，飞快地走动起来。八八式野炮就从这天夜里变成了八路军的大炮了。

三、炮上了太行山

山本队长丢了野炮，哭丧着鬼脸回到德州。桑木师团长恶狠狠地骂着他，觉得他丢了"皇军"的脸，让他回国了。

但是，鬼子并不甘心，没隔一星期，桑木师团长又派了整旅团的鬼子，带上三四千的伪军又来根据地"扫荡"了，"扫荡"的唯一任务就是找八八式野炮。桑木师团长下命令给他的部下说："一定要将八八式野炮找回来。谁找回来，谁就连升三级，奖洋五万元。"

八路军拉着八八式野炮和鬼子打游击，东转西拐，全仗着千千万万的老百姓保守着军事秘密。

早晨，八路军拉着八八式野炮路过王庄。上午，鬼子找炮到了王庄，包围着村子，问王庄的老百姓："你们中国人，看见了八路军的大炮吗？不告诉'皇军'的实话，'皇军'就杀头的！"

老百姓说："没有！没有看见八路军有大炮！"

鬼子问不到野炮的消息，发火了。将王庄的老百姓灌起凉水，砍掉脑袋……王庄老百姓，还是说着那句话："没看见八路军有大炮。"

夜里，八路军带着八八式野炮在马村住了一宿，白天鬼子来到马村，将马村的老百姓集合到广场上，架起机关枪，问着："你们说，八路军拉着大炮往哪村去了？不告诉'皇军'，'皇军'就开枪，要你们的命！"

马村的老百姓很干脆地回答说："不知道！"

鬼子气疯了，烧掉马村的房子，杀死马村的青年，拉走马村的耕牛……马村的老百姓没有半个屈服的，还是一口咬定："不知道！"

鬼子找炮找了一个月，可是野炮仍然没找到。

花费了一个月的时间，鬼子只得到一个消息："炮上了太行山了！"

从此以后鬼子就再也听不到八八式野炮的消息了。

四、一炮打下了十四个炮楼

一九四一年的春天，冀南军民为了斩断敌人修起来的吸血管高王路，发动了一个大规模的高王路战役。这次战役的发动，冀南军民是下了决心要把高王路斩断、摧毁的，参加这次战役的民兵不算，光是地方部队、野战兵团就有六个部分。参战的群众有三万多人。

高王路上有个据点叫马固庄。那里先前还驻着鬼子，鬼子走了一直驻着三营高德林的伪军。村周围的炮楼，大小有十八个。其中有个大炮楼，五丈高，半亩地大，四周的墙三尺厚。当年鬼子修这炮楼，向附近村庄要了十万块砖，还拆了三座大庙、二十多座民房，才修起这座炮楼。

凭了坚固的工事，伪军们趾高气扬地住在炮楼里，还常常吹牛说："住在这里，可真天不怕地不怕了，八路军又没有炮，要打开这炮楼啊，除非太阳从西边出来！"

可是高王路战役偏偏就从马固庄开始了。

经过一夜的突击，八路军将马固庄周围高地都占领了，包围得水泄不通。起初，伪军们认为又是小小游击队乘着黑夜来扰乱了，他们满不在乎。到了白天，他们站在炮楼上一看，到处都是八路军，成千成万蚂蚁一样的老百姓，在破坏着汽车路。他们才明白："这次八路军要打大仗了。"可是，他们一点不害怕。因为他们觉得住在大炮楼里没有一点关系，那炮楼就是迫击炮也打不坏的。

八路军站在炮楼下面的掩体里，向伪军叫喊："伪军兄弟们！快缴枪吧，再不缴枪投降，下面可没有好的啦！"

伪军带理不理的嬉皮笑脸地回答说："你们八路军投过来吧！让我们投降你们，凭啥？"

战士们生气了，本来该打炮了，可是首长们还要让士兵们再劝说他们一番。

喊话继续了很久，伪军们还是那样顽固。

喊话停止了。指挥员笑了笑："好吧，架起炮来——打！"

随着指挥员的命令,八匹有力的牲口,拉着一个用许多白布包裹着的什么大怪物,就咕隆地滚起来了,炮手刘奎紧紧地跟在它的后面。

白布揭开了,蹲在战士们面前的正是当年在葫芦口从鬼子们手里夺过来的那门八八式野炮!

八八式野炮一点没变样。也许因为它埋在地下的时间过长了,炮车的车轮有点锈,可是,炮身因为包裹得严密,倒显得更新了。

炮很快地就架好了,炮手刘奎拉开炮门,双手吃力地抱着炮弹,轻轻地把它推进了炮膛里,很熟练地单腿一跪,推正了测尺,他正打算拉动炮拴,忽然战士们又在喊了:"缴枪吧,不缴可就……"

这是最后的一次忠告。对方没有搭腔,再没有什么可说了。

"轰——隆!"

像天崩地坍一样,炮声过后,一股冲天的尘烟,立刻吞没了炮楼。

炮声掀起的尘烟慢慢飞散着,战场上显得异常寂静,战士们从掩体里探出头来聚精会神地凝视着尘烟里的炮楼,但炮楼可不容易一下望见,尘烟太浓厚了。

过了一会儿,炮楼出现了,样子已十分狼狈,炮楼的上身掀去了一大块,藏在炮楼里的伪军这时候也出来了。几分钟以前还是那么傲慢的家伙们,现在全部垂头丧气变得服服帖帖的了。他们的身上贴着厚厚的一层灰尘,一个个举着双手投降了。

鬼子在高王路上一共有二十四个炮楼据点,不到半天工夫就一扫而光了。

五、炮变成了神话

炮打马固庄,一炮打平了高王路,八八式野炮立刻变成了神话。

小孩子们说:"八路军的炮可大哩,拉炮的骡子就走二里地长,一个大炮弹一千多斤十六个兵抬着。"

妇女们说:"那一天哪,青天白日的,我坐在房里,只听见轰隆一响,房子就颤了一下,桌子上的茶壶掉在地下了,吓得我说是天崩地坍啦,后来别人告诉我,那是咱们八路军开大炮呢!那炮不知道有多大,一炮就可以从南京打到北京。"

鬼子们对于八八式野炮也害怕起来,小据点的鬼子怕八路军拉着炮去打他们。住在炮楼里的伪军半夜都不敢睡觉,担心着八路军的炮弹。

大良庄的民兵在夜里集合起来,套了一辆老牛车,车上装上麦秸干草,装得鼓鼓的,再用青布包上。一切收拾停当,大家又仔细地看了看变了形的牛车,会意地笑着,就出发了。

他们走到炮楼跟前,向炮楼打了一枪,炮楼的伪军也还了枪,于是民兵们向伪军们喊开了话,学着四川腔:"伪军兄弟们,咱们是正规军哪,不缴枪,可就开炮啦。"

伪军们向炮楼外望了望,野地里月光下果然架着一门炮,立刻慌忙地答应了:"别打炮,别打炮!咱们投降就是了!"

徐流寨的秘密游击小组,一共五个人,在夜里送一个阵亡战士的棺材,偷过石济路,因为天黑,看不清路线,走到了炮楼跟前。炮楼的伪军看见有了动静,先开枪,然后问:"什么人?"

游击小组吃了一惊,觉得逃不脱了,就顺口答道:"八路军!"

伪军追问道:"那一部分八路军?"

"打高王路的!"

"到这里干什么?"

"打你们!"

"拉着的是什么?"

"大炮!"

"咱们都是中国人,请不要打吧!我们投降!"

"投降,好!空着手,站好队下来!"

"是!"

伪军下了炮楼,发现了没有什么八路军,拉着的是口棺材,想反抗可已经晚了。

游击组员的大杆枪对着他们胸口:"走!和我们一齐过路!"

齐河老百姓在村口塑一门泥大炮,放在村头的过街楼上,于是外面传说开了,都说齐河住下了八路军,有一门大炮架在过街楼上,炮弹像布袋那样粗。

一小队伪军到那里去抢粮食,走到离村不远的地方望见了那门泥炮,不敢前进了,揣测了半天没敢进村,跑回去了。

野炮变成千百门了,到处都有野炮,有数不清关于野炮的神话。

六、炮又上太行山了

打了马固庄以后,遵照上级的命令,和上次一样又立刻把八八式野炮埋到了地底下。

炮在八路军手里,鬼子们感到了像老虎长了翅膀一样可怕。为了找回那门炮,德州的鬼子又出发了。

鬼子们第二次找炮,比第一次更残酷,找到了四分区,见人就杀,见房子就烧,找到了威县,杀人烧房子不用说,连田地也要一亩一亩地翻过。打到了沙行子里,沙行子满是树林,一棵棵全锯倒,树林里找不着,又刨树根。最后找到了小心庄,鬼子们觉得炮一定是埋在这里的了,他们就不走了,安下了钉子。

住在小心庄的鬼子像疯了一样,成天打人、骂人、杀人,要老百姓替他们找炮。鬼子问村上的老年人:"老头儿,你知道炮在哪里?"

老头回答:"不知道!"

问青年,青年回答:"不知道!"

问妇女,妇女回答:"不知道!"

问小孩,小孩回答:"不知道!"

问遍了全村,全村的人回答:"不知道!"

鬼子开全村群众大会,向全村老百姓说:"再不告诉炮在哪里,就将全村杀光烧光。"全村人静静地没吭声。

四个壮年被捕了,四个人都是埋过炮的,全村人担心的不是他们的死,是怕他们说出炮在哪里。

鬼子用烧红的铁通条,烙着壮年们的筋骨:"炮埋在哪里?"

他们咬着牙没有回答。

有时他们熬刑不过了,就和鬼子胡说:"炮在村东大槐树底下呢!"

壮年人死了,老年人也死了,青年、妇女、小孩子,不少的人都在鬼子的刺刀下流尽了他们最后的一滴血。

鬼子在小心庄,怎么找也找不到炮,但四面八方却传来了炮的消息。

东一个消息:"炮又上太行山了!"

西一个消息:"炮又上太行山了!"

七、炮和人民见面了

鬼子仍然在小心庄钉着钉子。一九四五年的八月,日本天皇宣布无条件投降,驻在村上的鬼子悄悄地溜走了。很快八路军开到了村上,村上老百姓立刻帮助军队,在庄稼地里刨出了八八式野炮。

八八式野炮在鬼子的脚下一直躺了三四年。收复大城镇和收缴敌伪枪械的反攻战开始了,八八式野炮又一次参战了;那是八路军围攻鲁西北重镇临清城的时候。

解放临清的任务交给了八八式野炮。它只响了三响就打开了一个大口子,攻城的部队顺着炮声冲进去,临清城就解放了。

现在这门野炮已经和解放区广大军民见面了。当它到了邢台市的时候,每天有数不清的人去看它。

秦兆阳

炊事员熊老铁

一九四六年,我们组织部招待所里有个挺奇怪的炊事员。

他有三十多岁,右半边脸上有块大疤,是个独眼龙,名字叫熊老铁,人们却有时候叫他铁老熊。他那长相也真是名副其实,矮墩墩个儿,浑身黑疙瘩肉,真像个铁人一样。

他是从铁路西山里边新调来的。刚开始工作的头一天,他一句话也不说,好像和谁生气似的。第二天一大早,他就找到秘书室去,对李秘书说:"李同志,咱们干革命工作,凭了啥?"把老李弄得愣住了。他又接着说:"不是就凭的是纪律吗?党有党规,军有军规,伙房里也该有个伙房规则……"于是,他就不停地用围裙布擦着手,不停地眨巴着那只受了伤的右眼,给老李念着条文:"第一条,众位同志须知,吃饭得讲规矩。无事别来乱串,摇铃才能开饭。各人自带碗筷,免得秩序大乱……"老李大概是知道他的来历的,所以完全依顺着他,一字一句地给记录下来,记完了还念给他听了听。

从此伙房就像个国家一样,也有了法律,而铁老熊就是个执法官。无论谁,或是到伙房里去掏火吸烟,或是在开饭时随便进伙房找碗筷,再或者在吃饭时把饭粒子菜渣子掉在当地,他就会铁青着脸,不声不响地走到你跟前来,把你推到伙房门口的墙壁跟前,指点着墙上贴的那张纸说:"你的文化大概比我高,看看这规则吧!"特别是在过节日会餐的时候,他总是突然出现在伙房门口,对着正在吃饭的人们,两手把腰一叉,瞪着左眼,眨巴着右眼,鼓嘟着腮帮,把大手一挥,然后嚷道:"规矩!什么都得讲个规矩!谁随便地丢拉饭粒子,谁就通过通过脑筋,想一想庄稼人的艰难困苦……"总是像对着战士们训话似的说一大篇。

这么着，有些勤杂人员就免不了有时跟他发生吵架的事情，每次总得吵到李秘书或是曹所长跟前去。李秘书和曹所长每次总是先对熊老铁劝解一顿，等他接受批评走了，然后对发生争吵的另一边说："同志，你不知道他的来历，非原则问题，顺着他点，算了吧！"于是，慢慢的，人们就对他的"法律"习惯了，而他的态度也就慢慢地不那么暴躁了。

慢慢的，人们又发觉了：原来机关里有熊老铁这么个炊事员，正是全体同志的幸事。

他每天天不亮就起来，担满了水瓮，然后洗菜切菜淘米。等别的炊事员起来时，他已经生着了火，只等水一开就往锅里下米。吃饭以后，他不是去打柴割草，就是去喂猪垫圈，再不就是跟着黄管理员去赶集买菜。他很快地就知道了附近各个集市上的特点，知道哪儿的油盐贱，哪儿的菜便宜。他轻易不愿套着大车去赶集，一两百斤重的东西，二三十里路，他两个肩膀两条腿，是满不在乎的。因此机关里的大车可以腾出来办"运销"，把赚的钱来改善全机关人员的生活。每天夜里他还比别人都睡得晚，并不点灯熬油，在黑地里，把第二天要烧的秫秸先用脚一根一根地都踩扁了，然后用小刀子一根一根地劈成两半，这样第二天烧起来火力又大又节省。柴禾有节余，也成了伙食改善的重要原因。另外，我们这样的机关，是整个地区部队干部调动的落脚处，所以临时增减人口是平常事，而且病号也不少。熊老铁时常一天要做五六次饭，但他从来没有嫌过麻烦，更没有发过脾气。

慢慢的，人们就对他非常尊重亲热了。时常在俱乐部的娱乐晚会上表扬他，并常买些叶子烟和毛巾等东西慰劳他。他却总是像个大闺女似的，脸红到脖子上，受了伤的右眼睛眨巴得飞快，绝对不敢看人，只是微笑着，然后趁人不防时突然跑出了会场。对于慰劳品他是从来不收的，如果强迫收，他可就急了，把腰一叉，嚷道："这是什么规矩！干革命工作还兴要工钱吗？好吧，你们给我五百斤小米一个月，我再去请示请示毛主席，看看这合不合乎（合不合理）。"可是等事情过去了以后，他又笑着对人说："我要不故意这么'要'两句，你们婆婆妈妈的麻烦起来还有个完？"慢慢的，人们又发觉了，原来他还是个了不得的"活宝"，只要俱乐部一开娱乐晚会，总有他的节目，或者是数一段快板，或者是唱一段河北省的老调梆子，总是非常精彩的。

他从来不谈自己过去的历史，也不谈自己家里的事。从他的脾气和生活习惯，人们都猜想他是在部队里当过干部的。好奇的勤务员们也曾跟曹所长和李秘书打听过，得到的回答是：这个同志的历史是有些特别的，可是他刚来时，再三嘱咐过，叫不要对一般同志们提他过去的事。如果有人问他："你早先干过什么工作？"他就说："革命工作要看眼前，过去的事情卖不了几个钱一斤，提它干吗？"可是时间一长，从招待所里来往的部队干部里，总有过去在山里时认识他的，到底知道了一些他的故事。

据说，他在山里时在部队里当过事务长，是个很特别的事务长。他不识字，柴米油盐一切账目，除了靠一个炊事员给他代笔，就靠自己的记性。他并不是记性好，叫他学认字比叫他养孩子还难（这是他自己的说法），要记住那些婆婆妈妈的账目，真弄得他神经都"坏"了（这也是他自己的说法）。所以他时常夜里坐在炕头上，别人问他干吗不睡觉，他说："你别管，我在记账。"

他还办了两件特别的事情。

有一回，敌人对边区进行大"扫荡"，队伍黑夜转移，他因为眼不对劲，又是走在最后边，掉了队。他就一个人挑着一大担锅碗盆勺，在敌人的空子里穿来穿去找队伍。有一次进一个村，碰见一群鬼子从对面街口进了街。他扭头就往野地里跑，刚钻进高粱地不远，敌人已经追出了村，子弹像蝗虫似的往地里飞。他拿起个装面用的煤油筒来，弄得啪啪啪像机枪一样的响，吓得敌人以为地里有埋伏，一犹疑，他早已跑远了。直到半个月以后，他找着了部队，家具和人都毫无损失。

又一回，也是反"扫荡"，上级无论如何不叫他跟着队伍走，把他"坚壁"在原驻地的村里，给他的任务是：保存自己，并看好两口肥猪。他就白天里守着猪抽烟，夜里守着猪圈睡觉，简直是寸步不离。这一天发生了"情况"，全村的老百姓都走得一干二净，游击组也转移到山头上去了，他还在轰着两口肥猪慢慢地走。刚走到村后的山坡上，敌人已经进了村，两个汉奸提着手枪对他嚷开了，他像没有听见似的，还是赶着猪"呵咯、呵咯"地往山上爬。汉奸追上来了，他拾起两块石头对着猪屁股狠狠地给了两下。猪没命地跑了，他也跑，一边跑还一边回骂。气得汉奸顾不得拦猪去，只照着他追来，连打了几枪也没打着他。等猪跑远了时，他已经爬到游击组的警戒线里了，山头上一响枪，倒轮着他追汉奸们了。他顺手扔了一块石头，把一个汉奸打得咕噜咕噜就滚下山去了……

知道了这些故事以后，全招待所的人们就给他取了个绰号，叫他是"福将牛皋"。人们对他越有兴趣，就越想知道他的"材料"。有些爱蘑菇人的饲养员勤务员们，常想用请喝酒的办法来套他。他虽然喝起酒来话挺多，却还是绝口不谈自己的事。

但是到一九四七年春天时，人们到底从他口里知道了他的全部故事了。

那时新从山里调来了一个干部，住在招待所里等候分配工作。每逢吃饭的时候，所有的人都爱朝这位同志身上打量。他全身的穿着的确是"够样儿"：头上戴的是日本式的皮军帽，身上穿一套绿斜纹布的军服，腰间扎着条红得放亮的皮带。这皮带上面有许多小皮套儿，是部队首长们带小手枪的皮带，上面的小皮套儿是用来插小手枪子弹的。只是他并没带小手枪，也没插小子弹。再看他脚下，穿着日本式的大皮鞋，还绑着皮裹腿。这套穿着再配上他那高大个儿，和红光满面的一张脸，在那艰苦的年月里，确乎是有些特别的。所以连他自己也觉得有点"鹤立鸡群"的味道，吃饭时总是故意地昂着头，对谁也不看一眼，也不跟任何人说话。但是几天以后，他那故作镇静的劲儿就慢慢地没有了，而且显得有点慌张起来，总是把自己的一份饭菜拿到离开人群挺远的墙角里，蹲着埋着头吃起来。原因是他发觉了总有一张铁青的怪脸，像个雷神似的站在伙房门口，一只火一样的眼睛不转动地看着他，使得他也许并不是害怕，而是有些讨厌。

　　熊老铁很快就打听出来了：这位新来的同志姓何，是从张家口撤退出来的干部，是个"包袱"挺重的、工作挺难分配的干部，组织部的王干事来跟他谈了两次工作，都没有谈出结果来。这简单的材料更加使得熊老铁有了理由，下决心要给这位何同志一个难看。

　　偏偏这位何同志弱点又多，每天一大早他就叫勤务员到伙房里打开水。他自己有从张家口带出来的茶叶，他在张家口工作一年多，养成了早晨要喝茶的习惯。起先勤务员打回来的总是不开的水，茶叶沏不开，喝起来一点味也没有。以后，勤务员就干脆提着空壶回来了，说："伙夫熊老铁说的，没有开水。"

　　"你等一会儿嘛，等烧开了要下米，打一壶来嘛！"

　　勤务员说："同志，你不知道，老铁这人可不好缠，他说有开水也不给咱打，这是伙房规则。"

　　"哪个老铁？是不是那个独眼龙？"

　　勤务员一说是的，这位何同志可就触动了好些时以来藏在心里的火气，就一跳跳到李秘书那里。

　　"李同志，我就没见过你们这里这样的伙夫！"

"怎么啦？"

"为什么连水也不给人喝？"

于是李秘书就把熊老铁叫来了。他咚咚咚地走到办公室的门口一站，两手叉着腰，铁青着脸，眨巴着眼睛，嘴闭得紧紧的。这位何同志满以为李秘书会发落他一顿的，不想李秘书却满脸带笑地说："老铁同志，你为什么不让勤务员给这位同志打开水？"站在门外瞧热闹的勤务员们，也满以为老铁会拿出他那打雷下雨的架势，大大地暴跳一阵的。不想他好像灵机一动，也立时变了个笑脸，不慌不忙地，却说得字字清楚，字字有分量，还有点冷冰冰的味道："李秘书，嘿嘿，对不起，打一碗开水，就得添一碗凉水，添一碗凉水，就得多烧两把柴禾。要是全招待所的客人早晨都得沏茶喝，你想，什么时候能开饭？"说到这里，脸上装出来的笑容一下子不见了。

那位何同志的脸唰的一下红了，连那高大个儿也像矮了半截，也听不清李秘书对他劝说的话，气冲冲地就走回去了。

后来虽然李秘书对熊老铁进行了一次批评，并且他也承认自己脾气太坏，是不对。但是他却怎么样也不能跟这位何同志调和。

有一天，熊老铁听说组织部的张部长到所里来了，他知道张部长是专来跟住所的干部们谈分配工作的，一定会跟那位何同志谈工作。等把伙房里锅碗家具都洗涮干净了，他就端了条板凳，跑到何同志住屋的外间里坐着，掏出烟锅抽起烟来。何同志的房门上吊着门帘的，里边看不见他，他却能一字不漏地听得清里边的谈话。只听见里边何同志的声音说："……这是从张家口带出来的，联宝牌，嘿嘿嘿，在这乡下，可就成了宝贝啦！嘿嘿嘿……"

"你是几月竿（间）从张家口撤出来的？"这是张部长的湖南口音。

"呃，甭提，去年（四六年）九月底，您瞧那个乱劲儿呀，嘿，真是……"

"十月、十一月……有四五个月了，你的烟还冒（没）抽完？带出来很多吧？"

"呃，不算多，我们商店自己有汽车，还有大车。反正，您要欢喜抽的话，我这里还不少……"

"你这么多东西，从山里到各（这）里，路上怎么走的？"

"呃，真甭提，您瞧那个麻烦吧，动员老乡的牲口……"

"哼哼，你的本事真不小呵。"

"嘿，张部长，不瞒您说……"

看起来这位何同志也真有一套，他能把那时张家口各种牌子的烟卷一溜水地报出名来，并且加以品评，还能说出制造的公司，以及烟丝和盘纸的来路，各公司的营业状况……原来他在张家口一家公营商店里当过副经理。他说起话来不断线，好像连想也不用想，却说得那么生动，如果别人不抢着插嘴，他也许会一连气地说两个钟头。如果谈起服装布料来，好像他就是个布店里的掌柜的；如果谈起钢笔和手表来，他也比任何人都内行，并且说的尽是外国话……慢慢的，他就介绍起自己的历史来了。他说：他从前在部队的供给部门里当过采购员，他很会在敌占区大城市里活动，给公家购买了一些难于买到的货物，并用各种办法瞒过了敌人的侦缉队，安全地运到目的地。

"你为什么到现在还冒（没）入党？"张部长突然打断了他的长篇大论，用湖南腔问道。

这位何同志就颇有点牢骚了。他说，他起初没有把这件事情看得那么重要，后来看出重要性来了，向组织上请求过三次，可是一直总是说他阶级意识模糊，不够条件。他说："我也不知道要锻炼到什么程度才够条件，这么多年，几百万的款子从我手上过，没出过漏子，还不够条件？"

可是张部长又问他："你不是犯过错误吗？"

"嘿嘿，"他有点难为情似的说，"那是男女关系问题。在张家口，我们商店里雇用了个女营业员，是我介绍她来的。我看着她挺纯洁，人也挺漂亮，没结过婚，可是组织上说她过去跟敌伪特务有关系，谁知道怎么回事？您想想，我三十五了，组织上还不该照顾我的婚姻问题？所以我就跟她……那时候在张家口结婚的也不只我一个。"

"你不是海（还）送把她两个金盖（戒）指？"

"是的，"他有点生气地抢着说，"那是我用自己的薪金结余，私人做了次买卖，赚的。"又自言自语说："这些事情大概在我的组织材料上都写着的……"

"嘿嘿嘿……"

张部长这笑声很特别，很有劲，立时打断了对方的话，好像把他的喉管塞住了一样，就沉默了。熊老铁也趁机会又抽起烟来。听见那位何同志在屋里走来走去，皮鞋发出咯咯咯的声音。不知为什么，老铁忽然觉着挺痛快，自己不出声地笑起来。笑着笑着，好像是想起了自己的革命历史，想起了自己的故事。但是思想走了路，有好半天忘记了注意听屋子里的谈话了。

"熊老铁，你待在各（这）里搞什么鬼？"

吓了他一大跳。只见张部长从门帘缝儿里露出半个脸来，又对他说："哈哈！我正要找你嘞，进来吧，我有哇（话）东（同）你港（讲）喽！"

熊老铁猛地跳起身来，把烟袋掖在腰里，猛地来了个立正姿势，打了个军人式的敬礼："报告政委！"

张部长满脸是笑地阻止他说，"进来吧，进来吧，单（谈）一单。"像对待老朋友似的，走出来拉着他的手，把他让进屋里，又端凳子让他坐。他红着脸，屁股挨了挨凳子，又马上挺直了身子。"坐嘛，坐嘛！"张部长又使劲把他按在凳子上了。但是还没有坐两分钟，他又突地站了起来，挺直了胸脯。

那位何同志瞪大了眼，像看戏似的。

张部长忽然哈哈大笑起来。却又猛地把脸色一变，喝道："熊老铁！"

"有！"

"你调皮捣蛋！"

"报告政委，我从来没有调过皮，捣过蛋！"

"你没有调过皮？你当炊喜（事）完（员）为什么不给人烧水喝？"

"报告政委，谁说的？"

张部长回过身来对着何同志说："你刚才怎么告发他的？"

那位何同志以为得到了出气的机会了，装出很生气的样子说："张部长，我革命这么多年，没碰见过这样的伙夫！"

这时院里一阵脚步响，窗户纸上显出了几个模糊的人影子，门帘外边也有窸窸窣窣的声音。熊老铁估计全招待所的勤杂人员都在外面听着的，就再也忍不住心里的火了，像打雷似的嚷起来了："我革命也这么多年，也没见过你这样的干部！你摆的什么架子！"

那位何同志气得一张脸由通红变成苍白了。但因为是在上级面前，不好不顾身份地乱吵乱骂，只得忍了忍劲，哑着嗓音一字一顿地说："这不？挺着张部长在这，你开口就……你革命多少年？像个革命同志不？"

这一下可把老铁给憋住了。他满头冒汗，半句话也说不出来。屋子里静得只听见他胸脯扑哧扑哧的喘气声。窗外的人们在喊喊喳喳的，大概在议论他。

张部长微微笑了笑，又问老铁道："老铁，你摆老资格，你倒说说，你参格（加）革闷（命）多少年？"

"报告政委，我没有摆老资格，我……"

"我问你参格（加）革闷（命）多少年。"

"反正，八路军一到边区我就扛上了枪！"

"你作过几次战？挂过几次花？受过几次相（伤）？"

"政委，你是我的老上级，从我一当战士你就是我的政委，你还不知道？还用我说？一九四四年春天咱们部队开群英会，你不是还给我戴过光荣花？"他受了委屈似的叨叨开了，越说越快，声音也越高，"我革命，谈不上功劳，大大小小作过一百多次战，为人民流过五次血。头一回伤的肩膀头子，二一回子弹是从肩胛骨这里穿过去的……最后一回，你看，我这眼窝子是个证明……"

他说一句，张部长朝那位何同志望一下。那位何同志起先是悠然自得地吸着烟卷，可是慢慢地就有些慌张了。

老铁还在不停地说："……我从战士一步一步地提升到副连长，我受了伤，不能作战了……"

张部长突然打断他："是的，我问你，当了副连奖（长），眼睛受了相（伤），你为什么不忽（服）层（从）组织分配？叫你到后方机关里去工作你为什么不去？"

"我不愿脱离队伍，我要作战！"

"你眼睛不好，怎么能作战？"

"我不能作战，情愿在连队里当个事务长，替同志们服务，心里痛快！"

"这一回我叫你在这交（招）待所里当总务科奖（长），你为什么不愿意？"

"我不识字，干不了！我要求当炊事员，我情愿！"

"你为什么不学文法（化）？"

"我生得笨，脑子又叫炮弹震伤了……"

两人真像吵架一样。最后，张部长更加提高了嗓音喝道："好！你怎（总）有理由！我再问你，这一回我叫你请假肥（回）家看看，你为什么不忽（服）层（从）？"

熊老铁忽然又扑哧扑哧喘起气来，接着，哭着嗓子颠三倒四地嚷开啦："我回家？我刚回到冀中，不是跟你说过吗？我为革命牺牲了家，丢了老婆孩子。我媳妇守了我八九年，我想见她，我自己要求的，回到冀中来；我又不想见她，我怕她嫌我，我这半边脸，受了伤……"

看样子张部长也忍不住眼里有点潮湿了，但他还是保持着刚才严厉的样子："现在我就闷（命）令你，今天就跟你媳妇见面！"

"报告政委，我……"

"对你说，你媳妇走了一百多里路，找你来了。是我写信，告诉她你在这里跟（工）作。现在她在今（政）挤（治）部等着你嘞！"

"报告政委……"

"报告什么？你老婆对我说了，她也是个党员，她等你八九年，她说你受相（伤）是光荣，不嫌你丑……"

"报告……"

张部长不等他再说下去："你登（真）是个牛！"就把他推到门外去了。

熊老铁还想倔强到底，却见张部长又回进屋里，抓住那位何同志的手，说道："东（同）喷（志），刚才熊老铁的话你都听见了吧，好好地检讨检讨吧！"那位何同志的脸又像血泼的一样了。熊老铁猛地想起来了：他这位老上级从来就有这么个特点，他越欢喜谁，就对谁越严厉，对那些落后的同志反而显得很有耐心，时常是并不直接批评他们，而用一些旁的办法使他觉悟。想到这里，他脸上忽然显出了光彩,刚才心里的委屈一点也没有了。

站在门口的人们让开路,张部长走出来,从警卫员手里牵过马来,又命令熊老铁:"骑上去,到今(政)挤(治)部去见老婆去!"

老铁又是一个立正:"报告!……"

"不要报告了,忽(服)层(从)闷(命)令吧!"

熊老铁也许是高兴,也许是知道对这样的老上级是只有服从,就把马拉出大门口,猛地一个鹞子翻身,跨上马背,一抖缰绳,一夹腿,那马就像射箭似的,顺着大路一溜烟地跑起来了。

张部长对着院里看呆了的人们意味深长地笑了笑,跟他的警卫员一块儿,也慢慢地消失在大道上那飞扬起来的尘土里了。

一九四八年秋于北京

老头刘满囤

老头刘满囤有个好儿子和好儿媳妇，儿子名叫刘大杠，儿媳妇名叫王兰英。

去年闹土改时，儿子和儿媳妇还没结婚，却都是贫农团的委员。委员们常在老头子住房的外间屋开席，每次那闺女总是故意来得早，回去得晚，总是找事由跟儿子拉扯闲话。老头子缩在里间屋的炕角上裹着被子窝脚，因为耳朵有点背，又加上他俩说话声音低，总听不清他俩说的嘛，但那神情是猜得出来的。他表面上虽然装不知道，心里却暗地里高兴，想道："俺这么个穷家主，要是分了地，又娶上这么个好媳妇，可就再算不赖呀！"只恨儿子不早点向人家提亲，自己想对他"建"个"议"，却又怕那杠子脾气发作，冲自己两句，所以只好不敢开口。

有一天，委员们开完了会，都靠在炕头上吧嗒着烟锅说闲话。副主席杨双庆忽然像想起什么似的说道："大杠，这不是已经讨论好啦，过年正月初就分地，你合计合计，你们家该按几口人分？"说罢，不住地拿眼向王兰英瞟，弄得那闺女只是低着头弄手指头，连带着把大杠也臊得说不出话来。正主席王老洛是个爽性人，忽然用铜烟锅使劲往小炕桌上一敲，大声嚷道："哈！俺可是袖筒里吞棒槌，直出直进，有嘛说嘛。大杠、兰英，你俩的事也别对俺们瞒着哄着的，俺当主席的给你俩决个议，为了过了年分地好算人口，你俩就在年三十喝喜酒吧！"这时满囤老头子早就在里屋留神听着的，王老洛话音刚落，他忽然一掀门帘冲了出来，瓮声瓮气地说道："老洛，你这话我赞一百个成！"众人起先一愣，后来就哄地笑起来，臊得那闺女一溜烟地跑出去了。

年三十这天，人们一来是庆祝新年，二来是庆祝翻身，三来是庆祝大杠和兰英结婚，着实热闹了一番。满囤老头子因为高兴，多喝了几杯酒，当青年和儿童的秧歌队在他家门口的场里围着一对新人发疯似的扭着时，他忽然从院里冲了出来，手里拿着条束腰带，散敞着大袄，也跟着一颠一倒地扭起来，引得满场子的人们都笑得直不起腰来。后来主席王老洛叫人搬来把圈椅放在场子当中，把老头子捉住按在椅子上坐定了，指挥着一对新人对他行了三鞠躬礼，又在众人的逼迫下，齐声叫了他一声"爹"，乐得他忽然向天上挥着胳膊，像是对儿子儿媳妇，又像是对全场子的人，嚷道："恭喜恭喜，翻身啦，翻身啦，哈哈哈！……"更把全场的人都乐得流了泪。

儿子结了婚，过了年又分得了十二亩好麦苗地，老头子就像变了个人似的，不再像从前那样一天老缩在小套间的炕角落里发闷，也不再那么见了人傻愣着眼不说话。现在他每天天刚亮就起来，绕着村边拾一满筐子粪回来，正好儿媳妇也做熟了饭，他就进屋往热炕头上一坐，抽几袋烟，鼻子里闻见灶间熏进来的饭香，儿媳妇已经在他面前摆好了小炕桌，桌上摆着一碗蔓菁棒子粥、两个热气腾腾的小米面饼子、一碟子香油拌豆腐。吃着饭，随便跟儿子儿媳妇谈谈今年种庄稼的计划和他新听到的村里的"新闻"。完了以后，他抹抹胡子下了炕，去灶台上拿起那把小砂壶（儿媳妇早已给他沏满一壶枣儿茶）就出了门，到隔壁杨米贵那儿说起闲话来。这杨米贵也是个七十多的老头子，也是这次才分了几亩地，正计划着给儿子娶媳妇和买牲口，两人说起话来都怕对方耳朵聋，听不见，都使劲地提高了嗓门，听起来像吵架，总是惊得满院里的大公鸡"咯咯咯咯"地叫了起来。满囤老头子说："老哥，不瞒你说，今年俺小子是'人财两旺'，媳妇是'财帛星'，俺老头子是'福寿双全'，一家三口人都喜欢，真是'三喜临门'啦！……"米贵老头子说："老弟，算你比俺早走一步，可是你瞧着吧，俺二月里买头牛，三月里再买个小猪，四月里草儿长起来再买两只羊，五月里过完麦收就给小子娶媳妇，赶明年热天，你猜怎么着？又是小牛，又是小猪，又是小羊，还得添个小孙子！不信咱们比赛比赛着，看谁走得快，谁先抱孙子……"两人说得口渴了，就斟上碗茶润润嗓子。满囤老头总要把这小砂壶称赞一番，说它嘴大痛快，不像那些气死人的小瓷壶，倒茶像小孩挤尿似的，半天倒不了半碗，你着急把壶一侧歪吧，那茶水又流得满桌子满炕席……

开春过后，天气好像比往年暖和得更快。人们往地里送完了粪，眼看着遍地的麦苗儿一个劲地往上长，简直把土地变成了绿海。风儿吹过来，海里翻着耀眼的柔软的波浪，一层推着一层往前赶，简直叫人想在上边打个滚儿才痛快。满囤老头子现在更不在家里待着了，也不常找米贵老头儿说闲话了。他总是一吃了饭就把大袄一脱，光穿着棉裤和小袄儿，背着粪筐就出了门，东西南北一转就是五六里，看着男女青壮年的拨工大队排成排在地里，唧唧嘎嘎说说笑笑，一个个都通红着脸。风把那些妇女们的头发吹得粘在汗脸上了，她们也顾不上用手撩一撩，生怕落在男人们的后边，只一个劲地拉动着锄往前赶。有时看见儿子媳妇也夹在他们中间，好像比别人干得更壮。看着看着，老头儿就上了做活儿的瘾啦。

老头子年轻时是个气死牛的好干将，家穷没地，想地种想得发了疯。后来租了财主家几亩地，他就成天泡在地里了，把地边子修得像刀切的一般整齐，地垄子修得箭杆一般的直，庄稼苗长得黑油油，比别人的穗子要高出了半个头。可是地越种得强，粮食越打得多，地主就越要得多，一年忙到头，干落一身汗。后来因为一件事情得罪了地主，地被收回去了，他要了两年饭，又给人当了二十多年长工。当长工时他也把东家的活当自家的活干，倒不是他对东家好，只因为一闲下来就觉着浑身骨头节发胀，有劲没处使，难受得不行。现在他自己有地了，可是人却老得不能动弹了。但是他还不服输，总觉得身子骨还挺硬棒，还能干两下子，有时就忍不住要走到拨工队人们跟前，说说自己早先干活的样法，并批评青年人干活不是样。可是总是被那些青年们不客气地顶他："你是样，你是个'炕头王'的样，回去上你那热炕头上蹲着去啵！"妇女们更放大嗓子嚷道："你们给他锄，叫他试试看，看他摔倒了爬得起来不？"如果这队里有儿子在，还得凶他几句，总得气得他蹦弹着腿走了。

有时他瞅着儿子儿媳妇两口子单独在地里拾掇什么时，就忍不住扛着家伙想去帮忙，老远地看见小两口干着活儿又说又笑，心里挺高兴，可是儿子一看见他来了，就愣声愣气地嚷道："你来干吗？还用得着你干活吗？忙家去歇着吧！"他讨了个扫兴，总是把手里的家伙一扔，嘟嚷几句，撅着胡子往回走，找米贵老头子发牢骚去了。

像这样的事越在忙时越易发生。一回两回三回，慢慢的，老头儿的气就大了，心里就跟儿子儿媳妇别扭起来了。其实，儿子不愿叫老的受累，一方面是疼老的，一方面是小两口刚结婚，干活时总爱说笑打闹，不愿叫老的在一边碍事。

麦收的时候，全村忙得像打仗似的，儿子儿媳妇更忙得连吃饭的空儿也没有，只有老头一个人闲着没事干。

第一天，儿子儿媳妇在门外场里铡麦个，男的掌铡刀，女的递麦个，两个人都强，一个铡得快，一个递得快，累得儿媳妇那白布小褂儿都汗得贴了肉，还不住吃吃地笑。男的说："看你个笨样，当心铡了手！"女的故意把手伸到铡刀下边，笑着说："你铡吧，铡吧，铡残废了省得干活儿！"男的故意把铡刀一按，吓得她赶紧抽回手去，跳起来打了他一下。男的笑着说："怕吗？铡残废了俺跟你离婚！"女的听了，抄起个扫场的扫帚来就打男的，男的就跑……

这时老头正在院里闲得闷得慌，想起了十二亩地的麦子个儿什么时候铡的完？又怕天下雨把麦穗儿弄腐了，就又想起来要帮他小两口的忙，不声不响地走出寨篱门来，从场边上抱起个麦子个儿就往儿子那边走去。因为被麦秸垛隔着的，谁也看不见谁，正好儿子媳妇跑着转了过来，跟他撞了个满怀，差点把老头碰倒。老头说："你们这是干什么？"儿子红着脸说："忙活嘛！"老头说："俺帮帮你们。"儿子大声说："你又上了做活的瘾啦？快去歇着你的吧！"这回老头的气可再也忍不住了，把腰一叉，骂道："我把你个没良心的！这说的什么话呀？这日子就算你们挣下来的，可也有老的一份呀，也兴老的插插手不？"还是儿媳妇懂事，尽说好的，才把他哄到家去了。

当天吃晚饭时，老头想起了白天的事，说道："嗯，我是个好心，怕你俩累坏了，想去帮帮，你是那样对老的说话呀？……"儿子又大声说："你怕把俺们累坏了，俺们就不怕把你累坏了？这么个忙时候，把你累坏了怎么着哎？"这几句话倒是好话，可是因为怕他听不见，说得嗓门粗一点。媳妇马上对丈夫瞪了一眼，小声说："你别这么粗门大嗓地对他说话，叫他不痛快。"又转过脸来和辩地对老头说："爹，你这么大年纪啦，还是待在家里看门吧。"老头听了儿子的话又不受听，心里就有气，又没听清儿媳妇跟儿子咕咕些什么，以为儿媳妇也嫌他了，撅着山羊胡子不声不响地吃完了饭，把碗一撂，到屋里去摸索着拿了一件破棉袄、一床被，夹着走了出来。儿子问他到哪里去，他叨叨道："我到哪里去？我是生就的贱骨头，到场里挨冻去！"儿媳妇连忙站起来，抢过那床被子去，柔声说："爹，别去看场啦。这年头谁家也有几亩麦子，自个还弄不过来，谁还偷咱的？并且这世道也不同往常啦！"可是老头一把又把被子夺了过去，撅着胡子，不言不语地就到场里去了。

出了寨篱门就是场，捆得一般大的麦个儿和已经铡了的麦茎子，堆成了几座大"金山"，虽然天已经黑了，老头子却还觉得满场子金光灿烂。

他爬到"金山"上把棉袄被子放下,把鞋一脱,坐下抽起烟来,他心里又觉喜欢,喜欢自己有这么几座"金山";又觉着气闷,气闷儿子儿媳妇别扭,就不知不觉地自言自语起来。起先是在心里说:"狗日的,人老啦,不中用啦,讨人嫌啦。光会看场啦。狗日的,这场我要不看,你们就不管,你们不心疼这麦子,要叫人偷了,看你……哼,俺家什么时候收过这些麦子呀,是他妈容易的吗?哼,这工夫白天里天这么热,干了一天活儿咧,黑天两口子还得挤在屋里一条炕上睡,自个的身子是铁打的?就不说把一个上场里来看场……哼,真是年轻人!这如今是你们的世界啦!该你们享福啦!俺老废物是多余的啦!……"说着说着,就迷迷糊糊起来,不觉一头倒在"金山"上,睡着啦。

一觉醒来时,只见身上被子棉袄盖得好好的(也不想想是谁给盖的)。又见天已经大明,回头一看,自家那寨篱门还是关着的,他就掀起了被子,去把寨篱门抬开了。看见大门还关得严严的,心里就火了,嘴里叨叨着:"什么时候了,两口子还睡懒觉?还不下地?"三步两步冲到门跟前,通的一脚。不想那门没插上,用力太猛,一跤摔进门里,半天半天爬不起来,就躺在地上哼哼起来。

过了一会儿,儿媳妇回来把他扶进屋里,问他是怎么回事,他不好意思说,却问道:"你们什么时候下地的?"儿媳妇高兴地说:"爹,对你说,俺们这个拨工组跟三元他们那个拨工组比赛割麦子,看谁割得多、割得快,所以俺们半夜就起来了,到场里见你没盖被就睡着了,俺们给你盖上被,就下了地……这会俺是回来做饭的。"又说:"你再上炕躺一会儿吧,天还没有明哩。"老头说:"天没明?怎么这样亮呀?"儿媳妇说:"这是月亮光呀。"老头子觉着脸上一热,嗫嚅不清地说:"俺老糊涂了。"

老头子躺下了，儿媳妇一面在外间屋里烧火，一面大着声音告诉他：大杠割麦子怎么壮，怎么跟人家打赌比赛，怎么全拨工组的人们都掉在后边了，怎么还割得干净，不丢麦穗子……一会儿，给他端进一大碗热烫烫的面汤来，说："爹！趁热的吃吧！吃了发发汗就舒服了。"满囤老头从来没吃过这么好的面汤，一口气吃喝完了，觉得心里暖和，全身果然出了大汗，又轻松又痛快。儿媳妇又给他把被子盖得好好的，叫他再睡一觉，并且对他说："今日你摔了跤的事，回头别跟大杠说，叫他知道了，往后该连门也不叫你出了。这些日子他不叫你干活儿，是怕累着你，是向着你哩。"老头心想："咳！真是，儿子是好儿子，儿媳妇是好媳妇，俺总算是有福的。"

一九四八年秋于河北省平山县

歪脖子兵

说起我当"中央军"的事儿来,真叫人哭也不是,笑也不是。

我原来是个种地刨土的庄稼人,家里老娘媳妇孩子一大窝子人口,全靠我一人养活。

那天,一个抓壮丁的灰孙子丘八抓住了我,先给了我两嘴巴,打得我脸歪到一边,嘴里直流血。我一着急,就想出个随歪就歪的法儿,跪下来说:"老总,我当不了兵,我有残疾,我这脖子……"可是那灰孙子不等我说完,又踢了我两脚:"妈的皮!什么残疾,除非你没长着屁股眼,走!"就把我五花大绑地拖到了城里。

到什么"新兵登记处"去登记。那个拿笔的"师爷"问我:"你他妈跟我长官说话怎么脸老歪在一边?你调的什么皮!"我张着结巴嘴说:"报告长官,我从出娘,娘胎就带了个残,残,残疾——歪,歪脖子。"他想了一下,说:"歪脖子也要,凑个数吧!"就给我写上了名字。

从这天起,我就当开了歪脖子兵。我的脖子是向左边歪的,根本不能瞄准放枪,可是还得"凑个数"!

后来我才知道,是因为你们解放军把他们消灭得太多啦,只好连有胡子的、瘸腿的、癞痢头的,全都抓的来"穷凑合"。

头一次出操上科目,教的是立正姿势。教官说:"立正时,头要端端正正,两眼平视正前方……"别的兵都照他说的"要领"做。我也立正挺胸,可是头却没法端正,自己正觉着好笑,忽然哧的一声,从背后齐左耳朵根捅过一把刺刀尖来,把我下嘴唇皮捅掉了一块,立时血就顺着胸前流下来。后来才知道,这是什么美国式的教练法,专门有人端着枪刺在一边监视着,瞅见谁的脖子不正,或是东张西望,就冷不防地捅一刺刀,给你个教训。当时我吓得出了身冷汗,痛得吃心。教官见我还是把头歪在一边,又拿手护嘴,跳上来给了我两"挺胸拳"——他娘的,挨打还得挺着胸呢——说:"我叫你调皮!把手放下来!"我气得浑身发抖,心里一股子火往上冲,就嚷起来:"我天,天生就是个歪,歪脖子嘛!"他不等我说完,又没头没脑地给了几拐子:"我叫你歪脖子!我叫你装蒜!……"下面的话没听清,我就昏倒了。

醒来后,还要我站在一边看别人操。我只觉得心里、眼里、头脑里、嘴唇皮上,那里也是热辣辣得冒火,觉得天旋地转,就又昏倒了。这才让我回到房子里休息。我躺了一天一夜没合眼,思前想后,心里的仇气越来越大,把牙一咬:"索性跟你灰孙子们捣捣蛋吧!"

光立正稍息两个科目就操练了半个月,我总是"立"不"正",也把我没法。

接着又教"看齐"。教官喊口令:"向右看——齐!"别人——刷的一下——一律向右看,只我一个人头往左扭。教官又急了,照我鼻子嘴两耳光,扳住我的脑袋使劲往右边拧,我脖子撑不住劲,身子就势向后一转,这一下头倒是往排头那边看着的,可是,嘿嘿,来了个背面向前。全排人都忍不住笑。灰孙子教官自个也忍不住笑。他叹了口气,照着我屁股蛋子踹了一脚,说,"咳!真他娘的,《步兵操典》以外的兵!"

后来班上弟兄们就给咱起了个绰号——"操典以外的兵"。这绰号一直传得全营都知道,不论谁,见了就叫"操典以外的"!以后又慢慢地变成了"操老外",又变成"老外","老外""老歪"分不清,最后又变成"歪歪"了。我原来的名字叫尹国正,人们又随歪就歪的叫咱"永不正",叫长了,原来的名字就给忘了。后来连点名也叫:"永不正!"我答应:"有!"全连的人都忍住声笑得肚子直抽筋。

绰号是传出去了，可是当官的们还老疑心我是装的病，挖空了心思找法儿试我。有两三回，散操的时候，全连的兵得了赦令似的，一声杀就四散跑开了。我也挤在人们当中忘了形地跑，忽然连长站在我的右边大声叫："永不正！"幸亏这"永不正"三个字提了我的醒，我咔一下站住了，可是没往右拧脖子看他。他说："没事，滚你的歪蛋吧！"我脑子里一转弯儿，猜着他是试验，往后就时时刻刻提着心。又一回，是个放假的日子，我白天里倒在屋里睡着了，班长跟一个人们都暗地里骂他是"小舅子"的"狗腿子兵"，用根纸捻儿掏我的右耳朵眼。我迷迷糊糊的觉着痒痒得怪，正想把头往右一摆，心里却猛地一跳，一睁眼才看见是他俩捣鬼，气得心痛，可不敢发作。这些鬼办法都不行，班长他娘的又想出了个毒招子：要全班人夜里都用卧倒的姿势抱着枪睡觉，说这也是"美国式"的教练法，为的是叫兵们养成在战壕和掩体里能利用一分钟的时间休息养神。你想想：像这样睡觉，如果头向右歪枕在左胳膊上，到还可以受两点钟，要是头向左歪，用嘴枕在左胳膊上睡，咳，真他妈半点钟就难受得要死！每天有两个"狗腿子兵"在两边夹着我睡，常勾起脑袋来看我。我脖子难受得快断了，可又不敢动弹缓缓劲。因为怕睡着了动了脑袋露了马脚，每睡觉前我总是捶捶自个儿的头，心里说："记住，你是个歪脖子，记住，你是个歪……"有时难受得睡不着，就在心里一千遍一万遍地骂街："我操你们姥姥，你叫活人受死罪！……"

我好比一条绳子，你越拧，我越结实。像这样治了半个月也没制住我，官儿们倒真以为我是天生的歪脖子了，以后出操什么的，断不了出些差错，他们也没法。比方说：操齐步走吧，我有时走差了向，出了行列；操瞄准吧，我像吓唬老鸹的草人，举着枪装样，到这会儿我还不会放枪哩；操报数吧，右边的人报完了老半天，我还装不知道。平时走路碰见了长官,总是等他们过去了好半天,才对着他的屁股敬礼。有一次野外演习,散兵群跃进,我跃了几步,卧倒,一下子压在别人的屁股上……闹的错儿三天也说不清,他们揍我也揍得手酸了,我挨揍也挨得皮厚了。

这么着,原想叫灰孙子们看着我不成材,放我回家拉倒,不想狗日的们这么"将就",心里就更有气,就越加豁出来了。

半年受训满期,说是什么司令要来阅兵。前半月就加紧操练,前三天就忙着里里外外的打扫清洁,整理内务,为的是怕司令来了看着不好,熊人。头一天,连长就和班排长商量,怕我临时出错,说不叫我参加阅兵,谁愿意去受那个洋罪?正巴不得哩!可是第二天一大早,又说人数不够额,还叫我参加了。你猜怎么样?操分列式,横排正步走,别人都看齐了排面左转弯走了,我一个人还在向前"一二一",出了行列老远我才赶紧回来。下操以后,连长气得脸都白了,打了我八十军棍,关了半个月禁闭。我在牢房里又痛又饿又恨又想家,闹了场大病,也没人照管,差不点死了!

我心里说:"这回该放我回家了吧?"可是不,病好了就把我编进正式部队,当了一名"火头军"。

当伙夫本来是最辛苦的,又加上是个歪脖子,趴在灶门口烧火,在井台上打水,行军担锅碗,脖子总是酸痛得不行。这还不算,还有更难受的哩:每天晚点名,伙夫班也要集合,听连长的"精神训话"。

说起连长来,他也有个绰号,叫作"机械化",又叫"精神"。他每天早晚点名时总要来一段"精神训",每次"训"的总是他娘的怪声怪气那么一套:"我们当军人,要有军人规矩,无论在啥时候啥地方,无论正在干啥事情,只要听见说蒋主席三个字,马上就要立正,要养成机械化习惯。比如我自己吧,就已经养成机械化习惯,只要听说蒋主席三个字,就像开了机器——咔嗒!因为蒋主席是我们军人最高长官,(稍息)。蒋主席是我们国民党员最高领袖,(稍息)。蒋主席是我们……(稍息)。"每次给数着,准打准要一连串说二十几个"蒋主席是我们",每"蒋"一下,我们就咔嗒立正一下,他就叫一下"稍息",刚把脚一伸,他紧接着又"蒋",我们又"咔嗒",他又叫"稍息"。像这样——"蒋"——"咔嗒"——"稍息"……就像他妈织布机响似的,总是弄得全伙夫班困得想栽倒,恶心得想吐。这一套说了,他还没完,还有一套,说:"蒋主席说,我们当军人,最重要是精神。蒋主席说,我们当军人,在什么时候都要挺胸。蒋主席说,我们当军人,就是拉屎时候都要挺胸……"这一套说完了,他还怕人们记不住,还要重复一遍:"我今天讲话,很简单,有两点:第一点,我们当军人,要有军人规矩……第二点,蒋主席说,我们当军人,最重要是精神……"直说得全连人都在心里骂他,他说一句"蒋主席",人们心里就骂一句"操你娘"……

弟兄们没法出气,就有那缺德的给他编了个顺口溜:

不怕打,不怕骂,
就怕连长来训话,
胸要挺,肚要凹,
蒋主席——操你妈!
蒋主席——操你妈!

伙夫班的人们常暗地里嘟嘟,有的说:"用切菜刀把他舌头割了就好了!"有的说:"不沾,你怎么割他的?不如在菜里下点什么毒药,叫他吃了舌头烂掉个球的!"又有的说:"这也不沾,你哪找毒药去?最好是上火线时打他的黑枪——叫他对阎王爷'精神训'去。"我心里说:"你说的这也不行,伙夫不上火线,怎么打黑枪?嘿,我倒有个妙法儿,就是不告诉你们。"

我这妙法儿在心里藏了两个多月，老不敢实行，最后才实在忍不住了豁出这条命干吧！为全连人出气，死了也值得；再说吧，还省得受这头儿的活罪！

我们操场角里有个半头墙围着的茅坑。这天傍黑做游戏时，看见连长进去大便，我就也提着裤子进去了，歪着脖子装没瞅见他，嘴里大声叨念："蒋主席说，拉屎也要挺胸……"一句话没完——真他妈机械了——他通地一下站了起来，光着屁股就立开了正。我还是歪着脖子装没瞅见，还在尿我的尿，嘴里还是："蒋主席说，我们当军人……"他忽然大嚷一声："永不正！"我赶紧向后转，对他立着正，小便还在滋，滋……我们俩眼对眼瞪了一会儿，他忽然疯了似的向我一扑，我飞快地一闪，就跑出去了。他迈步想追我，却忘了自己的裤子没提起来，一下子摔了个饿狗吃屎，弄得满身满手屎和尿。全场的弟兄们都看见了，都笑得直不起腰来。

你说这是怎么回事？我从当了兵，性子就变得这么怪，成天里见了谁也有气，总想闹点什么事情，想杀个把人解解恨。越挨打挨骂，我越咬着牙。连长狗日的把我吊在马棚里，用皮带抽了我两天半，我没哼一声。

到了第三天天不明，老天爷开了眼，咱们解放军打来了，连长狗日的顾不得打我了。你们打进城来解下我来时，我已经被吊了三天三夜，是死过去多一半儿的人了！

解放军真是我的再生爷娘，送我到医院里住了二十天，吃药打针，吃好的喝好的，还有人伺候，我从出娘胎也没经着过这样的事。挨吊挨揍那几天倒没哭，这会儿我常觉得心里发酸发热，倒啼哭了好几回，唉！

那天俘虏遣送所的那个张同志问我："你回家去吧？"我说："不，我要当解放军！"他说："为什么呢？"我说："第一，解放军跟

旧部队相反,什么都好。第二,我要和老蒋那小子干一场,报报仇!"他说:"不行,你有残疾。"我说:"我有什么残疾呀?"他说:"你是个歪脖子。"我当时心里说:"怎么我他妈这么傻?还歪着?"就把牙一咬,使劲把脖子拧过来了,自己吐了口气,心里说不出来的一股劲,眼里又不觉的有了泪花,大声说:"张同志,当了解放军,老病去了根,你看我还歪,歪吗?"

现在我是中国人民解放军,改了名字,叫"尹不歪",就是"永不歪"。

一九四八年秋于河北省平山县

何 花 秀

一

何花秀是个好青年妇女，模样俊俏，心里干净，对人行事暖和得像火炭，言谈举动快活得像孩子，革命的坚决劲儿又像钢和铁。这么个好人，却被蒋介石匪军杀害了，死得那么英勇，听见说的人都流泪。

抗战八年，她从儿童团长干到妇会的干事，在敌伪军的脚下，在岗楼林里、公路网里，做过多少工作！掩护过多少八路军！碰到过多少危险！直到抗战胜利那年，她还只有十七岁。

那时候，离她村四里地的小柳庄出了个民兵英雄，名叫张金柱。这好小伙也才十九岁，粗眉大眼，身子壮得像小老虎，胸脯挺起来会把小褂上的扣子都崩断了。他常头上包着白毛巾，肩头子上挂着雪亮的盒子枪，腰里扎着崭新的子弹袋，还打着绑腿背着挂包，上区里开会去，总得顺路到花秀家去串个门儿。花秀的娘背地里夸他："好个精神孩子！家里又没爹娘哥嫂管着，跟咱家又沾点亲……"花秀说："嗯，人家还是民兵英雄哩！"她娘说："就是，有出息着哩！"花秀说："人家还没找着对象哩，不知看中了谁？"娘说："真是，看中了谁谁有福！"花秀却脸一红，笑道："娘，看你说这迷信话，什么福不福的！"娘也笑道："这个死丫头！你当了俺就那么落后，看不出你俩的心思来？"花秀的脸更红了，说："你看出什么来？……"

就这么着，她就跟那小伙子结了婚。

结婚那夜，民兵里面有那缺德鬼听房，听见她小两口儿说话。金柱问："这枕头底儿上绣的什么哎？"她说："花……""什么花哎？"

"荷、荷花……""荷花,绣绣绣绣得真……"从此村里青年人就爱跟她调皮,见了她就羞着脸蛋子说道:"荷花,绣绣绣绣……"她总是用手扪着通红的脸,却从手缝里笑出声来,又骂人一句:"气人!"才一扭身跑了,一边跑一边还笑得住不了声。她其实并不觉得这些缺德鬼讨厌,倒能"气"得她心里觉得甜丝丝儿得挺欢喜。

何花秀,她是欢喜的、幸福的呀!

当年年底就实行了"清算复仇""反黑地",又分了逃亡地主的地,她那小日子就更暖和啦!

小两口儿白天里一块儿下地,一块儿工作,黑间还一块儿学文化。有了这么一对小夫妻,好像一个村都变得年轻了,快活了:哪里也是歌声,哪里也是笑声;哪里的歌儿唱得好,哪里的笑声笑得欢,哪里就有何花秀和张金柱;哪里的工作做得好,哪里的生产干得强,哪里就有何花秀和张金柱。小柳庄一个村的人们都是逞强好胜的,何花秀和张金柱就是个逞强好胜的头儿。

那时候,人们打走了日本,人们是应该快活的积极的呀!可是蒋介石王八蛋却看着人们的好生活眼儿红,发动了对咱边区大进攻!

二

蒋介石把汉奸队编成了"遭殃军","汉奸牌"的"遭殃军"又组织了地主"还乡团","还乡团"领着"遭殃军"来向咱们进攻了!

张金柱是个好小伙、好党员,何花秀也是个好妇女、好党员,还有许许多多好青年、好党员,他们男的女的都武装起来,进行高房战、地道战、地雷战。野兽们来一次,被打走一次,又来一次,又被打走了。

可是第三次却不同了。第三回敌人来得那么多,办法那么狠,完全照日本人的样"铁壁合围""驻屯清剿",捉住男的女的就打就杀,就逼着脱光了衣裳扭秧歌……

第三回，包围了村子整整两昼夜。

起先，敌人在村外，金柱和二十多个民兵都爬在高房上，只要敌人往村口走，就一阵排子枪和手榴弹。手榴弹打完了，金柱就在房上叫："你们递上手榴弹来！"房下边，花秀和一群妇女答道："别急，够你们使的。"就爬着梯子往上送。后来敌人打炮，炮火那么猛，把高房上的工事都轰平了，烟子尘土飞了满院，人们就下了地道。

金柱在地道里往前爬，不住地问后边的人："妇女们都下来了吗？"一会儿，后边传上来："何花秀还没来。"金柱心里一跳，却顾不得，忙从一个"翻口"钻到一个正对着村口的枪眼跟前。这枪眼是在村头上一个碾盘脚下，碾盘正像一个结结实实的堡垒，这堡垒四周围除了有枪眼，里面还能安上拉火地雷。

金柱从枪眼里往外瞅，看见村外庄稼地里敌人不时伸出头来瞅一瞅，大概是好半天没听见民兵打枪，就一步一爬地往村边上。上到离村几十步远，在一个土埂子后边架好了机枪，刚响了两梭子，金柱瞄得准，头一枪就把机枪打翻了，第二枪机枪手也倒了。可是当他换一个枪眼往这边看时，一群敌人已经从南边小胡同里进了村。（原来村南边的枪眼都叫敌人用重机枪"掏"了，民兵们都撤回村西去了）眼看着就摸到碾盘跟前来了，金柱一急，正要开枪，忽然从碾盘后面的房上丢下几个手榴弹，好几个敌人"跳"了"舞"，其余的就一窝蜂似的往后退。他心想："好家伙，这准是她干的！"

是的，人们都下了地道，花秀反而一个人上了房。这平顶房一家一家不是相连的就是搭好了桥，房房相通。她从这个房爬到那个房，看见哪儿敌人多，她就往哪儿扔手榴弹。

不提防村南的敌人也上了房，一枪打得她头发一飞。她赶紧一滚，抓住了靠房檐的一棵树，溜到一家院子里，摔得半天才能动。幸喜这家有地道口，才下了地道。

这一仗呀，打得真热闹。每个房子里都有看不见的枪眼，每个枪眼里都飞出子弹，到处是地雷响，到处是血肉飞。这一仗，匪军打得动了火，也下了决心，只要发现一个枪眼，就用重机枪对准了扫，扫开一个洞，就往里扔手榴弹，然后用铁锹挖，挖开了，再往里熏烟、灌水。这一仗呀，地雷炸完了，高房烧塌了，地道破坏成一节一节的了。民兵们坚持挖了两天两夜，才从通村外的一个地道口往外突围。

民兵突围了，可是何花秀还在地道里。

何花秀，她两天两夜只吃了几口干粮，只喝了一点凉水，也没睡觉。她拿着个小橛枪，不怕烟熏和水淹，到处钻，到处躲，只要还剩一个枪眼，还有一节地道，她决不退出，她还在打。

敌人知道民兵们突围了，知道他们在村外庄稼地里打冷枪，就又调来几百人，在庄稼地里拉网"清剿"。可是村里不断地来报告，说是：地道里还有土八路，冷枪打得准，死了一个、两个、三个，怎么搜，怎么捉，却怎么也不见影。

这一仗，何花秀打死了敌人十几个，最后被满地道的烟子熏得睁不开眼，才找到一个出口爬出来。外面是一堆靠着墙的秫秸，墙里是院子，墙外是村边的大道。她就钻进秫秸堆里，闭着眼躺着休息。

忽然，一大群鸡从这家院里飞出来，正落在她这堆秫秸上，大惊小怪地闹翻了天。接着，院子门一响，她从秫秸缝儿里，看见一个匪军举着明晃晃的刺刀，瞪着圆圆的鬼眼，弯着腰，像猫捉耗子似的，一步一步向她走来。她捏紧了枪，从秫秸缝儿里瞄准，可是，只剩一粒子弹，不敢打。不想匪军猛一蹿，抓住了一只鸡，很得意地笑了笑，就走了。

她不知是什么时候睡着的，也不知是什么时候醒的，只觉得四外静悄悄。从秫秸缝儿里看得见天，天上千万个星星眨眼，原来天已经黑了。

有个黑影子,肩膀上背着枪,在眼前的大道上来回走,脚步通通通,她想:"这是站岗的,村里还住着哩!"

那哨兵走得累了,靠在秫秸垛上休息,一会儿打起盹来。好何花秀,枪口捅住他的脊梁骨,"砰",对紧了人打枪,响声不大。

她掀倒秫秸跳出来,捡起他的"美国造",解下子弹,就钻进了庄稼地。

三

这平原上的青纱帐,望不到边,走不到头。何花秀背着一支长枪,提着一支短枪,在这庄稼地里、黑影里摸来摸去摸了一阵,没找着金柱他们,就又累倒了,睡着了。

这一觉一睡睡到第二天正晌午,醒来时看见藏在地里的人们一群一群地往村里走,知道敌人已经退了,就也背着枪回了村。

村子完全变了样:墙壁倒了,房顶穿了,柴火堆变成了灰,粮食囤还在冒烟,满街净是鸡毛、马粪、烟盒子,到处是哭声骂声。何花秀啊,她那家,那小两口儿的小暖窝儿,变成了什么样子!院子门塌了,大门扇歪了,窗棂子折了,灶成了一堆土,锅成了碎铁片,水瓮缺了半边。房里镜子破了,瓶子碎了,被子撕了,箱子倒了,粮食柜里拉了屎……

何花秀不叹气不伤心,只是咬了咬牙。她把枪搁在炕上,从乱七八糟的东西里找到了饽饽篮子,看见里面还有几块饽饽,也不管变酸了变臭了,拿起来就啃。又从破水瓮里舀了碗水喝了,全身才觉得松爽点了。

猛然间,村子西边又响起了枪,街上嚷叫声脚步声乱成一片。原来敌人是假撤退,等老百姓回来了,又返回来围了村。她知道现在冲不行，打也不行，犹疑了一下，只得把枪和子弹都塞进炕洞里，翻过后边的院墙。

后面是个小胡同，她脚刚落地，胡同口就闪进来两个便衣特务，她就被捉住了。

全村男男女女几百口人，都被轰到村外边一个大场里"开会"。四周围架满了枪，站满了匪军。正面摆着一张桌子，几条板凳，两桶凉水，两把铡刀。一个当官的匪军，个子像头牛，提着小手枪，肥鼻头，宽下巴，仁丹胡子下面露出两个大黄牙，帽檐下边的小老鼠眼睛冷森森得逼人。一个还乡团，手里拿着马鞭子，两头尖的枣核脸，伸长了脖子仰着头，下巴冲着人，两眼翻着天，嘴里舌头一卷一卷的，说话撇京腔摆架势。

那当官的说，今天国军到了这里，为了"剿共安民"，只要说出了谁是八路军、谁是共产党、谁是干部，就没你们的事。那还乡团从怀里掏出个小本子，点着名叫道："你们说说，谁是村长张宝瑞、农会主任王洛根、民兵队长张金柱、妇会主任杨雪贞，指出来！乡里乡亲的别叫俺'动员'，自觉点吧！"

人们这才认出来，这鬼家伙原来是双沟集上恶霸地主"南霸天"的大小子，事变前在国民党保安团里做事，事变后就当了汉奸，现在又当了还乡团。

人们胆大的跟野兽们眼对眼地瞅，胆小的都低着头弯着腰。孩子们吓得不敢哭，把嘴捂在娘怀里，娘的眼泪滴在孩子的脸上。老头们胡子在发抖，老婆们心里在念佛。

全场子的人都奇怪：为什么何花秀没跟着干部民兵们一块儿跑？为什么像她这样好模样的年轻媳妇不跑得远远的？为什么像她这样坚决勇敢的人会被捉住？全场子的人啦，都替她担心。

何花秀呢，她却满场子乱看。她看见场子边上就是庄稼地，可是地边几把刺刀明晃晃的,跑是跑不了的。她又听见,村里有妇女们的哭叫声,有野兽们的打骂声。她替全场子的人着急,替妇女们可怜。心里却忽然想起了一件事:那是一九四二年日本鬼子进行"五一大扫荡"时,有一天,她在麦子地里趴了一天,傍黑时走进一个村子,想进去找点东西吃,正在奇怪为什么这么静悄悄的,却看见村边一片大场里,满场都是黑红色的血……

她脑子里又一闪:"金柱……我那炕洞里的枪……"

血怎么样?金柱怎么样?枪怎么样?却想不下去。又猛然一咬牙,一甩头发,自己对自己说:"你心里干吗这么乱?"就挺起胸脯抬起了头。

只见那还乡团拉出去一个老头,问了几句,两嘴巴就打倒了。又拉出一个小孩,问了几句,就往铡刀下面拉,那孩子的娘跳下去救时,孩子已经变成了两段!那女人嚎叫着打了两个滚,被那当官的野兽小手枪一指,胸口一冒血,也死了。又一个青年被拉出去,鞭子打,脚踢,弄得不成人形,他实在受不住了,大叫一声:"打倒你狗日的呀!"跳起来奔向那还乡团,却又被旁边飞来一粒子弹打倒了。

人们眼里都流泪,心里都冒火。胆小的人往后缩,缩到场子边子上,又被刺刀逼着往前挤。

野兽们又围着场子转,一个个地看,一个个地找。

在千百人中见谁最引人注意?只有何花秀。她脸上有霞彩,眼睛里有星星,身个儿又是那么匀称,虽然三天三夜在地道里和在庄稼地里钻得满身土,虽然三天三夜没正正当当地吃过饭睡过觉,她那模样却还是麦苗地里的好麦穗,高粱地里的长高粱。

这时她正在想:"我干吗没把那支快枪带在身上,这时正好干那狗日的们……"却冷不防被那还乡团抓住了胳膊,拖了出去。

全场的人都打了个冷战,看住她。

她挺着胸脯瞪着眼站在那里。

那当官的抢上去涎着脸说："嘿，看你年轻轻的，娇嫩嫩的，气儿倒挺大……"她嚷道："你这禽兽，你要干吗？"那家伙还是涎着脸咧着嘴说："你看看，这是干吗呀？""干吗？要抽你的筋，刮你的皮！"那家伙走上来就想动手动脚，不提防何花秀手快，呱的一下就给了他一嘴巴。那家伙火了，抬腿就踢，不提防她往旁边一闪，他用力过猛，皮鞋被地下的血一滑，跄得一脚摔倒了。这一下可弄得他脸红脖子粗了，爬起来就嚷："捆起来！浇浇她的火！"

那还乡团和别的几个家伙下死力反绑了她的手，下死力把她按在板凳上，问她："听说张金柱那小子娶了个小媳妇，是个铁了心的共产党，是你不？""不知道！""你别找死不看日子，快说，谁是张金柱！""不知道！不知道！""不知道？灌！"就提来壶凉水，往她鼻子嘴里淋，她叫着骂着就死过去了。

世间上哪有这样的人？世间上哪有这样的禽兽？对着她那死过去的身子做出多么难看的丑态啊！连那场子边上的兵们也别过脸去不忍看。

老头老婆们不顾命地跑上去，跪下来求情。

妇女们扭着脸哭，男人们都捏紧了拳头。

这时，说时迟那时快，从场子边上的庄稼地里猛地飞出来一排子弹，那还乡团倒了，那野兽官倒了，那兵们倒了，没有倒的撒腿跑了！

全场的人们也一窝蜂似的乱跑开了！

接着又飞出来几个手榴弹，然后冲出了一群如狼似虎的民兵，张金柱冲在前面，背起何花秀来就钻进庄稼地里去了。

四

从这天以后，敌人就占住村子不走了，并且天天抓老百姓挖围村沟,筑寨篱,修工事,想长期占领这一地区,作为保卫平津的"安全地带"。

村里人们能跑的都跑出来了,有的转移到清河以南,有的到非据点村投亲靠友藏起来。青壮年和村干部们却大多数参加了金柱的民兵队,他们用何花秀娘家那村做粮食供给处,经常活动在附近的青纱帐里,队伍一天天扩大,只是枪支弹药不够使。

何花秀那天被金柱背着一口气跑了五里地,吐了满肚子的水才醒过来,在她娘家一个秘密地洞里养了三四天,现在身体又壮实了。身体一壮实她就想着要报仇,就对金柱说:"给我一支枪!"金柱问她要干吗,她说:"干民兵,报仇!"金柱说:"那可不行!你在村里打打地道战还行,干这个你知道得受多大苦?"她说:"受多大苦也不怕!"金柱说:"不行,咱们正缺枪。"她想了想,说:"咱村里早先不是还埋着些枪的吗?再说,俺那两支枪还塞在家里炕洞里头哩!"金柱摇摇头,说:"这是白想,咱村敌人正挖围村沟修据点,谁有那么大本事去取枪?"金柱一定要她再躲在地洞里养几天,她说:"要那么着,俺活着不如死!"两人都脸红脖子粗,争了半天没结果。

第二天天不亮,金柱他们从新挖好的地道里钻出来,打算集合人往青纱帐里转移,却在地道口上发现了捆得好好的五支三八枪,点着灯细一瞅,认得出正是他村早先"坚壁"的枪。枪旁边丢着四个嫩玉米核,明显是从地里摘下来啃了的。金柱打了个冷战,忙去问何花秀的娘,她娘却以为她跟着金柱下了地道……

这以后,就一直不知道何花秀的消息。

敌人建好了据点,开始对村里村外反复"清剿"。各据点互相配合,还乡团当向导,差不多把每间房子、每条地道、每片庄稼地、每块坟地,都"合击"到了。金柱他们实在不能坚持,只得转移到敌人扫荡"重点区"的边沿地带去活动。

在这样的情况下，每个人都觉得时间过得慢，每个人都在醒着做梦，梦里醒着——都在结记着自己的村庄、自己的家、自己该收的庄稼，每个人都在焦心地等待着强大的野战军早一天打到这边来。在这无数的人里面，金柱是最焦心的一个。他起先是锤头顿脚，一定要单人匹马回村看看。被上级和同志们劝说了几次，就又像疯了似的，一天到晚不言语，只是一个劲儿地擦枪，把那枪膛擦得能照见人。如果一发生战斗，他就不顾命地往前冲，好几回差点受了伤。

谁也背着他叹气，谁也知道发生了不幸的事情！

半个月以后，强大的野战军真的从清河南边打来了！

这一天，小柳庄收复了。部队前脚押着俘虏走了，金柱他们后脚就进村。他们看见：村外半里地以内的庄稼都被铲平了，平地上立着一道一人多高的木寨篱，寨篱里边是一道围村沟，沟里灌满了臭水，水里有些死尸，沟的里岸沿上一溜子地堡枪眼，上面又是大碉堡小碉堡无其数，整个村庄看起来像个蜂巢。街上几个被打伤的匪军鬼似的爬动着，墙上写满了"服从蒋主席"的标语。没有猪和鸡，连狗也绝了种，更看不见老百姓。

在一家地主的院里，一间大北屋里的横梁上，吊着四具尸体，都是反背着手吊着的，三个男的一个女的，都剖开了肚子，肠子吊成线，脚下都有个大盆，里面装满了血。这三个男的看不出是哪村人，这女的，哪怕是剁成肉酱也认得出：正是何花秀！

每个人都觉得头脑里嗡了一声，都差点站不住脚。张金柱靠在门框上，头耷拉下来，眼睛珠子不会转动了，不会看东西了……

后来，据村里一个老太婆说：半个月前的一天，敌人抓了些老头老婆挖围村沟，从晌午快到半夜才歇工，让排着队进村，为了怕混进八路军，村口有一个匪军用手电筒照着人们走。这老太婆走到自家门口,觉得背后被人捅了一下,回头一看,是个背着铁锹的女人,小声叫她不要嚷,进到院里一问,才知道是何花秀,吓了一跳,赶紧把她拉进屋。点着了小油灯一看,只见何花秀穿一件老太婆的破衣裳,满头满身都是土,脸上擦了灶膛灰,就像完全变成了另外一个人。她问了问村里谁家住着,谁家有人在家,就爬着墙头翻到隔壁一家空院里去了,以后就不见她回来。

她刨出了这院里埋着的那十支枪和几个地雷,因为太重,只偷着弄回去了五支枪。怎么扛出去的呢?是这样的:村子里有一些老百姓的和匪军的死尸,天热,臭气熏天。夜里,两个还乡团逼着几个老头子去收拾。何花秀趁机会混在众人里面,把这五支枪插在死尸的衣裤里面,跟大家一起把死尸拖到村外。后来老头们就没有看见她了。大概是躲进了庄稼地,等两个监押的还乡团押着众人回了村,她才出来,从死尸上把枪取出来送到了地点。后来她又怎么回到村里的呢?就更没人知道了。

这村有个从前在天津给大公馆里当过厨子的老头,被敌人俘住了给当官的做饭。据他说:半月以前,一天天快亮时,街上一阵乱,接着响了两声枪。天明以后,就听见匪军们说捉住了一个女八路军,说是她在营部后山墙根前埋地雷,被"巡夜兵"捉住的。后来,这老头正在厨房里炒菜时听见北屋里过堂,听见叫声、骂声,正是何花秀的声音。以后,听匪军们说:这女八路太坚决,营长软硬手段都使尽了,对她实在没办法,就关到黑屋子里了。后来又听说她时常不吃饭,想寻死……

一个这么好的青年人,为了民族的解放,为了自己的幸福,就这样英勇顽强地牺牲了!

她啊,模样像花,性情像火,她活着时谁不快活?她死了谁不落泪?

张金柱,你是个好小伙、好党员,当时就背起了枪参加了野战军。现在听说你已随着大军过了长江,你该永远不会忘记这仇恨,你要追赶那杀人野兽到天涯海角!

一九四九年秋于北京

邵子南

地 雷 阵

> 地雷像个大西瓜,
> 翻开地皮埋上它,
> 浇上了鬼子的血和肉,
> 让它开一朵大红花!

这是晋察冀民兵唱的《地雷歌》。多少民兵都学会了埋这玩意儿,抱着大大小小的"西瓜",口里不言语,心里笑眯眯的。这"西瓜"是铁的,里面还有火药,"西瓜"藤子又十分细,你要触动了"西瓜"藤啦,就请你扭一下秧歌舞,跌倒地下,不拉你,你再也莫想起来,起来还得进棺材。这号铁皮药瓢"西瓜",大的要几个人抬,小的一个人能拿上三五个。

一九四三年春天,日本鬼子已经吃亏吃够了,怕了地雷,写信给武装部讲条件。武装部不跟他讲条件,却说:"你来吧,不会嫌少的,够你吃的啦!"

瞧吧,日本鬼子走大道,大道寸步难行;走小道,小道的雷也响得一样厉害。他就只有窜啦,在麦苗上窜,在水里头拖着那双牛皮靴蹄子窜——没有走的样儿,只好叫他窜嘛——慢慢的麦苗水边也会咬人啦。日本鬼子看好地形,说是:"好架机关枪啦!"扛着机关枪上山头一架,"轰",连机关枪带人飞上去又跌下来,枪使不得,人也使不得啦。日本鬼子进村也好,走道儿也好,学会了画圈圈,还压上"小心地雷"的纸条儿。一个村,他可以画上百十个圈圈。圈来圈去,还是走不得,动不得,挪不开脚步,一碰就响。爆炸手们都知道:

> 管你骑马坐轿,

管你费尽心机，

我要埋上地雷，

你就寸步难移。

可是出了李勇，地雷战那才算更有声有色。

李勇是阜平五丈湾人氏，从小就跟着父亲养种着不大点子不打粮食的地，吃着多半树叶，少半粮食。长到抗战开始，是个又黄又瘦、个子不高的少年。

他一看见八路军，就嚷着要当兵去。父亲把他关起来。他钻了一个空子，总算溜出来了。骗着八路军，说是"跟老的说好了的"，穿上一身崭新的黄军装，坐也不是，立也不是，催着出发。

队伍就不出发，慢慢地做饭吃，吃了还睡觉。也就巴望着他父亲不要寻到他那儿来。昏头昏脑，寻到随便哪儿去也好！不敢到八路军来也好！

究竟年轻，没想到大人寻人的本事。突然，父亲站在他跟前。他要溜出去，父亲拦住大门，一巴掌就把他打了个跌，给硬逼着脱下军装，李勇直哇哇啼哭。军装脱下来，军装又拿走了。穿上便衣，一下子就给满身大汗闹湿了，又给硬逼着走。

走一路，他哭了一路。看见庄稼地就钻，钻进去又给抓回来；走不了几步，又钻。走完二十几里地回到了家，父子俩都累得不成样子。他一直嚎了一夜，第二天又不吃饭。

"老虎不吃儿"，当老的跟他妥协啦。尽向他说好的，把他制住了。他也休想再能跑出去了。

很快，他成了共产党员，一直都是青年们的头儿。谁受了欺负，找上了李勇，只要李勇一吆喝，青年们一窝蜂跟了去，那是"天不怕，地不怕"！他性子又急，像干透了的劈柴，一点就着火，一着就没完。共产党在五丈湾，使得穷小子、娃娃、妇女都能说话，能办

事；那李勇还不是"鱼见着水，龙归大海"吗？入了党，他自个儿整整乐了好几天，就连走路也唱唱打打的了。

人们说："这娃娃拾了好东西，发财了吧？"

一阵快乐劲儿过去，李勇说话像个大人，正正经经问起村里的事来。

后来，人们选了他当抗先队长。组织民兵，他当了武委会主任，又改为中队长。凭着他积极、勇敢、心眼灵，学会了使枪使雷：在使枪上，虽不说百发百中，却也打得不差码子；在使雷上，他能够在平光水滑的打麦场上，把地雷埋上，无踪无影，好爆炸手也找不出来。各种地雷阵、游击战、蛮子战、麻雀战，更是头头是道。

只是在一次反"扫荡"里，父亲被日本鬼子杀死了。"生要见人，死要见尸！"李勇找了两天一夜，找着了，他也昏倒过去了。醒转来，他成了他娘、他妹、他弟弟的当家人，还不到二十岁。把父亲埋了，眼见得生活更加困难，闷了几天，就拾掇出一副担子，找好秤，和乡亲们对落出几个本钱，到四处赶集，卖粉面去。

一九四三年五月十一日，他挑着担子，到邓家店赶集，忽听见一人叫他："李勇！"

他抬头见是区里大队长，就说："下乡呀？"

大队长说："下乡！日本鬼子来啦！奔袭我们阜平。"就把情况告诉他，还说："可能打你们村过，地雷，你们得准备嘞！"

李勇顺口就说："那我就回去吧！"

大队长点了点头，又说："雷要响得了呀！"

李勇说："说的。"把担子放下了。

大队长说："你这担子？"

李勇说："不要紧，我交给个熟人好了！"

一回头，看见个空手熟人，把担子交代清楚，李勇撒开腿，一个跑步去了。大队长看着,暗自说:"哼,我还以为他要埋怨情况变化得快呢!这小子,就是利索!"

回到村里,把民兵掌握起来,李勇在五丈湾附近,看好日本鬼子要走的道儿,仔仔细细地布置了个地雷阵,专等日本鬼子到来。正是:

鬼子来,
就把地雷埋!
管教他,
来了就倒下,
倒下就起不来!

这一天,日本鬼子没来。第二天,五月十二日早晨,是一个阴天。日本鬼子从那长满枣树、榆树、槐树,绿荫荫的道儿上露头了。枣儿花香,露水重,片片叶儿下垂,十分好的去处。日本鬼子在那儿露头,欢喜死了伏在北边小坡上的李勇,和他的游击组爆炸组。

眼睁睁看着日本鬼子朝地雷阵走去,李勇气也不出啦,众人也一二十只眼睛都是看定一个方向。日本鬼子进了地雷阵,一个进去了,一个进去了,又一个进去了。李勇他们就等着地雷响。那聚精会神的神情呀,真是:

耳不旁听,
目不旁视。
忘了自己,
忘了旁人!

什么都不想了!千种聪明,万种本事,全丢开了!只干一件事:"注意!"这种情境,打惯游击的老乡都知道。这么趴着,趴一天半天,真只当一会儿事,不饿不冷,太阳晒着不热,不撒尿,不拉屎;

说他傻不是傻，说他痴不是痴；头儿仰着，嘴儿闭着，脸上皮肉死，就是眼睛向前直视；谁的手动一动，众人心头麻烦死；风儿不吹，鸟儿不叫呀，太阳早偏了西。

他们等着地雷响，地雷不响，日本鬼子一个一个擦着地雷边过去了。过一个，李勇脸上变一种颜色，连过三个，李勇脸黑了。这个黑法，好比乌云挂满了天，好比那无底洞儿黑沉沉，好比那黑夜只等闪电光。

诸位，地雷厉害是厉害，就这个缺点，踩不着，它不响，一条宽宽的道儿上，哪有那容易就端端踩着？就再窄的道儿，也有脚前脚后，也没有非踩着不可的道理。我们有好多的地雷这样白糟蹋了。这才急死人呀！谁也没想出好法子过。

好一个李勇，灵机一转："他不踩地雷，我得叫他踩！拿枪打，怕他不乱；乱了，怕他不踩！"心里这么想，拿出大枪，回头轻声向众人说："打！"

众人说："打不得！""不敢暴露目标！"

"不打，他不踩地雷！"李勇说着就是一枪。

那一枪，好比鹞子扑小鸡，好比长江归大海，枪子直落到头前那个日本鬼子头上。李勇头一抬，还说："走，走那么快干什么？"

日本鬼子这边顿时一阵大乱，前拥后挤，这个的枪碰着那个的脑袋，前面的手拐撞坏了后面的眼睛，头儿还东张西望，又要赶奔前程。天崩地塌般一声响，一股蓝烟升起，尘土飞扬——雷响了！这下子，红的白的闹了一地，好像日本鬼子卖豆花，担子翻了；长腿、短胳膊、脑袋、烂皮碎肉摆了遍地，好像日本鬼子在学《水浒传》上的孙二娘开人肉作坊；军帽、军衣，飞上树梢，枪筒、子弹，摆了一地，好像日本鬼子在开杂货铺。这边闹成一团，且慢些说。

那边李勇的脸，早变了颜色，好比那日出乌云散，好比那雪地梅花开,好比那闷热天气下大雨,好比那黑夜森林着了火。李勇红着脸孔,忍不住,急说:"打!趁这乱劲儿!"

一阵枪子,就像乱鸦投林,都找着了自己的对象。这时,日本鬼子顾不得辨明情况打呢,还是顾得着跑呢?自然啰,"三十六计,走为上计"。该跑呀,道儿在那摆着,谁又知道那"葫芦里卖的什么药"?日本鬼子看见路旁,朝南有个缺口,一条岔道通向河滩,"狗急跳墙",就洪水崩决似的向那涌去。各自拼腿长、赌力大,推着、挤着,争先恐后,狗抢骨头一般。

那边李勇笑了,说:"跑得好,早给你们算好啦!"

"轰",比前一番更大的雷响了,日本鬼子挨得也结实。重重叠叠,比堆罗汉还热闹。李勇再打一枪,打倒骑马的军官,收了场。日本鬼子嚎着到了河滩。李勇第一个站起,众人也会意地站起。李勇红着脸孔,大声说:"追他狗养的!"

一下子李勇脸上成了青苍苍的。所谓"威风凛凛,杀气腾腾",无非这个样子——他们就追下去了。

这一仗非同小可,打开了地雷战的新局面。诸位,记着,在地雷战术里边,从李勇起,加上了大枪。这叫作"大枪和地雷结合"的战术思想。北岳区区委公布他是"模范共产党员",武装部和军区聂司令都嘉奖了他,号召全体民兵向他学习。不到两个月,从南到北,从东到西,在好大的地面上,人们唱开了一支歌:

不怕敌人疯狂进攻,
我们民兵有的是英雄,
满山遍野排开了地雷阵!
啊!聪明勇敢的要算李勇!

五月十二那天早晨,

敌人向那五丈湾蠢动,

敌人走进了李勇地雷阵!

啊!聪明勇敢的要算李勇!

李勇拿起了他的快枪,

一枪就打死了一个敌人,

敌人乱跑就爆发了地雷阵!

啊!聪明勇敢的要算李勇!

两个地雷炸倒了三十三,

一枪又打死骑马的军官,

敌人哭哭啼啼就离开了地雷阵!

啊!聪明勇敢的要算李勇!

李勇要变成千百万,

千百万的民兵要像李勇,

敌人要碰上千百万李勇地雷阵,

管叫他一个一个,一个一个都送终!

　　太阳升,太阳落,暑天过了转秋凉。这歌子唱得全边区民兵爆炸手们手早痒痒的了。这且不提。却说李勇,爆炸成了功,远近驰名。在晋察冀,一个庄户成了鼎鼎大名的英雄,闹得这么红火,还是第一次。新闻记者、画画的、作曲的、照相的、各级干部,一个又一个地到五丈湾来看他夸他。他,二十二岁,顶壮的中等身材,一本正经的脸孔,顶硬的说话的口气,穿着件家里顶新的衣服,忙来忙去,和人应酬得来,人都满意。

　　村里人们看见李勇走来就说:"我们英雄来啦!"

李勇知道，这个话虽然是跟他开玩笑，都并没有怀疑他的地方。

他挑着粉面担子赶集去，一路上就常听见人们说："看！那就是李勇！"

有的说："个儿不大，却了不得呢！"

有的说："你说呢，一个庄户主比县长还有名！"

又有人说："共产党真会提拔人才！"

他遇见了从来不认识的人也当面就叫他"李勇"，好像很熟识似的。

李勇啊，他自己越来越难受，心里打算："上级培养我，下次日本鬼子来了，我得怎么打呀！唉！名气大了！打不好，怎么对得起人？"

他常常到区委县委去，这个话他却没说出来。区委也好，县委也好，也常跟他谈，很尊重他的意见。李勇嘛，是个模范共产党员、民兵里头的英雄，各级党都要培养他——这个思想，李勇自己也明白。他琢磨区党委的心思、聂司令员的心思，心里很快活。但等会再看看自己，就比从前更难受了，老是问自己："下回日本鬼子来，能搞得出个样儿吗？"等会又暗自说："不要垮了，辜负聂司令员他们的心肠呀！得琢磨着！"

区委书记告诉他："李勇！只要自己坚决，为群众着想，打击敌人的时候儿，又爱想办法，就没有问题了——人啦，一骄傲，就得脱离群众——还不要说骄傲，就是照顾群众不够，也不行——尤其是出了名的人，就更不同，你马虎一点，群众就不理你了。你离群众一寸，群众离你一尺！"说得李勇满头大汗，脸又红了。区委书记又说："聂司令奖励你以后，呃，尤其是你是公开的共产党员，村里的人都把眼睛擦得雪亮地看着你了呢——他们说你有点骄傲。"

李勇告他，他自己没觉着这一点，反复说明他的态度："我呀，我也是庄户主啊！没有党啊，还有我李勇？没有上级搞民兵、搞地雷，还有我李勇？光我一个，五月十二，也炸不了敌人呵！"又叫着区委书记的名字说："你以后看吧，看见我骄傲，就给我指出来！"

区委书记又安慰他："李勇，好好注意，就能搞好的。群众哪个不佩服你？党也实在要培养你。就是因为你能为群众做事嘛！"从区上回来，李勇的态度变了，原先开会就光听见他说话，也好些了。原先看见人跟他争，就越吵越凶，现在正吵着他会一声不响，等别人不说了，又平心静气地说自己的道理。开初憋得难受，后来好了，慢慢地能做到接受别人的批评了。原先就不能批评他，平白他也会发火。

村里人们说："李勇变了！"

又有人说："当了英雄，人老成了！"

又有人说："这小子，这么着下去，真有指望！咳，出了这么大的名，要别的小伙子，早烧死啦！"

赶集，在路上，区委书记再见了他，也说："李勇，这一回，你干得不坏呀！好好地琢磨打游击吧，情况儿又有些变化啦！日本鬼子报上还登着你的名字呢，他们也研究'李勇爆炸战'。好好地干一干吧，日本鬼子来，叫他知道你的厉害。"

李勇说："看着我有什么不合适的，勤说着点！日本鬼子要来！叫大队长多给我们发点地雷呀！"

他们研究了一阵庄稼，又研究了一阵地雷。分手的时候儿，李勇把担子换了换肩，说："你看我还像原先那样愣吧！"

区委书记笑着说："好得多啦！"

李勇挑着担子直到市上去，卖到后午晌——又做买卖，又盘算埋地雷，真是"一心挂两场"——心思再也安不下来了。中秋节快到了，生意虽然红火，老百姓总有点慌张，人们在传说着："日本鬼子在到处增兵了！"李勇比平日早走一个多小时。在路上一气也不歇，到家。

吃了晚饭,村里开了个会,说是"准备反'扫荡'工作",会开了半夜,李勇才回家睡觉。第二天早饭,他娘、他妹、他弟弟都各自端着碗米汤,拿着个菜饼子蹲在阶沿上吃着,李勇还蹲在远点,靠近猪圈了,一条小猪吱吱叫着在烂泥坑里转。

李勇说:"又要打游击啦!这回跑远点,索性把猪卖了!碰见日本鬼子千万不要说出我的名字,更不要说我是你们的哥哥。我倒不怕,就怕你们受制。这回打游击,我回家的工夫儿少了。"

他妹子挺能干,是村里顶活动的角色,村剧团更少不了她。他弟弟,也实在机灵。他们都句句记在心里。吃罢饭,李勇就到中队部去,集合民兵,整理爆炸工具。

刚搞得有眉目,哪消几天光景,出探回来的民兵报告:"日本鬼子从平阳来,快到铁岭村了。过了数,有五百一十几个;还有一大把子牲口,没有过数。"

那正是中秋节后,下了几天雨,刚晴,天气凉爽,是打仗的好天气。

李勇说:"不要等日本鬼子到咱村来吧——到铁岭西梁上打他去!"

他们飞也似的赶去,日本鬼子还在铁岭村里。埋了地雷,他们伏在西边大高山上,一个时辰,日本鬼子出了村,忽见山势险恶,地形不好,就问抓住的老百姓:"有地雷没有?"

老百姓说:"不知道!"

又打,那老百姓就不改口。日本鬼子看出了那老百姓的确不知道,只好硬着头皮走。轰的一声,地雷响了,炸得日本鬼子一齐趴到地上,直嚎叫。

一个游击组员说:"打吧?李勇!"

李勇摇了摇头,说:"还不到打的时候!"

日本鬼子趴了一阵,起来收尸。整个部队都拉到山腰上休息,要在那儿定一定那猫抓了的乱心,喘一喘那口上下不接的邪气。密密层层,挨挨挤挤。

李勇说:"打吧!"

一阵枪打得日本鬼子东倒西歪,又奔又窜。半天,日本鬼子才结集了队伍,向南梁上爬。一个游击组员说:"走吧,日本鬼子要占好地形,跟我们干啦!"

李勇说:"趴好不动,让他打吧!"自己就首先在地皮上贴得紧紧的。

说着日本鬼子在南梁上起了五挺机关枪向西梁上射来,又轰大炮。那机枪子儿打在李勇头前的土坡上,扑扑哧哧,尘土冒烟。飞机也来了,擦着西梁岗吼来吼去,吼不出道理来,走了。机枪大炮也哑巴了。李勇这时动弹了,叫众人瞄准,打开了排子枪。日本鬼子的机枪再响,他们撤了。

路上,打着身上的土,李勇说:"今天就是这么回事嘛,地雷劲不大,日本鬼子又都趴下了,还打什么呢?还不是浪费子弹?等他们休息,才是好机会,日本鬼子上南梁,他爱上就上,我们跑他干吗呢,占好了地形,他再好的家伙也不顶事。他不打,我们就摸着打了。他的火力强,我们抗不住他。打下去要吃亏,才撤嘛!"

他们走了好远,那机枪还在响着。李勇他们又钻了一条沟,上了一条大梁,但是日本鬼子上了他们原先爬的西梁。因看不见人,正在那儿发愣。众人佩服李勇。李勇说:"多琢磨着就成。"

下山时候儿,李勇和爆炸组长商量:"日本鬼子总有那么一天到五丈湾的,给他摆一个红火的地雷阵才好。"

吃了晚饭,他们去看了一遍,着手准备。

两天后,日本鬼子果然分两路合击五丈湾。要拔掉五丈湾这颗钉子——李勇英雄。这两路东边从王快上来,打一面黄旗;西边从王柳口下来,打一面白旗。

这两路,越走越近,只差半里地了,没听见一声枪,没有见一点动静。北边山上,坐着的李勇,趴着的游击组,跪着的爆炸组,到处的群众,脸都白了。日本鬼子这样的行动,他们还是第一次看见。两路合击,还打着这两面旗!他们合在一块儿,要干什么事呀!这两条蛇!突然,上边轰倒了打白旗的,下边轰倒了打黄旗的。有人忍不住说:"日本鬼——"没说完,看见了李勇的脸色,不言语了。

头回五月十二,日本鬼子踩不着雷,李勇的脸黑了。这回么,李勇的脸苍白得怕人。两回的关系不同:头回是气坏了他;这回,他认为任务重大得多,真正提心吊胆。日本鬼子研究过他的爆炸战术,那么,怎样才能叫日本鬼子胆寒呢?怎样炸开局面,才对得起党,对得起那么多的群众呢?这回日本鬼子那动作,就像是下了决心来惹李勇的。这时候儿,他觉得好多的眼睛都在看他:"李勇!炸得怎么样?"

又轰的一声——上边的又抬死尸,又炸了。那群日本鬼子就只好远远地趴着,只嚎叫,不动弹。这时下边的已把死人上了驮子,叫两个人到村里去找门板抬伤兵。两个人又在门边倒地成了死尸。

上边的,下边的,都不敢动弹了,好比那十冬腊月天冻住了大小河流。好一阵子,上边的动了,下了决心,要冒险躲。诸位,这么趴着也不是事呀,该趴到何年何月呀!起来了一个,在哇啦哇啦地骂着找地雷,找着了用手扒,一会儿也就真的扒出了一个。"好运气!算是在老虎嘴上拔了一根毛!"他哈哈大笑。别的日本鬼子也起来,看着哈哈大笑。

山上有一个人叫:"李勇!"

李勇神色不动地说:"看着吧,没有完咧!"

山上话刚完，山下又轰了一声，站起来的都倒了，正笑得最高兴的时候死了，好比那气泡吹大了猛地破，好比那吃饭的欢喜过度打了碗，好比那吊着老虎胡子打秋千，真正是乐到死上头了。满山群众笑起来了，喊着："炸得好！"

下边的那一股急了，又不敢动，只好支起大炮，放了二三十发，就好像是吹了阵牛皮，没人理他。两边都走了回头路——走不了几步，不敢走大道，都冲着稻子地去。

所有的民兵、群众都乐了。李勇却带着民兵下山，掩了日本鬼子血，拾起了那面白旗。

打这天起，日本鬼子走大道，大道炸，走小道，小道炸——这不用说。庄稼地也炸，渠道也炸！日本鬼子走河里，河里陷，走苇子地，苇子地也炸。李勇他们天天当天黑的时候儿开会，猜日本鬼子第二天要走的道儿，估计精确就连夜埋，有时也早晨埋，越猜越准，越炸越切实。那日本鬼子也像发狂了，拿着李勇的图像，横冲直窜。走到处，"轰轰"地直响；走过后，血呀，死尸，丢了一地。有一回，李勇只隔他一丈远，雷声一响，李勇钻了。那四山群众，每天看着险恶的地雷战，看得发了呆，禁不住地手舞足蹈，喝"好"叫"妙"，他们宁愿冒着危险，日本鬼子上来才跑。李勇炸了人，又轰了汽车，又琢磨出法子单炸车里的人。闹得五丈湾，地雷响的声音轰轰隆隆；地雷冒的蓝烟，飘来飘去。

终有这么一天，日本鬼子把李勇的妹妹弟弟一并捉去。捉时，在另一处，日本鬼子也正追李勇。

原来三十余名日本鬼子，带着十余名伪军在山上追群众。追来追去，看见了一个手提大枪的小伙子，个儿不高，腿快，不慌不忙，时时回过那沉着的一本正经的脸来看他们。追着，踏翻了一个地雷。日本鬼子官儿一下子警悟到那小伙子是李勇，就命令去运用汉语告伪军:"追!李勇!"

追了一阵,追不上,但又隔不远,打不着,狡猾得很。一个伪军急了,高声吆喝:"好!李勇!是好汉,再响一个地雷!"

他明欺李勇被追,无法使雷。李勇正跑,忽听后面吆喝他的名字。回头一看,他们正追到一个早埋上的雷跟前,稍偏一点,没踩着。李勇欢喜得了不得,忍不着高声喊:"听我李勇的雷响!"

这一喊,不要紧,三四十名日本鬼子和伪军吓得胆裂魂飞,往下一伏,刚刚伏到雷上,三个日本鬼子玩了个剖腹挖心的把戏,剩下的往后逃窜。李勇喊:"我李勇的雷响吧!"

原先吆喝的那伪军,气愤不过,又回过了头吆喝:"好!李勇!你再响一个!"

仗着他们走的是回头路,还欺负李勇;好一个李勇,举枪打了一发子弹,那日本鬼子,那伪军一散,又踩上了一个地雷。

雷声一过,李勇胜利地叫着:"还要不要啊?"

原来李勇的特点,不只是各种各样的地雷阵,不只是"敌到雷到""敌不到叫敌到""敌未到雷先到";他嘛,是游击组打着,爆炸组埋着,临机应变,看眼色行事。地雷在他手里活了。今天,他看见日本鬼子追捕群众,先埋好了雷,然后自己去引日本鬼子,要在这里粉碎日本鬼子今天的搜山。

果然不出所料。日本鬼子也好,伪军也好,再也不敢哼气,搜山也停止了。

天黑,李勇他们到了一个山沟里吃晚饭,正热闹着:

> 这个穿着白裤褂,
> 端着饭碗,嘻哈哈;
> 那一个跌了筷子,
> 笑出眼泪,说不出话;

爆炸组长拿着一块大锅渣，

游击队长抢了它，

伸手递给指导员，

指导员按它在碗底下，

狗娃早给二拴背上画了个大王八，

二拴要抓狗娃，

像这般

爱贪玩笑，

无牵无挂，

——战斗起来，你认得他！

  李勇的弟弟来了，找哥哥，说他今天给日本鬼子捉住，只说是小放羊的，日本鬼子不注意，他跑出来了。"姐姐也给日本鬼子捉住，没有回来，娘只啼哭。"

  众人再也快乐不起来了。李勇神色没变，就是吃不下饭了。匆忙地放下碗，仔细地给中队副交代清楚，他和弟弟回去看娘，安慰了几句，也无非："不要着急，保养身子，好打游击，她会回来的。"

  不一会儿，又回到游击组。走时候，叫中队副放的哨，出的探，他再检查了，才睡觉。

  整夜没有睡好，天亮了，他告诉爆炸组长："今天一定有大批汽车上来，我们要炸他个结实的。"

  潦潦草草吃了几口饭，手里还拿着半个玉茭子窝窝，催着爆炸组长走，众人劝他："李勇！看你脸色！"

  李勇没有听，走了。

  深秋叶落，宽阔的汽车路上，没有一个人影。李勇说："你给我瞭着，我来埋。"

  接过地雷，拿起爆炸工具，蹲在汽车路上，掘着。正掘呢，听见有嗡嗡的声音。

爆炸组长说："李勇，你听，不要是汽车上来了吧？"

"不会的，是飞机。"他却暗暗加快了动作。

爆炸组长说："不大远点啦！不是飞机。"

李勇不听，还是掘。

爆炸组长沉不住气了，匆忙地喊："李勇！快跑！上来了！"

李勇一看，汽车真的上来了，只离他半里地远。再回头一看，爆炸组长不见了。他抱上地雷，就地一倒，倒下汽车路南的低地里，爬起来，跑着，轻轻喊着爆炸组长的名字，没有应，他跑到了没着三寸来深的水的地边。不管三七二十一，他跑进水里。出了水，连鞋也没湿——走得过猛，把水溅起来了——他又喊着，跑着，还是没有应。汽车过去了，一辆又一辆……十几辆，他也没有工夫数它，还跑着叫爆炸组长的名字。

找着了爆炸组长——一开头，爆炸组长和他跑了个相反的方向——他吐了一口血，眼睛黑了一阵，回去就躺倒了。众人把他送到十里地以外，一个僻静的山沟里去养病，他害了重感冒。

游击组、爆炸组仍在外面活跃，经常和他取得联系。

却说他妹子给日本鬼子捉了去，当天带回据点。她没有泄露李勇的消息，还没说她姓李，装作村里不懂事的妇女，只会做饭、喂猪、扫地、纳鞋底，很顽固的样儿。一个汉奸证明她是五丈湾的妇救会主任："今年春节，她领头在平阳集上跳秧歌舞。"

她死死地说："你弄错了吧！我才不干那种事嘞！"

日本鬼子把她押起来，她当有人的时候儿，哭着，显出一点法子也想不出来的样子。日本鬼子也不注意她了，只当她"平平常常的乡下姑娘"。

一个白天，日本鬼子大都出去搜山去了。她出来，看见一大堆东西。她认得那是日本鬼子从老百姓那儿抢来的。她找好的打了一大包，背起，偷着出村。跑了半里多地，日本鬼子看见了，骑着马追她。不叫日本鬼子追上，她丢了包，钻了山沟。日本鬼子张望一会儿，没有找着她。

却说李勇病倒在山沟里，憋得慌。一天又一天，老是这么盘算："上级枉自栽培了我。算我垮了吧！"想到这里，他的心就酸酸地痛，眼睛里就涌出一股股的泪水来。又盘算："爆炸组长心眼灵，游击组长有准头，他们也会搞得很好，不管怎么样，这一向的地雷战，他们是参加的，都明白。"这么一想，他又平平静静，还有些快活，慢慢地闭着眼睛睡去。游击组里给他送来信，知道了外面的情况儿，又两只眼睛一齐冒火，把盖的衣服被子全都摔开，要坐起来。随着头一阵晕，又倒下了。

不看人，且看邻，强将手下无弱兵。慢表李勇养病，且说五丈湾周围几十里的地雷阵。那地雷阵好比满天星，满天星斗有大有小，有明有不明；且把明的认一认。

前面说过，民兵们都在学李勇，把"李勇要变成千百万"的歌儿唱得手痒痒的。这回日本鬼子一来，大家就来了个"八仙过海，各显其能"！

一天，天气很好，出太阳，刮着点小风。日本鬼子行军，慢得呀，像老牛一般，又像兔子般立着耳朵。到了阜平城东河滩，忽然发现了地雷，动手就拾石头，站在远远地打。打一下，趴一下。又要破坏它，又怕它。突然他趴在一个地雷上，地雷请他坐了阵飞机。别的日本鬼子还不甘心，逼着老百姓去扒那死人投了一阵石头的雷。扒开了，尽是沙子、石头。这是：

地雷界神仙，

变化千万般；

金蝉脱壳法,

谁也没法辨。

这又叫"仙人脱衣",又叫"真假雷"。

凹里有一片庄稼地,长着红山药。红山药甜甜的,实在好吃。地边又长着大萝卜,吃了解渴。日本鬼子行军到了那儿,坐下休息。破坏成性的家伙,又想吃萝卜,又想吃红山药。要吃萝卜的,进了萝卜地,弯腰下去,伸手一拔,一声响,他流了全身的血,浇了萝卜地。要刨红山药的,到处找小锄,恰好有把小锄端端挂在小树枝上。他伸手去拿,小锄到手,他也倒了。这小锄把连着地雷的。这是:

咱家半亩红山药,

一片萝卜长地角;

阎王老子不要摸,

一摸,地雷就发作!

西王柳,日本鬼子的集合场,空荡荡,平滑精光。日本鬼子又闹又嚷,天天集在场上。晚下过了大天亮,场上照样,一样的平,一样的光。日本鬼子正闹,突然人仰马翻,人受了伤,马受了伤。人离了鞍,拖在地上。马儿直跑,跑不出十来丈,也倒在地上。人们受惊,朝东,在东边倒一片,向西,西边雷又响。这是"把地雷拴在日本鬼子的腿腕上"。

地雷好比土行孙,

鬼子到哪它到哪;

来本无踪去无影,

——连环爆炸力更大!

疙瘩头的日本鬼子司令官关门睡觉。一夜无忧无虑,早晨起身,精力充足,动手开门,门就爆炸。这是:

> 逼近设雷,
>
> 顶顶要命;
>
> 鬼子惊惶,
>
> 疑鬼疑神。

沙河沿上,日本鬼子走大道,炸了雷,改走小道,又炸了雷,又改大道,又改小道,处处是雷。闹得他只有走回头路,回头路上又是雷。这是:

> 正偏道上地雷阵,
>
> 鬼子来了就炸死;
>
> 给他准备回头路,
>
> 东西南北全出岔。

日本鬼子走后,雷坑旁边,尽是血,尽是肉。第二天早晨,旁边现出大字:"诸君想想流血人的妻子,再想想自己也有那么一天!"日本鬼子看了,低下了头,士气低落。军官愤慨,就要去抹,还没走到,仰面跌倒,血流地上。这是:

> 地雷心地好,
>
> 劝你早明了;
>
> 你若不明了,
>
> 叫你马上倒!

那地雷搞着汽车么,汽车得变几分钟飞机,飞不到屎壳郎那么高,就跌下来。车上的人该着火煅了。汽车得卸成零件,再坐上汽车,回到顶远的地方去。这是:

> 汽车变飞机,
>
> 说来太奇异;
>
> 汽车坐汽车,

奇异又奇异；

只要有地雷，

就玩这把戏。

汽车要不变飞机，那么，谁先下车谁倒霉，谁修理汽车谁倒霉。

凭高用飞雷，山边窄地使用跑坡雷，看好退路使用拉火雷。制高点上，飞机场上，水边地边，梢道儿旁，那雷呀，都去的。

一个爆炸手指着一段路对中队长说："我要叫日本鬼子在这儿集合！"埋上了雷，就等着。果然第二天日本鬼子到了那里挤成一团，雷才爆炸。原来他把道儿闹得突然难走了。这还不算，最妙的是日本鬼子进阜平城。

日本鬼子在阜平城外挨了雷，仍然硬着头皮进城了。当头两行红字：

城里地雷五百三，

看你鬼子哪里窜？

日本鬼子以为吓唬人的罢了，不大理睬，看着道儿走路。

忽见街上有一处不好走，要找一扇门板搭一下就好了。日本鬼子是人，也这么想。尤其是他五六百人的队伍，路是越好走越好呵！也就刚好，路边门上有扇门板，结实耐用。一个懂事的日本鬼子就去摘，一个人不够，又去了几个帮助着。门板下来，立着的几个，没了脑袋，成了肉柱子，倒下了。

日本鬼子再往前走，街边大槐树下，一个大鼓，鼓上写着"中队部"三字。日本鬼子看见这鼓就生气。"这玩意儿是中队部的，中队部拿来干什么呀，还不是集合民兵！不能给他留着——打着也响吧？"想着，他就走过去。别的也围着看，敲了两下，很响。拿手搬它。呀，一股烟，鼓上了天，碎成片片，人倒了地，死成一团。

爆炸声一停,远近都喊起来了。日本鬼子个个腿打哆嗦。这时候儿,坐坐才好。为了抬死的,抬伤的,大队停止了。有的坐在台阶上,有的东张西望,找地方儿。眼见得有间没门扇的空房子,靠墙一条凳。大概坐板凳解乏吧,一个日本鬼子就去享福,坐下去便见得屁股底下冒大烟,一个身躯,分好几股流血。

出了城,休息在河滩,游击组在打枪,要找个地方儿躲躲枪子才好,一想就看见了,原先打烧饼的棚子。"好!"钻进去,进去就没一个出来的。

地雷埋得好,
成了如意宝;
孔明猜不着,
一想起来到。

那几个人抬的大地雷,炸得天惊地也动。日本鬼子在台峪篮球场上集合,准备搜山。雷响以后,那血浸了沙面球场,太阳一晒,像泥浆地一般,干了龟裂。台峪村里,墙上树上,尽是日本鬼子一面嚎,一面抹上的血。

大地雷,
威力大,
惊天动地一声响,
专治鬼子发了疯。
毒手打毒虫!

日本鬼子挨地雷挨怕了,就抓老乡,绑起来,赶在前面踩雷。可是这些雷还不是日本鬼子挨。那老乡们呀,看见雷是不怕的,巴不得炸响点!日本鬼子不把人当人,谁还管他挨得苦不苦。那一次,日本鬼子从法华出发,往西,抓了六个老乡在前面踩雷。一路上,雷都在日本鬼子队伍中间响。日本鬼子大大惊异,自己走前头,雷又在前边响了。日本鬼子唉声叹气地说:"地雷偏心!"

又一次,日本鬼子从易家庄到城南庄,七里地,谁也知道,那道儿顶平,好走呀!日本鬼子该怎么走法?他们一齐弯下腰来,一口气一口气吹灰尘,找地雷。创造了世界上最异样的行军动作。

这就是日本鬼子四大难处。哪四大难处?要命、不行、当然、不沾,怎么讲?

横冲直撞干到底——要命!
立着不动待下去——不行!
抓人踩雷不顶事——当然!
抹着腰儿吹灰尘——不沾!

地雷这玩意儿,它越响,人们越精神,人们就越爱护它。村干部见面总是"你村响几个?我村响几个!"。人们翻来覆去地晒地雷,埋上还想法叫它不受潮,打游击,抱着,怕它丢了。阜平城东有个村子的民兵,那才真正爱地雷爱到了极点。

一天,天黑前,他们埋了地雷。天黑,下雨了。那雨呵,破坏地雷,妨碍群众转移。人们叫它汉奸雨。这汉奸雨,下个不停,幽幽雅雅,无穷无尽。唉!

天上昏昏蒙蒙,
地上渐渐沥沥,
就不刮起点风,
吹散满天云气。

爆炸手们,游击组们,都愁眉不展,戴着草帽,立在山顶上。直说:

"完了,完了!"

"李勇的地雷战术也没有这一条。"

"取了雷,日本鬼子下来又来不及埋。"

比他们更苦恼的中队长,直摸脑袋。把草帽抹下来了,弯腰下去,拾起来,还没戴到头上,忽然大声说:"对了!对了!"

就如此这般地和众人说了一番,众人欢喜得不得了,蜂拥而下。到埋地雷那里,一个个把草帽摘下来,给地雷戴上了。你瞧!

地雷戴草帽,

人在雨里淋!

雨下大了,人们身上淋湿了,才到了有大麻叶的地方,顶上大麻叶。一群顶大麻叶的人们又上到山上。吹起深秋天气的小风,巴凉儿,人们牙齿咯咯地直敲打着。一个爆炸手双手交叉紧抱着,衣服湿了,冻得栖栖的,还笑嘻嘻地说:"李勇的地雷技术又该加上一条了!"

这才是:

身上冷又冷,

心头温又温。

天亮,刚把草帽拿开,日本鬼子来了。这些地雷一个个都响得很好。

数罢满天星,再说大月亮。

且说李勇在山沟里养病,病势沉重。却喜县支队一个分队从一区转移过来了,叫卫生员给他看病。指导员知道他是李勇,更加照顾得亲切。他知道李勇要出了事,他要为党负责。他们就在这儿待了一两天。好在他们的任务也就在这一带活动。群众也来照顾李勇。

李勇的病竟一天天轻了起来,又抓耳搔腮,手儿痒痒的了。他妹子又来看他,说了她的遭遇,一高兴,李勇的病竟可以说是好了。他跟指导员商量好：游击组在南边活动，县支队去北边活动，每天交换情报。县支队向北移了五里，他回到游击组。

当天晚上，日本鬼子合击他们。

日本鬼子是趁着天明前那股黑劲，从沟里进来的。放的哨没发现他。群众非常恐慌，腿打哆嗦，昏头昏脑，找不着道儿走。李勇端着枪，站在树林里，作了一个打算："日本鬼子发现我，我先开枪！"轻轻地告诉群众："上山，上！有我！"

群众见是李勇，都沉住气了，顺着山往上爬。日本鬼子到了五六丈远外那儿道上。满山上人都担心李勇，叫着："李勇！李勇！不行啦！"

听人叫他的名字，李勇才开始着慌，暗自抱怨："你们还怕日本鬼子不知道我在这里吗？"但是他坚持着，直到把群众都转移上去了，他才离开。

到了山上，带着群众绕了几个梁岗。李勇的意思：下山，过汽车路，到河南边打枪，牵制着，免得群众受制。都同意了。中队副说："你们先走吧，我上去瞭着点！"

说罢，他提着枪上山顶去。刚到山顶，从梁那边伸出一只手来。抓住了他的衣领。日本鬼子比他先一步到了那儿。中队副知情不妙，翻身仰倒，倒下山去。那日本鬼子眼睁睁看着，忘了打枪，看着这勇猛的动作，吓傻了，趁这工夫，李勇他们冲下了山，拉着中队副，过了汽车路。前面哗哗流着的大沙河挡住去路，众人叫声："哎呀！"

李勇说："过河，过不了会给日本鬼子敲死。"

初冬天气，河里浮着薄冰了。他领着众人棉裤也不脱，扑哧扑哧跳下水去，过了河，跳进渠道，棉裤筒结了冰。

渠道里躲着一个老百姓，脸吓白了，对李勇说："你们呀，好大的胆子！就擦着日本鬼子身边过来的！不要命呀！"

李勇莫名其妙，那人用手指："看吧，那不是二三十个穿黄衣服的！"

李勇抬头看去，就在他们下水的地方几丈远有块苇子地，那里端端正正坐着二三十个黄衣日本鬼子。这回事呀，让李勇也打了个冷战！——诸位，难道那是死尸吗？难道那是草人，吓雀子的吗？——原来，李勇他们的突然的动作，让他们想不到，等他们想到了，拿枪要打，这边早已进了渠道，说着，一排枪子擦着堤飞过来。

李勇说："打！"

众人说："打不得，枪灌了沙了！"

李勇检查，果然灌了沙，就说："快擦，擦了打！"

日本鬼子也听见了他们说的话，趁着他们没还枪，下水过河。过到河当中，李勇的枪响了——李勇的枪是不会灌沙子的，好战士保护他的枪就像保护他的眼珠子一样——倒了一个日本鬼子在水里，泛出血水，别的一哄回去。

这样子，李勇坚持着一天比一天残酷的反"扫荡"从不泄气。地委书记拿了一支盒子枪，写了一封信，鼓励他。县里又给他转交来一面日本旗，那是青年英雄贾玉，打日本鬼子缴获来的胜利品，送给他，表示对他的尊敬。李勇干得更猛了，除了地雷还拿着那支盒子枪领着游击组爆炸组打伏击。到平阳去袭击日本鬼子，日本鬼子完全灰了心，再也不到五丈湾来找李勇了。

反"扫荡"结束，李勇成了晋察冀边区爆炸英雄，占了英雄榜上地方英雄第一名。在县的群英会上，他看见了王快的爆炸手刘玉振，曾经宣布："向李勇看齐！"四进平阳，三炸敌人，是一个抱着地雷追日本鬼子炸的角色。响了一百零六个地雷，成了县的英雄。在边区群英会上，他看见了给伪军叫作孟良的爆炸专家，又看见了送旗给李勇的贾玉，还有神枪手李殿冰，子弟兵英雄邓士军，男的女的劳动模范。李勇想到自己的枪还不够百发百中,想到自己在劳动上还差,忍不住,要把这两件事搞好。挑了战,作了计划。回家去。

在路上,牵着奖给他的一头大骡子,他听见了一只歌子,里头有他的名字,他仔细听去,一面听,一面点头。

  就在那年,呃,那年,
  一九四三年秋天。
  李勇变成了千万万,
  千百万的李勇,
  千百万的李勇,
  出现在大道儿,小道儿边。

  满山遍野,响起了雷声,
  快枪又打在大小山顶。
  敌人走路呀不敢走,
  不走不行!就抹着腰儿吹灰尘。

  又假又真,又真又假,
  山药萝卜也会爆炸。
  敌人进村呀莫乱抓,
  伸手一抓,那桌子板凳也咬他。

  炸了就跑,跑了又炸,
  地雷还钻进鼓底上。
  正道有雷呀不敢走,
  走那偏道,那偏道雷声更可怕。

水边地边,过道儿边,

地雷还跑到制高点上。

敌人住下呀也害怕。

天亮开门,那脚下冒火就爆炸。

神奇的雷,古怪的枪,

千百万的李勇,

闹得敌人心发慌!

打得更准,炸得更响,

千百万的李勇,

一天一天更强壮。

(原载 1944 年 2 月 21 日《解放日报》)

牛老娘娘拉毛驴

这里说一个非常平凡的老人家,她干出了一件叫人胆寒的事儿。她没干,谁也不敢干;她干出来了,人民看来倒也并不怎么稀罕。真是:

一蹶子掘开了窖子口,
是金子是银子摆在面前。

愿意知道这事的,听我慢慢说来。

阜平鹞子河边柳村,有个七十多岁的牛老娘娘,是南边十来里地名方代口的娘家。老头子去世多年。两个小子就叫大老牛,二老牛。两兄弟都另开家,支盐量米,各立门户。大老牛,五十岁,养了两个小子,一个闺女,大小子年满二十,家境困难,还没说下媳妇!二老牛,四十岁,养了一个小子,两个闺女,大闺女已嫁了出去。老娘娘跟着二牛家过活,孩儿也能孝顺,盛菜煮饭,送汤送水,把老娘娘安顿熨熨帖帖。老娘娘也成了活菩萨一个,一天到晚,盘着腿,坐在炕上,补补连连。闹得补丁上打补丁,再打补丁,一家人衣服就是旧得不像样子。可找不出有一个窟窿眼儿。年老眼睛迷糊了,就搓麻绳捻线。那一双手就闲不下来,闲下来,老娘娘就喊:"憋得慌!找个活儿混混手!"

二老牛早就不让她做活儿了,就说:"这么大年纪了,也清闲清闲。"

老娘娘就说:"呃,歇不惯!歇下来,就像少了个什么东西似的,坐也不是,立也不是。呃!"

老娘娘还说哪,二老牛歪着头,笑嘻嘻地装上一袋烟,对上火,扛上锄头到地里去。二老牛到地里干了半天活,晌午回来,又见老娘娘盘着腿，坐在炕上，理那破布片子。她把它埋了半截炕，一张一张摸过来，凑到眼睛边瞅了瞅，理展了，放在膝盖上，一叠一叠把它折起来。

二老牛说："娘！这个还理它，没球用啰！"

老娘说："呃，理出来吧，打个补丁哪，打个褙壳哪。呃，不理展它，看着也心烦呵！理展了，心也痛快了。"

实在找不出活儿来，她又走到大老牛家，东摸摸，西摸摸，找活儿做，一转眼，她又理清了破布片子，搓完了麻绳，补好了盖锅的拍拍。人老心软，老娘娘就是有一点护短。大老牛也好，二老牛也好，打儿打女，老娘娘看见，总是不依的。他们要跟媳妇吵嘴么，老人家总站在媳妇这边，挨打挨骂的都没有事，她却眼泪汪汪的了。两老弟兄闹开口角，她一来，就自个儿散了。

老娘娘眼睛迷糊了，一头白头发。白头发在脑后挽了一个小疙瘩，簪子都别不上了。老娘娘瘦一些，那身子骨头倒还结实，五六年来，没害过病。

所以她短不了拿根棍子回方代口她娘家去。她娘家还有一个老弟弟，叫李大全，六十多岁快七十，眉毛胡子都雪似的白了，也是个好老人家。老姐姐见着老弟弟实在亲热。

老弟弟门前有棵桃树。每年八月间桃子熟了，老弟弟端个小椅凳，拿一条火绳——蒿子编成的火绳——敞开胸脯，坐在旁边一棵大黑枣树下抽烟。敲了烟灰，拉过快编好的席子来，蹲上去编。那一个个拳头大的定州桃，圆溜溜瓜一般，饱满满肥猪似的。嫩一些的，白得玉白，嘴上带点水红；老一些的，红中带紫，紫得发乌。剥开了皮，又红又细，不用牙齿，一抿就化了，凉爽痛快，说不出的美味。这时，老弟弟总得说："老姐子该回来吃桃子哪！"

老姐姐却也回去吃桃子。去不了，老弟弟也得叫儿呀孙的给送去,还捎口信问她:"是不是身子骨头不舒快?娘家穷,米汤还熬得起。"

那桃子,老姐姐翻来覆去地看了。擦清爽了,又剥了皮,边吃边说:"呃,老弟兄还是老弟兄!"

没吃上半个桃子,她就歇下了,把剩下的一半给了小孙孙。看着小孙孙吃完了,她就乐啦,把桃子一个一个分给她孙儿、孙女、大老牛、二老牛、两个媳妇。留下一个半个,却也擦得清清爽爽,放进抽屉里,说:"这个谁也吃不了我的。"

第二天,半前晌,孙儿孙女挤在她面前来了,她把桃子拿出来,拿刀劈成瓣儿,一个一瓣分给他们,她给她的小孙孙把皮剥掉,喂进嘴里,这个小孙孙,才上树掏雀儿窝来。弯着腰,在她面前,张开嘴,吃上嘞,就又去掏雀儿窝。

要是她回到老弟弟家去嘛,老弟弟的儿呀,媳呀,都来了,给她椅凳,给她蒲扇,问她吃饭没有,问她喝茶不喝。小一辈的,还有那再小一辈的,也涌上来,哪怕刚会走路。这工夫,喝口水也是甜的,吃口干粮也是香的。老姐姐,老弟弟,在一块儿聊开家常,就再亲热些吧。一会儿擦眼泪,一会儿你看着我,我看着你,不说一句话,一会儿只要老弟弟把旱烟锅的火对好,又聊开啦。老姐姐就把自个儿想法告给老弟弟,老弟弟也一样。

牛家好几代是佃农,减了租子,日子过好了。从去年起,老娘娘有了个想法,就是要喂一条驴。她去给二老牛商量:"二小子,我们喂条驴呀!"

二老牛说:"呃,你怎么想到这个?"

老娘娘说:"我们就缺一条驴。"

二老牛说:"缺的东西多嘞!"

老娘娘说:"有驴就好啦!送粪啦,推碾啦,不信你瞧你媳妇,

累成什么样儿！呃，还是有条驴好！"

二老牛说："没钱啊！"

老娘娘说："两兄弟伙着。"

二老牛说："哥也没钱！"

说罢，二老牛又进地去啦。老娘娘就去找大老牛。大老牛也说："娘，你真想得好呀！"

老娘娘说："可不，什么事儿都好啦，再有条驴，我就死，也心甘嘞。"

大老牛说："就是没钱。"

老娘娘说："买不上呀？"

大老牛说："可不。"

老娘娘和大老牛长久地聊着大老牛小时候儿的光景，养种着二亩半嘎咕地，一年尽吃杨叶。有一天杨叶吃完了，吃槐叶，又泡得不够时候，一家人都肿了脸。说得眼泪汪汪，半晌后，才回二老牛家去。

回娘家，她也一次两次告给她老弟弟：

"他两弟兄有条驴就好啦！人们都说，如今世道不同啦！好好儿务庄稼吧！他两兄弟就缺驴！缺驴，就不顶！"

老弟弟就说她的想法对："买吧，叫他弟兄俩积攒积攒。"

还领她去看自个儿的驴。每遭回娘家，两个老人家都得谈到驴。老姐姐一去，老弟弟总得上来问："老姐子，你的驴买上没有？"

老姐姐就说："没有嘞！"

老弟弟总得说："快些买吧。"

老姐姐总得说："没钱呀！"

老弟弟就叹气了："我看你盼不上啦！"

老弟弟又领她去看驴。抓一把草放在槽里，驴就伸脖子过来。老弟弟一掌打在驴屁股上，就说："上一集，我可见过好驴嘞！"

就拉开各种来聊了。在这世间上，驴，怕是她最后一个想头了。一时半时到不了手，不要紧，老娘娘一股劲儿盼着，正是：

一粒麦子落在地下，
终会发出青苗来。

一九四三年，过了中秋，情况儿紧了。变工组散了，忙着跑反去了。不几天，日本鬼子到了阜平，在这柳峪周围扎了三个临时据点，北边凹里，南边南湾和方代口。日本鬼子实在疯狂：

烧房，推摸，开窖，抢粮；
杀了人来，他又赶了羊。

那牛老娘娘，打游击，真是受制，看又看不见，走又走不动。摸不着好吃的，摸不着好睡的，就不用说了。就全靠二老牛拉着她，眼看日本鬼子搜山搜得更紧了，她就跟二老牛说："别跟着我，我老了，死了也不要紧。你们年轻人，能跑就跑，能活就活。"

二老牛哪能听她的，死也要跟着。一天早晨，吃了早饭，牛老娘娘就自个儿到山上找个地方儿钻了。二老牛在满山上叫，她只做听不见。自个儿心眼儿在说："找不着我他就会自个儿走的。一大家人少了他就活不成。"

二老牛正叫着，日本鬼子上来了，二老牛急得哭了，再叫："娘！"

没有应，抹着眼泪走了。下午回来见了娘，二老牛还没说话，老娘娘就说："我今儿个一点儿都不受限制！"

二老牛说："娘！一会儿看不见你老人家，当儿孙的是放不下心的！"

老娘娘说："可别！这是什么工夫儿！你不受苦，娘娘就放心了。"

打那天起老娘娘就自个儿打游击。敌后那些当老的都有这个苦心,她明知道当小的都为了这事心里难受。俗语说得好:留得青山在,不怕没柴烧。

只要有儿子在,一家终归有个办法,就当老的死了,也不要紧。那牛老娘娘等日本鬼子走了,就爬出来,身边放着棍子,坐在树荫下等她的孙儿回来。看着一个个都没事儿回来了,看着二老牛又起窝铺,二老牛媳妇做好饭,她就欢欢喜喜端起一碗菜疙瘩,说:"天天看着一家人都不出事儿,心里头也亮堂堂的,饭也吃得进啦。"

有时候她也说:"呃,你舅舅家给日本鬼子糟蹋成什么啰!"

二老牛说:"谁知道!"

二老牛媳妇说:"娘,吃饭吧。别尽说这些啦!"

老娘娘说:"呃,来阵子就不见你舅舅!"

二老牛说:"没事吧,今儿我还见着。"

老娘娘说:"不着急吧!"

二老牛说:"还有不着急的?打从日本鬼子来,方代口说天天火光齐天,尽着烟,当当地直冒。"

老娘娘声音都小了,说:"日本鬼子什么时候儿才退啊?"

瘪着嘴,坐着不动,鼻子一动一动的,泪珠儿滚下来了。众人也就不再言语。老娘娘天天打问:"方代口还冒烟不?"

过不了两天,凹里的日本鬼子退了。南湾的日本鬼子也退了。南湾逃出来的人们,闹哄哄,回家去。但见一个个卷上袖子,喜气洋洋,迈开脚步,咚咚作响。却也凑巧,老娘娘正是自个儿一个人待在山沟里。伸手就拉着一个小伙子,问:"哪去?日本鬼子来啦?"

那个小伙子急着要走,就说:"日本鬼子退啦!"

老娘娘又问:"什么地方儿的退啦?方代口还冒烟不?"

火气十足的小伙哪顾得上,嘴一撇,头一摇,撑开老娘娘的手,当当当,飞也似的跑去,在沟口上不见了。老娘娘在那儿立了一会儿,心想:"是方代口也退了吧?"

又往前走了几步,听见到处在说话:"退了!退了!"

人们都急着往南边跑。老娘娘说:"是退啦!唉呀,真好!我老大老二家里倒还没有事儿,一根草也没给日本鬼子闹去;就是方代口,不知道他舅舅嘞!"

她就想趁这工夫儿看看去。这工夫儿,只要有一个人把牛老娘娘一把拉住,拖回沟里,才是正经。要不,老娘娘一下子腿疼,立不起来;也是好事儿,这一去,这才叫作危险。好比:

失足跌下古井里,

井里盘条大蟒蛇。

没到南湾,人们以为她是到南湾去的;过了南湾,道儿根本没有人,谁搭理她?她就直往前走,一路走,她还一路想。过南湾的工夫儿,见人们正在村里抢夺,十分慌忙,有挑着担子跑的,有扛着衣袋窜的,远远的,她也看不清楚。她还说:"嘴上无毛,办事不牢。这是一些青年人!有什么好跑的。"

道边倒着一条毛驴。她拿了棍子拨弄拨弄,不动弹,她看出来是条死驴,蹲下,摸了摸。

"唉,真可惜,好好儿一条毛驴就死啦!这些人们也不闹回去!剥了皮,洗得干干净净,总有七八十斤净肉呃!"

拿棍子戳了戳。

"呃,还肥肥的!叫他舅舅他们拾回去。"

立起来,挂着棍子,又往前走。"我老二剥驴这活儿,真是个把式!皮是皮,肉是肉,心肝肚肺,洗得一清二白!"

经过山嘴巴,就是一条平道,直通方代口,道边儿,尽是树。西边地里,长满了枣树;东边,一连不断的苇子地。把方代口堵得严严的，不到就看不见。枣儿撒了满地，也没有人拾。她说："呃，他舅舅他们回来就该拾枣儿啦！"

她走累了，就靠一个枣树坐下来。老娘娘，手是不停歇的，拾枣儿拾满一把了，就装在口袋里。装了满满一口袋。她是想的："我今儿个没啦东西给小孩儿们带去。吃几个枣儿也好。一去，小孩儿们一涌上来，好歹总得给点吃的。"

歇够了，站起来又走。到了村边，她听见驴叫。抬头一看，就在侧边十几步远，碾旁，拴着一条毛驴。屁股圆圆的，毛底亮亮的，好像一条黑毛驴！再远点，再远点，拴着一条大青骡子，更是爱人。她说："方代口的人们把牲口也牵回来了呀，好快！这都是谁家养的？"

正在这工夫儿，她又听见了洋马叫。她说："咦，连军队也驻上啦！"

把身上的土打一打，按按头发，她就要进村。刚走了几步，那边屋子里说话，一听，是说日本话，还在笑，那个笑法就跟中国人不一个样儿。唉！真危险。

半天嘻嘻哈哈笑，
谁知走到鬼门关！

日本鬼子出来，她就别想跑得了，那日本鬼子一指头得把她戳一个筋斗，一巴掌得把她打一个死。

老娘娘却站住了。她想趁鬼子没看见她的工夫把驴牵走。老娘娘是不是疯了？是不是驴把心蒙住了？是不是不知道，鬼子多厉害？她有她的利害，她有她的道理。她说："到这儿也是这样子，不来都来了。"

她又把驴看了两眼，那驴就越看越漂亮！她又看了看村里，没有一点动静。她说："嗯，日本鬼子也是这样儿！懒汉似的！就是到他屋里，抱了他被子，他也不知道！"

老娘娘就过去，伸手解毛驴，牵了就走。毛驴也规矩，悄悄地，就低着头，老娘娘牵着，就不费劲儿。老娘娘也不知道小道儿，还是走她来的那条平道儿。老娘娘不会跑，又骑不上它，只能牵驴慢慢儿走。越走，她越欢喜。平时想它就想不到手，这工夫儿，不花一个子儿，掌上这么好一条！她说的："就死也合眼啦！"

　　老娘娘拉了毛驴，边走边想："那儿还有一条大青骡子，都拉来。日本鬼子的，拉出来不就是咱老百姓自个儿的？又是大青骡子，又是这条毛驴，变工组搞生产就方便多啦。"

　　转过山嘴巴，她把驴拉到山上，找个山洼，拴上了。她又挂着棍子下山，还走那条道儿，向方代口去。你瞧她快活得什么似的！多机灵呀！一点儿也不慌不忙！简直就是个小孩孩儿！难怪中国古人说："老还小，老还小！"挂着棍子，她又到了村边。

　　这一遭，洋马也没叫，屋里日本鬼子也没说话。她到了大青骡跟前，够不着解，老娘娘又垫上个石头，才解下来。大青骡子莽撞些，老娘娘差点儿拉不住它。大青骡高一脚低一脚，好几遭儿要把她摔下河里去。好在那毛驴走得挺快，老娘娘快，它就快；老娘娘慢，它就慢；老娘娘立着，它就立着。一路到了柳峪，正是：

　　既然大意走进老虎洞里去，
　　就从老虎身上找张皮子回。

　　家里人们急得不行。找不着老娘娘，见了老娘娘，又惊又喜，自不用提，这条驴，他们就养下来，拿它推碾，拿它送粪。打完游击，还拿它驮脚挣钱。村里这个小子赶一遭，那个小子赶一遭，轮着。老娘娘，直到现在，还挺结实。这个人呀，就是死的工夫儿，嘴角上也会带着笑的，她的尸首也会是一个笑样儿。

阎荣堂九死一生

　　任你，用水攻，用火攻，要枪毙，要杀头，我是颗，煮不烂，捶不扁，响当当，铜豌豆！

这个故事出在鹞子河边南窝口。这鹞子河从雁北流来，到这阜平境内南窝口南不及十里，流入沙河。河两岸，岩高，沟不宽，枣树、杨树挺稠密。出两成麦子，八成小米、玉茭。河边也有东一块西一块的苇子地，河里秋、冬、春三季水清见底。

南窝口村干部都是本地土生土长的农民，平时，一块儿赶集，一个碗喝酒，一个烟包里掏烟抽，割柴火时一块儿，干粮平分吃，打游击就一条被子两人睡。群众和他们的关系嘛，那也是好到十分，向他们没有不能说的话，没有怕他们知道的事儿，谁和谁也是好，真是"美不美，乡中水；亲不亲，故乡人"。

一九四三年反"扫荡"开头，日本鬼子占了上头七里地的曲里，下头五里地的东弯。打游击的时候嘛，一个村就是一家人，村干部就自然是那当家的。买盐借米，请先生看病，出操放哨，转移粮食，催促大家做饭，吆喝大家拆窝铺，传话送信，村干部样样都得想周到。起早睡夜，雨里去，风里来，也得辛苦一些。撤的时候儿要走在最后，回的时候儿要回在头前。也得多担受些惊怕。

有一个粮秣员，四十岁，叫阎荣堂，家里不富，做一些喝一些，做一下对付得过肚子。抗战参加共产党，因为群众选他当的干部，为人分外辛苦，一次坚壁上几窖子公粮，为了减少损失，什么粮食也得高度分散。东沟西岭，南岔北洼，他奔来跑去还不用提。白天，来了日本鬼子搜山，曲里的下来，东弯的上来，赶得他们爬坡上坎，上午东山，下午南梁，这阎荣堂直耽心事，只怕粮食出岔，好容易盼到太阳落，日本鬼子退，阎荣堂第一件事便是看窖子。有哪等不妥当的，还得连夜发动人转移。打游击时候儿，哪家没有妻儿老小？谁又不腰疼腿酸？那人呀！不是那么容易发动的，阎荣堂就只好搞一个通夜。搞一个通夜能搞得好都好，就怕还搞不了。那么第二天，阎荣堂在山上就和热锅上的蚂蚁一般，走投不是路，不要说一心挂两场，简直是挂记这里也不是，挂记那里也不是。阎荣堂把家里事全忘啦，到家里就是吃饭，丢下碗又走了，反正到处都是山沟，哪里也有窝铺，天亮前，随便找一个地方儿合一合眼就行了。无论睡在哪儿，别人上山也得惊醒他。他去得最多的是刘发荣的游击组，消息又灵通，又好发动人。

刘发荣，不到三十岁，家境和他差不离，因为能行、勇敢，人们叫他当游击组长。这个游击组就别扭，没一支枪，手榴弹也有限，要说武器，大大小小，十几个拳头。刘发荣只好每天每组抓紧站岗放哨，传送情报，注意汉奸。

这几天，风声很不好。极乐庵，日本鬼子杀了八个人。左家沟，日本鬼子赶了一群牛。日本鬼子在西岭闹了个遍，哪家人的窖子也给开了。人们还说："曲里后坡那大窖子也给日本鬼子开了，响了一个地雷，日本鬼子伤了人，也进了去。"

刘发荣生了气，对阎荣堂说："你看！还是有汉奸领着嘛！曲里后坡那大窖子多秘密，他们中队长还向我夸口！哼，这些汉奸啦，活捉他几个！我真想不到本地还出汉奸。这些人的心眼儿呀，不知怎么个长法！"

阎荣堂说："许是本地老百姓挨不过打，招出来的。今年日本鬼子真鬼，这几年，哪回反'扫荡'，日本鬼子也没占这一带，今年倒占了两处！我看见日本鬼子这么一占，心眼里就紧得不行。原先的窖子都不牢靠啦，你看呀，鬼子抓住了本村的老百姓，稍微熬不过的就坏事，只消一句就坏事啦！"

刘发荣愤愤地说："球！破鞋的肚子，怂包！……我就看不惯。"

说着，刘发荣勒一勒袖子，起身到哨上去了。阎荣堂又坐一阵，抽一袋烟，看窖子去。

过不了一两天，曲里的日本鬼子撤了，众人松了一口气。但是啊，东弯的日本鬼子倒越搞越凶，众人的心又紧了。跑出来的民夫说："那里有个绰号叫五阎王的翻译官，安了个死心眼，见人就杀，他说阜平老百姓都是死了心眼的，改不了啦！"这倒是的确的，阜平老百姓死了心眼，就是小孩们也知道偏梁岗走，打游击，十五岁的小伙子进日本鬼子临时据点去牵牲口。有一个青年半夜摸进东弯，打开门把日本鬼子捉去的老百姓放出来一百多。

刘发荣哼了一声，叫："好狗日的！"

"好狗日的"这个话，在阜平不单是用来骂人，有时候儿又是惊叹的意思。

阎荣堂叹了一口气，低着头想去了。

他想："唉呀，要捉住我们村的人，这些公粮完啦！"

这天晚上他又开了一宿窖子。他算计："日本鬼子再狠吧，也得怕我藏！我自个儿藏！"他学会了老鼠的办法，就一粒粒抱，也要非藏得挺严实不行。他准备一点一点重新把它们藏过。他知道这个公粮，丢不得，老百姓省下来给子弟兵，给政府的，来得不容易。天快亮，跟每天一样，他乏得不行，正要往家里走，碰见了刘发荣。刘发荣问他："吃饭没有？"

阎荣堂说："闹了这一宿，才回家去嘞。呃，再闹两宿，日本鬼子搜也搜不着啦。就算他把山上石头都翻了个遍，地皮都掘了个遍，再把村里人们捉来打死吧，他也没法找出我一颗公粮啦！你说吃饭，哪顾得上！"

刘发荣说："游击组还有一点饭，吃去吧！别回家去啦，就回家，你大小子他们也把饭吃啦，拆窝铺了嘞。"

吃饭倒没有什么,游击组的伙食也是大家自个儿带的,谁吃谁拿,记的有饭口表,阎荣堂吃他几顿,有工夫,把粮食捎来就成了。不捎来也不要紧,乡亲们不在乎这点。进了游击组的窝铺,刘发荣给他盛了碗萝卜条儿汤,拿了五个黄干粮。

阎荣堂说:"两个就够啦!"

就着汤吃起来。阎荣堂这一宿工夫正闹得口干舌燥,肚子饥,现在东西下肚,香的真香,甜的真甜。刘发荣说:"你吃着,锅里还有汤。我查哨去。"

阎荣堂吃了一个干粮,正吃第二个,第二碗汤也喝了一半,刘发荣回来了,说:"日本鬼子来球!我叫游击组的给沟里人们送信去啦。把干粮带上两个!我来坚壁锅。"

阎荣堂把剩下的半个干粮塞进口袋里,帮着刘发荣拾掇。坚壁了锅,坚壁了干粮,窝铺也两下弄倒,把席子卷好,丢在大石角落里,一转眼工夫,拾掇干净,他两人上了山。

在山上转了两个遭儿,天也亮了。沟里群众早走干净,山上山下没有人影。鹞子河哗哗流着。

刘发荣说:"今天日本鬼子怎么鼓捣的?就看不见!"

阎荣堂说:"村里去了吧!"

刘发荣说:"麻雀飞过也得有个影子。他就没一点影子?"

正说着,日本鬼子从两边上来了。刘发荣脸就苍白了,说:"跑!"

不等他们撒开腿,他两个一起给日本鬼子捉住。

日本鬼子把他们带下山来,到了河滩里。村里的日本鬼子多的是,看样子,日本鬼子要住啦,正在闹鹿寨,放岗哨。三个两个的在井上打水,饮牲口,到村外找柴火。又有几个正向村边一座房子进攻,刨门眼,拆窗户。刘发荣、阎荣堂只得在心眼里各自着急,两人你瞪我一眼,我瞪你一眼,没有一点法子。日本鬼子也不打他们,也

不骂他们。他们疑惑不定,叫走就走,叫站就站,见风使舵,互相使眼色。

来了一个中国人,把他两个领到树林去。日本鬼子在到处跑来跑去,砍断花树,抹倒大杨树,有抬走石头的,有在那村边撞倒院墙的。鹉子河在三丈远近那地方儿流着,跑是跑不了,两个人双手都绑着。那中国人叫他们蹲下,他自己也蹲下去,说:

"你们受惊啦?不要怕,有我就不要紧了。我是翻译官。你们叫什么?是什么干部?"

阎荣堂想:"这家伙不要就是五阎王吧?"

刘发荣说:"庄户人。"

翻译官说:"是什么就说什么。你们还想回去吧?家里有老的没有?有媳妇?有孩子?说吧,是什么干部?说了放你们回去。"

刘发荣说:"我是个穷光棍儿,什么也不知道,就赶个集,挣几个子儿,又不识字。谁还要我当干部?"他是想的:"一个穷光棍儿,看你把我怎么样?"

翻译官倒有几分信了的样子,又问阎荣堂:"你嘞?"

阎荣堂说:"我呀还有个老娘,你看他们正拆的那房子不就是我的!好人呀,你给我说了吧,拆了它,我可盖不起呀!"他做出很和气的样子。

翻译官点了点头说:"我看啦,你们不要受苦啦,跟我们去吧,不缺吃,不缺喝,要什么有什么。媳妇么,不要说一个两个,你要八个十个也有的是。你们忙一辈子吃了什么?穿了什么?"

阎荣堂说:"嗯,跟你们走?没有我,我老娘就别想活了!"

刘发荣不哼气,在想:"跟你去?卖洋油的敲碾盘,好大的牌子!"翻译官巴着问他,他只得说:"受苦人嘛,还是受苦吧!"

就这样子谈下去,真是人心隔肚皮,永远谈不通。谈了一两个钟头,太阳高高的半前晌了。边谈着,阎荣堂边留心山上,没见日本鬼子搞回一点粮食来，也没有捉下一个人，心里松了些。

阎荣堂是这么一种性子：温和，但是很老练，你别看他笑嘻嘻的。多少年的折磨，他练成了以柔克刚的本领，就挨着打，受着冻，受着饿，大祸临头，他也有他自个儿的打算。他抗日，他参加共产党，就不是随随便便来的；抗日了，参加共产党了，他又有了一股劲头儿。

刘发荣比他年轻，性子刚，和他大大的不同。

阎荣堂想的是："能哄就哄，听不听由你，听了就好，不听再说，给你抓住了嘛！"他看出了日本鬼子翻译官不会那么容易放他，但他总是要找机会。还找不着么，就慢地来。刘发荣想的是："球，今天给你抓住，算你占了上风。只要我跑出去了，下次搞几支枪，光我游击组也得打你个王八吃西瓜，滚的滚，爬的爬。要不，我当八路军打你狗日的！"

翻译官翻来覆去打问粮食窖子，私人的，公家的；又给他们保证，要给他们钱，放他们走。

"你们还怕我们把窖子找不出来？你们的窖子，我们一眼就看得出来。我们把窖子开了，你们出去，别人也得说你们说了呀！老实告诉你们吧，你们不说也不行。"

谈到别的问题还可以说几句，谈到粮食窖子，两人的嘴就好比生铁结住了一般，死撬也撬不开，撬开也漏不出一个窖子的地位来。

阎荣堂口里不说，心里想："别吹牛，我不说，你就找不出来！哼，你找得出来，还给我们说好的？你看，你今天就没得到一颗粮食。"

刘发荣想："随你说去吧！"

翻译官说："好吧，你们阜平人真是死了心眼啦！"

这句话说得毛骨悚然，阎荣堂偷看了刘发荣一眼，刘发荣正低着头。阎荣堂心里暗暗吃惊："真是五阎王呀！"

翻译官不再问了，只说："我就看你们不说吧！"

说罢，把他两个叫起来，跟他走。把他两个带到一个院子里，进了小屋，翻译官在外面把门关上，上了锁，走了。

刘发荣在屋里，坐也不是，立也不是，真心慌，说："这才气坏人啦，要怎么就怎么吧，来个痛快！"

阎荣堂说："这时候儿可急不得嘞。看事行事，人一急，就糟啦！"

刘发荣说："我生就这个性子！"

阎荣堂说："可别，这不是使性子的时候。"

刘发荣就静不下来，在那儿骂："日本鬼子，五阎王，我日你们的祖宗！"不骂了，就叹气。

阎荣堂劝他："骂不顶事儿，落都落在他们的手里了，不要硬碰硬。从他们手里逃得出去就算英雄好汉。你要他来个痛快，那还不容易。"

刘发荣哪能听他的。

下午，来了两个伪军、两个日本鬼子，开了门，把他两个引出来，走了一条街，进一个大院子里去。进了屋里，一个日本鬼子官，和一个黑小子中国人正谈什么，那个翻译官在当间说几句鬼子话，又说几句汉话。见他们进来，那黑小子说："这两个全不是好玩意儿，不打不行！"

那口音听来很熟，阎荣堂在想："这家伙阜平人，远不了——本地汉奸啦！哼，鬼子话没学会嘞，新来的！"阎荣堂偷偷看了刘发荣一眼，刘发荣脸上却没有一点动静。他正在想："要打就打吧，怕打的算是赖种！"他生气，他骄傲，是正当的，但是，就这个蒙住了他的心。

翻译官看定刘发荣的面孔说："怎么样？明白了没有？要不就不客气啦！你说，你们村的窨子尽在什么地方儿？"

刘发荣低着头不哼气。阎荣堂说:"别人的窖子我们实在不知道。人家都是半夜三更,人定的时候儿埋的。我们自个儿也没有窖子,穿的在身上,吃的在肚子里。我家只有一个老娘……"

翻译官说:"你看见谁在半夜三更,人定的时候儿埋的?"

阎荣堂愣了一愣,很快就说:"半夜三更,人定的时候儿埋,所以我看不见嘛。"

翻译官说:"那你怎么知道?"

阎荣堂说:"谁也这么埋啊!"

翻译官在地上捡起来一根胳膊粗的白杨木棍子,就问:"那你一点也没看见?"

阎荣堂说:"我又不想偷人家的,我管他谁在哪儿开窖子。"

话还没说完,头上就挨一棍子。翻译官骂:"胡说!"

阎荣堂不吭气了。翻译官说:"快说,你们是什么人?"

阎荣堂小声说:"庄户人。"

翻译官鼻子里哼了一声,那阜平口音的黑小子笑嘻嘻地说:"谁问你是不是庄户人呀?说吧,是干部不是?是共产党不是?"

阎荣堂更加小声地说:"不是。"

黑小子说得更大声了,还打了个哈哈,说:"真笑死人啦,连个不是都不敢大声说,准是!"

翻译官又问刘发荣:"你嘞?"

刘发荣说:"别问啦,给我个痛快!"

翻译官一棍子就打下去说:"你要痛快,我就要慢慢地来!"

黑小子说:"这家伙是个共产党!"

翻译官又是一棍子,边答应黑小子:"阜平的庄户人,十成有八成是共产党。"

刘发荣两眼冒火,他心里说:"好黑小子,你真好眼色。"就是给绑着,还不了手,只是大声说:"黑小子,我算落在你手里啦!"

黑小子也拾了一根胳膊粗的棍子，说："打，先打这狗日的们一顿结实的！"

说罢，两条棍就打开了。乒乒乓乓，一棍比一棍重，雨点一般，一阵比一阵紧。那黑小子就像要吃人的狼似的，把他一辈子的恶毒都使出来啦，眼睛红红的。他骂："我就不信你们这些共产党员是铁打的！再显威风吧！发动群众吧！"

那翻译官也就上了瘾。刘发荣先还呐喊，慢慢儿闭嘴了。阎荣堂把不住脚，就要跌倒，耳朵里只嗡嗡响，也听不清楚那翻译官和黑小子嚷叫些什么，也分别不出棍子的轻重了。忽然，刘发荣扑通倒了下去。阎荣堂也只觉着天旋地转，想站稳，办不到，顺着下去，棍子还打着，却再也不知人事了。

也不知经了多少时辰，阎荣堂在地上醒了过来，只觉得浑身麻木，火辣辣的，动一动就好比针扎一般。朦里朦胧地，他听见那两个中国人在说话。

翻译官说："活了！"

黑小子说："可不，一顿是打不死的。我打过。"

翻译官说："唔，我也打过多啦，常常打得我胳膊发疼。"

黑小子说："用酒擦一擦就好。"

阎荣堂睁眼看了一看，日本鬼子官不知到哪去了。他又闭上眼睛。心想："该把我丢出去了吧？这时节该装死。一定是刘发荣动来着。"他想到万一把他丢出去，等身边没人了，他就赶快起来，连爬也要爬回去。要回去了吗，家里人们该是多么高兴。大小子顶事，他得叫大小子去照料窖子。他又想到不久就告给区里，叫他们另外找人想办法，不要叫大小子把事儿误了。一会儿他又想到不要紧的，打的伤容易好，不要叫人看出来球不顶，挨几下就辞职，别人也照样嘞。

那黑小子凑到阎荣堂的面前，说："痛吧？"

阎荣堂不注意地把眼睛睁开看了他一眼，又赶快闭上，不哼气，心里头埋怨自个儿。

黑小子又跑到刘发荣面前，问："你说不说？"

用脚踩了两脚，刘发荣睁开了火红的眼睛，说："随你的便吧！就恨我没有死。"

翻译官也跑去了，软的硬的说了一阵。刘发荣说："给我来个痛快！"

不管什么，他都来了个"软硬不吃"。"软硬不吃"这句话在阜平特别流行，这句话把阜平人的顽强说透了骨。

翻译官到了阎荣堂面前说："说实话吧！"

阎荣堂说："实在是庄户人，什么也不知道。"

黑小子说："这都是贱痞子，还得打！"

阎荣堂说："我这都是实话呀！"

一阵棍子又落到身上来了。这一遭不比头一遭，哪消一顿工夫，又都死了过去。等到阎荣堂再醒过来，听见挺急的脚步声，睁开眼一看，那黑小子带着两条汉子，把刘发荣架了出去。屋里生了一堆大火，照得明明白白。刘发荣还向他这边看了一眼，却给一巴掌打了过去，黑小子对阎荣堂说："你还看！"

天已经黑了，他躺在那儿，眼看着那日本鬼子官和翻译官坐在火堆旁烤着，都不作声。一会儿，进来一个日本人，一个中国人，端着肉菜、大米饭、罐头放下，不吭气，又出去了。日本鬼子官和翻译官叽里咕噜说了几句，就吃饭。吃罢又走了，那两个人把家伙拿出去。日本鬼子官和翻译官又跟木头一样，坐着烤火不作声。

远处有日本鬼子的说是唱不是唱，说是吆喝不是吆喝的怪声音。这种声音，日本鬼子一闹就闹到天亮，哪一个临时据点里也一样。阎荣堂想："山上的人们都听见了？"他又听见门外头直是窸窸窣窣的，听了半天，才搞清楚那是下雨了。阎荣堂心想："下雨好，下了雨就看不见窖子的印儿来了！"他挨着的地方都肿了，衣服绷着疼得厉害。那伤口又多的是，不觉着还罢，觉得就像千条毒蛇钻着咬，顾得了这，顾不了那。

阎荣堂看出来，事儿还没有完，还有拷打在后头。他叹了一口气。想到今天早起不该到刘发荣那儿去，该就上山，肚子饿怕什么？未必在山上还找不着吃的，弄得这时节受苦！他想到，打游击嘛，饿是小事儿，他设想他要活出去了，以后就宁肯挨着饿，挨着冻，只要不给日本鬼子抓住。他是受惯了冻饿的人。

他一点没想到死，一脑子的希望，哪怕这希望是艰苦的生活，这样的希望常常是有力的。

一会儿，日本鬼子官和翻译官叽咕了一阵。翻译官走过来，问阎荣堂说："熬得过吧？说了吧！这儿只有你一个人了，那家伙拖出去枪毙了。"

看那说话的神情，阎荣堂就知道是假的，他也没听见枪响，就说："呃，熬不熬得过？要不熬，又有什么法子！"

翻译官笑嘻嘻地说："说了不就完啦。"

阎荣堂叹了一口气："说啊，说了又怎样嘞，说了你又不信啊。"

翻译官说："说吧，你就是不说呀。"

阎荣堂说："说嘞，你又不信。我是庄户人嘛，哪当什么干部来？就门也不出，集也不大赶的，我就守着我的老娘。"

翻译官也不再问了，坐着想了一阵子，和日本鬼子叽咕了几句，问阎荣堂说："你有几条命啦？"

阎荣堂没有吭气，自个儿在肚里说："我有几条命横竖也由你糟蹋。"

阎荣堂哪能吭气，眼前发黑，牙巴都快给自个儿咬碎了，为了不叫唤出来，自个儿把气闭住。

这是真金子不怕火炼的时候，这是一个人为了活，为了理想忍受比死还痛苦的肉体崩裂的时候，人不是铁打的，但这时比铁打的还要坚硬。

翻译官又烙了。铁丝盘盘黑了又换红的。连烙几次，回头一看，那阎荣堂死得和石头一样……

阎荣堂再醒过来时，那日本鬼子官和那翻译官还在烤火，他们脸上却一点精神也没有了，他两个说话的声音变成了软绵绵的。像在想什么东西，想不出来。常言说，"人逢喜事精神爽"，倒了霉时就抬不起头来。显然，那鬼子官和翻译官是因为他们的计划失败了。阎荣堂脊梁上一带就好比在着火，在用刀子割，肉在往下落，受不住的疼痛，又给剥光衣服，丢在这潮湿的墙脚边，在这秋天下雨的夜里，浑身上下冷得厉害，他不哼一口气，熬着，躺着不动。这时节，他肚子是一团傲气。他想："好狗日的们，这个我也熬下来啦！"他不觉着他可怜，他觉着他和敌人斗争赢了。

他看出日本鬼子还不会放松他，会把他糟蹋得不堪，他想着，他们还会拿刀子捅他，在他身上一块儿一块儿地往下割，或者会拿洋狗咬他，他给自个儿设想了各种各样残酷的结局，他仍旧没想到死，好像随便怎么样他也会活得一样。断不了他要想到他们怎么把他丢出去，他怎么可活。

翻译官立了起来，在屋里来回地走。走到门外看了看，又回头看了看阎荣堂，忽然一问："冷不冷？"

阎荣堂心想："还有不冷，你还问。"又想："我就说冷，看你怎么样？"就说："冷。"

翻译官说："我找个地方儿叫你暖着些。"

阎荣堂心想："还耍这个？该不是又要搞什么新鲜的呢？不要真给我点什么甜头吃吧？不管怎么得小心着。"

翻译官又向日本鬼子官叽咕了一下，出门去。一会儿，带了两个中国人进来，伸手来架阎荣堂。阎荣堂说："你把我丢出去，我也得个全尸。"

翻译官说:"我看见你冷得不行,先叫你暖一暖。"

动作起来,浑身都疼,阎荣堂一路就忍不住轻轻呻唤。他完全靠在那两个中国人身上。出了门,把他架到院子里墙角落跟前。放下他,把脚也给绑住,丢下就走了。

翻译官过去问刘发荣:"受不住,你就说吧!"

刘发荣说:"我是这个村的游击组长,我的任务,就是领着民兵专门来打你们这一群狗日的。"

翻译官问:"是共产党吧?"

刘发荣住了住口,说:"共产党,你配抓住共产党!你配,你是老几?你只能抓我这种人。"

那边,阎荣堂叹了一口气,放心了,他懂得了刘发荣的心思,但他心眼里说:"没有用,犯不着!"

翻译官指着阎荣堂问刘发荣说:"他是什么人?"

刘发荣说:"他还不是老百姓,你没长眼睛,看不出来?"

翻译官说:"不是干部?"

刘发荣说:"谁要他当干部!"

翻译官问阎荣堂说:"不要骗我,快说实话。"

阎荣堂说:"你闹死我这么多回了,我就是老百姓嘛!"

翻译官说:"哼,我明白,你还没受够罪。呃,游击组长,哪有粮食窖子?"

刘发荣说:"有,曲里后坡,粮食可多嘞,在一个大窖子里。"

翻译官说:"不受够罪不说,真是贱痞子。"他又回过头来。"把这小子再淹一个死!"

又把阎荣堂淹死一遭。阎荣堂醒来,人们正拿杠子抬刘发荣,两手两脚紧捆着,倒吊起来,说是找窖子去,阎荣堂想:"这该活下来啦!这一关又过去啦!"他看了看村后的山上,山上没有一个人。一个伪军拉他起来,他脚发抖。再放下他,他把眼睛闭着。他埋怨刘发荣,但是心里慌慌的,他不能多想。

日本鬼子叫伪军拉着刘发荣到曲里去,走不了一里地,刘发荣给吊得受不住,只得说:"让我下来自个儿走吧!"

翻译官说:"你是游击组长,大干部!走着不像样子,还是抬着好。"

刘发荣说:"人说你们禽兽不如,我看啊拿禽兽比你们,还是太抬举你们啦!"

翻译官说:"你骂吧,开不了窖子再给你说。"

刘发荣说:"我怕?我死了心啦!"

到了曲里,刘发荣把日本鬼子直带到后坡那开了的窖子去。日本鬼子还摸不清这是怎么回事,刘发荣笑着向翻译官说:"开吧,这不是窖子?"

日本鬼子一枪把刘发荣打死了。

阎荣堂给弄到村里,叫他和民夫们在一起,日本鬼子官和翻译官都不再拷问他了。一个民夫给他找了衣服来,开饭了,也给他点吃的。出人意外,他竟活下来了。就是身上伤太重,不能行走,只能挨撑几步。他觉着他熬下来了,从五阎王手里熬下来了,又负气又放心,出太阳了,他跑去晒太阳。身上痛,他忍着,痛得不行了,他这样想:"熬下来就了不起啦,痛一点怕什么,只要不死,就是留得青山在,不怕没柴烧了。"没事了,他就计算着自个儿坚壁的粮食,哪儿多少,哪儿多少,是什么粮,坚壁在哪儿,怎样坚壁着,这样来快活自个儿。他也想到家里的人该急死啦,但是啊,那是不要紧的,他一回去就什么事都没有了。打听出了刘发荣的下落,他暗暗地滴下几颗眼泪。吃饭嘛,吞不下肚去,后来他想他们都有骨气,才又放开了。他那两只眼睛比起过去要亮得多,好像有一种什么了不起的精神上他身上来了。

三天后,日本鬼子退了,把他带到东弯。过不了几天,又带他到北庄。在北庄住了六天,又带他到王林口去。

他身体好多了,盘算着逃走,虽说浑身还痛,精神不好,他却比过去神气,冷冰冰的脸上透出一种异常坚决的光辉。他觉着他比过去要老得多了。他思虑了各种各样对敌斗争的巧妙方法,从日本鬼子的宿营、行军,他都挺注意。他对民夫们挺好,像个老人家似的,民夫也喜欢他。

到了王林口第二天,日本鬼子出发,他从民夫那里还探听出了那个黑小子姓什么,哪儿住。这黑小子还跟着日本鬼子。他装着大便,进了一个破墙角,趁都忙着,闪出了村,下到一个渠道里——阎荣堂逃走了。

他跑了五里地,前面看见了区游击组的哨,心上一松劲儿,好像骨头架子散了,心也不跳了,倒在地下,昏死过去。

回到村里,他把黑小子的姓名住处,报告给区治安员,拉着棍子他又去检查窖子,有一个窖子不放心,他把大小子叫来,说:"当老的身子骨还不得劲儿,你给我挪动挪动,到山沟里给分散开平地死埋起来。就看你的心眼儿啦!咦,不要辜负当老的这九死一生的一场苦心啊!你也该负点责任了。"

这一天,有一个正规兵团到这附近来了,要取公粮,准备在这儿作一战。他,棍子也不拄了,领着去开窖子。这村的公粮刚刚够用。军队把公粮背走,他才回窝铺里,倒在床上。这场病,挺厉害,大烧大热,嘴唇皮都烧黑了。脊梁上那一指头厚的黑痂,直到反"扫荡"结束才落下来。又病了一个多月才能行走。出生入死的折磨把他身子骨糟蹋得不轻。他自个儿却一直不相信这一场大病是受了折磨过的那股劲儿翻过来了。他认为日本鬼子不拷问他了以后,他还是好好儿的,回来了也是好好儿的。

孙犁

芦　苇

敌人从只有十五里远的仓库往返运输着炸弹，低飞轰炸，不久，就炸到这树林里来，把梨树炸翻，我跑出来，可是不见了我的伙伴，我匍匐在小麦地里往西爬，又立起来飞跑过一块没有遮掩的闲地，往西跑了一二里路，才看见一块坟地，里面的芦草很高，我就跑了进去。

"呀！"有人惊叫一声。我才看见里面原来还藏着两个妇女，一个三十多岁的妇人，一个十八九岁的姑娘，她们不是因为我跳进来吃惊，倒是为我还没来得及换的白布西式衬衣吓了一跳。我离开她们一些坐下去，半天，那妇女才镇静下来说："同志，你说这里藏得住吗？"

我说等等看。我蹲在草里，把枪压在膝盖上，那妇人又说："你和他们打吗？你一个人，他们不知道有多少。"

我说，不能叫他们平白捉去。我两手交叉起来垫着头，靠在一个坟头上休息。妇人歪过头去望着那个姑娘，姑娘的脸还是那样惨白，可是很平静，就像我身边这片芦草一样，四面八方是枪声，草叶子还是能安定自己。我问："你们是一家吗？"

"是，她是我的小姑。"妇人说着，然而又望一望她的小姑，"景，我们再去找一个别的地方吧，我看这里靠不住。"

"上哪里去呢？"姑娘有些气恼，"你去找地方吧！"

可是那妇人也没动，我想她是有些怕我连累了她们，就说："你们嫌我在这里吗？我歇一歇就走。"

"不是！"那姑娘赶紧抬起头来望着我说，"你在这里，给我们仗仗胆有什么不好的？"

"咳!"妇人叹一口气,"你还要人家仗胆,你不是不怕死吗?"她就唠叨起来,我听出来她这个小姑很任性,逃难来还带着一把小刀子。"真是孩子气,"她说,"一把小刀子顶什么事哩!"

姑娘没有说话,只是凄惨地笑了笑。我的心骤然跳了几下,很想看看她那把小刀子的模样。她坐在那里,用手拔着身边的草,什么表示也没有。

忽然,近处的麦子地里有人走动。那个妇人就向草深的地方爬,我把那姑娘推到坟的后面,自己卧倒在坟的前面。有几个敌人走到坟地边来了,哇啦了几句,就冲着草里放枪,我立刻向他们还击,直等到外面什么动静也没有了,才停下来。

不久天也快黑了,她们商量着回到村里去。姑娘问我怎么办,我说还要走远些,去打听打听白天在梨树园里遇到的那些伙伴的下落。她看看我的衣服:"你这件衣服不好。"再低头看看她那件深蓝色的褂子:"我可以换给你。先给我你那件。"

我脱下我的来递给她,她走到草深的地方去。一会儿,她穿着我那件显得非常长大的白衬衫出来,把褂子扔给我:

"有大襟,可是比你这件强多了,有机会,你还可以换。"说完,就去追赶她的嫂子去了。

一九四一年于平山

邢　　兰

我这里要记下这个人，叫邢兰的。

他在鲜姜台居住，家里就只三口人：他，老婆，一个女孩子。

这个人，确实是三十二岁，三月里生日，属小龙（蛇）。可是，假如你乍看他，你就猜不着他究竟多大年岁，你可以说他四十岁，或是四十五岁。因为他那黄藁叶颜色的脸上，还铺着皱纹，说话不断气喘，像有多年的痨症。眼睛也没有神，干涩的。但你也可以说他不到二十岁。因为他身长不到五尺，脸上没有胡髭，手脚举动活像一个孩子，好眯着眼笑，跳，大声唱歌……

去年冬天，我随了一个机关住在鲜姜台。我的工作是刻蜡纸，油印东西。我住着一个高坡上一间向西开门的房子。这房子房基很高，那简直是在一个小山顶上。看西面，一带山峰，一湾河滩，白杨，枣林。下午，太阳慢慢地垂下去……

其实，刚住下来，我是没心情去看太阳的，那几天正冷得怪。雪，还没有融化，整天阴霾着的天，刮西北风。我躲在屋里，把门紧紧闭住，风还是找地方吹进来，从门上面的空隙，从窗子的漏洞，从椽子的缝口。我堵一堵这里，糊一糊那里，简直手忙脚乱。

结果，这是没办法的。我一坐下来，刻不上两行字，手便冻得红肿僵硬了。脚更是受不了。正对我后脑勺，一个鼠洞，冷森森的风从那里吹着我的脖颈。起初，我满以为是有人和我开玩笑，吹着冷气；后来我才看出是一个山鼠出入的小洞洞。

我走出转进，缩着头没办法。这时，邢兰推门进来了。我以为他是这村里的一个普通老乡，来这里转转。我就请他坐坐，不过，我紧接着说："冷得怪呢，这屋子！"

"是，同志，这房子在坡上，门又冲着西，风从山上滚下来，是很硬的。这房子，在过去没住过人，只是盛些家具。"

这个人说话很慢，没平常老乡那些啰嗦，但有些气喘，脸上表情很淡，简直看不出来。

"唔，这是你的房子？"我觉得主人到了，就更应该招呼得亲热一些。

"是咱家的，不过没住过人，现在也是坚壁着东西。"他说着就走到南墙边，用脚轻轻地在地上点着，地下便发出空洞的通通的声响。

"呵，埋着东西在下面？"我有这个经验，过去我当过那样的兵，在财主家的地上，用枪托顿着，一通通地响，我便高兴起来，便要找铁铲了。这当然，上面我也提过，是过去的勾当。现在，我听见这个人随便就对人讲他家藏着东西，并没有一丝猜疑、欺诈，便顺口问了上面那句话。他却回答说："对，藏着一缸枣子，一小缸谷，一包袱单夹衣服。"

他不把这对话拖延下去。他紧接着向我说，他知道我很冷，他想拿给我些柴火，他是来问问我想烧炕呢，还是想屋里烧起一把劈柴。他问我怕烟不怕烟，因为柴火湿。

我以为，这是老乡们过去的习惯，对军队住在这里以后的照例应酬，我便说："不要吧，老乡。现在柴很贵，过两天，我们也许生炭火。"

他好像没注意我这些话，只是问我是烧炕，还是烤手脚。当我说怎样都行的时候，他便开门出去了。

不多会儿，他便抱了五六块劈柴和一捆茅草进来，好像这些东西，早已在那里准备好。他把劈柴放在屋子中央，茅草放在一个角落里，然后拿一把茅草做引子，蹲下生起火来。

我也蹲下去。

当劈柴燃烧起来，一股烟腾上去，被屋顶遮下来，布展开去。火光映在这个人的脸上，两只眯缝的眼，一个低平的鼻子，而鼻尖像一个花瓣翘上来，嘴唇薄薄的，又没有血色，老是紧闭着……

他向我说："我知道冷了是难受的。"

从此，我们便熟识起来。我每天做着工作，而他每天就拿些木柴茅草之类到房子里来替我生着，然后退出去。晚上，有时来帮我烧好炕，一同坐下来，谈谈闲话。

我觉得过意不去。我向他说："不要这样吧，老邢，柴火很贵，长此以往……"

他说："不要紧，烧吧。反正我还有，等到一点也没有，不用你说，我便也不送来了。"

有时，他拿些黄菜、干粮给我。但有时我让他吃我们一些米饭时，他总是赶紧离开。

起初我想，也许邢兰还过得去，景况不错吧。终于有一天，我坐到了他家中，见着他的老婆和女儿。女儿还小，母亲抱在怀里，用袄襟裹着那双小腿，但不久，我偷眼看见，尿从那女人的衣襟下淋下来。接着那邢兰嚷："尿了！"

女人赶紧把衣襟拿开，我才看见女孩子没有裤子穿……

邢兰还是没表情地说："穷的，孩子冬天也没有裤子穿。过去有个孩子，三岁了，没等到穿过裤子，便死掉了！"

从这一天，我才知道了邢兰的详细。从小就放牛，佃地种，干长工，直到现在，还只有西沟二亩坡地，满是砂块。小时放牛，吃不饱饭，而每天从早到晚在山坡上奔跑呼唤。……直到现在，个子没长高，气喘咳嗽……

现在是春天，而鲜姜台一半以上的人吃着枣核和糠皮。

但是，我从没有看见或是听见他愁眉不展或是唉声叹气过，这个人积极地参加着抗日工作，我想不出别的字眼来形容邢兰对于抗日工作的热心，我按照这两个字的最高度的意义来形容他。

邢兰发动组织了村合作社，又在区合作社里摊了一股。发动组织了村里的代耕团和互助团。代耕团是替抗日军人家属耕种的，互助团全是村里的人，无论在种子上，农具上，牲口、人力上，大家互相帮助，完成今年的春耕。

而邢兰是两个团的团长。

看样子，你会觉得他不可能有什么作为的。但在一些事情上，他是出人意外地英勇地做了，这，不是表现了英勇，而是英勇地做了这件事。这英勇也不是天生的，反而看出来，他是克服了很多的困难，努力做到了这一点。

还是去年冬天，敌人"扫荡"这一带的时候。邢兰在一天夜里，赤着脚穿着单衫，爬过三条高山，探到平阳街口去。敌人就住在那里。等他回来，鲜姜台的机关人民都退出去。他又帮我捆行李，找驴子，带路……

邢兰参与抗日工作是无条件的，而且在一些坏家伙看起来，简直是有瘾。

近几天，鲜姜台附近有汉奸活动，夜间，电线常常被割断。邢兰自动地担任做侦察的工作。每天傍晚在地里做了一天，回家吃过晚饭，我便看见他斜披了一件破棉袍，嘴里哼着歌子，走下坡去。我问他一句："哪里去？"

他就眯眯眼："还是那件事……"

夜里，他顺着电线走着，有时伏在沙滩上，他好咳嗽，他便用手掩住嘴……

天快明，才回家来，但又是该下地的时候了。

更清楚地说来，邢兰是这样一个人，当有什么事或是有什么工作派到这村里来，他并不是事先说话，或是表现自己，只是在别人不发表意见的时候，他表示了意见，在别人不高兴做一件工作的时候，他把这件工作担负起来。

按照他这样一个人，矮小、气弱、营养不良，有些工作他实在是勉强做去的。

有一天，我看见他从坡下面一步一步挨上来，肩上扛着一条大树干，明显的他是那样吃力，但当我说要帮助他一下的时候，他却更挺直腰板，扛上去了。当他放下，转过身来，脸已经白得怕人。他告诉我，他要锯开来，给农具合作社做几架木犁。

还有一天，我瞧见他赤着背，在山坡下打坯，用那石杵，用力敲打着泥土。而那天只是二月初八。

如果能拿《水浒传》上一个名字来呼唤他，我愿意叫他"拼命三郎"。

从我认识了这个人，我便老是注意他。一个小个子，腰里像士兵一样系了一条皮带，嘴上有时候也含着一个文明样式的烟斗。

而竟在一天，我发现了这个家伙，是个"怪物"了。他爬上一棵高大的榆树修理枝丫，停下来，竟从怀里掏出一支耀眼的口琴吹奏了。他吹的调子不是西洋的东西，也不是中国流行的曲调，而是他吹熟了的自成的曲调，紧张而轻快，像夏天森林里的群鸟喧叫……

在晚上，我拿过他的口琴来，是一个蝴蝶牌的，他说已经买了二年，但外面还很新，他爱好这东西，他小心地藏在怀里，他说："花的钱不少呢，一块七毛。"

我粗略地记下这一些。关于这个人，我想永远不会忘记他吧。

他曾对我说："我知道冷是难受……"这句话在我心里存在着，它只是一句平常话，但当它是从这样一个人嘴里吐出来，它就在我心里引起了这种感觉：

只有寒冷的人，才贪馋地追求一些温暖，知道别人的冷的感觉；只有病弱不幸的人，才贪馋地拼着这个生命去追求健康、幸福；……只有从幼小在冷淡里长成的人，他才爬上树梢吹起口琴。

记到这里，我才觉得用不着我再写下去。而他自己，那个矮小的个子，那藏在胸膛里的一颗煮滚一样的心，会续写下去的。

一九四〇年三月二十三日夜记于阜平

光　荣

饶阳县城北有一个村庄，这村庄紧靠滹沱河，是个有名的摆渡口。大家知道，滹沱河在山里受着约束，昼夜不停地号叫，到了平原，就今年向南一滚，明年往北一冲，自由自在地奔流。

河两岸的居民，年年受害，就南北打起堤来，两条堤中间全是河滩荒地，到了五六月间，河里没水，河滩上长起一层水柳、红荆和深深的芦草。常常发水，柴火很缺，这一带的男女青年孩子们，一到这个时候，就在炎炎的热天，背上一个草筐，拿上一把镰刀，散在河滩上，在日光草影里，割那长长的芦草，一低一仰，像一群群放牧的牛羊。

"七七事变"那一年，河滩上的芦草长得很好，五月底，那芦草已经能遮住那些孩子们的各色各样的头巾。地里很旱，没有活做，这村里的孩子们，就整天缠在河滩里。

那时候，东西北三面都有了炮声，渐渐东南面和西南面也响起炮来，证明敌人已经打过去了，这里已经亡了国。国民党的军队和官员，整天整夜从这条渡口往南逃，还不断骚扰抢劫老百姓。

是从这时候激起了人们保家自卫的思想，北边，高阳肃宁已经有人民自卫军的组织。那时候，是一声雷响，风雨齐来，自卫的组织，比什么都传流得快，今天这村成立了大队部，明天那村也就安上了大锅。青年们把所有的枪支，把村中埋藏的、地主看家的、巡警局里抓赌的枪支，都弄了出来，背在肩上。

枪，成了最重要的、最必需的、人们最喜爱的物件。渐渐人们想起来：卡住这些逃跑的军队，留下他们的枪支。这意思很明白：养兵千日，用兵一时；大敌压境，你们不说打仗，反倒逃跑，好，留下枪支，交给我们，看我们的吧！

先是在村里设好圈套，卡一个班或是小队逃兵的枪；那常常是先摆下酒宴，送上洋钱，然后动手。

后来，有些勇敢的人，赤手空拳，站在大道边上就卡住了枪支；那办法就简单了。

这渡口上原有一只大船，现在河里没水，翻过船底，晒在河滩上。船主名叫尹廷玉，是个五十多的老头子，弄了一辈子船，落了个"车船店脚牙"的坏名儿，可也没置下产业。他有一个儿子刚刚十五岁，名叫原生，河里有水的时候，帮父亲弄弄船，现在船闲着，他也就整天跟着孩子们在河滩里看过逃兵，看过飞机，割芦苇草。

这一天，割满了草筐，天也晚了，刚刚要杀紧绳子往回里走，他听得背后有人叫了他一声。

"原生！"

他回头一看，是村西头的一个姑娘，叫秀梅的，穿着一件短袖破白褂，拖着一双破花鞋，提着小镰跑过来，跑到原生跟前，一扯原生的袖子，就用镰刀往东一指：东面是深深一片芦苇，正叫晚风吹得摇摆。

"什么？"原生问。

秀梅低声说："那道边有一个逃兵，拿着一支枪。"

原生问："就是一个人？"

"就是一个。"秀梅喘喘气咬咬嘴唇，"崭新的一支大枪。"

"人们全回去了没有？"原生周围一看，想集合一些同伴，可是太阳已经下山，天边只有一抹红云，看来河滩里是冷冷清清的没有一个人了。

"你一个人还不行吗？"秀梅仰着头问。

原生看见了这女孩子的两只大眼睛里放射着光芒，就紧握他那镰刀，拨动苇草往东边去了。秀梅看了看自己那一把弯弯的明亮的小镰，跟在后边，低声说："去吧，我帮着你。"

"你不用来。"原生说。

原生从那个逃兵身后过去，那逃兵已经疲累得很，正低着头包裹脚上的燎泡，枪支放在一边。原生一脚把他踢趴，拿起枪支，回头就跑，秀梅也就跟着跑起来，遮在头上的小小的白布手巾也飘落下来，丢在后面。

到了村边，两个人才站下来喘喘气，秀梅说："我们也有一支枪了，明天你就去当游击队！"

原生说："也有你的一份呢，咱两个伙着吧！"

秀梅一撇嘴说："你当是一个雀虫蛋哩，两个人伙着！你拿着去当兵吧，我要那个有什么用？"

原生说："对，我就去当兵。你听见人家唱了没：男的去当游击队，女的参加妇救会。咱们一块儿去吧！"

"我不和你一块儿去，叫你们小五和你一块儿去吧！"秀梅笑一笑，就舞动小镰回家去了。走了几步回头说："我把草筐和手巾丢了，吃了饭，你得和我拿去，要不爹要骂我哩！"

原生答应了，原生从此就成了人民解放军的战士，背着这支枪打仗，后来也许换成"三八"，现在也许换成"美国自动步"了。

小五是原生的媳妇。这是原生的爹那年在船上，夜里推牌九，一副天罡赢来的，比原生大好几岁，现在二十了。

那时候当兵，还没有拖尾巴这个丢人的名词，原生去当兵，谁也不觉得怎样，就是那登上自家的渡船，同伙伴们开走的时候，原生也不过望着那抱着小弟弟站在堤岸柳树下面的秀梅和一群男女孩子们，嘻嘻笑了一阵，就算完事。

这不像是离别，又不像是欢送。从这开始，这个十五岁的青年人，就在平原上夜晚行军，黎明作战；在阜平大黑山下砂石滩上艰苦练兵，在盂平听那滹沱河清冷的急促的号叫；在五台雪夜的山林放哨；在黄昏的塞外，迎着晚风歌唱了。

他那个卡枪的伙伴秀梅，也真的在村里当了干部。村里参军的青年很多，她差不多忘记了那个小小的原生。战争，时间过得多快，每个人要想的、要做的，又是多么丰富啊！

可是原生那个媳妇渐渐不安静起来。先是常常和婆婆吵架，后来就是长期住娘家，后来竟是秋麦也不来。

来了，就找气生。婆婆是个老好子人，先是觉得儿子不在家，害怕媳妇抱屈，处处将就，哄一阵，说一阵，解劝一阵；后来看着怎么也不行，就说："人家在外头的多着呢，就没见过你这么背晦的！"

"背晦，人家都有个家来，有个信来。"媳妇的眼皮和脸上的肉越发耷拉下来。这个媳妇并不胖，可是，就是在她高兴的时候，她的眼皮和脸上的肉也是松鬆地耷拉着。

"他没有信来，是离家远得过。"婆婆说。

"叫人等着也得有个头呀！"媳妇一转脸就出去了。

婆婆生了气，大声喊："你说，你说，什么是头呀？"

从这以后，媳妇就更明目张胆起来，她来了，不大在家里待，好在街上去坐，半天半天的，人家纺线，她站在一边闲磕牙。有些勤谨的人说她："你坐得落意呀？"她就说："做着活有什么心花呀？谁能像你们呀！"等婆婆推好碾子，做熟了饭，她来到家里，掀锅就盛。还常说落后话，人家问她："村里抗日的多着呢，也不是你独一份呀，谁也不做活，看你那汉子在前方吃什么穿什么呀？"她就说："没吃没穿才好呢。"

公公耍了半辈子落道，弄了一辈子船，是个有头有脸好面子的人，看看儿媳越来越不像话，就和老婆子闹，老婆子就气得骂自己的儿子。那几年，近处还有战争，她常常半夜半夜坐在房檐上，望着满天的星星，听那隆隆的炮响，这样一来，就好像看见儿子的面，和儿子说了话，心里也痛快一些了。并且狠狠地叨念：怎么你就不回来，带着那大炮，冲着这刁婆，狠狠地轰两下子呢？

小五的落后，在村里造成了很坏的影响，一些老太太们看见她这个样子，就不愿叫儿子去当兵，说："儿子走了不要紧，留下这样娘娘咱搪不开。"

秀梅在村里当干部，有一天，人们找了她来。正是夏天，一群妇女在一家梢门洞里做活，小五刚从娘家回来，穿一身鲜鲜亮亮的衣裳，站在一边摇着扇子，一见秀梅过来，她那眼皮和脸皮，像玩独角戏一样，呱嗒就落下来，扭过脸去。

那些青年妇女们见秀梅来了，都笑着说："秀梅姐快来凉快凉快吧！"说着就递过麦垫来。有的就说："这里有个大顽固蛋，谁也剥不开，你快把她说服了吧！"秀梅笑着坐下，小五就说："我是顽固，谁也别光说漂亮话！"

秀梅说："谁光说漂亮话来？咱村里，你挨门数数，有多少在前方抗日的，有几个像你的呀？"

"我怎么样？"小五转过脸来，那脸叫这身鲜亮衣裳一陪衬，显得多么难看，"我没有装坏，把人家的人挑着去当兵！"

"谁挑着你家的人去当兵？当兵是为了国家的事，是光荣的！"秀梅说。

"光荣几个钱一两？"小五追着问，"我看也不能当衣穿，也不能当饭吃！"

"是！"秀梅说，"光荣不能当饭吃、当衣穿；光荣也不能当男人，一块过日子！这得看是谁说，有的人窝窝囊囊吃上顿饱饭，穿上件衣裳就混得下去，有的人还要想到比吃饭穿衣更光荣的事！"

别的妇女也说:"秀梅说的一点也不假,打仗是为了大伙,现在的青年人,谁还愿意当炕头上的汉子呀!"

小五冷笑着,用扇子拍着屁股说:"说那么漂亮干什么,是'画眉张'的徒弟吗,要不叫你,俺家那个当不了兵!"

秀梅说:"哈!你是说,我和原生卡了一支枪,他才当了兵?我觉着这不算错,原生拿着那支枪,真的替国家出了力,我还觉着光荣呢!你也该觉着光荣。"

"俺不要光荣!"小五说,"你光荣吧,照你这么说,你还是国家的功臣呢,真是木头眼镜。"

"我不是什么功臣,你家的人才是功臣呢!"秀梅说。

"那不是俺家的人。"小五丝声漾气地说,"你不是干部吗?我要和他离婚!"

大伙都一愣,望着秀梅。秀梅说:"你不能离婚,你的男人在前方作战!"

"有个头没有?"小五说。

"怎么没头,打败日本就是头。"

"我等不来,"小五说,"你们能等可就别寻婆家呀!"

秀梅的脸腾地红了,她正在说婆家,就要下书定准了。别人听了都不忿,说:"碍着人家了吗?你不叫人家寻婆家,你有汉子好等着,叫人家等着谁呀!"

秀梅站起来,望着小五说:"我不是和你赌气,我就不寻婆家,我们等着吧。"

别的人都笑起来,秀梅气得要哭了。小五站不住走了。有的就说:"像这样的女人应该好好打击一下,一定有人挑拨着她来破坏我们的工作。"秀梅说:"我们也不随便给她扣帽子,还是教育她。"那人说:"秀梅姐!你还是佛眼佛心,把人全当成好人;小五要是没有牵线的，挖下我的眼来当泡踏！"

对于秀梅的事，大家都说："你真是，为什么不结婚？"

"我先不结婚。"秀梅说，"有很多人把前方的战士，当作打了外出的人，我给她们做个榜样。你们还记得那个原生不？现在想起来，十几岁的一个人，背起枪来，一出去就是七年八年，才真是个好样儿的哩！"

"原生倒是不错，"一个姑娘笑了，"可是你也不能等着人家呀！"

"我不是等着他，"秀梅庄重地说，"我是等着胜利！"

小五到村外一块瓜园里去。这瓜园是村里一个粮秣先生尹大恋开的。这人原是村里一家财主，现在村中弄了名小小的干部当着，掩藏身体，又开了个瓜园，为的是喝酒说落后话儿，好有个清净地方。

尹大恋正坐在高高的窠棚里摇着扇子喝酒，一看见小五来了就说："拣着大个儿的摘着吃吧，你那离婚的事儿谈得怎样了？"

小五拨着瓜秧说："人家叫等到打败日本，谁知道哪年哪月他们才能打败日本呀！"

"唉！长期抗战，这不是无期徒刑吗？喂，不是有说讲吗，五年没有音讯就可以。这是他们的法令呀，他们自己还不遵守吗？和他打官司呀，你这人还是不行！"

小五回来就又和公婆闹，闹得公婆没法，咬咬牙叫她离婚走了，老婆婆狠狠啼哭了一场。老头说："哭她干什么！她是我一副牌赢来的，只当我一副牌又把她输了就算了！"

自从小五出门走了以后，秀梅就常常到原生家里，帮着做活。看看水瓮里没水，就去挑了来，看看院子该扫，就打扫干净。伏天帮老婆拆洗衣裳，秋天帮着老头收割打场。

日本投了降，秀梅跑去告诉老人家，老人听了也欢喜。可是过了好久，有好些军人退伍回来了，还不见原生回来。原生的娘说："什么命呀,叫我们修下这样一个媳妇!"

秀梅说:"大娘,那就只当没有这么一个媳妇,有什么活我帮你做,你不是没有闺女吗,你就只当有我这么个闺女!"

"好孩子,可是你要出聘了呢?"原生的娘说,"唉,为什么原生八九年就连个信也没有?"

"大娘,军队开得远,东一天,西一天,工作很忙,他就忘记给家里写信了。总有一天,一下子回来了,你才高兴呢!"

"我每天晚上听着门,半夜里醒了,听听有人叫娘开门哩,不过是想念的罢了。这么些人全回来了,怎么原生就不回来呀?"

"原生一定早当了干部了,他怎么能撂下军队回来呢?"

"为国家打仗,那是本分该当的,我明白。只是这个媳妇,唉!"

今年五月天旱,头一回耩的晚田没出来,大庄稼也旱坏了,人们整天盼雨。晚上,雷声忽闪地闹了半夜,才淅沥淅沥下起雨来,越下越大,房里一下凉快了,蚊子也不咬人了。秀梅和娘睡在炕上,秀梅说:"下透了吧,我明天还得帮原生家耩地去。"

娘在睡梦里说:"人家的媳妇全散了,你倒成了人家的人了。你好好地把家里的活做完了,再出去乱跑去,你别觉着你爹不说你哩!"

"我什么活没做完呀!我不过是多卖些力气罢了,又轮着你这么啰嗦人!"

娘没有答声。秀梅却一直睡不着,她想,山地里不知道下雨不,山地里下了大雨,河里的水就下来了。那明天下地,还要过摆渡呢!她又想,小的时候,和原生在船上玩,两个人偷偷把锚起出来,要过河去,原生使篙,她掌舵,船到河心,水很急,原生力气小,船打起转来,吓哭了,还是她说:"不要紧,别怕,只要我把得住这舵,就跑不了它,你只管撑吧!"

又想到在芦苇地卡枪,那天黑间,两个人回到河滩里,寻找草筐和手巾，草筐找到了，寻了半天也寻不见那块手巾，直等月亮升上来，才找到了。

想来想去，雨停了，鸡也叫了，才合了合眼。

起身就到原生家里来，原生的爹正在院里收拾"种式"，一见秀梅来了，就说："你给我们拉砘子去吧，叫你大娘旁耧。我常说，什么活也能一个人慢慢去做，唯独锄草和耩地，一个人就是干不来。"

秀梅笑着说："大伯，你拉砘子吧，我拿耧，我好把式哩！我们那几亩地，都是我拿的'种式'哩！"

"可就是，我还没问你，"老头说，"你那地全耩上没有？"

秀梅说："我前两天就耩上了，耩的'干打雷'，叫它们先躺在地里去求雨，我的时气可好哩！"

老头说："年轻人的时运总是好的，老了就倒霉，走吧！"

秀梅背上"种式"就走。她今天穿了一条短裤，光着脚，老婆子牵着小黄牛，老头子拉着砘子葫芦在后边跟着，一字长蛇阵，走出村来。

田野里，大道小道上全是忙着去种地的人，像是一盘子好看的走马灯。这一带沙滩，每到春天，经常刮那大黄风，刮起来，天昏地暗人发愁。现在大雨过后，天晴日出，平原上清新好看极了。

耩完地，天就快晌午了，三个人坐在地头上休息。秀梅热得红脸关公似的摘下手巾来擦汗，又当扇子扇，那两只大眼睛也好像叫雨水冲洗过，分外显得光辉。

她把道边上的草拔了一把，扔给那小黄牛，叫它吃着。

从南边过来一匹马。

那是一匹高大的枣红马，马低着头一步一颠地走，像是已经走了很远的路，又像是刚刚经过一阵狂跑。马上一个八路军，大草帽背在后边，有意无意挥动着手里的柳条儿。远远看来，这是一个年轻的人,一个安静的人,他心里正在思想什么问题。

马走近了,秀梅就转过脸来低下头,小声对老婆说:"一个八路军!"老头子正仄着身子抽烟,好像没听见,老婆子抬头一看,马一闪放在道旁上的石碾子,吃了一惊,跑过去了。

秀梅吃惊似的站了起来,望着那过去的人说:"大娘,那好像是原生哩!"

老头老婆全抬起头来,说:"你看差眼了吧!"

"不。"秀梅说。那骑马的人已经用力勒住马,回头问:"老乡,前边是尹家庄不是?"

秀梅一跳说:"你看,那不是原生吗,原生!"

"秀梅呀!"马上的人跳下来。

"原生,我那儿呀!"老婆子往前扑着站起来。

"娘,也在这里呀!"

儿子可真的回来了。

爹娘儿女相见,那一番话真是不知从哪说起,当娘的嘴一努一努想把媳妇的事说出来,话到嘴边,好几次又咽下去了。原生说:"队伍往北开,攻打保定,我请假家来看看。"

"哎呀!"娘说,"你还得走吗?"

原生笑着说:"等打完老蒋就不走了。"

秀梅说:"怎么样,大娘,看见儿子了吧!"

"好孩子,"大娘说,"你说什么,什么就来了!"

远处近处耩地的人们全围了上来,天也晌午了,又围随着原生回家,背着耧的,拉着砘子的。

刚到村边,新农会的主席手里扬着一张红纸,满头大汗跑出村来,一看见原生的爹就说:"大伯,快家去吧,大喜事!"

"什么事呀?"

"大喜事,大喜事!"

人们全笑了,说:"你报喜报得晚了!"

"什么呀?"主席说,"县里刚送了通知来,我接到手里就跑了来,怎么就晚了!"

人们说:"这不是原生已经到家了!"

"哈,原生家来了?大伯,真是喜上加喜,双喜临门呀!"主席喊着笑着。

人们说:"你手里倒是拿的什么通知呀?"

"什么通知?原生还没对你们大家说呀?"主席扬一扬那张红纸:"上面给我们下的通知,咱们原生在前方立了大功,活捉了蒋介石的旅长,队伍里选他当特等功臣,全区要开大会庆祝哩!"

"哈,这么大事,怎么,原生,你还不肯对我们说呀,你真行呀!"人们嚷着笑着到了村里。

第二天,在村中央的广场上开庆功大会。

天晴得很好,这又是个热天,全村的男女老少,都换了新衣裳,先围到台下来,台上高挂全区人民的贺匾:"特等功臣"。

各村新农会又有各色各样的贺匾祝词,台上台下全是红绸绿缎,金字彩花。

全区的小学生,一色的白毛巾,花衣服,腰里系着一色的绸子,手里拿着一色的花棍,脸上擦着胭脂,老师们擦着脸上的汗,来回照顾。

区长讲完了原生立功的经过,他号召全区青壮年向原生学习,踊跃参军,为人民立功。接着就是原生讲话。他说话很慢,很安静,台下的人们说:老脾气没变呀,还是这么不紧不慢的,怎么就能活捉一个旅长呀!原生说:自己立下一点功;台下就说:好家伙,活捉一个旅长他说是一点功。原生又说:这不是自己的功劳,这是全体人民的功劳；台下又说：你看人家这个说话。

区长说："老乡们，安静一点吧，回头还有自由讲话哩，现在先不要乱讲吧。"人们说："这是大喜事呀，怎么能安静呢！"

到了自由讲话的时候，台下妇女群里喊了一声，欢迎秀梅讲话，全场的人都嚷赞成，全场的人拿眼找她。秀梅今天穿一件短袖的红白条小褂，头上也包一块新毛巾，她正愣着眼望着台上，听得一喊，才转过脸东瞧瞧，西看看，两只大眼睛，转来转去好像不够使，脸飞红了。

她到台上讲了这段话：

"原生立了大功，这是咱们全村的光荣。原生十五岁就出马打仗，那么一个小人，背着那么一支大枪。他今年二十五岁了，打了十年仗，还要去打，打到革命胜利。

"有人觉得这仗打得没头没边，这是因为他没把这打仗看成是自家的事。人们光愿意早些胜利，问别人什么时候打败蒋介石？这问自己就行了。我们要快就快，要慢就慢，我们坚决，我们给前方的战士助劲，胜利就来得快；我们不助劲，光叫前方的战士们自己去打，那胜利就来得慢了。这只要看我们每个人尽的力量和出的心就行了。

"战士们从村里出去，除去他的爹娘，有些人把他们忘记了，以为他们是办自己的事去了，也不管他们哪天回来。不该这样，我们要时时刻刻想念着他们，帮助他们的家，他们是为我们每个人打仗。

"有的人，说光荣不能当饭吃。不明白，要是没有光荣，谁也不要光荣，也就没有了饭吃；有的人，却把光荣看得比性命还要紧，我们这才有了饭吃。

"我们求什么，就有什么。我们这等着原生，原生就回来了。战士们要的是胜利，原生说很快就能打败蒋介石，蒋介石很快就要没命了，再有一年半载就死了。

"我们全村的战士，都会在前方立大功的，他们也都像原生一样，会带着光荣的奖章回来的。那时候，我们要开一个更大更大的庆功会。

"我的话完了。"

台下面大声地鼓掌，大声地欢笑。

接着就是游行大庆祝。

最前边是四杆喜炮，那是全区有名的四个喜炮手；两面红绸大旗：一面写"为功臣贺功"，一面写"向英雄致敬"。后面是大锣大鼓，中间是英雄匾，原生骑在枣红马上，马笼头马颈上挂满了花朵。原生的爹娘，全穿着新衣服坐在双套大骡车上，后面是小学生的队伍和群众的队伍。

大锣大鼓敲出村来，雨后的田野，蒸晒出腾腾的热气，好像是叫大锣大鼓的声音震动出来的。

到一村，锣鼓相接，男男女女挤得风雨不透，热汗齐流。

敲鼓手疯狂地抡着大棒，抬匾的柱脚似的挺直腰板，原生的爹娘安安稳稳坐在车上，街上的老头老婆们指指画画，一齐连声说："修下这样好儿子，多光荣呀！"

那些青年妇女们一个扯着一个的衣后襟，好像怕失了联络似的，紧跟着原生观看。

原生骑在马上，有些害羞，老想下来，摄影的记者赶紧把他捉住了。

秀梅满脸流汗跟在队伍里，扬着手喊口号。她眉开眼笑，好像是一个宣传员。她好像在大秋过后，叫人家看她那辛勤的收成；又好像是一个撒种子的人，把一种思想，一种要求，撒进每个人的心里去。她见到相熟的姐妹，就拉着手急急忙忙告诉说："这是我们村里的原生，十五上就当兵去了，今年二十五岁，在战场上立了大功，胸前挂的那金牌子是毛主席奖的哩。"

说完就又跟着队伍跑走了。这个农民的孩子原生,一进村庄,就好把那放光的奖章,轻轻掩进上衣口袋里去。秀梅就一定要他拉出来。

大队也经过小五家的大门。一到这里,敲大鼓的故意敲了一套花点,原想叫小五也跑出来看看的,门却紧紧闭着,一直没开。

队伍在平原的田野和村庄通过,带着无比响亮的声音,无比鲜亮的色彩。太阳在天上,花在枝头,声音从有名的大鼓手那里敲打,这是一种震动人心的号召:光荣!光荣!

晚上回来,原生对爹娘说:"明天我就回部队去了。我原是绕道家来看看,赶巧了乡亲们为我庆功,从今以后,我更应该好好打仗,才不负人民对我的一番热情。"

娘说:"要不就把你媳妇追回来吧!"

原生说:"叫她回来干什么呀!她连自己的丈夫都不能等待,要这样的女人一块革命吗?"

爹说:"那么你什么时候才办喜事呢?以我看,咱寻个媳妇,也并不为难。"

原生说:"等打败蒋介石。这不要很长的时间。有个一年半载就行了。"

娘又说:"那还得叫人家陪着你等着吗?"

"谁呀?"原生问。

"秀梅呀!人家为你耽误了好几年了。"娘把过去小五怎么使歪造耗,秀梅怎样解劝说服,秀梅怎样赌气不寻婆家,小五走了,秀梅怎样体贴娘的心,处处帮忙尽力,原原本本说了一遍。

在原生的心里,秀梅的影子,突然站立在他的面前,是这样可爱和应该感谢。他忽然想起秀梅在河滩芦苇丛中命令他去卡枪的那个黄昏的景象。当原生背着那支枪转战南北,在那银河横空的夜晚站哨,

或是赤日炎炎的风尘行军当中,他曾经把手扶在枪上,想起过这个景象。那时候,在战士的心里,这个影子就好比一个流星,一只飞鸟横过队伍,很快就消失了。现在这个影子突然在原生心里鲜明起来,扩张起来,顽强粘住,不能放下了。

在全村里,在瓜棚豆架下面,在柳荫房凉里,那些好事好谈笑的青年男女们议论着秀梅和原生这段姻缘,谁也觉得这两个人要结了婚,是那么美满,就好像雨既然从天上降下,就一定是要落在地上,那么合理应当。

一九四八年七月十日于饶阳东张岗

荷 花 淀

——白洋淀纪事之一

  月亮升起来,院子里凉爽得很,干净得很,白天破好的苇眉子潮润润的,正好编席。女人坐在小院当中,手指上缠绞着柔滑修长的苇眉子。苇眉子又薄又细,在她怀里跳跃着。

  要问白洋淀有多少苇地?不知道。每年出多少苇子?不知道。只晓得,每年芦花飘飞苇叶黄的时候,全淀的芦苇收割,垛起垛来,在白洋淀周围的广场上,就成了一条苇子的长城。女人们,在场里院里编着席。编成了多少席?六月里,淀水涨满,有无数的船只,运输银白雪亮的席子出口,不久,各地的城市村庄,就全有了花纹又密、又精致的席子用了。大家争着买:

  "好席子,白洋淀席!"

  这女人编着席。不久在她的身子下面,就编成了一大片。她像坐在一片洁白的雪地上,也像坐在一片洁白的云彩上。她有时望望淀里,淀里也是一片银白世界。水面笼起一层薄薄透明的雾,风吹过来,带着新鲜的荷叶荷花香。

  但是大门还没关,丈夫还没回来。

  很晚丈夫才回来了。这年轻人不过二十五六岁,头戴一顶大草帽,上身穿一件洁白的小褂,黑单裤卷过了膝盖,光着脚。他叫水生,小苇庄的游击组长,党的负责人。今天领着游击组到区上开会去来。女人抬头笑着问:

  "今天怎么回来得这么晚?"站起来要去端饭。水生坐在台阶上说:

  "吃过饭了,你不要去拿。"

  女人就又坐在席子上。她望着丈夫的脸,她看出他的脸有些红

涨,说话也有些气喘。她问:

"他们几个哩?"

水生说:

"还在区上。爹哩?"

女人说:

"睡了。"

"小华哩?"

"和他爷爷去收了半天虾篓,早就睡了。他们几个为什么还不回来?"

水生笑了一下。女人看出他笑得不像平常。

"怎么了,你?"

水生小声说:

"明天我就到大部队上去了。"

女人的手指震动了一下,想是叫苇眉子划破了手,她把一个手指放在嘴里吮了一下。水生说:

"今天县委召集我们开会。假若敌人再在同安口上据点,那和端村就成了一条线,淀里的斗争形势就变了。会上决定成立一个地区队。我第一个举手报了名的。"

女人低着头说:

"你总是很积极的。"

水生说:

"我是村里的游击组长,是干部,自然要站在头里,他们几个也报了名。他们不敢回来,怕家里的人拖尾巴。公推我代表,回来和家里人说一说。他们全觉得你还开明一些。"

女人没有说话。过了一会儿,她才说:

"你走,我不拦你,家里怎么办?"

水生指着父亲的小房叫她小声一些。说:

"家里,自然有别人照顾。可是咱的庄子小,这一次参军的就有七个。庄上青年人少了,也不能全靠别人,家里的事,你就多做些,爹老了,小华还不顶事。"

女人鼻子里有些酸,但她并没有哭。只说:

"你明白家里的难处就好了。"

水生想安慰她。因为要考虑准备的事情还太多,他只说了两句:

"千斤的担子你先担吧,打走了鬼子,我回来谢你。"

说罢,他就到别人家里去了,他说回来再和父亲谈。

鸡叫的时候,水生才回来。女人还是呆呆地坐在院子里等他,她说:

"你有什么话嘱咐嘱咐我吧。"

"没有什么话了,我走了,你要不断进步,识字,生产。"

"嗯。"

"什么事也不要落在别人后面!"

"嗯,还有什么?"

"不要叫敌人汉奸捉活的。捉住了要和他拼命。"这才是那最重要的一句,女人流着眼泪答应了他。

第二天,女人给他打点好一个小小的包裹,里面包了一身新单衣,一条新毛巾,一双新鞋子。那几家也是这些东西,交水生带去。一家人送他出了门。父亲一手拉着小华,对他说:"水生,你干的是光荣事情,我不拦你,你放心走吧。大人孩子我给你照顾,什么也不要惦记。"

全庄的男女老少也送他出来,水生对大家笑一笑,上船走了。

女人们到底有些藕断丝连。过了两天,四个青年妇女集在水生家里来,大家商量:

"听说他们还在这里没走。我不拖尾巴,可是忘下了一件衣裳。"

"我有句要紧的话得和他说说。"

水生的女人说：

"听他说鬼子要在同口安据点……"

"哪里就碰得那么巧，我们快去快回来。"

"我本来不想去，可是俺婆婆非叫我再去看看他，有什么看头啊！"

于是这几个女人偷偷坐在一只小船上，划到对面马庄去了。

到了马庄，她们不敢到街上去找，来到村头一个亲戚家里。亲戚说："你们来得不巧，昨天晚上他们还在这里，半夜里走了，谁也不知开到哪里去。你们不用惦记他们，听说水生一来就当了副排长，大家都是欢天喜地的……"

几个女人羞红着脸告辞出来，摇开靠在岸边上的小船。现在已经快到晌午了，万里无云，可是因为在水上，还有些凉风。这风从南面吹过来，从稻秧上苇尖吹过来。水面没有一只船，水像无边的跳荡的水银。

几个女人有点失望，也有些伤心，各人在心里骂着自己的狠心贼。可是青年人，永远朝着愉快的事情想，女人们尤其容易忘记那些不痛快。不久，她们就又说笑起来了。

"你看说走就走了。"

"可慌（高兴的意思）哩，比什么也慌，比过新年，娶新——也没见他这么慌过！"

"拴马桩也不顶事了。"

"不行了，脱了缰了！"

"一到军队里，他一准得忘了家里的人。"

"那是真的，我们家里住过一些年轻的队伍，一天到晚仰着脖子出来唱，进去唱，我们一辈子也没那么乐过。等他们闲下来没有事了,我就傻想:该低下头了吧。你猜人家干什么?用白粉子在我家影壁上画上许多圆圈圈,一个一个蹲在院子里,托着枪瞄那个,又唱起来了!"

她们轻轻划着船,船两边的水哗,哗,哗。顺手从水里捞上一棵菱角来,菱角还很嫩很小,乳白色。顺手又丢到水里去。那棵菱角就又安安稳稳浮在水面上生长去了。

"现在你知道他们到了哪里?"

"管他哩,也许跑到天边上去了!"

她们都抬起头往远处看了看。

"唉呀!那边过来一只船。"

"唉呀!日本,你看那衣裳!"

"快摇!"

小船拼命往前摇。她们心里也许有些后悔,不该这么冒冒失失走来;也许有些怨恨那些走远了的人。但是立刻就想,什么也别想了,快摇,大船紧紧追过来了。

大船追得很紧。

幸亏是这些青年妇女,白洋淀长大的,她们摇得小船飞快。小船活像离开了水皮的一条打跳的梭鱼。她们从小跟这小船打交道,驶起来,就像织布穿梭,缝衣透针一般快。

假如敌人追上了,就跳到水里去死吧!

后面大船来得飞快。那明明白白是鬼子!这几个青年妇女咬紧牙,制止住心跳,摇橹的手并没有慌,水在两旁大声地哗哗,哗哗哗!

"往荷花淀里摇!那里水浅,大船过不去。"

她们奔着那不知道有几亩大小的荷花淀去,那一望无边际的密密层层的大荷叶,迎着阳光舒展开,就像铜墙铁壁一样。粉色荷花箭高高地挺出来,是监视白洋淀的哨兵吧!

她们向荷花淀里摇,最后,努力地一摇,小船窜进了荷花淀。几只野鸭扑棱棱飞起,尖声惊叫,掠着水面飞走了。就在她们的耳边响起一排枪!

整个荷花淀全震荡起来。她们想,陷在敌人的埋伏里了,一准要死了,一齐翻身跳到水里去。渐渐听清楚枪声只是向着外面,她们才又扒着船帮露出头来。她们看见不远的地方,那宽厚肥大的荷叶下面,有一个人的脸,下半截身子长在水里。

荷花变成人了?那不是我们的水生吗?又往左右看去,不久各人就找到了各人丈夫的脸。啊,原来是他们!

但是那些隐蔽在大荷叶下面的战士们,正在聚精会神瞄着敌人射击,半眼也没有看她们。枪声清脆,三五排枪过后,他们投出了手榴弹,冲出了荷花淀。

手榴弹把敌人那只大船击沉,一切都沉下去了。水面上只剩下一团烟硝火药气味。战士们就在那里大声欢笑着,打捞战利品。他们又开始了沉到水底捞出大鱼来的拿手戏。他们争着捞出敌人的枪支、子弹带,然后是一袋子一袋子叫水浸透了的面粉和大米。水生拍打着水去追赶一个在水波上滚动的东西,是一包用精致纸盒装着的饼干。

妇女们带着浑身水,又坐到她们的小船上去了。

水生追回那个纸盒,一只手高高举起,一只手用力拍打着水,好使自己不沉下去。对着荷花淀吆喝:

"出来吧,你们!"

好像带着很大的气。

她们只好摇着船出来。忽然从她们的船底下冒出一个人来,只有水生的女人认得那是区小队的队长。这个人抹一把脸上的水问她们:

"你们干什么去来呀?"

水生的女人说：

"又给他们送了一些衣裳来！"

小队长回头对水生说：

"都是你村的？"

"不是她们是谁，一群落后分子！"说完把纸盒顺手丢在女人们船上，一泅，又沉到水底下去了，到很远的地方才钻出来。

小队长开了个玩笑，他说：

"你们也没有白来，不是你们，我们的伏击不会这么彻底。可是，任务已经完成，该回去晒晒衣裳了。情况还紧得很！"

战士们已经把打捞出来的战利品，全装在他们的小船上，准备转移。一人摘了一片大荷叶顶在头上，抵挡正午的太阳。几个青年妇女把掉在水里又捞出来的小包裹，丢给了他们，战士们的三只小船就奔着东南方向，箭一样飞去了。不久就消失在中午水面上的烟波里。

几个青年妇女划着她们的小船赶紧回家，一个个像落水鸡似的。一路走着，因过于刺激和兴奋，她们又说笑起来，坐在船头脸朝后的一个噘着嘴说：

"你看他们那个横样子，见了我们爱搭理不搭理的！"

"啊，好像我们给他们丢了什么人似的。"

她们自己也笑了，今天的事情不算光彩，可是：

"我们没枪，有枪就不往荷花淀里跑，在大淀里就和鬼子干起来！"

"我今天也算看见打仗了。打仗有什么出奇，只要你不着慌，谁还不会趴在那里放枪呀！"

"打沉了，我也会浮水捞东西，我管保比他们水式好，再深点我也不怕！"

"水生嫂，回去我们也成立队伍，不然以后还能出门吗！"

"刚当上兵就小看我们,过二年,更把我们看得一钱不值了,谁比谁落后多少呢!"

这一年秋季,她们学会了射击。冬天,打冰夹鱼的时候,她们一个个登在流星一样的冰床上,来回警戒。敌人"围剿"那百顷大苇塘的时候,她们配合子弟兵作战,出入在那芦苇的海里。

一九四五年五月于延安

钟

一

　　林村村西有个南海大士庙。庙很久远了，许多关于庙的事，在冀中平原，除去想到那些砖瓦可以利用，庙里的田产可以分种，全都忘记了。眼前的新事情很多，新话柄很多，谁肯再去谈过去的事？这个庙，人们一时却忘不下。早年间，这个庙的特点，第一是因为它里面住的不是和尚，而是尼姑。周围几十里，尼姑庵只有这一个。庵里的尼姑又多长得俊，春秋两季过后，她们到各村里敛化，人们对这个庙更熟悉了。

　　人们能记得起的庙里的尼姑，也只有两三代，一般年轻人就只记得慧秀了。至于十岁以下的孩子们，在我们冀中区，就不知道什么叫尼姑。因为尼姑的特点是女人落发，现在还活着的慧秀却是满脑袋黑油油的头发。

　　慧秀的师父叫什么，已经很少有人提起，这是个很泼辣狠毒的人。她活着的时候，孩子们不能到庙里去玩，偷偷进去了，她去拿拐杖把你赶出去，还骂到街上来。人们不明白，为什么她在大士面前那么修福行善，嘴里却有这么一大堆尖酸刻薄的语言。就是这些，人们也忘记了。人们所以还提念一下，也不过是因为她的敛化，庙里才有了一个小铁钟。

　　这钟挂在庙的西墙里面。西墙外面是一个芦苇坑，村里的水都流在这里，苇子长得很好。到了春天，苇锥锥像小牛犊头上钻出来的紫红小犄角，水灵灵地充满生气。到夏天，雨水涨满，是一片摇动的绿色的大栅帐。到冬天，它点缀着平原单调肃杀的气象，黄白的芦花从这里吹起来。

钟紧挨着尼姑们睡觉的房,两间小小的土坯平房。从房子的样子看,从屋里的锅碗盆灶和一切的陈设看,这和平民的住家实在没有丝毫的分别。凡是女人们用的东西,爱好的东西,她们都有也都爱好。

那时候,师父老了,瞎了一只眼睛,抽着一口大烟。慧秀才十八岁。她不久交接了村里一个年轻人。

既是爱上了,就真心爱,慧秀第一次对那年轻人的誓言是我要为你死。在那些时候,每逢夜深人静,村里的人们看见,在那两间小屋的南间,还点着一盏明亮的灯。好心肠的人们说,那是尼姑念经卷呢。慧秀却在把针线凑在灯头上,给她那相好的缝衣服。她敛化了钱换成漂白的布,给那个年轻人缝小褂。夜很深,灯灭了,人才睡了。

这个年轻人叫大秋,是村里麻绳铺的一个工人,才二十八岁。因为一个穷人既是仗着手艺吃饭,他就学会了各种在农村里有用的手艺,并且样样精通。这个年轻人成了村里顶有用的人,也是顶漂亮的人。人缘好,好交朋友,可是一直娶不上个媳妇。

媳妇都给有地的人娶去了。地多的娶个俊的小的;地少的娶个丑的年岁大的。在农村,女人和土地结合,没有一垄园子地,就好像也没有犁耙绳套一样,打光棍没女人。

可是对于慧秀,她需要的只是一个真心的人,一个漂亮的人。她和他好了,并且立时就怀上了身孕。

这一年,是抗战的第一年。滹沱河涨了一次水,水撤了,麦苗满地的时候,出现了一支小小的队伍。这队伍是很小,直到现在人们还说:"那时候你们才有几个人呀!"可是这支小队伍在这个时候出现在平原上,就像投了一星什么奇怪的东西在一缸水里,立时一缸水就变了颜色,并且沸腾起来了。

林村成立了人民自卫团的大队部,在集合人的时候,敲庙里的铁钟。不错,那个时候,林村的年轻人还没有对自己力量的自信,就像那只小铁钟长年挂在那里,不自觉自己的声音的号召力量一样。可是钟响了,人来了,八年战争而且胜利了。那个敲钟的人还活着吗?如果在这几年残酷的战斗里他没有死,人们要记住,是他抡起了那个榆木棍,敲得铁钟像海啸一样响啊!

村里的农会成立了,集合的时候敲着铁钟。工会成立了,大秋当选了主任,当他被一村的长工们选举出来,站在那高高的台上宣誓的时候,钟又洪亮地响了。

这是振奋,是鼓励,是铁的誓言。同是这个钟,第二次响的时候,却把大秋的心敲碎了。

二

那个老尼姑,慧秀的师父,想当年也是风流过的。她交结过不少朋友,施主或者叫善人。有些人三天好,两天又不好了;一直取着联系的,却只有麻绳铺的东家林德贵,林村有名的地主和大乡绅。林德贵用自己村里的特殊地位,和手中比别人富足的钱,排挤了竞争者,差不多是霸占了这个女人。

在那些年间,女人,就是一个尼姑,看重的也是势力和财帛。林德贵给她撑腰,就没人敢来招惹她的庙产。尼姑在社会上并没有特殊地位,可是因为她是林德贵的知己,她竟能调词架讼,成了村里政治舞台上的要人。

可是她渐渐地老了,并且瞎了一只眼睛,她和林德贵的关系,就只剩下了那一小包大烟土的情分了。抗战前,林德贵常到庵里抽大烟,老尼姑陪着;慧秀是一个奴仆,一个丫环,一个还没有长成的窑姐儿。

林德贵眼看着炕沿下边这一朵小花渐渐开放,就又想伸手抓一把。可是一个尼姑，就是穷人家最苦的孩子，送到庙里，只不过比扔在野地，稍微好一点。在苦难里长大的孩子，知道忍受自己的苦难，也坚定着自己的心。林德贵在她眼里是仇恨不是爱情。在慧秀，一个十几岁的孩子，她从没有想过把自己拴在那个狭小的桩子上。她心里的天地很宽阔，她的希望很高；既没有母亲的抚爱，她就默默地修理着嫩小的羽毛。她觉得一旦自己的羽毛长成，谁能猜想她会飞到多么高的地方，多么远的地方呢？

按说林德贵的力量可以把这个孩子制服。但是，假如我们来不及为上一代人们庆幸，就为眼下这一代庆幸吧。平原的人民一举起了武器，并且组织起来，天地就改变了那长久灰暗肃杀的颜色。大地上起了风，尼姑庵里的铁钟响了。

人民起义的第二年春天，苇塘的冰解了，苇笋撒开了第一个叶子，慧秀十九岁。

这些日子人们不常见到这个年轻的尼姑了，她不常出门，人们传说她病了。村里的人正在忙着战争动员的事，也不大注意这些，只有一些年轻的姑娘们常常想起她来："怎么这些日子看不见慧秀？抗战了，妇女们要解放，她不能解放出来呀？那么一个聪明伶俐的人，当尼姑不像埋在坟里一样，唉！"

可是按照习惯，姑娘们不爱到尼姑庵里去。人们又讨厌她那个坏烂舌头的师父，也就忘记她了。

没有忘记她的人只有两个吧，一个是大秋，一个是林德贵那老东西。

一天晚上，一弯月亮在天边出现了，天空很昏迷，月亮周围浮动着一圈云雾，预告半夜以后就要起风了。这是平原上春天的风，刮起来整天整夜的风，一种遮盖天地，屋子里都要昏暗起来的黄风。

老尼姑拄着拐杖从村里走回来，探手到怀里摸一摸，又喃喃地骂了一句。远处已经有了风声,她紧了紧脖子里那条缎子围巾。

到了庙门口,她推开那沉重的油漆剥落的山门进去了,随手又关上。她看一看南间的窗子,灯光在闪动。

她进到屋里,把怀里的一包东西掏出来,往炕上一丢,狠狠地说:"去熬熬,吃了!"

慧秀正侧在炕上面对着窗户,看着那个空花露水瓶子做成的煤油灯。灯光很小,却很亮,像一个刚刚解剖出来的小青蛙的心脏,活泼地跳动着。

她转过身子来。她的脸有些苍白,衬托得那两只眼睛更黑更大了。眼里有些湿润,微微眨动眨动那薄薄的眼皮,两颗眼泪滴落在她那浅色月白缎子道袍领的棉袄上。她的棉袄虽然特意做得肥了一些,现在的胸部和腹部也还是按压不住地突露出来。她一低头,心里就绞痛。

那些幸福的人,那些红媒正娶有钱有主的人,那些新婚不久就怀上了孩子的人,身体的膨胀和突出对于她们是一种多么新鲜,多么幸福的感觉。就是在母亲的身边,她们也会微闭着眼睛,用手抚摸着肚子,心里微笑着去感觉那里面小小的生命的跳动。她们默默祝告着这个小小的生命快快地平安地出世吧!那是她的一场天才的创造,光荣和名誉的源泉。她们比任何人都着急着看一看自己身上分裂下来的这一块骨肉的可亲的面貌。他是个什么长相呢?他的眼睛是像爹还是像娘呢?一个年轻美貌的小媳妇,怀里再抱一个肥胖的大娃娃,该是多么冠冕呀!

可是对于眼前这个女人,这个时时刻刻要在人面前掩饰着自己的肚子的女人,这个戴着黑色比丘帽的,还不到二十岁的女人,却为这肚里的小小生命折磨得快死了。她自怀上了这个东西,整天整夜地焦心慌乱。她忘记了一切,她曾经想到过,把他打下来吧!她想,既然为幸福冒了险，为不幸也可以冒险，她什么痛苦不能忍受呢？她可以用一支很长的铁针把这块东西扎下来！

她几次想这样做，几次拿起那支纺线的铁锭子，放下了，她没有这么忍心。她觉得自己虽说命苦，孩子有什么罪呢？害死这不能说甚至不会想的孩子，她不应该。有什么罪，我一个人担当起来吧，就是死，我也要叫肚里的孩子生下来见见天日，看看受难的母亲吧。她甚至没有埋怨过留下这个冤孽种子的人，她觉得都是命苦的人，不这样作孽，不这样犯罪，不这样胡作非为，不也是活不了吗？

七个月，八个月，孩子越在肚里生长，越成了形状，在睡里梦里，她觉得这个孩子有了五脏，有了眉眼，有了四肢胳膊腿，她就越不忍心这样做了。

这以前，她是用腰带把肚子抽紧，后来又用宽长的布把肚子扎起的。后来她不愿这样残害这孩子了，她坦然地把肚子呈现在太阳的光里。

师父痛骂了她一顿。根据她自己的经验，到村里药铺先生那里取来一服药，逼着她吃。

慧秀用那大眼睛呆呆望着师父说："我不吃！"

那声音很低，但是很坚定地传到师父的耳朵里。这声音像是要全世界都听到，不是羞臊，是决心。

"你不吃，就得给我死！"

满脸横肉的师父，举起拐杖，就敲在那肚子上去。

慧秀一手护着肚子，转过身去，趴在炕上哭了。

师父还压低声音骂："你不吃药，我就用乱棒给你砸下来。你知道吗？这是佛门清净的地方，能叫你在这里仰着生孩子？你说是哪个杂种给留下的这个坏种子？"

慧秀啼哭着，却刚强地说："你管不着。"

"我管定了。你有了这个浪孩子,你腆着这个大肚子,你在屋里修行着,你不去敛化。我们吃什么?花什么?叫我去叼食来喂你这蠢东西吗?说,是谁这么坏?"

慧秀流着眼泪,没说话。一时,她连哭都不想哭了。有了死的决心,就什么也可以不表示。她沉默起来。她听见外面起了风,佛殿上的铁马,叮当乱响。

师父一把抓起那个小包来说:"好,我从小养大你,你是祖奶奶。我给你熬去,你不吃我灌死你。"

师父到灶间去了。

她有些难过,为什么他竟不来一趟看看她!她没有希望世界上有任何人心疼她,惦记她,可是如果他也把她忘记,负了心,她有什么活头呢?快来救救我吧!她用两只手紧按着肚子。这一晚大秋没来,林德贵却来了。他摸到师父屋里去,师父一见就骂:"阿弥陀佛,你这兔崽子,这些日子哪里去来?"

"别骂!我给你带来了一包烟灰,叫你过过瘾。"

林德贵那连笑带说的声音,就像一个夜猫子,他问:"慧秀哩?"

"快别提她,人家有了,快添了!"

"有了什么?"

"你别装蒜,是你这老东西施的坏不?"

"别冤枉人。"

林德贵只冷冷地说了一句,就没有下文了。

三

林德贵是憋着满肚子气,到这里散心的。从村里成立了工会,接二连三的事情,使他看着不顺眼,更不随心。他看出在这个村里,他要下台,而那些穷光蛋们要站上去。一个人感觉到别人动摇他的根基,他的统治的时候,他最怀恨也最恐怖。他曾经想到抵抗,想用过去村里的声威,压服他们,可是看来这些穷小子们并不怕。他也曾想到用自己走动官场的能耐,到区里县里去,可是那些县长区长也只是以这些穷光蛋们的一面之词为准,不给他丝毫的面子和主张。他也想过逃到南边去吧!可是他舍不下自己那三顷五十亩祖业地。

而且他手下的人,像大秋也反对起他来,渐渐没有过去对他的尊敬。他领导组织工会,还要求增加工资,半实物制,还要年节送礼,一年三个节气送三个盒子。在林德贵看来,送闺女送女婿也不过如此,而且这些人吃了你的东西并不说你好,挑碴捡刺,你有一点毛病,他还向上级反映,给你难看。

现在一听慧秀又有了孩子,更给他添了烦恼。原先,他以为一个女孩子,一时不答应,早晚还是他的;他的条件有利得多,林村还没有一个可以和他相比,慢慢磨吧,就是自己磨不上吧,反正也没叫别人沾上,那怨女孩子贞节。现在一听,这场梦也空了,他抢着抽了两口烟,着急地问:"到底是谁的呀?"

"算我瞎了眼,一点风声也没听到,前日个儿才看见她的肚子那么大了。"

"快添了吗?"

"我看快了。"

老尼姑抽了两口烟,有点心平气和的样子。那盏快死灭的烟灯,照着这陈腐阴暗的屋子。外面的风声更大了,窗外的铁钟发出<u>丝丝</u>的声响。

"你真是个老浑蛋,你平日就没看见过谁和她来往,来往得不相当,过于亲密……"

"你叫我想一想,"老尼姑有点困了,"啊!有那么一回,是谁来?你看我这个记性。看见我一进来,他两个人的神气全不对。啊!

想起来了,是你铺子里那个大秋。"

"啊!"林德贵的心里,沉重地跳动了一下。他想,这年头,什么也是他们占先了,这一点便宜也叫他们占了去。他酸酸地说:"你该去告他,告到县衙门里去。"

"我可不是得去告他!可是,听说他当了什么主任,常在衙门里跑动,这招惹得了吗?"

"别看他们那一套,"林德贵愤愤地说,"日头爷只能从东边出来,不能从西边出来,凤凰窝多早晚也是垒在梧桐树上,老鸹窝多早晚也得垒在那歪扠子的榆树上。叫他们闹吧!叫他们红花一时,兔子的尾巴长不了!"他说着就站起来,奔着南间去。南间的灯快灭了,屋里很暗,慧秀一阵肚痛过去,又一阵肚痛,正趴在炕上低声呻吟。林德贵一进来就说:"你病了?"

慧秀没答声。林德贵又奸笑着说:

"我问你病了吗?我会治这个病。"

慧秀支了支身子,想坐起来,张了张嘴想骂一声"杂种"。可是她又伏下身子去。她觉得决定她的命运的时候,就要来了,叫这老王八蛋快离开这里吧!她忍耐下去了。

紧接着又是一阵痛,这一阵痛得这样厉害,慧秀把头死顶在枕头上,叫了声娘。一个生命就要诞生了,在这平原的春天的夜晚,在这阴暗的小房子里,一个女人生产她的第一胎。偷偷地生产,母亲在痛苦里,没有希望,婴儿也没有诞生的喜悦地生产。母亲要流一样多的血,或者要流更多的血,因为代替那丈夫的关切,母亲的安慰,她那肚子上刚刚挨过了致命的一棒。

而在这最不方便的时候,眼前还站着一个把她的痛苦当稀罕热闹看的仇人!慧秀强挺起身子,瞪起那充满血丝的眼,狠狠地说了一声:"你出去!"

本来林德贵也想走了，他想起了一件事，他觉得他得到了一个把柄。他觉得今天这一趟没有白来，他甚至立时觉得他的财产和他的地位，也有了小小的保障。

可是，从慧秀的眼里，林德贵看到了他在这女人的心里的地位。他冷笑了一声走出来。他在外间屋里转了两转，走到院里又转了两转，他的心里突然出现了一个念头。他从台阶上掀起了一个砖，在那钟上连击了三下。

钟发出了嗡嗡地要碎裂一样的吼叫，大地震动起来，风声却被淹没了。

正在生产的女人的心被震碎了，栽倒在地下，血不住地从她的下体流出来，婴儿降生在那冰冷的地上，只微弱地啼哭了两声。

四

在这天夜里，大秋正和他的工人同志们挤在一间牲口棚里听一个上级同志的报告。他们都红着脸，流着汗兴奋地听着。我们工人这样重要吗？我们工人的力量这样大吗？只要我们动员起来，组织起来，就能打败日本帝国主义和村里的封建势力吗？

他们从没经过别人这样看重自己，这样的知心和爱护。这样一来，大秋更自重起来了。他想，自己要一切都积极，一切都勇敢，一切都正确，不要有一点对不起上级。他无比激动地向上级说明了他的志愿。

当散会回来，他听到了那震耳的钟声。从这钟声他想起一个女人、一件事情和一个日子。他想去看一看，她快要生产了。但是走了几步以后，他又想：这不正确的，不要再做这些混账事，就转到他的下处睡觉去了。

任何女人在生产的时候，受到这样的震惊，也要死去的。可是慧秀在半夜以后，又苏醒过来了。时代还需要她作一个助手，作一个见证，看看将来的事变。她挣扎着爬到炕上去，就又晕迷不醒地睡去了。师父狠狠地骂着，从地上捡起孩子来，不管死活，隔着墙就丢到苇坑里去了。

这以后的几年，是冀中的黄金时代。人民狂热的战争扫荡了人民心里的悲哀的回忆和大地上那些冤屈的血迹。老尼姑死了，慧秀大病一场，但不久就恢复了健康，分种了几亩田产，算是还了俗。她还是那么安静聪明，一头新生的油黑的头发把她的比以前苍白一些的面孔，衬托得更美丽了。她还住在她那间小屋里，没有去跟大秋，大秋也没娶她。大秋从工会主任当了村长，现在也种着五六亩地。慧秀没有嫁人，有人去说媒，她全笑着拒绝了；她说离开那个坟坑，她就满足了，不想再嫁人。

慧秀参加了村里的抗日工作，每逢遇见大秋，她总是那么不动声色地望一望，眼睛里充满一种在别人看来莫名其妙，在大秋却深深感伤的热情。这是对过去的珍惜，不是引诱，是一种鼓励，不是责备。大秋却常常低头走过去了。他不是薄情，他也打算把慧秀娶过来的，他又觉得这样做影响不好，不正确。在这个事情上，他觉得对不起慧秀，总觉得对她负着一笔债似的。他害怕当面遇着她，却好在背地里问她的生活。到地里去，首先注意慧秀那块地耕种了没有、锄了没有、粮食能打多少、能拉多少柴火。

至于慧秀，却一向没到他家里去过一次，也没求过他的帮助。她在村里工作很好，人缘很好，人们全愿意给她帮忙。

林德贵的麻绳铺却关了门，他自己不愿意干了，几个工人离开了他，在村里另组织了一个麻绳合作社。林德贵的地也减少了一些，是他很快地给孩子们分了家，自动"分散"了土地，还实行了女子继承，女儿外甥全有份。

只有一次，慧秀到大秋的家里去了。那是"五一大扫荡"以后，林村的南头安上了岗楼。"五一"在冀中来说，比"七七"的印象还深，老百姓常说的事变那一年，就是指的"五一"这一年。经过敌人这一场残酷的"大扫荡"，在平原上安上了点线，冀中的环境大变了。人们在习惯上甚至说冀中变了质，其实想起来，只要人心不变，就是质没变。事实上，人们对冀中"五一"以后的环境，不是害怕而是重视。是"五一"以后这几年，冀中区的人民才真正锻炼了出来，任凭它再来什么事变吧！

从夏天到秋天，林村的人民是在风里雨里、毒气和枪弹里过的。慧秀整天东奔西跑，当尼姑没给了她别的好处，只留给她一双天然的脚。常常在半夜里，突然被枪声惊醒，爬起来就往野外里跑，在那伸手不见掌的黑夜，在那四面都有枪声的黑夜，她跑到远远的野里，坐下来，才望着低垂的星星喘口气。有时候也觉得心里一酸，滴两滴眼泪。人家那有丈夫的人们，就是扶一把拉一把，在这个危险时候做做伴吧，抱抱孩子吧，就是受苦受难吧，也觉得甘心啊！

五

一天夜里，她忽然想起那口钟来。敌人这几天正在征集破铜烂铁，她想把它坚壁起来。她蹬在一条板凳上，试着摘了摘，钟虽不很大，她却摘不动。她想去叫一个人，不知怎么想起大秋来，她走到大秋的家里，说明这个事情，大秋跟她来了。两个人努着力把钟摘下来了，想了想还是坚壁到庙外面那个苇坑里去。他两个抬上，拿了一把铁铲，天很黑，那一片苇子更是黑得怕人。现在苇坑里灌满了水，依着大秋，埋在坑边就算了。

慧秀说："埋在坑当间水深的地方去。就让它埋着去吧，什么时候敌人走了，什么时候再叫它出世，反正水是泡不坏铁的。"

她先脱下了袜子,卷起了裤子。大秋和她把钟抬到苇子密水又深的地方,埋到污泥里去。

几只藏在苇坑里过夜的水鸟,叫他们惊动起来飞走了。

慧秀忽然觉得一阵心酸,回到屋里,她再也忍不住,伏在炕上哭了。

大秋也跟进来了。这个年轻人,头上箍一块白毛巾,穿一身白单衣,披了一件黑棉袍。在脸上,长期不得休息的工作和焦心,显得有些阴沉。

见他进来,慧秀赶紧坐起来,把眼泪擦了。

"为什么哭?"大秋靠在迎门橱上,望着门帘说。

"我看见那口钟,我就难过起来了。你记得我那场病吗?"

"记得。"

"那个孩子呢?"

大秋凄惨地不自然地笑了笑。

"这你该忘了吧?我把他生下来,又把他埋了。我一醒过来,就挣扎着到野地里去找他,他躺在那苇坑里,我用两只手刨开土,把他埋了。我一看见那钟就难过起来。"慧秀说着,还是那么看着大秋,"我净想,一个女人要只是依靠着男人,像我,那就算是白费了心。"

"你说我是个忘恩负义的人?"大秋的脸惨白了。

"谁说你来呀?丢人现眼是我的事,你不会为我去得罪人。"

"你说什么?"大秋转过脸来盯着慧秀的眼睛。一种光在他眼里跳动着,是受了刺心的侮辱以后,混合着仇恨和毒意的光。这种光燃烧得是那么强烈,慧秀有些害怕起来。

她赶紧笑着说:"你看。我知道你没忘了我的冤仇,你记着哩!我全知道。在这个时候,就是你要报仇,我也不让你去。工作重要,工作比你重要,你又比我重要。我不能叫你去瞎闹……"

大秋强笑着说："咱不去报仇，人家可记恨哩。敌人在村里一安炮楼，这些王八蛋又活跃起来了。这场雨是给他们下了，人家漂到水皮上来，我们却要钻到泥底下去。"

"你要时刻小心，不要露面。"慧秀小声叮咛着。

"你不用结记，我不会落在他们手里。我不胆小，有人向敌区跑了，我哪里也不去。我要坚持工作，流尽最后一滴血。"

他告辞要走，慧秀送他到院里来。八月的半圆的月亮照得庙顶上的琉璃瓦放光。大秋站住脚小声说："闹情况的时候，你净往哪里跑？我总是找不着你。"

慧秀笑着说："你不用管我，好好小心着你自己吧！"

大秋出去，她无力地关上了山门。

外面静得怕人，人们逃了一天难，摸回村来，望一望炮楼枪眼里射出的蓝色的灯光，轻轻推开门走进家里，胡乱吃点东西，躺到炕上休息了。只听墙角里的蟋蟀断断续续地叫两声，苇坑里那个老青蛙，像人在梦里突然惊醒一样，叫了一声又停止了。

六

慧秀睡着了没有，自己也不知道。天一扑明的时候，她起来，开开房门，院里还是那么静，夜里下了一些露水，天空还残留着几粒星星。她去开山门，山门一开，门外站着一个汉奸两个鬼子，用刺刀又把她逼进来。村庄和她一时大意就陷在敌人的网里了。敌人在半夜的时候封锁了各家的大门。敌人逼她到屋里去，各处搜查了一下，就逼到街上来了。

在路上那个汉奸问："你们庙里那个铁钟呢？"

慧秀说："我不知道，我不是庙里的人。"

"你不是庙里的人，为什么住在庙里面？"

"我借房子住。"

"你没有家?"

"没有。"

"拿着你这样的模样、人才。"汉奸斜着眼睛笑了笑,"我认识你。我在你们庙里上过布施。"

慧秀没有说话。

汉奸又说:"钟哩?坚壁起来了?"

"我不知道。"

"那钟可灵验哩!听说那年庙里有个小姑子坐月子,那钟自己就响起来了。"汉奸贱声贱气地拉着声音,"是真的吗?"

"我不知道。"

"你不知道,你的头发长得不短了啊,嘿嘿!"

当他们走到大街中间那个广场的时候,已经有一群男女老少站在那里,敌人在周围密密地布着哨,慧秀抽空钻到那些妇女群里去了。

天越发亮起来。慧秀向那青年人群里一看,她的心里发了一阵冷。天爷,怎么他也叫敌人围住了?那里面有大秋。她又偷偷望了他一眼,他却没有注意,他不动声色地在那里站着,嘴闭得很紧。慧秀赶紧低下了头。她身上有些冷,不住地抖颤。

敌人的三个头目,在她们身边走动,里面有一个汉奸。走到中间,站住了,汉奸向俘虏住的老乡们扫了一眼,说了话。

他说"皇军"到了附近的村庄全多少有些支应,为什么林村不支应?诚心不要脸,看你们跑到哪里去!他大声问道:"哪个是抗日村长?"

人们的心全抖动了一下,但全没有答声,广场里什么声音也没有,只能听见妇女和孩子们短促的呼吸。天大亮了,但很阴沉。风凭空吹起来,慧秀觉得身上冷得不能忍耐。

敌人和汉奸商议着，叫他们那些青年人坐到场中间去，叫老年人和妇女孩子们在外面围成一个圈子坐下来。然后，汉奸改成了一个笑脸，像做游戏一样绕着人们转。人们心惊肉跳地听着他的脚步声，当他一走到自己背后，就闭着气等着，谁知道他要弄什么花样呢！

他走着，看看这个又看看那个。他笑着，走着，说着："谁是抗日村长，我们知道。我们不指出来，叫你们自己指出来。这么看你们的忠心如何？抗日村长有什么关系？我们不杀他，不打他，我们还叫他做官哩。你们不说我们也知道。"

他说着走着，走到慧秀的背后，突然向里面一指说："他就是抗日村长，他叫大秋，是不是？"

慧秀的心立时停止了跳动，她知道她会这么一闭塞就死去了。可是她又立时清醒了。她的头不知道是一种什么力量推着，越想不往大秋那边看，她却越想往那边扭。她明白了，这是计，这是敌人和汉奸的诡计。他们不认识大秋的，她放心了。她安静地低着头。

全场的老百姓全低着头，全都用眼睛看着自己的心。他们暗暗问自己："你坚定吗？你想出卖大秋吗？你想当汉奸吗？"这样一问，他们全坦然了。因为他们全在心里生起这样一个根，长起这样一棵树，就是死吧，也光明正大地死。

这是在民族的心灵里交流着，生长和壮大的一种正气，一种节烈感，一种对灵魂的约束力量。这么一种力量，使得哪一个坏蛋也不敢在群众面前，伸手指一指大秋。

这激恼了汉奸，他一抓慧秀的肩，一把就提起来，吓唬着说："你说，哪是大秋？"

慧秀身子抖擞着，却清楚地说："我不知道！"汉奸提着她走到场子里，一脚踏倒在地下。

一个鬼子端着刺刀跑到她的跟前，一阵难当的寒冷，划过全场的人的心。

汉奸说:"她是庙里的姑子,她和大秋把钟坚壁起来,还说不知道。早有人报告了,她不说,别人指出大秋来,叫她看看!"慧秀听说,用一只手支起身子来,望了林德贵一眼。林德贵坐在人群前面,刚刚抬了抬头,看见了慧秀射过来的冷冷的子弹一样的眼光,赶紧又把头垂下。

慧秀的脸焦黄,她咬着牙一个字一个字地说:"我看着,大伙也看着,看着谁敢当汉奸!"

鬼子一刺刀穿到她的胳膊上,她倒下去,血在地上流着。

七

难道这个女人就这样死去?带着林德贵给她的伤害、侮辱,带着汉奸敌人的打骂和刀痕,就这样死去?

她不会死的。当她的血流在地上,这就是一声号令,一道檄文。全场的老百姓都不能忍耐,大秋第一个站起来,从背后掏出了火热的枪。在他后面紧跟着站起来的,是一队青年游击组。

一场混乱的、激烈的战争,敌人狼狈退走了。人们救起了慧秀,抬到大秋的家去。

不久,慧秀伤好了,身体还很弱,但是大秋提出来和她结婚。组织上同意,全村老百姓同意,就在一天夜晚,吹打着举行了婚礼。

那时情况还很紧张,敌人经常到这村来"扫荡",人们还要经常到地里去过夜。结婚以后,慧秀身子软弱,变得很娇惯,她一步也离不开大秋。现在她活像一个孩子了,又贪睡,每逢半夜以后,大秋警觉地醒来,叫她推她,她还是撒迷怔,及至走到道沟里了,走到野地里来了,大秋走在前头,她走在后头,她还是眯着眼小声嚷脚痛、腿痛,大秋就拉着她走。

他们在远远的密密的高粱地里，自己有一个洞。洞是大秋一手建造的，又秘密又宽敞，里面放了水壶干粮，铺着厚厚的草。洞口边还栽上几棵西瓜，是预备一旦水短，摘下一个来就吃。一到洞里，她才醒了，也稍精神了，她强要大秋睡一下："不！你得睡一觉，我给你站岗。"

这样安置着大秋睡了，盖好了，她就坐在洞口侧耳细听着，是那么负责任。风来，她背着身子给大秋遮风，雨来，淋湿她的衣服头发，也不叫淋在她丈夫的身上。

抗战胜利以后，林村又实行了清算复仇、土地改革、土地复查和平分，彻底斗倒了汉奸恶霸地主豪绅的林德贵。

慧秀的身子也结实了，和大秋一同做林村里的工作，还是那样活泼和热情。

大庙那地方，改成了农民开会议事演戏跳舞的大广场。广场前面长起一棵枝叶茂盛的小榆树，这棵小树向南伸出一个枝干，它顽强地伸出又固执地微微向上，好像是专为悬挂什么东西的。悬挂什么呢？村里的人把那口小钟挂在上面。这样，不管在平原秋天的夜晚，还是冬天的早晨，春季的风，夏季的雨里，它清脆洪亮的响声，成了全村男女老少的号令，是鼓励和追念，是在祝贺一个女人，她从旧社会火坑里跳出来，坚决顽强，战胜了村里和村外的仇敌。

一九四六年三月写于蠡县刘村

嘱　　咐

水生斜背着一件日本皮大衣,偷过了平汉路,天刚大亮。家乡的平原景色,八年不见,并不生疏。这正是腊月天气,从地上望过去,一直望到放射红光的太阳那里,他深深地吸了一口气。把身子一挺,十几天行军的疲劳完全跑净,脚下轻飘飘的,眼有些晕,身子要飘起来。这八年,他走的多半是山路,他走过各式各样的山路:五台附近的高山,黄河两岸的陡山,延安和塞北的大土疙瘩山。哪里有敌人就到哪里去,枪背在肩上,拿在手里八年了。

水生是一个好战士,现在已经是一个副教导员。可是不瞒人说,八年里他也常常想到家,特别是在休息时间,这种想念,很使一个战士苦恼。这样的时候,他就拿起书来或是到操场去,或是到菜园子里去,借游戏、劳动和学习,好把这些事情忘掉。

他也曾有过一种热望,能有个机会再打到平原上去,到家看看就好了。

现在机会来了。他请了假,绕道家里看一下。因为地理熟,一过铁路他就不再把敌人放在心上。他悠闲地走着,四面八方观看着,为的是饱看一下八年不见的平原风景。铁路旁边并排的炮楼,有的已经拆毁,破墙上洒落了一片鸟粪。铁路两旁的柳树黄了叶子,随着铁轨伸展到远远的北方。一列火车正从那里慢慢地滚过来,惨叫,吐着白雾。

一时,强烈的战斗要求和八年的战斗景象涌到心里来。他笑了一笑,想,现在应该把这些事情暂时地忘记,集中精神看一看家乡的风土人情吧。他信步走着,想享受享受一个人在特别兴奋时候的愉快心情。他看看麦地,又看看天,看看周围那像深蓝淡墨涂成的村庄图画。这里离他的家不过九十里路，一天的路程。今天晚上，就可以到家了。

不久，他觉得这种感情有些做作。心里面并不那么激动。幼小的时候，离开家半月十天，当黄昏的时候走近了自己的村庄，望见自己家里烟囱上冒起的袅袅的轻烟，心里就醉了。现在虽然对自己的家乡还是这样爱好、崇拜，但是那样的一种感情没有了。

经过的村庄街道都很熟悉。这些村庄经过八年战争，满身创伤，许多被敌人烧毁的房子，还没有重新盖起来。村边的炮楼全拆了，砖瓦还堆在那里，有的就近利用起来，垒了个厕所。在形式上，村庄没有发展，没有添新的庄院和房屋。许多高房，大的祠堂，全拆毁修了炮楼，幼时记忆里的几块大坟地，高大的杨树和柏树，也砍伐光了，坟墓暴露出来，显得特别荒凉。但是村庄的血液，人民的心却壮大发展了。一种平原上特有的勃勃生气，更是强烈扑人。

水生的家在白洋淀边上。太阳平西的时候，他走上了通到他家去的那条大堤，这里离他的村庄十五里路。

堤坡已经破坏，两岸成荫的柳树砍伐了，堤里面现在还满是水。水生从一条小道上穿过，地势一变化，使他不能正确地估计村庄的方向。

太阳落到西边远远的树林里去了，远处的村庄迅速地变化着颜色。水生望着树林的疏密，辨别自己的村庄，家近了，就要进家了，家对他不是吸引，却是一阵心烦意乱。他想起许多事。父亲确实的年岁忘记了，是不是还活着？父亲很早就是有痰喘的病。还有自己女人，正在青春，一别八年，分离时她肚子里正有一个小孩子。房子烧了吗？

不是什么悲喜交加的情绪，这是一种沉重的压迫，对战士的心的很大的消耗。他在心里驱逐这种思想感情，他走得很慢，他决定坐在这里，抽袋烟休息休息。

他坐下来打火抽烟，田野里没有一个人，风有些冷了，他打开大衣披在身上。他从积满泥水和腐草的水洼望过去，微微地可以看见白洋淀的边缘。

黄昏时候，他走到了自己的村边，他家就住在村边上。他看见房屋并没烧，街里很安静，这正是人们吃完晚饭，准备上门的时候了。

他在门口遇见了自己的女人。她正在那里悄悄地关闭那外面的梢门。

水生亲热地叫了一声："你！"

女人一怔，睁开大眼睛，咧开嘴笑了笑，就转过身子去抽抽搭搭地哭了。水生看见她脚上那白布封鞋，就知道父亲准是不在了。两个人在那里站了一会儿。还是水生把门掩好说："不要哭了，家去吧！"他在前面走，女人在后面跟，走到院里，女人紧走两步赶到前面，到屋里去点灯。水生在院里停了停。他听着女人忙乱地打火，灯光闪在窗户上了，女人喊："进来吧！还做客吗？"

女人正在叫唤着一个孩子。他走进屋里，女人从炕上拖起一个孩子来，含着两眼泪水笑着说："来！这就是你爹，一天价看见人家有爹，自己没爹，这不现在回来了。"说着已经不成声音。

水生说："来！我抱抱。"

老婆把孩子送到他怀里，他接过来，八九岁的女孩子竟有这么重。那孩子从睡梦里醒来，好奇地看着这个生人，这个八路。女人转身拾掇着炕上的纺车线子等等东西。

水生抱了孩子一会儿，说："还睡去吧。"

女人安排着孩子睡下，盖上被子。孩子却圆睁着两眼，再也睡不着。水生在屋里转着，在那铺满灰尘的迎门橱上的大镜子里照看自己。

女人要端着灯到外间屋里去烧水做饭,望着水生说:"从哪里回来?"

"远了,你不知道的地方。"

"今天走了多少里?"

"九十。"

"不累吗?还在地下溜达?"

水生靠在炕头上。外面起了风,风吹着院里那棵小槐树,月光射到窗纸上来。水生觉着这屋里是很暖和的,在黑影里问那孩子:"你叫什么?"

"小平。"

"几岁了?"

女人在外边拉着风箱说:"别告诉他,他不记得吗?"

孩子回答说:"八岁。"

"想我吗?"

"想你。想你,你不来。"孩子笑着说。

女人在外边也笑了,说:"真的!你也想过家吗?"

水生说:"想过。"

"在什么时候?"

"闲着的时候。"

"什么时候闲着?"

"打过仗以后,行军歇下来,开荒休息的时候。"

"你这几年不容易呀?"

"嗯,自然你们也不容易。"水生说。

"嗯?我容易,"她有些气愤地说着,把饭端上来,放在炕上,"爹是顶不容易的一个人,他不能看见你回来……"她坐在一边看着水生吃饭,看不见他吃饭的样子八年了。水生想起父亲,胡乱吃了一点，就放下了。

"怎么？"她笑着问，"不如你们那小米饭好吃？"

水生没答话。她拾掇了出去。

回来，插好了隔山门。院子里那挤在窝里的鸡们，有时转动扑腾。孩子睡着了，睡得是那么安静，那呼吸就像泉水在春天的阳光里冒起的小水泡，愉快地升起，又幸福地降落。女人爬到孩子身边去，她一直呆望着孩子的脸。她好像从来没有见过这个孩子，孩子好像是从别人家借来，好像不是她生出，不是她在那潮湿闷热的高粱地，在那残酷的"扫荡"里奔跑喘息，丢鞋甩袜抱养大的，她好像不曾在这孩子身上寄托了一切，并且在孩子的身上祝福了孩子的爹："那走得远远的人，早一天胜利回来吧！一家团聚。"好像她并没有常常在深深的夜晚醒来，向着那不懂事的孩子，诉说着翻来覆去的题目：

"你爹哩，他到哪里去了？打鬼子去了……他拿着大枪骑着大马……就要回来了，把宝贝放在马上……多好啊！"

现在，丈夫像从天上掉下来一样。她好像是想起了过去的一切，还编排那准备了好几年的话，要向现在已经坐到她身边的丈夫诉说了。

水生看着她。离别了八年，她好像并没有老多少。她今年二十九岁了，头发虽然乱些，可还是那么黑。脸孔苍白了一些，可是那两只眼睛里的光，还是那么强烈。

他望着她身上那自纺自织的棉衣和屋里的陈设。不论是人的身上，人的心里，都表现出是一种深藏的志气支撑，闯过了无数艰难的关口。

"还不睡吗？"过了一会儿，水生问。

"你困你睡吧，我睡不着。"女人慢慢地说。

"我也不困。"水生把大衣盖在身上，"我是有点冷。"

女人看着他那日本皮大衣，笑着问："说真的，这八九年，你想起过我吗？"

"不是说过了吗？想过。"

"怎么想法？"她逼着问。

"临过平汉路的那天夜里，我宿在一家小店，小店里有个鱼贩子是咱们乡亲。我买了一包小鱼下饭，吃着那鱼，就想起了你。"

"胡说。还有吗？"

"没有了。你知道我是出门打仗去了，不是专门想你去了。"

"我们可常常想你，黑夜白日。"她支着身子坐起来，"你能猜一猜我们想你的那段苦情吗？"

"猜不出来。"水生笑了笑。

"我们想你，我们可没有想叫你回来。那时候，日本人就在咱村边。可是在黑夜，一觉醒了，我就想：你如果能像天上的星星，在我眼前晃一晃就好了。可是能够吗？"

从窗户上那块小小的玻璃上结起来冰花，夜深了，大街的高房上有人高声广播："民兵自卫队注意！明天，鸡叫三遍集合。带好武器和一天的干粮！"

那声音转动着，向四面八方有力地传送。在这样降落霜雪严寒的夜里，一只粗大的喇叭在热情地呼喊。

"他们要到哪里去？"水生照战争习惯，机警地直起身子来问。

"准是到胜芳。这两天，那里很紧！"女人一边细心听，一边小声地说。

"他们知道我们来了。"

"你们来了？你要上哪里去？"

"我们是调来保卫冀中平原，打退进攻的敌人的！"

"你能在家住几天？"

"就是这一晚上。我是请假绕道来看望你。"

"为什么不早些说?"

"还没顾着啊!"

女人呆了。她低下头去,又无力地仄在炕上。过了好半天,她说:"那么就赶快休息休息吧,明天我撑着冰床子去送你。"

鸡叫三遍,女人就先起来给水生做了饭吃。这是一个大雾天,地上堆满了霜雪。女人把孩子叫醒,穿得暖暖的,背上冰床,锁了梢门,送丈夫上路。出了村,她要丈夫到爹的坟上去看看。水生说等以后回来再说,女人不肯。

她说:"你去看看,爹一辈子为了我们。八年,你只在家里待了一个晚上。爹叫你出去打仗了,是他一个老年人照顾了咱们全家。这是什么太平日子呀?整天价东逃西窜。因为你不在家,爹对我们娘俩,照顾得唯恐不到。只怕一差二错,对不起在外抗日的儿子。每逢夜里一有风声,他老人家就先在院里把我叫醒,说水生家起来吧,给孩子穿上衣裳。不管是风里雨里,多么冷,多么热,他老人家背着孩子逃跑,累得痰喘咳嗽。是这个苦日子,遭难的日子,担惊受怕的日子,把他老人家累死。还有那年大饥荒……"

在河边,他们放下冰床。水生坐上去,抱着孩子,用大衣给她包好脚。女人站在床子后面,撑起了竿。女人是撑冰床的好手,她逗着孩子说:"看你爹没出息,当了八年八路军,还得叫我撑冰床子送他!"

她轻轻地跳上冰床子后尾,像一只雨后的蜻蜓爬上草叶。轻轻用竿子向后一点,冰床子前进了。大雾笼罩着水淀,只有眼前几丈远的冰道可以望见。河两岸残留的芦苇上的霜花飒飒飘落,人的衣服上立时变成银白色。她用一块长的黑布紧紧把头发包住,冰床像飞一样前进,好像离开了冰面行走。她的围巾的两头飘到后面去,风正从她的前面吹来。她连撑几竿,然后直起身子来向水生一笑。她的脸冻得通红,嘴里却冒着热气。小小的冰床像离开了强弩的箭,搅起的冰屑,在它前面打起团团的旋花。前面有一条窄窄的水沟,水在冰缝里汩汩地流,她只说了一声"小心",两脚轻轻地一用劲,冰床就像受了惊的小蛇一样,抬起头来,窜过去了。

水生警告她说:"你慢一些,疯了?"

女人擦一擦脸上的冰雪和汗,笑着说:"同志!我们送你到战场上去呀,你倒说慢一些!"

"擦破了鼻子就不闹了。"

"不会。这是从小玩熟了的东西。今天更不会。在这八年里面,你知道我用这床子,送过多少次八路军?"

冰床在霜雾里,在冰上飞行。

"你把我送到丁家坞,"水生说,"到那里,我就可以找到队伍了。"

女人没有言语。她呆望着丈夫。停了一会儿,才说:"你给孩子再盖一盖,你看她的手露着。"她轻轻地喘了两口气。又说:"你知道,我现在心里很乱。八年我才见到你,你只在家里待了不到多半夜的工夫。我为什么撑得这么快?为什么着急把你送到战场上去?我是想,你快快去,快快打走了进攻我们的敌人,你才能再快快地回来,和我见面。

"你知道,我们,我们这些留在家里当媳妇的,最盼望胜利。我们在地洞里,在高粱地里等着这一天。这一天来了,我们那高兴,是不能和别人说的。

"进攻胜芳的敌人,是坐飞机来的;他们躺在后方,妻子团聚了八九年。他们来了,可把我们的幸福打破了,他们打破了我们的心。他们造的罪孽是多么重!一定要把他们完全消灭!"

冰床跑进水淀中央,这里是没有边际的冰场。太阳从冰面上升出来,冲开了雾,形成一条红色的胡同,扑到这里来,照在冰床上。

女人说:"爹活着的时候常说,水生出去是打开一条活路,打开了这条活路，我们就得活，不然我们就活不了。八年，他老人家焦愁死了。国民党反动派又要和日本一样，想来把我们活着的人完全逼死！

"你应该记着爹的话，向上长进，不要为别的事情分心，好好打仗。八年过去了，时间不算不长。只要你还在前方，我等你到死！"

在被大雾笼罩、杨柳树环绕的丁家坞村边，水生下了冰床。他望着呆呆站在冰上的女人说："你们也到村里去暖和暖和吧。"

女人忍着眼泪，笑着说："快去你的吧！我们不冷。记着，好好打仗，快回来，我们等着你的胜利消息。"

一九四六年河间

看　护

——在天津中西女中讲的少年革命故事

我希望能有一部作品，完整地表现我们的看护同志，表现他们在战争中艰苦地献身地工作。

一九四三年冬季，日寇在晋察冀"扫荡"了三个月，在晋察冀的部队和人民来说，这是一段极端艰难的时间。那一两年里，我们接连遇到了灾荒。反"扫荡"的转移，是在"九一八"下午开始的，我们刚刚开完纪念会，就在会场上整理好队伍，并且发下了冬天的服装和鞋袜。我们背上这些东西，在沙滩上行军，不断地蹚水过河。情况一开始就很紧张，来不及穿鞋，就手里提着。接连过了几条小河，队伍渐渐也就拉散了，我因为动作迟缓，落在了后面。回头一看，只有一个女孩子，一只脚蹬在河边一块石头上，眼睛望着前边的队伍，匆忙地穿上鞋，就很快地跟上去了。

这女孩子有十六七岁，长得很瘦弱，背着和我一样多的东西，外加一个鼓鼓的药包，跑起路来，上身不断地摇摆，活像山头那棵风吹的小树。我猜她准是分配到我们队上来的女看护。

"快跑，小鬼！"我追在后面笑着喊。

"反正叫你落不下！"她回头笑了一下，这笑和她的年岁很不相称。她幼小的生活里一定受过什么压抑。我注意她的脚步，这孩子缠过脚，我明白了为什么过河以后，她总是要穿上鞋。

前面的队伍正蹚过一条大河，爬到对面高山上去。头上是宽广的蓝天。忽然听到飞机的叫声，立时就开始了扫射。我看见女孩子急忙脱了鞋，卷高裤腿，跑进水里去，河水搭到她的腰那里，裤子全湿了，却用两只手高高举起了药包。她顺着水流歪歪斜斜地前进，没走到河心，就叫水冲倒，我赶紧跑上去，拉起她来，扯过河去。

我们刚登上岸，我觉得脚上一热，就倒了下来，血冒在沙滩上。

敌人的飞机一直低飞着，扫射着河滩和岩石，扫伤了我的左脚。近处一个村庄起火了，跑出很多人，妇女们来不及脱去鞋袜，抱着孩子跳进河里去。她们居住在这样偏僻的地方，从没见过飞机，更没听过这样刺耳的声音，敌人竟找到这里破坏和威胁了她们的生活。她们嚷嚷着，召唤着家里的人，催我们快快上山。她们说，飞机在她们庄村下蛋的时候那样低，在一棵老槐树下面钻了过去，一个大姑娘来不及闪躲，就叫飞机上的鬼子，从窗口打死了。女孩子告诉她们不要乱，让她们先走；又低着头，取出一个卫生包，替我裹伤。在我们身边跑过的男人们也嚷嚷骂着，说等他们爬到山顶，飞机再低着身子飞，他们就抱大石头砸下它来！

扎住伤口，女孩子说："你把东西放下吧，我给你背！"

"哪里的话，你这么小的人，会把你压死了哩！"我勉强站立起来，女孩子搀扶了我，挨上山去。

我们在山顶走着，飞机走了，宽大清澈的河流在山下转来转去，有时还能照见我们的影子。山上两旁都是枣树，正是枣熟枣掉的时候，满路上都是溃出蜜汁来的熟透的红枣。我们都饿了，可是遵守着行军的纪律，不拾也不踏，咽着唾沫走过去。

队上的医生老康，靠在前面一棵枣树上等我们。我们两个是好开玩笑的，每一见面，就都忍不住笑。我叫他"雷佛那儿"，这是因为那时医药条件困难，不管谁有什么外科破伤，他都是给开这一味药。他治病的特点是热情多于科学。他跑上来说："刚一出发你就负伤了！"

"可是并不光荣。"我说，"正在用腿用脚的时候，你看多倒霉！"

"每天宿营下来，我叫刘兰去给你换药！"他说着替女孩子搀扶着我，刘兰才有工夫坐下去倒出她鞋里的沙土和石块。

"这孩子很负责任，"老康接着小声说，"她是一个童养媳，婆家就在我们住过的那个村庄，从小挨打受气，忍饥挨冻。这次我们动员小看护，她的一个伙伴把她也叫了来，坚决参加。起初她婆婆不让，找了来。她说'这里有吃的有穿的，又能学习上进，你们为什么不让我进步'，婆婆说'……吃上饱饭，可不能变心，你长大成人，还是俺家的媳妇'，她没有答话。"

从这天起，每天晚上到村庄找好房子，刘兰就背着药包笑嘻嘻地找了我来，叫我坐在炕上，她站在地下替我洗好伤口换好药，才回去洗脸休息。可是我的伤口并不见好，情况越来越紧，行军越来越急迫，腿脚越来越不顶事。我成为队伍的累赘，心里很烦恼。第二天，黎明站队，组织上决定要把我坚壁到远处一座高山上去，叫刘兰跟随。我心里有些焦急，望望刘兰她却没有怨言。在这样紧张的情况下面，人生地疏，叫一个女孩子带一个伤号，她该是更焦急的。

我们按着路线出发，刘兰不知从哪里给我摸来一根木棍。天明我们进入了繁峙县的北部。这是更加荒凉的地方，山高水急，道狭村稀。在阴暗潮湿的山沟里转半天，看不见一个村庄，遇不见一个行人，听不见一声鸡叫。只有从沙滩上和过河的踏石上留下的毛驴蹄印或是粪块，才断定是人行的大道。

一到下午，肚里就饿了。天已经快黑了，还看不见一个村庄。前面就是那座高山了，在山底下，我要求坐下来休息一下，想到在爬这样高山以前，最好能有一块玉米面饼子垫垫肚，然而我们并没有。希望就在山顶上。刘兰催我开路。

振作精神，刘兰扶我上山去。我心里发慌，眼发黑，差不多忘记了脚痛，爬了半天，我饿得再也不能支持，迷糊过去。等到睁开眼，刘兰坐在我的身边，天已经暗下来了。在我们头上，有一棵茂密的酸枣树，累累的红艳的酸枣在晚风里摇摆。我一时闻到了枣儿的香味和甜味。刘兰也正眼巴巴望着酸枣，眉头蹙得很高。看见我醒来，她很高兴，说："同志，到了这个地步，摘一把酸枣儿吃，该不算犯纪律吧！"

我笑着摇摇头，她伸过手去就捋下一把，送到我嘴里，她也接连吞下几把。才发觉一同吞下了枣核和叶子，枣刺划破了她的手掌。

吞吃了酸枣，有了精神和力量，在苍茫的夜色里看到了山顶的村庄，有一片起伏的成熟的莜麦，像流动的水银。还有一所场院，一个男人下身穿着棉裤，上身光着膀子，高举着连枷；在他身旁有一个年轻的妇女用簸箕迎风扬送着丈夫刚刚打下的粮食，她的上身只穿着一件红色的兜肚。

我同刘兰就住在这小小的山庄上。进村以后，刘兰叫我坐在街头休息，她去找上关系，打扫了房子，然后才把我安排到炕上。接着她又做饭烧炕，洗净吃饭的锅，煮刀剪，消毒药棉……弄到半夜，她才到对过妇救会主任老四屋里去睡觉。

这一晚，我听着五台山顶的风声，远处杉林里的狼叫，一时睡不着，却并没有感觉不安。我们是四海为家的，我们是以一切人民为兄弟姐妹的。从炕头的窗口望过去，刘兰和老四也没有睡，两个人的影子在窗纸上摇动。她们在拉着家常："你们从哪里来呀？"

"从很远的地方。"

"那病人是谁呀？"

"我们队上一个干部。"

"你是干什么的？"

"我是看护。"

"是把脉先生吗？给我看看病吧！"

"什么病呀，你先和我学说学说，过几天，我们的医生就过来了！"

"就是咱们妇道的病呀……"

下面的话，我就听不清。可是接着我就听见，老四也是一个童养媳，十四岁上成的亲，今年二十四岁了，还没有一个小孩。老四说："我们这山顶顶上的人家，就是难得有个娃，要不就是养不下，要不就是活不大!"

刘兰说："这是因为我们结婚太早，生活苦，又不知道卫生，以前我也是个童养媳……"

接着两个人就诉起苦来，你疼我，我疼你得闹了多半夜才睡觉。

因为刘兰还不会做莜面，老四就派了两位妇女来帮忙。她们都穿着白粗布棉裤、黑羊皮袄，她们好像从来没洗过脸，那两只手，也只有在给我们和面和搓窝窝的过程里才弄洁白，那些脏东西，全和到我们的饭食里去了。这一顿饭，我和刘兰吃起来，全很恶心，刘兰说："你身体好些的时候，多教我认几个字吧，我要给她们讲讲卫生课。"

不多几天，她这讲习班就成立起来，每天晚上，有十几个青年妇女集在老四屋里，对刘兰讲的问题发生很大的兴趣。刘兰告诉她们，她们生病的根源就在她们都是用一块脏布包上灰土当作月经带，用过了，就塞到茅房里，下次再用，一用两三年。刘兰告诉她们要把布洗净，放在干净地方……

"你看刘兰多干净!"妇女们笑着说，"我们向你学习!"

从此，我看见这些妇女们，每天都洗洗手脸，有的并且学着我们的样子，在棉袄和皮衣里衬上一件单褂。我觉得刘兰把文化带给了这小小的山庄，它立刻就改变了很多人的生活，并给她们的后代造福。

有空，刘兰就帮她们到地里去收庄稼，她有时带回一些野韭菜、野葱、野蒜，包莜面饺子，改善我的伙食；有时带回一些玉黍秸，叫我当甜棒吃，好补充我身体里缺少的糖分。有一次，她不知道从哪里捉来几条小鱼。这样高的山上能有小鱼，已经新鲜；叫老四看见了，活像看见蛇一样,无论如何不叫我吃,她说那会把我毒死,更不叫在她家锅里来煮。

不久就下了大雪,我们都穿上了新棉衣,刘兰要在我的和她的袄领上缝上一个白衬领。她坐在炕上缝着,笑着说她还是头一次穿这样里表三新的棉袄裤,母亲一辈子也没享过这个福。叫她看来,八路军的生活好多了,这山庄上谁也没有我们这一套棉衣。

下了大雪,消息闭塞。我写了一封信,和大队上联系,叫刘兰交给村长,派一个人送到区上去。刘兰回来说,这样大雪,村长派不动人,要等踏开道了才能送去。我的伤口正因为下雪发痛,一听就火了,我说:"你再去把村长叫来,我教育教育他!"

"下了这样大雪,连街上都不好走,山路上,雪能埋了人;这里人们穿着又少,人家是有困难!"

"有困难就得克服!"我大声说,"我们就没困难过?我们跑到这山顶顶上来,挨饿受冻为的谁呀?"

"你说为的谁呀?"刘兰冷笑着,"挨饿受冻?我们每天两顿饱饭,一天要烧六十斤茅柴,是谁供给的呀?"

"你怎么了!"我欠起身来,"是我领导你,还是你领导我?"

"咱们是工作关系,你是病人,我是看护,谁也不能压迫谁!"刘兰硬邦邦地说。

"小鬼!"我抓起在火盆里烤着的一个山药,就向她脸上打去,她一闪,山药粘到门上,刘兰气得脸发白,说:"你是干部,你打人骂人!"

说罢就转身出去了。

我很懊悔,在炕上翻来覆去。外面风声很大,雪又打着窗纸,火盆里的火弱了,炕也凉了,伤口更痛得厉害。我在心里检讨着自己的过错。

老四推门进来,带着浑身的雪,她说:"怎么了呀,同志?你们刘兰一个人跑到村口那里啼哭，这么大风大雪！"

"你快去把她叫来，"我央告着老四，"刚才我们吵了架。你对她说，完全是我的错误！"

老四才慌忙地去叫她。这一晚上，她没到我屋里来。第二天，风住天晴，到了换药的时候，刘兰来了，还是笑着。我向她陪了很多不是，她却一句话也没说，给我细心地换上药，就又拿起那封信，找村长去了。

接到大队来信，要我转移，当夜刘兰去动员担架。她挂着一根棍子，背着我们全部的东西，头上包着一块手巾，护住耳朵和脸，在冰雪擦滑的路上，穿着一双硬底山鞋，一步一个响声，迎着大风大雪跟在我的担架后面……

一九五〇年五月护士节于天津

山 地 回 忆

　　从阜平乡下来了一位农民代表，参观天津的工业展览会。我们是老交情，已经快有十年不见面了。我陪他去参观展览，他对于中纺的织纺，对于那些改良的新农具特别感兴趣。临走的时候，我一定要送点东西给他，我想买几尺布。

　　为什么我偏偏想起买布来？因为他身上穿的还是那样一种浅蓝的土靛染的粗布裤褂。这种蓝的颜色，不知道该叫什么蓝，可是它使我想起很多事情，想起在阜平穷山恶水之间度过的三年战斗的岁月，使我记起很多人。这种颜色，我就叫它"阜平蓝"或是"山地蓝"吧。

　　他这身衣服的颜色，在天津是很显得突出，也觉得土气。但是在阜平，这样一身衣服，织染既是不容易，穿上也就觉得鲜亮好看了。阜平土地很少，山上都是黑石头，雨水很多很暴，有些泥土就冲到冀中平原上来了——冀中是我的家乡。阜平的农民没有见过大的地块，他们所有的，只是像炕台那样大，或是像锅台那样大的一块土地。在这小小的、不规整的、有时是尖形的，有时是半圆形的，有时是梯形的小块土地上，他们费尽心思，全力经营。他们用石块垒起，用泥土包住，在边沿栽上枣树，在中间种上玉黍。

　　阜平的天气冷，山地不容易见到太阳。那里不种棉花，我刚到那里的时候，老大娘们手里搓着线锤。很多活计用麻代线，连袜底也是用麻纳的。

　　就是因为袜子，我和这家人认识了，并且成了老交情。那是个冬天，该是一九四一年的冬天，我打游击打到了这个小村庄，情况缓和了，部队决定休息两天。

　　我每天到河边去洗脸，河里结了冰，我蹲在冰冻的石头上，把冰

砸破，浸湿毛巾，等我擦完脸，毛巾也就冻挺了。有一天早晨，刮着冷风，只有一抹阳光，黄黄地落在河对面的山坡上。我又蹲在那块石头上去，砸开那个冰口，正要洗脸，听见在下水流有人喊："你看不见我在这里洗菜吗？洗脸到下边洗去！"

这声音是那么严厉，我听了很不高兴。这样冷天，我来砸冰洗脸，反倒妨碍了人。心里一时挂火，就也大声说："离着这么远，会弄脏你的菜！"

我站在上风头，狂风吹送着我的愤怒，我听见洗菜的人也恼了，那人说："菜是下口的东西呀！你在上流洗脸洗屁股，为什么不脏？"

"你怎么骂人？"我站立起来转过身去，才看见洗菜的是个女孩子，也不过十六七岁。风吹红了她的脸，像带霜的柿叶，水冻肿了她的手，像上冻的红萝卜。她穿的衣服很单薄，就是那种蓝色的破袄裤。

十月严冬的河滩上，敌人往返烧毁过几次的村庄的边沿，在寒风里，她抱着一篮子水沤的杨树叶，这该是早饭的食粮。

不知道为什么，我一时心平气和下来。我说："我错了，我不洗了，你在这块石头上来洗吧！"

她冷冷地望着我，过了一会儿才说："你刚在那石头上洗了脸，又叫我站上去洗菜！"

我笑着说："你看你这人，我在上水洗，你说下水脏，这么一条大河，哪里就能把我脸上的泥土冲到你的菜上去？现在叫你到上水来，我到下水去，你还说不行，那怎么办哩？"

"怎么办，我还得往上走！"

她说着，扭着身子逆着河流往上去了。蹲在一块尖石上，把菜篮浸进水里，把两手插在袄襟底下取暖，望着我笑了。

我哭不得，也笑不得，只好说："你真讲卫生呀！"

"我们是真卫生，你们是装卫生！你们净笑话我们，说我们山沟里的人不讲卫生，住在我们家里，吃了我们的饭，还刷嘴刷牙，我们的菜饭再不干净，难道还会弄脏了你们的嘴？为什么不连肠子肚子都刷刷干净！"说着就笑得弯下腰去。

我觉得好笑。可也看见，在她笑着的时候，她的整齐的牙齿洁白得放光。

"对，你卫生，我们不卫生。"我说。

"那是假话吗？你们一个饭缸子，也盛饭，也盛菜，也洗脸，也洗脚，也喝水，也尿泡，那是讲卫生吗？"她笑着用两手在冷水里刨抓。

"这是物质条件不好，不是我们愿意不卫生。等我们打败了日本，占了北平，我们就可以吃饭有吃饭的家伙，喝水有喝水的家伙了，我们就可以一切齐备了。"

"什么时候，才能打败鬼子？"女孩子望着我，"我们的房，叫他们烧过两三回了！"

"也许三年，也许五年，也许十年八年。可是不管三年五年，十年八年，我们总是要打下去，我们不会悲观的。"我这样对她讲，当时觉得这样讲了以后，心里很高兴了。

"光着脚打下去吗？"女孩子转脸望了我脚上一下，就又低下头去洗菜了。

我一时没弄清是怎么回事，就问："你说什么？"

"说什么？"女孩子也装没有听见，"我问你为什么不穿袜子，脚不冷吗？也是卫生吗？"

"咳！"我也笑了，"这是没有法子嘛，什么卫生！从九月里就反'扫荡'，可是我们八路军，是非到十月底不发袜子的。这时候，正在打仗，哪里去找袜子穿呀？"

"不会买一双？"女孩子低声说。

"哪里去买呀，净住小村，不过镇店。"我说。

"不会求人做一双？"

"哪里有布呀？就是有布，求谁做去呀？"

"我给你做。"女孩子洗好菜站起来，"我家就住在那个坡子上，"她用手一指，"你要没有布，我家里有点，还够做一双袜子。"

她端着菜走了，我在河边上洗了脸。我看了看我那穿着一双"踢倒山"的鞋子、冻得发黑的脚，一时觉得我对于面前这山，这水，这沙滩，永远不能分离了。

我洗过脸，回到队上吃了饭，就到女孩子家去。她正在烧火，见了我就说："你这人倒实在，叫你来你就来了。"

我既然摸准了她的脾气，只是笑了笑，就走进屋里。屋里蒸气腾腾，等了一会儿，我才看见炕上有一个大娘和一个四十多岁的大伯，围着一盆火坐着。在大娘背后还有一位雪白头发老大娘。一家人全笑着让我炕上坐。女孩子说："明儿别到河里洗脸去了，到我们这里洗吧，多添一瓢水就够了！"

大伯说："我们妞儿刚才还笑话你哩！"

白发老大娘瘪着嘴笑着说："她不会说话，同志，不要和她一样呀！"

"她很会说话！"我说，"要紧的是她心眼儿好，她看见我光着脚，就心疼我们八路军！"

大娘从炕角里扯出一块白粗布，说："这是我们妞儿纺了半年线赚的，给我做了一条棉裤，下剩的说给他爹做双袜子，现在先给你做了穿上吧。"

我连忙说："叫大伯穿吧！要不，我就给钱！"

"你又装假了，"女孩子烧着火抬起头来，"你有钱吗？"

大娘说："我们这家人，说了就不能改移。过后再叫她纺，给她爹赚袜子穿。早先，我们这里也不会纺线，是今年春天，家里住了一个女同志，教会了她。还说再过来了，还教她织布哩！你家里的人，会纺线吗？"

"会纺！"我说，"我们那里是穿洋布哩，是机器织纺的。大娘，等我们打败日本……"

"占了北平，我们就有洋布穿，就一切齐备！"女孩子接下去，笑了。

可巧，这几天情况没有变动，我们也不转移。每天早晨，我就到女孩子家里去洗脸。第二天去，袜子已经剪裁好，第三天去她已经纳底子了，用的是细细的麻线。她说："你们那里是用麻用线？"

"用线。"我摸了摸袜底，"在我们那里，鞋底也没有这么厚！"

"这样坚实。"女孩子说，"保你穿三年，能打败日本不？"

"能够。"我说。

第五天，我穿上了新袜子。

和这一家人熟了，就又成了我新的家。这一家人身体都健壮，又好说笑。女孩子的母亲，看起来比女孩子的父亲还要健壮。女孩子的姥姥九十岁了，还那么结实，耳朵也不聋，我们说话的时候，她不插言，只是微微笑着，她说：她很喜欢听人们说闲话。

女孩子的父亲是个生产的好手，现在地里没活了，他正计划贩红枣到曲阳去卖，问我能不能帮他的忙。部队重视民运工作，上级允许我帮老乡去作运输，每天打早起，我同大伯背上一百多斤红枣，顺着河滩，爬山越岭，送到曲阳去。女孩子早起晚睡给我们做饭，饭食很好，一天，大伯说："同志，你知道我是沾你的光吗？"

"怎么沾了我的光？"

"往年，我一个人背枣，我们妞儿是不会给我吃这么好的！"

我笑了。女孩子说："沾他什么光，他穿了我们的袜子，就该给我们做活了！"

又说:"你们跑了快半月,赚了多少钱?"

"你看,她来查账了,"大伯说,"真是,我们也该计算计算了!"他打开放在被垒底下的一个小包袱,"我们这叫包袱账,赚了赔了,反正都在这里面。"

我们一同数了票子,一共赚了五千多块钱,女孩子说:"够了。"

"够干什么了?"大伯问。

"够给我买张织布机子了!这一趟,你们在曲阳给我买架织布机子回来吧!"

无论姥姥、母亲、父亲和我,都没人反对女孩子这个正义的要求。我们到了曲阳,把枣卖了,就去买了一架机子。大伯不怕多花钱,一定要买一架好的,把全部盈余都用光了。我们分着背了回来,累得浑身流汗。

这一天,这一家人最高兴,也该是女孩子最满意的一天。这像要了几亩地,买回一头牛,这像制好了结婚前的陪送。

以后,女孩子就学习纺织的全套手艺了:纺,拐,浆,落,经,镶,织。

当她卸下第一匹布的那天,我出发了。从此以后,我走遍山南塞北,那双袜子,整整穿了三年也没有破绽。一九四五年,我们战胜了日本强盗,我从延安回来,在碛口地方,跳到黄河里去洗了一个澡,一时大意,奔腾的黄水,冲走了我的全部衣物,也冲走了那双袜子。黄河的波浪激荡着我关于敌后几年生活的回忆,激荡着我对于那女孩子的纪念。

开国典礼那天,我同大伯一同到百货公司去买布,送他和大娘一人一身蓝士林布,另外,送给女孩子一身红色的。大伯没见过这样鲜艳的红布,对我说:"多买上几尺,再买点黄色的。"

"干什么用?"我问。

"这里家家门口挂着新旗,咱那山沟里准还没有哩!你给了我一张国旗的样子,一块儿带回去,叫妞儿给做一个,开会过年的时候,挂起来!"

他说妞儿已经有两个孩子了,还像小时候那样,就是喜欢新鲜东西,说什么也要学会。

一九四九年十二月

小　胜　儿

一

冀中有了个骑兵团。这是华北八路军的第一支骑兵，是新鲜队伍，立时成了部队的招牌幌子，不管什么军事检阅、纪念大会，头一项人们最爱看的，就是骑兵表演。

马是那样肥壮，个子毛色又整齐，人又是那样年轻，连那个热情的杨主任，也不过二十一岁。

农民们亲近自己的军队，也爱好马匹。每当骑兵团在早晨或是黄昏的雾露里从村边开过，农民们就放下饭碗，担起水筲，帮助战士饮马。队伍不停下，他们就站在堤头上去观看：

"这马儿是怎么喂的，个个圆膘！庄稼牲口说什么也比不上。"

"骑黑马的是杨主任，在前面背三件家伙的是小金子！"

"这孩子！你看他像粘在马上一样。"

小金子十七岁上参加了军队，十九岁给杨主任当了警卫员，骑着一匹从日寇手里夺来的红洋马。

远近村庄都在观看这个骑兵团。这村正恋恋不舍地送走最后一匹，前村又在欢迎小金子的头马了。

今天，队伍不知开到哪里去，走得并不慌忙，很是严肃。

从战士脸上的神情和马的脚步看来，也不像有什么情况。

"是出发打仗？还是平常行军？"一个青年农民问他身边一个青年妇女。

"我看是打仗去！"妇女说。

"你怎么看得出来，杨主任告诉你了？"

"我认识小金子。你看着，小金子噘着嘴，那就是平常行军，他常常舍不得离开房东大娘。脸上挂笑，可又不笑出来，那准是出发打仗。傻孩子！你记住这个就行了。"

二

这个妇女是猜着了。过了两天，这个队伍就打起仗来，打的是那有名的英勇壮烈的一仗。敌人"五一大扫荡"突然开始，骑兵团分散作战，两个连突到路西去，一个连作后卫陷入了敌人的包围，整整打了一天。在五月麦黄的日子，冀中平原上，打得天昏地暗，打得树木脱枝落叶，道沟里鲜血滴滴。杨主任在这一仗里牺牲了，炮弹炸翻的泥土，埋葬了他的马匹。小金子受了伤，用手刨着土掩盖了主任的尸体，带着一支打完子弹的短枪，夜晚突围出来，跑了几步就大口吐了血。

这是后话。现在小金子跑在队伍的前面，轻快地行军。他今天脸上挂笑，是因为在出发的时候，收到了一件心爱的东西。一路上，他不断抽出手来摸摸兜囊，这小小的礼品就藏在那里面。

太阳刚刚升出地面。太阳一升出地面，平原就在同一个时刻，承受了它的光辉。太阳光像流水一样，从麦田、道沟、村庄和树木的身上流过。这一村的雄鸡接着那一村的雄鸡歌唱。

这一村的青年自卫队在大场院里跑步，那一村也听到了清脆的口令。

一路上，大麻子刚开的紫色绒球一样的花，打着小金子的马肚皮，阵阵的露水扫湿了他的裤腿。他走得不慌不忙，信马由缰。主任催他："小金子同志，放快些吧，天黑的时候，我们要到石佛镇宿营哩！"

"报告主任，"小金子转过身来笑着说，"就这样走法，也用不着天黑！"

"这样热天，你愿意晒着呀？"主任说，"口渴得很哩！"

小金子说："过了树林，前面有个瓜园，我去买瓜！我和那个开瓜园的老头有交情，咱们要吃瓜，他不会要钱。可是，现在西瓜还不熟，只能将就着摘个小酥瓜儿吃！"

主任说："怎么能白吃老百姓的瓜呢？把水壶给我吧！"

递过水壶去，小金子说："到了石佛，我给主任去号一间房，管保凉快、清净、没有臭虫！"

他从兜囊扯出了那件东西，一扬手在马屁股上抽了一下，马就奔跑起来。

主任的小黑马追上去，主任说："小金子！那是件什么东西？"

"小马鞭儿！"小金子又在空中一扬。那是一杆短短的，用各色绸布结成的小马鞭，像是儿童的玩具。

"你总是顽皮，哪里弄来的？我们是骑兵，还用马鞭子？"主任笑着。

"骑兵不用马鞭，谁用马鞭？戏台上的大将，还拿着马鞭打仗哩！"小金子说。

"那是唱，我们要腾开手来打仗，用不着这个。进村了，快收起来，人家要笑话哩！"主任说。

小金子又看了几看，才把心爱的物件插到兜囊里去，心里有些不高兴。他想人家好心好意给做了，不能在进村的时候施展施展，多么对不住人家？人家不知道费了多大工夫哩！

主任又问了："买的，还是求人做的？"

"是家里捎来的。"

"怎么单捎了这个来？"

"他们准是觉得我当了骑兵，缺少的就是马鞭子，心爱的也是这个。"

"怎么那样花花绿绿？"

"是个女孩子做的，她们喜欢这个颜色！"

"是你的什么人呀？"

"一家邻舍，从小儿一块儿长大的。"

主任没有往下问，在年岁上，他不过比小金子大两岁。在情感这个天地里，人们会是相同的。过了一刻，他说："回家或是路过，谢谢人家吧！"

三

五月里打过仗，小金子受伤回到家里，他饭也吃不下，觉也睡不着。主任和那些马匹，马匹的东奔西散，同志们趴在道沟里战斗牺牲……老在他眼前转，使他坐立不安。黑间白日，他尖着耳朵听着，好像那里又有集合的号音，练兵的口令，主任的命令，马蹄的奔腾；过了一会儿又什么也听不见。他的病一天一天重了。

小金子的爹，今年五十九岁了，只有这一个儿子。给他挖了一个洞，洞口就在小屋里破旧的迎门橱后面。出口在前邻小胜儿家。小胜儿，就是给小金子捎马鞭子的那个姑娘。

小胜儿的爹在山西挑货郎担儿，十几年不回家了。那年小金子的娘死了，没人做活，小金子的爹，心里准备下了一堆好话，把布拿到前邻小胜儿的娘那里。

小胜儿的娘一听就说："她大伯，你别说这个。咱们虽说不是一姓一家，住得这么近，就像一家似的，你有什么活，尽管拿过来。我过着穷日子，就知道没人的难处，说句浅话，求告你的时候正在后头哩。把布放下吧，我给你裁铰裁铰做上。"

从这以后，两家人就过得很亲密。

小金子从战场回来，小胜儿的娘把他抱在怀里，摸着那扯破的军装说："孩子，你们是怎么着，爬着滚着地打来呀，新布就撕成这个样子！小胜儿，快去给你哥哥找衣裳来换！"

小金子说："不用换。"

"傻孩子，"小胜儿的娘说，"不换衣裳，也得养养病呀！看你的脸成了什么颜色！快脱下来，叫小胜儿给你缝缝。你看这血！这是你流的……"

"有我流的，也有同志们流的！"小金子说。

母女两个连夜帮着小金子的爹挖洞，劝说着小金子进去养病养伤。

四

敌人在田野拉网"清剿"，村里成了据点，正在清查户口。母女两个整天为小金子担心，焦愁得饭也吃不下去。她们不让小金子出来，每天早晨，小胜儿把饭食送进洞里去，又把便尿端出来。

那天，她用一块手巾把头发包好，两只手抱着饭罐，从洞口慢慢往里爬。爬到洞中间，洞里的小油灯忽地灭了，她小声说："是我。"把饭罐轻轻放好，从身上掏出洋火，擦了好几根，才把灯点着。洞里一片烟雾，她看见小金子靠在潮湿的泥土上，脸色苍白得怕人，一言不发。她问："你怎么了？"

"这样下去，我就死了。"小金子说。

"这有什么办法呀？"小胜儿坐在那像在水里泡过的褥子上，"鬼子像在这里住了老家，不打，他们自己会走吗？"她又说，"我问问你，杨主任牺牲了？"

"牺牲了。我老是想他。"小金子说，"跟了他两三年，年纪又差不多，老是觉着他还活着，一时想该给他打饭，一时想又该给他备马了。可是哪里去找他呀，想想罢了！"

"他的面目我记得很清楚，"小胜儿说，"那天，他跟着你到咱们家来，我觉着比什么都光荣。说话他就牺牲了，他是个南方人吧？"

"离我们有九千多里地，贵州地面哩。你看他学咱这里的话学得多像！"小金子说。

小胜儿说："不知道家里知道他的死讯不？知道了，一家人要多难过！自然当兵打仗，说不上那些。"

小金子说："先是他同我顶着打，叫同志们转移，后来我受了伤，敌人冲到我面前，他跳出了掩体和敌人拼了死命。打仗的时候，他自己勇敢得没对儿，总叫别人小心。平时体贴别人，自己很艰苦。那天行军，他渴了，我说给他摘个瓜吃，他也不允许。"

"为什么，吃个瓜也不允许？"小胜儿问。

"因为不只他一个人呀。我心里有什么事，他立时就能看出来。也是那天，我玩弄你捎给我的小马鞭儿，他批评了我。"

"那是闹着玩儿的，"小胜儿说，"他为什么批评你哩？"

"他说是花花绿绿，不像个战士样子，我就把马鞭子装起来了。可是，过了一会儿，他又叫我谢谢你。"

"有什么谢头，叫你受了批评还谢哩！"小胜儿笑了一下，"我们别忘了给他报仇就是了！你快着养壮实了吧！"

五

小胜儿从洞里出来，就和她娘说："我们该给小金子买些鸡，称点挂面。"

娘说："叫鬼子闹的，今年麦季没收，秋田没种，高粱小米都吃不起，这年头摘摘借借也困难。"

小胜儿说："娘，我们赶着织个布卖了去吧！"

娘说："整天价逃难，提不上鞋，哪里还能织布？你安上机子，知道那兔羔子们什么时候闯进来呀？"

"要不我们就变卖点东西？人家的病要紧哩！"小胜儿说。

"你这孩子！"娘说，"什么人家的病，这不像亲兄弟一样吗？可是，咱一个穷人家，有什么可变卖的哩，有什么值钱的物件哩？"

小胜儿也仰着脖子想，她说："要不，把我那件袄卖了吧！"

"哪件袄？你那件花丝葛袄吗？"娘问着，"哪有还没过事，就变卖陪送的哩?"

小胜儿说:"整天藏藏躲躲的,反正一时也穿不着,不是埋坏了,就是叫他们抢走了,我看还是拿出去卖了它吧!"

"依我的心思呀,"娘笑着说,"这么兵荒马乱,有个对事的人家,我还想早些打发你出去,省得担惊受怕哩!那件衣裳不能卖,那是我心上的一件衣裳!"

"可是,晚上,他就没得吃,叫他吃红饼子?"小胜儿说,"今儿个是集日,快拿出去卖了吧!"

到底是女儿说服了娘,包起那件衣服,拿到集上去。集市变了,看不见年轻人和正经买卖人,没有了线子市,也没有了花布市。小胜儿的娘抱着棉袄,在十字路口靠着墙站了半天,也没个买主。晌午错了,才过来个汉奸,领着一个浪荡女人,要给她买件衣裳。小胜儿的娘不敢争价,就把那件衣裳卖了。她心疼了一阵,好像卖了女儿身上的肉一样。称了一斤挂面,买了十个鸡蛋,拿回家来,交给小胜儿,就啼哭起来。天还不黑就盖上被子睡觉去了。

小胜儿没有说话,下炕给小金子做饭。现在天快黑了,她手里劈着干柳树枝,眼望着火,火在她脸上身上闪照,光亮发红。她好像看见杨主任的血,看见小金子苍白的脸,看见他的脸慢慢变得又胖又红润了。她小心地把饭做熟,早早地把大门上好,就爬到洞口去拉暗铃。一种微小的柔软的声音,在地下响了。不久,小金子就钻了出来。

这一顿饭,小金子吃得很多,两碗挂面四个鸡蛋全吃了,还有点不足心的样子。吃完了饭,一抹嘴说:"有什么吃什么就行了,干什么又花钱?"

"哪里来的钱呀,孩子,是你妹子把陪送袄卖了,给你养病哩!卖了,是叫个好人穿呀!叫那么个烂货糟蹋去了,我真心疼!你可别忘了你妹子!"小胜儿的娘在被窝里说。

"我们这是优待八路军,用不着谢,也用不着报答!"小胜儿低着头笑了笑,收拾了碗筷。

小金子躺在炕上。小胜儿用棉被把窗子堵了个严又严,把屋门也上了。她点起一个小油灯,放在墙壁上凿好的一个小洞里,面对着墙做起针线来,不住尖着耳朵听外面的风声。

在冀中平原,有多少妇女孩子在担惊,在田野里听着枪声过夜!她回过头来说:"我们这还算享福哩,坐在自己家里的炕上——怎么你们睡着了?"

"大娘睡着了,我没着。"小金子说,"今天吃得多些,精神也好些,白天在洞里又睡了一会儿,现在怎么也睡不着了。你做什么哩?"

"做我的鞋,"小胜儿低着头说,"整天东逃西跑,鞋也要多费几双。今年军队上的活,做得倒少了。"

"像我整天钻洞,不穿鞋也可以!"小金子说。听着他的声音,小胜儿的鼻子也酸了,她说:"你受了伤,又有病,这说不上。好好养些日子,等腿上有了力气,能走长路了,就过铁道找队伍去。做上了我的,就该给你铰底子做鞋了!"

小胜儿放下活计,转过身来,她的眼睛在黑影里放光。在这样的夜晚,敌人正在附近村庄放火,在田野、村庄、树林、草垛里搜捕杀害冀中的人民……

一九五〇年一月十九日

吴 召 儿

得胜回头

　　这两年生活好，却常常想起那几年的艰苦。那几年，我们在山地里，常常接到母亲求人写来的信。她听见我们吃树叶黑豆，穿不上棉衣，很是担心焦急。其实她哪里知道，我们冬天打一捆白草铺在炕上，把腿舒在袄袖里，同志们挤在一块儿，是睡得多么暖和！她也不知道，我们在那山沟里沙地上，采摘杨柳的嫩叶，是多么热闹和快活。这一切，老年人想象不来，总以为我们像度荒年一样，整天愁眉苦脸哩！

　　那几年吃得坏，穿得薄，工作得很起劲。先说抽烟吧：要老乡点兰花烟和上些芝麻叶，大家分头卷好，再请一位有把握的同志去擦洋火。大伙围起来，遮住风，为的是这唯一的火种不要被风吹灭。然后先有一个人小心翼翼地抽着，大家就欢乐起来。要说是写文章，能找到一张白报纸，能找到一个墨水瓶，那就很满意了，可以坐在草堆上写，也可以坐在河边石头上写。那年月，有的同志曾经为一个不漏水的墨水瓶红过脸吗？有过。这不算什么，要是像今天，好墨水，车载斗量，就不再会为一个空瓶子争吵了。关于行军：就不用说从阜平到王快镇那一段讨厌的沙石路，叫人进一步退半步；不用说雁北那蹚不完的冷水小河，登不住的冰滑踏石，转不尽的阴山背后；就是两界峰的柿子，插箭岭的风雪，洪子店的豆腐，雁门关外的辣椒杂面，也使人留恋想念。还有会餐：半月以前就做精神准备，事到临头，还得拼着一场疟子，情愿吃得上吐下泻，也得弄他个碗净锅干；哪怕吃过饭再去爬山呢！是谁偷过老乡的辣椒下饭，是谁用手榴弹爆炸河潭的小鱼？哪个小组集资买了一头蒜，哪个小组煮了狗肉大设宴席？

留在记忆里的生活，今天就是财宝。下面写的是在阜平三将台小村庄我的一段亲身经历，其中都是真人真事。

民校

我们的机关搬到三将台，是个秋天，枣儿正红，芦苇正吐花。这是阜平东南一个小村庄，距离有名的大镇康家峪不过二里路。我们来了一群人，不管牛棚马圈全住上，当天就劈柴做饭，上山唱歌，一下就和老乡生活在一块儿了。

那时我们很注意民运工作。由我去组织民校识字班，有男子组，有妇女组。且说妇女组，组织得很顺利，第一天开学就全到齐，规规矩矩，直到散学才走。可是第二天就都抱了孩子来，第三天就在课堂上纳起鞋底，捻起线来。

识字班的课程第一是唱歌，歌唱会了，剩下的时间就碰球。山沟的青年妇女们，碰起球来，真是热烈，整个村子被欢笑声浮了起来。

我想得正规一下，不到九月，我就给她们上大课了。讲军民关系，讲抗日故事，写了点名册，发了篇子。可是因为座位不定，上了好几次课，我也没记清谁叫什么。有一天，我翻着点名册，随便叫了一个名字："吴召儿！"

我听见嗤的一声笑了。抬头一看，在人群末尾，靠着一根白杨木柱子，站起一个女孩。她正在背后掩藏一件什么东西，好像是个假手榴弹，坐在一处的女孩子们望着她笑。她红着脸转过身来，笑着问我："念书吗？"

"对！你念念头一段，声音大点。大家注意！"

她端正地立起来，两手捧着书，低下头去。我正要催她，她就念开了，书念得非常熟快动听。就是她这认真的念书态度和声音，不知怎样一下就印进了我的记忆。下课回来，走过那条小河，我听到了只有在阜平才能听见的那紧张激动的水流的声响，听到在这山草衰白柿叶霜红的山地，还没有飞走的一只黄鹂的叫唤。

向导

十一月，老乡们披上羊皮衣，我们反"扫荡"了。我当了一个小组长，村长给我们分配了向导，指示了打游击的地势。别的组都集合起来出发了，我们的向导老不来。我在沙滩上转来转去，看看太阳就要下山，很是着急。

听说敌人已经到了平阳，到这个时候，就是大声呼喊也不容许。我跑到村长家里去，找不见，回头又跑出来，才在山坡上一家门口遇见他。村长散披着黑羊皮袄，也是跑得呼哧呼哧，看见我就笑着说："男的分配完了，给你找了一个女的！"

"怎么搞的呀？村长！"我急了，"女的能办事吗？"

"能办事！"村长笑着，"一样能完成任务，是一个女自卫队的队员！"

"女的就女的吧，在哪里呀？"我说。

"就来，就来！"村长又跑进那大门里去。

一个女孩子跟着他跑出来。穿着一件红棉袄，一个新鲜的白色挂包，斜在她的腰里，装着三颗手榴弹。

"真是，"村长也在抱怨，"这是反'扫荡'呀，又不是到区里验操，也要换换衣裳！红的目标大呀！"

"尽是夜间活动，红不红怕什么呀，我没有别的衣服，就是这一件。"女孩子笑着，"走吧，同志！"说着就跑下坡去。

"路线记住了没有？"村长站在山坡上问。

"记下了，记下了！"女孩子嚷着。

"别这么大声怪叫嘛!"村长说。

我赶紧下去带队伍。女孩子站在小河路口上还在整理她的挂包。望望我来了,她一跳两跳就过了河。在路上,她走得很快,我跑上前去问她:"我们先到哪里?"

"先到神仙山!"她回过头来一笑,这时我才认出她就是那个吴召儿。

神仙山

神仙山也叫大黑山,是阜平最高最险的山峰。前几天,我到山下打过白草;吴召儿领导的,却不是那条路,她领我们走的是东山坡一条小路。靠这一带山坡,沟里满是枣树,枣叶黄了,飘落着,树尖上还留着不少的枣儿,经过风霜,红得越发鲜艳。吴召儿问我:"你带的什么干粮?"

"小米炒面!"

"我尝尝你的炒面。"

我一边走着,一边解开小米袋的头,她伸过手来接了一把,放到嘴里,另一只手从口袋里掏出一把红枣送给我。

"你吃枣儿!"她说,"你们跟着我,有个好处。"

"有什么好处?"我笑着问。

"保险不会叫你们挨饿。"

"你能够保这个险?"我也笑着问,"你口袋里能装多少红枣,二百斤吗?"

"我们走到哪里,吃到哪里。"她说。

"就怕找不到吃喝哩!"我说。

"到处是吃喝!"她说,"你看前头树上那颗枣儿多么大!"

我抬头一望,她飞起一块石头,那颗枣儿就落在前面地下了。

"到了神仙山，我有亲戚。"她捡起那颗枣儿，放到嘴里去，"我姑住在山上，她家的倭瓜又大又甜。今儿晚上，我们到了，我叫她给你们熬着吃个饱吧！"

在这个时候，一顿倭瓜，也是一种鼓励。这鼓励还包括：到了那里，我们就有个住处，有个地方躺一躺，有个老乡亲切地和我们说说话。

天黑的时候，我们才到了神仙山的脚下。一望这座山，我们的腿都软了，我们不知道它有多么高；它黑得怕人，高得怕人，危险得怕人，像一间房子那样大的石头，横一个竖一个，乱七八糟地躺着。一个顶一个，一个压一个，我们担心，一步登错，一个石头滚下来，整个山就会天崩地裂房倒屋塌。她带领我们往上爬，我们攀着石头的棱角，身上出了汗，一个跟不上一个，拉了很远。她爬得很快，走一截就坐在石头上望着我们笑，像是在这乱石山中，突然开出一朵红花，浮起一片彩云来。

我努力跟上去，肚里有些饿。等我爬到山半腰，实在走不动，找见一块平放的石头，就倒了下来，喘息了好一会儿，才能睁开眼。天大黑了，天上已经出了星星。她坐在我的身边，把红枣送到我嘴里说："吃点东西就有劲了。谁知道你们这样不行！"

"我们就在这里过一夜吧！"我说，"我的同志们恐怕都不行了。"

"不能。"她说，"就快到顶上了，只有顶上才保险。你看那上面点起灯来的，就是我姑家。"

我望到顶上去。那和天平齐的地方，有一点红红的摇动的光，那光不是她指出，不能同星星分别开。望见这个光，我们都有了勇气，有了力量多它强烈地吸引着我们前进，到它那里去。

姑家

北斗星转下山去，我们才到了她的姑家。夜深了，这样高的山上,冷风吹着汗湿透的衣服,我们都打着牙噤。钻过了扁豆架、倭瓜棚,她尖声娇气叫醒了姑。老婆子费了好大工夫才穿好衣裳开开门。一开门,就有一股暖气,扑到我们身上来,没等到人家让,我们就挤到屋里去,那小小的屋里,简直站不开我们这一组人。人家刚一让我们上炕,有好几个已经爬上去躺下来了。

"这都是我们的同志。"吴召儿大声对她姑说,"快给他们点火做饭吧!"老婆子拿了一根麻秸,在灯上取着火,就往锅里添水。一边仰着头问:"下边又'扫荡'了吗?"

"又'扫荡'了。"吴召儿笑着回答,她很高兴她姑能说新名词,"姑!我们给他们熬倭瓜吃吧!"她从炕头抱下一个大的来。

姑笑着说:"好孩子,今年摘下来的顶数这个大,我说过几天叫你姑父给你送去哩!"

"不用送去,我来吃它了!"吴召儿抓过刀来把瓜剖开,"留着这瓜子炒着吃。"

吃过了香的、甜的、热的倭瓜,我们都有了精神,热炕一直热到我们的心里。吴召儿和她姑睡在锅台上,姑侄俩说不完的话:

"你爹给你买的新袄?"姑问。

"他哪里有钱,是我给军队上纳鞋底挣了钱换的。"

"念书了没有?"

"念了,炕上就是我的老师。"

截击

第二天,我们在这高山顶上休息了一天。我们从小屋里走出来,看了看吴召儿姑家的庄园。这个庄园,在高山的背后,只在太阳刚升上来,这里才能见到光亮,很快就又阴暗下来。东北角上一洼小小的泉水,冒着水花,没有声响;一条小小的溪流绕着山根流,也没有声响,水大部分渗透到沙土里去了。这里种着像炕那样大的一块玉蜀黍,像锅台那样大的一块土豆,周围是扁豆,十几棵倭瓜蔓,就奔着高山爬上去了!在这样高的黑石山上,找块能种庄稼的泥土是这样难,种地的人就小心整齐地用石块把地包镶起来,恐怕雨水把泥土冲下去。奇怪!在这样少见阳光、阴湿寒冷的地方,庄稼长得那样青翠,那样坚实。玉蜀黍很高,扁豆角又厚又大,绿得发黑,像说梅花调用的铁响板。

吴召儿出去了,不久,她抱回一捆湿木棍:"我一个人送一把拐杖,黑夜里,它就是我们的眼睛!"

她用一把锋利明亮的小刀,给我们修着棍子。这是一种山桃木,包皮是紫红色,好像上了油漆;这木头硬得像铁一样,打在石头上,发出铜的声音。

这半天,我们过得很有趣,差不多忘记了反"扫荡"。

当我们正要做下午饭,一个披着破旧黑山羊长毛皮袄,手里提着一根粗铁棍的老汉进来了;吴召儿赶着他叫声姑父,老汉说:"昨天,我就看见你们上山来了。"

"你在哪儿看见我们上来呀?"吴召儿笑着问。

"在羊圈里,我喊你来呀,你没听见!"老汉望着内侄女笑,"我来给你们报信,山下有了鬼子,听说要搜山哩!"

吴召儿说:"这么高山,鬼子敢上来吗?我们还有手榴弹哩!"

老汉说:"这几年,这个地方目标大了,鬼子真要上来了,我们就不好走动。"

这样,每天黎明,吴召儿就把我唤醒,一同到那大黑山的顶上去放哨。山顶不好爬,又危险,她先爬到上面,再把我拉上去。

山顶上有一丈见方的一块平石,长年承受天上的雨水,给冲洗得光亮又滑润。我们坐在那平石上,月亮和星星都落到下面去,我们觉得飘忽不定,像活在天空里。从山顶可以看见山西的大川,河北的平原,十几里、几十里的大小村镇全可以看清楚。这一夜下起大雨来,雨下得那样暴,在这样高的山上,我们觉得不是在下雨,倒像是沉落在波浪滔天的海洋里,风狂吹着,那块大平石也像要被风吹走。

吴召儿紧拉着我爬到大石的下面,不知道是人还是野兽在那里铺好了一层软软的白草。我们紧挤着躺在下面,听到四下里山洪暴发的声音,雨水像瀑布一样,从平石上流下,我们像钻进了水帘洞。

吴召儿说:"这是暴雨,一会儿就晴的,你害怕吗?"

"要是我一个人我就怕了,"我说,"你害怕吧?"

"我一点也不害怕,我常在山上遇见这样的暴雨,今天更不会害怕。"吴召儿说。

"为什么?"

"领来你们这一群人,身上负着很大的责任呀,我也顾不得怕了。"

她的话,像她那天在识字班里念书一样认真,她的话同雷雨闪电一同响着,响在天空,落在地下,永远记在我的心里。

一清早我们就看见从邓家店起,一路的村庄,都在着火冒烟。我们看见敌人像一条虫,在山脊梁上往这里爬行。一路不断响枪,是各村伏在山沟里的游击组。吴召儿说:"今年,敌人不敢走山沟了,怕游击队。可是走山梁,你就算保险了?兔崽子们!"

敌人的目标,显然是在这个山上。他们从吴召儿姑父的羊圈那里翻下,转到大黑山来。我们看见老汉仓皇地用大鞭把一群山羊打得四散奔跑,一个人登着乱石往山坡上逃。吴召儿把身上的手榴弹全拉开弦,跳起来说:"你去集合人,叫姑父带你们转移,我去截兔崽子们一下。"她在那乱石堆中,跳上跳下奔着敌人的进路跑去。

我喊:"红棉袄不行啊!"

"我要伪装起来！"吴召儿笑着，一转眼的工夫，她已经把棉袄翻过来。棉袄是白里子，这样一来，她就活像一只逃散的黑头的小白山羊了。一只聪明的、热情的、勇敢的小白山羊啊！

她登在乱石尖上跳跃着前进。那翻在里面的红棉袄，还不断被风吹卷，像从她的身上撒出的一朵朵的火花，落在她的身后。

当我们集合起来，从后山上跑下，来不及脱鞋袜，就跳入山下那条激荡的大河的时候，听到了吴召儿在山前连续投击的手榴弹爆炸的声音。

联想

不知她现在怎样了。我能断定，她的生活和历史会在我们这一代生活里放光的。关于晋察冀，我们在那里生活了快要十年。那些在我们吃不下饭的时候，送来一碗烂酸菜；在我们病重行走不动的时候，替我们背上了行囊；在战斗的深冬的夜晚，给我们打开门，把热炕让给我们的大伯大娘们，我们都是忘记不了的。

一九四九年十一月

田
间

最后的一颗手榴弹

——出击正太线战役报告

恩格斯的"军队论"说到山地比较适宜于进攻而不适宜于防御。但请让我老实说,这里什么办法也没有了。因为现在的问题还不是说阵地好坏,实在这里只有二十个战士——他们守卫在最高的山岭上。

山岭穿过云的地带以上,人们叫它"挂云山"。

从我们的主力转移之后,敌人就稳稳当当地把这个山岭包围了。

我很尊敬,在这样的情况下就是在死的前面,没有一粒悲观思想或崩溃思想从二十个心里流露出来,他们用一个声音宣誓:打到最后……

晋察冀边区铁的子弟兵坚决和勇敢的传统像一面最大的旗帜耸立在这个山岭上,像英雄的纪念碑竖在这个山岭上。

包围是一夜了。

二十个战士,饥饿得很,眼睛甚至都陷了下去,但眼睛伸着火红的光,一刻也不停息地燃烧着,像高大的八月底天空流着那大的亮星。他们在用步枪和手榴弹挡击那些从山腰里或者从别的山岭上射来的弹片。

弹片满布的时候,他们就抱着步枪反冲锋下去!

敌人下了决心的,又带着错误的幻觉以为这里是主力,几乎是五十倍的兵员在这里包围着二十个,在这里决不让二十个的反冲锋能获得半分成功。

每一次反冲锋,敌人受了损失,二十个也受了损失。

这真是打到最后了。

二十个战士把几十发子弹都打光了,有的弹头嵌进了敌人的心窝,有的则呜呜地响着悲壮的节奏落下无限深的荒凉的山谷里;山岭早震荡着,和勇士们的血共同唱着最后争斗之歌——十九个身上的血,把云块织成红,云一面飘泊着,又一面把山岭染成红的山岭,这样毫不痛苦地不只为了祖国可爱的山岭,而且为了无敌的八路军,为了无敌的人民捐助了生命,在那里。

这真是打到最后了。

二十个战士剩下最后的一个:他深陷着很小的眼睛,但是眼里的红火烧得更旺盛,向着十九个同志,献出自己的祭泪,并且踏着同志们的血迹前进,继续着争斗。

他不想死,他还要活着。

他望着敌人的枪火仍然割裂着十九个同志,难闻的气味从尸首上面冒出,他还要嗅一嗅。此刻,他不单保护红的阵地,还要保护红的同志——红的尸首!

他还要活着。

可是敌人逼近了,要他活吗,还不砍断他的颈子用脚把他的头从挂云山一直踢到天外吗?

最后的一颗手榴弹爆炸着。

七八个敌人四分五裂地滚着。

于是他睡到两杆步枪上,陷了的眼睛淌满眼泪,拉着死了的同志把自己盖起来……

挂云山黑着,悲哀着,愤怒着,大概也淌着眼泪吧。我们的旗帜是不可被扯毁的,我们的纪念碑是不可被扯毁的,正如我们的山岭不可被扯毁一样。什么时候,一个战士背着两杆枪回来了。

(原载 1940 年 10 月 14 日《抗敌报》)

王林

日寇活人靶场逃生记

十九岁的县青救会的常委刘绍,抗日别号叫勺子,散乱的头发蓬松着,方圆脸憔悴如土,胸腔、肋条和大腿上的子弹和刺刀伤口流出的血已经快变黑了。他本来像条僵尸倒着,忽然有一股凉气走遍周身,他一下子苏醒过来了。他慢慢睁开眼睛一看,自己是在据点的围城壕里,于是想起方才是从城墙上往下出溜时收不住脚,跌下来跌昏过去的。他又摸了摸胸腔、肋骨和大腿上的伤口和血,喘口气,一转头发现那个跟着自己跳城墙的八路军青年干事也出溜下倒在围城壕里,不动一动,像是没有气了。刘绍侧着身子爬几步去抚摸他,他似乎感觉到了难友的抚摸和关心,轻轻哼了两声,却连眼皮也没有张开。刘绍想等他多缓一缓气力,再一同挣扎着逃出最后这道牢墙——围城壕。但是城墙上传来了日寇换岗说话和敬礼的声音。刘绍睁大眼睛仔细往壕沟上空一观察,东方鱼肚白色的晨光,已经照出城门楼和城墙的轮廓。城墙岗楼上的枪眼,像骷髅的眼窝一般往外探视着。围城壕里虽然还有黑影,但是他担心天色再一亮,在城墙上巡逻的日寇哨兵发觉围城壕里有人,那骷髅似的眼窝里就会喷出子弹把他们毁灭。

围城壕里阴森森地有一股潮湿气味。壕墙边的麦田里,飘来一阵阵的小麦将熟的香味儿。清晨的空气是新鲜的,麦熟的气息是香甜的,刘绍回忆起被捕前在根据地所参加的战斗生活,那是多么自由和创造性!但是,目前自己却被困在日寇的围城壕里,而且随时都有被敌人开枪射杀的可能!

日寇控制着的县城,是被中共领导的广大农村团团包围的孤立据点。日寇据点跟抗日农村形成鲜明对照的两种世界,一边是中国爱国者庄严战斗的自由天地,一边是日寇法西斯奴役和残杀中国人的屠场。一边是生,一边是死。而刘绍正是挣扎在生与死的交接线上!他仰头望望壕沟上边窄窄的天空,心里默默想:好容易从黑暗的活人靶场里挣扎到了这个生的边缘上,难道我仅只有一眼黎明的光芒,仍旧被死亡吞灭吗?

他不甘心,他不服气。他见血肉模糊的青年干事睁开眼睛了,他咬紧牙关忍住自己的痛苦,鼓励难友挣扎起来寻找活路。青年干事点了头,他推着他扶着壕墙站立了起来,想扶着壕墙寻找出一个能够爬上去的豁口。

走,走啊走,步履艰难,走一步真像上一层天。他们咬着牙关忍着伤口的疼痛,走了很久,也找不到一个出口。这道转城壕,到处都是一丈多深、一丈多宽,上下笔直,有如深井,更像一个魔鬼的洞穴。

冷酷的时间不等人,黎明的光芒带着恐怖一步步降临了。城墙上日寇哨兵的语声更加增多和响亮,仿佛他们趁天色发白更嚣张起来。报晓的雄鸡已经疲倦,守门的家狗用着清脆的吠声欢送着黑夜的撤退。开门声,牛驴声,渐渐频繁了。农人们一个接着一个地起来准备往田地里去,这正是麦收的季节。

他们二人扶着壕墙转来转去,转到第一批当日寇的活人靶子、逃过城墙又被日寇击毙的三个难友暴尸壕沟的处所。他们看着难友的尸体默默想:"难道我们俩也得落这种下场吗?"刘绍心里回答自己:"不!"于是立刻扶着壕墙蹲下,叫青年干事像叠罗汉一般攀登上去往壕墙外爬。青年干事登上肩膀以后,刘绍使尽吃奶的劲正要直腰站起来,青年干事却往下一瘫一砸,二人都摔倒了。

跳城墙之前,他们怎样死而复生的?就是第一个苏醒过来的刘绍,自己也不清楚。他只是感到像是有个人轻轻地一触自己,便突然恢复了知觉，又好似在梦中初醒，朦朦胧胧地看出了周围的世界。是薄暮，还是深夜，他分辨不出来，只是感觉到苍茫的夜色静谧而温柔，空中流散着酷热后逐渐变清新的微风。满天的星斗，放出银白的光辉。

微风拂到脸上，像缓缓的电流，使他发生亲切的肉体的感觉。这种亲切的感觉像梦幻一般传遍到全身，满天的星斗也使他问自己："哼，这是在阴间，还是在阳间？"

他想站起来，胸腔、肋条和右腿上的枪伤、刀伤，像毒蛇咬似的立刻给他一阵剧痛。这剧痛使他难以忍受，忽然又使他高兴起来："嘿，知道疼，就证明我还活着！"

于是他伸张手指，又用手指接触肉皮："不错，我有感觉！而且感觉是现实的，亲切的。好，我还活着，我没有死……"他又用力眨么眨么干涩的眼皮，望望天，又望望地。天空还那样充满了灿烂的星斗，地上的房屋在星光的辉映下，隐隐约约地突出着它们的立体的轮廓。他再摇摇头，头颅仍然听指挥："啊，不错，我还没有死，我还真的活着！"

这感觉给了他一阵喜欢，同时更给了他一种超自然的兴奋，他嘣的一下坐起来了。

但是，一阵剧烈的头晕眼黑又袭击了他。所有的伤口也一齐向他发动进攻，叫他疼痛得浑身发了麻。他重新瘫软地倒下了。

"痛痛快快地死去吧，不要再这样零零碎碎地受罪啦！"

反常的神经里回旋着速死的念头，并且想拼命呐喊一声，即便招来日寇也好，再给一刀一枪也就解脱了自己的痛苦。但是他的嗓子，干得出不来气，张张嘴也感到困难。无可奈何，他微弱地喘息着躺了会儿，那种剧烈的疼痛才缓和些儿，生的意志又燃烧起来："我不能死，我还要活，还要战斗！"

他狂热地要站立起来，可是另一种念头又猛然冲击了他："自己为什么这样希望活下去？上刑场之前我不是还劝告难友们从容就义、视死如归吗？刚到了刑场有个中年干部叹了口气，我不是还曾经批评他缺乏布尔什维克的硬骨头吗？为什么如今自己反倒想活下去，小资产阶级的劣根性就是这般深……"

他痛苦，他悔恨，他的心像绞一样疼，微弱的叹息声从他那干涩的嗓子里颤颤地吐了出来。过一会儿，他转而又想道："革命者是要破坏旧社会，创造理想的新世界；在日寇压境的今天，就要先拯救中华民族，我们追求的是胜利，而不是灭亡，一息尚存，也得斗争到底。"

于是，他不由自主地闪电般地回忆起父亲的被捕、下大狱和自己走出家庭参加革命的往事。一晃有六七年了，那时他才十二岁，日寇还没有侵入华北平原。他从学校回家吃午饭，母亲没有在家，见锅盖上冒气，就想揭锅自己先吃。母亲突然踉踉跄跄地回家来了。她的手紧紧捏着一封洋信皮的信，眼眶已经被泪水浸湿了。母亲两眼发直地看看儿子，像急于说道什么，却又产生了顾虑，发了会儿呆，突然哇的一声哭出来了："绍儿，你爹下大狱啦，生死不明！"

当时他只知道父亲在北京城上大学，却不明父亲为什么下了大狱，下的什么大狱，只见母亲从此以后脸上堆起皱纹，再也没有一点儿笑模样。他那幼小的心灵永远沉没在母亲的哀愁里了。他那欢蹦乱跳的性格，也渐渐变得忧郁寡欢，过早地失去童年的天真活泼。

"七七事变"以后不久，国民党军队从平津火线上溃退下来南逃，冀中平原成了敌后，汉奸横行，土匪蜂起。潜伏地下的共产党人挺身而出，以天下为己任，就地发动抗日游击战争。他从一个老党员口中才知道父亲是在做共产党的秘密活动时而被国民党逮捕的，现今尚不知生死和下落。他由于对父亲的怀念和对黑暗势力的痛恨，毅然投进中共领导的敌后游击战洪流里,举着父亲曾经高举过的红旗勇敢地参加了战斗,并且不久成了共产党员,他那阴郁的大圆脸,这才浮出天真的微笑,言语仍然不多,却充满诙谐和机智。

五月下旬,武委会有情报,说日寇要出来"扫荡"抢小麦,根据地党政军民立刻组织护麦斗争。二十八日下半夜,刘绍提防敌人拂晓包围村庄,一大早就提着一手巾包昨夜准备好的大饼和蒋光慈的小说《少年飘泊者》出村隐蔽在野外的坟丛里。天亮以后,稀疏的枪声,时远时近地不断传来,附近几个村庄倒没有发现敌踪。黄昏时分,他以为敌人怕夜战,都缩回据点里去了,于是进村工作,同时也找点水喝。他进村到村青救会主任家,青救会主任还没有回村来,他要坐下等一等,忽然听见有个人跑来报告说:"有两人骑自行车的进村了,像是便衣汉奸,后边还有大队!"刘绍当机立断,在院子里顺手背起一个草筐就往外闯。闯到街当中才想起腰里还掖着一支坏了撞针的搂子手枪,扔掉舍不得,还想修理修理使用,幸而草筐里有个草底,他就连忙用草底掩盖起来了。

这时天色已经进入黄昏,农民都是从庄稼地里收工往村里走来,村北口上只有两个青年人往村外走,显得很特别。从村北包围上来的便衣汉奸队首先迎头拦住了这两个青年,举枪威胁着审问他们:"干什么的,哪个村庄的?"个子较高的青年吞吞吐吐地回答道:"就是这个村庄的。"为首的便衣汉奸似乎看出了破绽,又立眉横眼地追问道:"是这个村的,那么村长叫什么?住在哪一头?"高个青年回答不出来,汉奸抡起巴掌就给了他两个耳光。矬一点的青年连忙声明道:"我们是前边胡庄的,来这个村串亲戚!"汉奸头目不信,又给了他两个耳光子,喝令跟来的小汉奸:"带走他们!"

刘绍走在他们后边距离并不远,因此成了汉奸新的怀疑和捕捉的对象。汉奸像饿狼一般包围住刘绍,一搜,立刻从他的草筐里搜出了那支坏了撞针的搂子手枪，接着把他倒背剪地捆绑了起来。汉奸便衣队回据点时路过胡庄，胡庄两面村长花钱赎出本村的两个青年。两面村长不认识刘绍，他就被押进据点，汉奸便衣队用他给日寇献了礼。

刘绍见自己有一把手枪落在敌人手里成了铁证，估计隐瞒也隐瞒不住，于是慷慨陈词，声色俱厉地控诉日寇侵华的罪行、暴行，并且庄严宣布有我无敌、有敌无我，誓与日本侵略者不共戴天！日寇本想软硬兼施，从他身上审讯出一些关于中共地下组织和八路军游击队的机密，却始终一无所得，于是恼羞成怒，丧心病狂地使用各种非刑之后，把刘绍关进了大狱。

日寇大狱里关押着各色各样的中国人。其中的十七个（刘绍是最后来的一个）表现得尤其坚定忠贞，日寇感到用酷刑不起作用，就把他们绑在一起，白天晒在毒热的太阳地里，不给吃不给喝；夜晚塞进潮湿的牢房里，用铁丝勒住脖子和胳膊，不许躺下，也不许动弹。屋内有一盏惨淡的小煤油灯，屋外有个托枪巡逻的日本兵。时时进屋来用枪托或者简直用刺刀挑几下子："八路的，不许睡的！"用熬鹰的手段，对他们一连折磨了四天四夜。

第四天下午，日寇用绳子拴着脖子把他们十七个爱国志士拉往城根底下。在路上走时，他们不约而同地都感到自己是被押送刑场，于是抓紧这最后的时机高呼口号、高唱抗日救亡歌和国际歌，向周围的市民痛骂日寇和汉奸的罪恶。他们那干枯的嗓子都喊得嘶哑无声了，仍旧庄严地气壮山河地唱歌，庄严地气壮山河地喊口号。

被押送到城根下以后，有个四十上下岁的干部，消瘦黎黑的脸皮忽然一皱褶，长叹口气，凄惨地说道："抗战胜利、新中国，可都看不到了！"

六个难友都愤怒地用白眼珠仇视他。刘绍更忍耐不住，凛凛正色地批评他道："何必呢，死就死得从容、壮烈！共产党员不应该有一分钟、一秒钟的动摇、悲观和失望,打倒日本帝国主义,共产党万岁,中华民族万岁!……"

日寇把他们押送到这里,不是枪毙,也不是砍头,而是由新应征入伍的日本兵用中华民族最优秀的儿女当活人靶,练习射击技术。

第一批四个人,其中有个区文建会主任。他被捕押进城里据点时就注意观察了爬城壕逃跑的道路。这个县城据点的城墙,在前几年群众备战,实行坚壁清野时,已经拆毁。日寇占据后又抓夫加以重修,外陡内坡,容易攀登。因此,当日寇解开绳子叫他们四个人自由跑步当活人靶子时,他就领着头拼命地往城墙上跑,不幸中途中弹栽倒了。其余三个难友趁这个机会就冲上城墙,并且蹿过垛口跳了下去。站在后边陪绑的难友们欢庆胜利,忍不住狂热地喊叫了起来。带队的日寇老兵气急败坏地端着枪追上城墙,居高临下地砰砰打了十几枪,而后才微笑着转回来。陪绑的难友们的心脏像被锥子扎一下,感到那三个难友逃出城墙却又被惨杀在城外了。

第二批活靶子也是四个,其中有个十五六岁的青少年。他嘶哑地喊叫着一气跑上城墙。日寇新兵起初好像故意不射杀他,看热闹般地由他往城墙上跑,而只是望着哈哈大笑。等他跑上城墙又要蹿垛口往城外跳时才开枪射击。连打四五枪也没有打死,只是打断了他的腿。他从垛口上跌下来,还要挣扎着爬垛口。日寇追上去,把他拉下城墙,集拢上来围着他耍笑开心。最后,叫新兵练习劈刺术,用刺刀挑出了他的肠子和心肝肺。

其余的三个爱国者,有的慢慢走,在中途被打死。有的跑得快,却刚一上城墙上坡就中弹栽倒了。有一个吓得骨酥肉麻,走出几步没中子弹就栽倒了。日寇过去看看还出气,提起刺刀朝心窝猛戳几下子,鲜血立刻向上喷出来。

第三批里有中共地委宣传干事李振乾。他年纪不大,也就二十三四岁，被捕前他吃得胖胖的，可是如今却被非刑拷打得面色憔悴，浑身浮肿。他天性忠厚庄重，宁静而坚定。被捕入狱以后，他也不肯放松任何机会进行宣传和组织工作。他对于日寇的审问，守口如瓶，一言不发；对敌人诱降，他只回答个轻轻的但是含有无限深意和讽刺的冷笑。回到狱里难友面前，他却滔滔不绝、毫无畏惧地揭露敌人的欺骗伎俩，坚定难友们的牺牲决心。到了刑场被推出去当活人靶子时，他更保持着冷静，冷静得达到了庄严、神圣不可侵犯的境地。他不急不慢地迈着四方步，突如一个深思的哲学家，对着黄昏，也是对着自己的灵魂独白道："中华民族的英雄儿女，什么时候被侵略者的刀枪吓倒过？共产党员自从宣誓入党的那一天，就不把死看在眼里了……"

独白没有完，他却往前一栽倒下了。刘绍在他的后边，学着他的风度，不急不慢地迈着四方步在嗖嗖地乱飞的子弹里庄严地慢慢走。日寇新兵第一梭子弹没有打中他，却跑步追上去把他揪了回来。他在半路上看见李振乾难友的惨白的脸和鲜血奔涌的胸腔，正在怒发冲冠、痛不欲生，突然从背后飞来一颗子弹，像猛推似的把他推倒了。

刘绍栽倒而且昏迷不省人事了，从背后打冷枪的日寇走过去验尸，看了看他的背后伤口流血不多，又用刺刀朝肋条骨和大腿上连扎了两刀子，而后又弯身捏住鼻子试试嘴里出气不。不见出气还不放心，又站立在尸体的脊背上左右摇晃。什么破绽也没发现，日寇这才放心地离开。

刘绍这样昏死过去了多久，他自己也不知道。他只记得日寇拿他当活人靶子射杀时，夕阳西照，而目前却是黑夜茫茫。前后相距好似一霎眼的工夫，又像隔了一个世纪般的悠久。在他苏醒过来喘息的中间，过去的一切像走马灯般的在脑子里一闪却又消逝了。他睁开眼睛一看，自己浑身的鲜血和身旁血肉模糊的尸体，使他打了个冷战。流出的鲜血散发出一股子腥臭味儿,他侧过身子抚摸挨近自己的李振乾难友的头和胸脯,他还有些体温,嘴仍在忽长忽短地像捯气,又像无声地独白。刘绍用力推动他,他却不起任何反应。

刘绍抚摸着李振乾烈士的胸脯,万感交集,忽然悲愤地想道:"我应该想办法逃出这个血腥的地狱,当面告诉我们那些正在战斗的同志们日寇汉奸是多么残暴,我们这些难友们在日寇面前是何等的坚贞不屈、视死如归,为祖国流尽最后一滴血!"

他想到这里,立刻有一种革命责任感和志气冲上心头。他用力提口气要挣扎起来,但是胸脯和大腿上像有什么死死地压着自己。他伸手一摸才明确地知道自己胸腔和大腿上的伤,他咬紧牙关忍住疼痛强坐起来,往四周一看,黑暗中横躺竖卧的尸体散在各处,隐约可数,他默默宣誓道:"我要想法逃出去,领着八路军来为这些难友们报仇!我要亲手消灭这些拿着屠杀中国人当儿戏的法西斯野兽!"

他又用力一咬牙关站立了起来。但是他站立不稳,头晕和浑身的剧痛又占据了他。他歪歪斜斜地摇摆了几下子,终于摔倒了。他瘫在地上喘了几口气,又默默想:"还是痛痛快快地死去吧!做这种最后的痛苦的挣扎干什么,即便能挣扎地站立起来,就能有办法逃出这座地狱吗?即便这样死去了,不也称得起从容就义、光荣牺牲,对祖国、对人民、对党,都毫无愧色吗?"

但是过一会儿他转而反驳自己道:"不做顽强的挣扎,不做顽强的斗争,就默默地死去,不正是懦弱的表现吗……在这个活地狱里要求来个痛痛快快的死并不困难,可是那岂不是更便宜了敌人!不,我不能便宜了敌人,我为消灭敌人也要顽强地挣扎下去!"

想到这里,他一挺身子重新坐起来,不论怎样昏晕和疼痛,他再也不倒下。咬紧牙关坚持了一会儿,昏晕和剧痛居然减轻了些儿。可仔细朝周围一观察,城墙像一条毒蛇在前面挡着去路。城门城墙上的岗楼也像一座恶魔狞恶地监视着一切。这时突然间他觉得有个黑影向自己挪动过来："啊，夜间巡逻的敌人已经发觉我还阳了吗?!"他急忙又倒下装死。

他悄悄地注视那个黑影的动向。它形迹轻微，却没有向刘绍扑来。这反倒使刘绍产生疑惧："那黑影是否因为没有看准是哪一条死尸还阳，所以正在用贼猾的眼神窥测?!"于是刘绍连忙闭住呼吸，一动不动，缩小目标。

"啧啧!"忽然传来野狗伸长舌头舔血的声音，接着就是大嚼人肉。刘绍于是松口气，从那些声响上，他辨别出那个黑影子是条野狗。他放开胆子坐起来，正准备爬城墙逃跑时，身旁不远处有个人影子突然坐起来了。他定睛仔细一看，是那个八路军青年干事。他们在狱里私语过，互相知道是党员。刘绍向他打手势，约他一同逃跑。青年干事会意地点了点头。刘绍站立起来要向城墙走去，忽然又听见一声深沉的颤弱的却又熟悉的叹息，像是从那个中年干部口中发出。转着身子探索这个叹息声的出处，准备约他也一同跳城墙逃跑，可是探着身子转了半天也没有找到叹息的出处。他悄悄向城墙土坡走去，不过几丈远，却栽了十几个跟头，喘一口气爬两步，喘一口气爬两步，费尽一生的气力才爬上城墙的土坡。

青年干事也爬上城墙土坡了，眼看前边就是垛口，垛口外边就是抗日军民的天地，于是更使尽气力往前爬。城门碉堡里忽然火光一闪，他们以为敌人发觉了自己，赶快蹿过垛口往外跳。他们本想顺城墙往下出溜，但是城墙外壁很陡，他们又有点儿慌张，还没贴住外壁就一直朝下摔去了。

天空越来越亮，由灰色渐渐变成蓝色。可是他们两个人仍旧在深沟里扶着壕墙寻找不到出口。

在城门和城角两个日寇岗楼碉堡之间，他们来回转了好几趟，最后观察着临近城角岗楼的围城沟里有一堆像是雨水冲积的淤土，仿佛上边有道可逃出水沟。但是那处距离城角岗楼太近，敌人居高临下地从枪眼里往下一望，就能看得见围城沟里有人，开枪射杀尤其方便。

最初他们不敢走近，转来转去实在找不到另外的出路，也就豁出来了："待在这里也是死，不如硬碰一下子！"于是他们利用围城沟的死角往那堆淤土处悄悄走去了。

淤土上边确有道雨水冲开的豁口，虽然仍很高，中间却有可供攀爬的树根和荆条子。刘绍叫青年干事像叠罗汉攀上自己的肩上拉着树根和荆条上去，青年干事好容易爬上刘绍的肩膀却又一歪瘫下来，把刘绍也砸倒了。他们倒着喘息会儿，再接再厉，第二次就成功了。青年干事爬上去，回身就把刘绍拉上去了。

生的希望使他们忘掉一切，拼命地向前爬。起初在麦田里顺着麦垄爬，爬了会儿回头一望，距离岗楼远些了，就站立起来走。头重脚轻，栽倒又站起来，只顾朝着根据地村庄前进。

他们挣扎着走了一里多地，进入一个村庄，农家的早炊气味，刺激了他们的饥饿感觉。他们打算进个人家讨点儿吃的喝的，却又担心近敌区村庄有通敌的坐探。他们正在彷徨疑惧的当儿，一个白头发老头拉开街门出来了，他一手拿着锄，一手提着个饭篮子。刘绍先向老头说了几句客气话，而后才张嘴讨吃的。天色还不大亮，老头又有点儿眼花，听到刘绍讨吃的才发现刘绍和青年干事浑身上下的血迹。他吓得口张目呆，手足不知所措。附近又有个街门一响，走出个打扮和态度都不朴素的青年小伙子，向他们定睛一打量好像就明白了一切，眼神也冒出吃惊的光芒。白发老农民仿佛怕招惹是非，赶忙将篮子里的半饼子拿出给了他们每人一块。他俩接到半饼子，一边狼吞虎咽地嚼着，一边朝村外迅速地走去，担心那个青年小伙子不可靠而向据点的敌人告密。

出村顺大车道走了会儿，回头一望，发现后面有五六个雄赳赳的便衣男子跟踪走来。他俩急忙拐进路旁的麦田里隐蔽。这块麦子长势又高，片场又大，很便于隐蔽。

那些雄赳赳的男子走到他俩隐蔽的麦田地头上忽然站立住了，好似要进麦田里搜索他俩，这使他俩连忙伏下身子顺麦垄往远处爬。吃了白发老头给的半饼子身上有些劲了，爬得比以前快了。爬时仔细一听，那些男子站立在地头上有的吸旱烟，有的分垄、估产。刘绍探出头再一观察，他们的手里都有镰刀，原来是来收割麦子的。刘绍回头向青年干事轻松地点点头，二人这才放了心。可是他们余悸未消，唯恐那些男子摆出收割麦子的架子仍然是个阴谋诡计，不敢放松警惕，因此继续顺着麦垄往远处躲避。爬行费力气，累得再也没有一点气力了，就仰在麦垄中间喘着气休息。休息了会儿，刘绍起来纵身再往外探头张望，打算看看外边有没有敌人出现。他慢慢探出头去，第一眼就看到前面两三丈外的一个坟丛里，有一个莫名其妙的人探头探脑地正朝他俩张望。刘绍立刻缩回身子，心脏扑扑跳着想道："坏了，有人早死盯着我们呢！村里那个可疑的小伙子一定向据点里的敌人告密了，地头上那些假装收割麦子的人们，也一定是来捉拿我们的化装汉奸！"

刘绍绝望地向青年干事摆一摆手，青年干事也绝望地瘫倒在麦垄里了。他俩提口气准备再往远处躲闪，却始终听不到坟丛里和地头上有人朝他俩搜索过来的声音。他俩不约而同地又都产生了幻想："他们也许都不是敌人！"刘绍坐起来，想探身再仔细观察观察，坟丛里忽然传来一声长长的深沉的叹息声："唉——！"

刘绍对于这声叹息，感到又熟又亲切。他立刻挺身站立了起来，一直朝坟丛走去。叹气的人惊慌失措，拔腿就要逃跑，刘绍连忙提高嗓门问道："你也逃出活命来啦？！"

叹气的人就是那个中年干部,他听着问声熟悉,回头一看是狱友刘绍,立刻收住脚步。这时青年干事也跟上来了,三个难友相见惊喜交加,如梦如醒,想互相抱头痛哭一场。

中年干部忽然提醒道:"这个地方也不是久留之地,况说咱们浑身是血,目标太明显,赶快往根据地村庄走去吧!"

刘绍和青年干事点点头,立刻跟着中年干部朝根据地村庄走去。中年干部一边走着一边说道:"大白天,敌人要抢麦收,还会出来包围村庄,咱们暂且不要进村,等到天黑了再说,这一带我熟。"

青年干事松口气,觉得有了依靠。过会儿他那消瘦的脸上却又浮出忧虑,说道:"眼下看来,咱们是从鬼子的活人靶场里逃出来了,可是天气这么干燥,等到晌午,太阳还不知道多么毒呢,咱们在野地里连晒带渴,就成人干啦!"

中年干部点点头,回答道:"可也是,那么,咱们暂且在麦垄里藏着走,南边不远有条小河沟,咱们到那里喝点水,再把衣裳和身上的血洗洗,等着天黑了再说。"

于是他们顺着麦地往前走,走啊走,即便是迈着最缓慢的步子走,对他们也是用尽全身的力气。他们走到一片有柏树的坟地里。树荫里凉快,微风习习,蝉鸣唧唧,奄奄一息的他们三个人却浑身疲软地瘫倒在地上了。

树荫和微风使他们逐渐恢复了精力,蝉鸣也像鼓励他们继续奋斗。他们站立起来正要向小河沟进军,忽然间有两个气势汹汹的愣小伙子闯到他们眼前。当他们一愣怔定睛张望时,两个愣小伙子已经举起独角龙手枪对准了他们,威严地问道:"说老实话,你们是干什么的?!"

中年干部惊讶得浑身一颤抖,重新绝望地叹口气瘫倒在地上了。青年干事看了看愣小伙子手里举着的独角龙手枪,然后皱起眉头闭上眼皮，好似在表示："这也好，你们赶快开枪打死我，免得我继续受痛苦！"

刘绍站稳身子，冷静地仔细一看对方，里面就有在村里见过的那个可疑的小伙子。他认为一切又都完了，心里一阵绝望，再也不回答他们什么。

第三个愣小伙子又气势汹汹地走近他们，刘绍再也没有心情抬起眼皮看这个新来者。这个新来的愣小伙子走近刘绍一愣神，突然大声嚷道："哼，这不是咱们勺子哥吗?！你不是被敌人抓住送到县城据点里去了吗？"

刘绍吃惊地睁大眼睛，认出这个愣小伙子是围城区青救会的抗先队长，惊喜地说道："嘿，是你！别的先别谈，先给我们找吃的，喝的！"

抗先队长仗义地答应道："好，我这包里是大饼！"

他又转身吩咐那个可疑的小伙子道："二成，你们村离得不远，赶快回村烧壶开水来！快点！"

（原载 1941 年 4 月 25 日《冀中文化》第 2 期）

十八匹战马

——追念冀中骑兵团与杨经国同志

送走了黄冢村长,回到住宿的闲院里,见门板子上的被褥太凌乱,过去收拾。忽又感到:"还说不定睡上睡不上呢?预先弄这个干什么呀!临睡的时候再说吧!……"其实,这会儿已经将近黄昏了,夕阳只剩下一片残光留在树梢上。西北天空里,浮着几块红润的晚霞,墙头外边,枣花在燥热的空气里,放散着甜丝丝的香味。

我在寂静的闲院里走来走去,又到村边树林子里溜来溜去。苍茫的夜色扩张开了,我们在彷徨。一种强烈的矛盾的苦痛,在折磨我,使我不能松松快快地出口气。更不能允许我坦然自在地躺下睡觉。

自我突围出来,隐蔽在近敌区老"爱护村"大福营里,成天提着一口气,细听北边的枪炮声和飞机声,胡乱地加以猜测。今天太阳偏了西,北边枪炮声稀少了,我在村边枣树林子底下遇见黄冢村长。我和他不算很熟,却也经过介绍,谁也了解谁。他到这村里来是想找区里干部,商量应付敌人的办法。这几天敌人在他们那一带,正进行着疯狂的"清剿",一伙过去,又来一伙,一天不知道来多少伙。他们搜索一切抗日人员和各种资财。支应局的老头们,对头一拨来的"扫荡队"回答了个没有,敌人就用刺刀挑了两个。他父亲一看,没法应付,想逃开,被汉奸抓回来立地砍头了。支应夫们吓得不久就逃光了。敌人一气放火烧了半个村子。

村长不过二十四五岁,中等身材,原先也像一般冀中的青年干部似的,又爱说又爱笑。但是现在不同了,他把脸拉得挺长,我们圪蹴在西墙根阴凉底下,我给他介绍老敌占区应付敌人的办法。他用心地听着,手里拿着一根柴棍,在地上乱画,脑袋像向日葵般地垂着不动。后来，我听到他说，他村里还坚壁着骑兵团的十八匹战马呢。敌人来过不知多少回，把明晃晃的指挥刀，放在六十多岁的老支应局长的脖子上问："有没有骑兵团的马？"老头总是毅然决然地说没有。有一次刚回答了一个没有，坚壁在破庙里的那战马，忽然吼吼叫了一声。鬼子大怒，又抡起指挥刀来问："什么的没有，叫唤的什么？"老头合着眼硬着头皮回答说是："太君的马！"恰巧另一队敌伪讨伐队进街了。敌人真以为是自己的马叫了，也没有顾得挨家翻就走了。

"清剿"队起初，并没有马队，自搜出了我们骑兵团的马匹以后，才添了骑兵。这样一来，对于我们这些完全仗着两条腿打游击的人们，给了更大的威胁。

幸免究竟不是长久之计，当我想到：战士在战场上没办法时，宁可把武器毁坏，也不能叫敌人得去。于是我主张，先下手杀了那十八匹战马，也不能叫敌人弄去。

"杀了，骑兵团来要的时候还有吗？"他不同意我的主张，他脸上浮出了极其难堪的表情。"再说，骑兵团的同志们，在麦子地里熬一天，晚上回到村里还先看看，喂喂他们的马，咱给他们杀了，他们干吗？"村长心里另有想法："还能'扫荡'几天？万一能保存住了呢？"

我先问他有什么可能保存住的办法。他提出了些，可是我认为都不行。于是我分析目前的敌情，打破他的种种幻想和侥幸心理。最后他总算答应回到村里找人宰了那些马。

他走了，我在院里蹓跶了几遭，越想越觉着他的答应极其勉强，回去未必肯杀。不趁今天晚上杀了，明天说不清有什么变化。藏得挺严实，敌人来得次数多了，总会发觉出。况且它们又是畜类，喂不饱了闹哄，叫唤……

想到这里，我一生气，立刻拔腿往那个村子走去。我要亲自督促着他把那十八匹战马杀死才能放心。

出了大福营，是一片果树林子。梨树杏树都结了青果，只有稀疏的枣树放散着花香。夜晚了，空气渐渐变得阴凉，枣花的香气，也带着凉森森儿的甜味。

我抱着杀马的决心，满腔却沸腾着爱马的热血。民间故事和演义小说，告诉了我们很多名将名马的英雄奇迹。马蹄奔腾，或望风嘶鸣的声音，甚至于披发散鬃趟起来的尘土，都会给我一种神奇的感觉和激动。

幼时一个老骑兵告诉我说过，马有龙性，在战场上打出肠子来也不倒下，主人受了重伤，叼起来就走。抗战后，骑兵团杨经国同志，也常跟我谈人与马在革命战争中英勇的故事，是一个极有趣的主题。骑兵团中传说着这样一个故事：一九四一年八月，反"扫荡"后，有一匹自己归队的马，成天闹性子，也不吃草。老战士就预感出有问题来了，因为它的主人没有同它回来。起初还以为跟着可以找到那位战士的尸首，后来跟着它找去，在一个高粱地里果然找到了他，受伤很重，却没有死。

战士爱马，也是异乎寻常的。有一回，骑兵团抓住了一位嫌疑犯，因为他偷偷跟随队伍走了好几天。我们以为他是敌人放出来的跟踪间谍。抓起来一问，才知道他是回民支队的骑兵战士。回支的骑兵队归并骑兵团后，因为他是回民，留在回支了。可是他舍不得他的马，于是他开小差出来找他那匹马，为了他那心爱的马，不但跑了很多冤枉路，而且挨过很多次饿……

出了果树林子，过一个村庄，便是平阔的麦野了，有一条道沟，直通黄家。就在这个麦野里，前几天，大"扫荡"的第二天上午，骑兵团被冲散的三个骑兵，和敌人两架飞机，周旋了老半天。敌人飞机像疯狗似的搜寻他们，追赶他们，发现了他们三个便死叮住不肯放嘴了。交叉着围着他们转，愤怒地哼哼着，一仰脖子下几个炸弹，一侧翅膀，一阵子扫射。可是，我们那三位骑兵同志，有时飞奔，有时偃卧，有时举枪回击几下低空飞行的敌机。炸弹是在他们身旁爆炸了，机枪扫射得他们周围的尘土冒烟泡，然而他们人马未伤地脱出危险界，冲入了果树林子。

这场成为我们在苦难中的兴奋剂的小小战斗，又已经过去好几天了。这几天中间，在这一带，又不知道发生了多少战斗，人民和战士流了多少血。我匆匆地走着，分辨不清是不是错觉，我仿佛闻见了尸体的血腥臭和流散在空中的炸药气味。

黄冢村南口的道沟，已经填平了一节，土还松软，脚登上去陷个坑。红膏药旗子在村外高台小庙上插着摇摆。墙壁上的抗日标语，却涂改成某某爱护村字样了。村街道口上，摆着几张婚丧嫁娶公用的陈旧的长方桌，上边放着茶壶茶碗。

街里什么动静也没有，只是大火后残存的烟火和烧衣服套子的恶臭，呛得鼻子发酸。我下意识地偷偷躲在背影地里，静静听察远近的动静。听了一会儿，听到了在北边不很远的地方，有老百姓忽断忽续、不紧不慢的语声。我这才敢继续前进。

街当中较好的房子，差不多都烧了，有的还在冒烟火。我摸到了那个语声出处——这是村东头的小学校，现在却贴着"黄冢村维持会联合办事处"的大招牌。我未进之前，尚有人在争论什么似的说话。我一迈入大门，他们也不知道怎么会觉察我不是本村人来了，都不约而同地停止了话音，静观我的动静，我问村长在不在，一个老头的声音立刻回答道："好几天没有影了，死活还不一定呢。"我说傍黑子还见着他了。于是他们又问我认识他本人不，我说认识。黑影子里忽然钻出一个人来招认道："哼！怎么你来了呢？""你"字说得特别重。

村长以为我来一定有面授机宜的事，习惯般地要引我到一边去谈。我却性急地问道："马杀了没有？"

"村里事还一摊泥呢！敌人逼勒得太急，不容喘一喘气……"

"咱还是先把马杀了，免得叫敌人弄了去，专门地追赶咱们。"

"行行！"他勉强地点点头，"可是骑兵团的同志，不愿意。"

"骑兵团的同志们呢！找来我同他商量。"

村长同身旁的人，一个老头答说，他们回来吃了饭又都到野地里去了。我要他同我到野地去找，可是他们又说，不知道他们在哪块麦子地里打游击。

我想了想下决心道："先宰了再说，以后出了问题，我负责任。反正不能叫敌人弄了去就好。"

村长毫无反应地沉默了。过了好一会儿子，才慢慢说道："何必一定要杀了呢？在地里挖个大洞，坚壁起来不好吗？"

"好是好，可是什么时候才能挖得出来？假如今天晚上动员不出人来挖成，明天就没有把握保存住！"

"今天挖成？"村长苦笑了笑，"就是十天挖成了也算能。没有叫敌人抓了去的，都跑到老敌占区里去了，哪里动员人去呢！"

"这不结了吗？"我看看他，他又不言语。过一会儿，我又说："就是挖成了，你们也不是说过吗？敌人在野地里找得更周到……"

"放到地里，让它乱跑去？"他又提议。

"眼下地里，净是麦子，又没有高粱棵，老远一望就望见了，那不叫人家更容易逮了去？"

"就是逮了去，也得费点劲啊！"

"费点劲还是叫人家逮了去啊！"

村长争辩不过我了，理短地低下了头。旁边一个瘦老头，不服气地插了嘴："同志！把马宰了给村里去个祸，又闹嘴肉吃，俺们还不愿意吗？可是，同志，这马是骑兵团的，还有用呢！"他像教训我。

"我知道是骑兵团的，还有用，我更知道这些马，都在抗日战场上卖过命，可是……"

我盛气凌人地（后来想起来怪惭愧）又把那一套大道理讲了一遍，最后瘦老头捻捻嘴唇上那几根老鼠胡子，沮丧地低下头，沉默了老半天，才慢慢说道："宰就宰，上级的眼光，总比咱们庄稼人看得亮些。"气中有些不满意。

村长叫他找屠户来。他去后过了老半天才回来。回来了，懒洋洋地说："没有找到。"我着了急，说找刀子来咱们自己下手！

细长明亮的宰猪刀子找来了。村长立刻领着我到坚壁那十八匹战马的村东北角的破庙里去。

一进庙门，那些战马，好像孤儿望见亲人，一腔子冤屈，要一口吐出来般的热愤地吼吼起来。我立刻浑身打了个寒战，痛苦地矛盾地流出了眼泪。我那拿刀子的手哆嗦起来了。

我没有力量动一动刀子了。村长在黑暗里沉默着，似乎在看我的勇气，见我始终呆呆地站着不动，问道："杀不杀呢？"

我仍然乘着劲回答了个"杀"，可是他也发呆地不动。我又问他："杀不杀呢？"

"杀就杀。"

可是我们谁也不动一动，也不去想如何进行宰杀的办法。

所幸方才寻找的那个屠户却来到了。他习惯这种行为。他带来了绳索，一来就问我宰哪一个，我提了一口气才狠狠地回答道："个个都宰。"回答之后，却急忙往庙门外躲开，好似自己犯了什么罪过般的。

我刚一迈过门槛，迎面来了几个村民。他们进了门，一见屠户拉出马来,捆绑起来正撂倒哇,立刻加快几步就过去。屠户捆绑起来的是一匹小青马,村民上前托住腮帮,扳开嘴唇看了看牙口,惋惜地说道:"这一匹才两牙,不该杀!"

"人家他,上级叫个个都宰了!"黑胖子屠户,对畜类仿佛没有丝毫的恻隐之心。

"先宰别的不一样吗?"旁边一个乱蓬胡子的老头,封建家长似的一瞪眼吹了他几句。屠户仿佛惧怕他,立刻依从了他,放开了这个,又去拉另外一匹。

第二匹是藏红色的,被从马群里拉出来。一个独眼老头说是"客"马,瘦老头立刻说肚子挺大,许有了马驹了。另一个罗锅子很自负地上去用手摸那马的肚子,随即肯定地说道:"有了,三个月。"瘦老头咂咂嘴,用着惋惜的口气向我说:"一糟蹋娘儿俩,可不应该!"我还没有回答,他们又拉出了第三匹。第三匹白得像银子,腿脚长得也好,老乡们你一句他一语的,最后仍然认为应该留着。第四匹挺老实,一见人拉就贴过去。老头们又动了悯怜的心情,觉得即使要杀也不能挨头一刀。第五匹牙都磨平了,敌人不肯再要,可以留着庄稼主用。第六匹浑身绒黑,像羊羔皮,可是四只蹄腕色白,别号"雪里站",肚皮下边和大腿上受了炸弹皮的迸炸,更不应该杀了——因为打仗受伤,有功之臣了,应该尊重。第七匹……第八匹……

庙门一响,忽然,进来一个大踏步走来的青年愣小伙子。他一迈门沿就大骂屠户侯二是汉奸。他那口吻吓了我一怔,我马上问他怎么回事?他指着屠户愤愤地说,他趁着敌人正疯狂,想发笔横财。我说,杀马是我叫他来杀的,他不假思索地即断定我是受了他的骗了。他说,年上骑兵团死了匹青马,他剥了,什么都昧起来了,有人疑惑那马还许是他下的毒药呢。

"放屁!"屠户也急了,"那青马是长骨眼死的!"

"可是你剥了那马,连皮带肉你怎么都捞起来呢?"

"骑兵团闹情况开走了,没有顾得……"

"又开回来了呢?"

我打断他们的争吵,说:"这些都不关我们今天宰马的事。"他忽又卖排起他从小就常住姥姥家,姥姥家是饶阳城东,二十八年滹沱河发大水,冲坏村子,他姥姥家的人,成年在外边要饭吃,年上骑兵团去了,给他们开荒地种麦子,他也跟着去了,给他姥姥家帮忙;他还和一个骑兵团战士宋有子拜了把子,和骑兵团的马团长说过话。

"骑兵团是我们的子弟兵,"他越说越得意,嘴里不断喷出了唾沫,"骑兵团的马,我更待见,可杀不得!他们都把马托付给我了,你们可别受了汉奸特务的欺骗……"他越说越自负。

我平心静气地给他解释。他却听不进去,他一口咬定那屠户是汉奸落后分子。他和他仇恨大啦!我说了老半天,他的气焰好像是平下去了,我也以为我已经把他说服了,可是他一扭身说道:"反正这些马,从我这地方,就一个也不能杀!"

屠户叉着腰生气了,要我把这浑小子赶开,愣家伙一听,骂他浑,马上火啦!扑上去就要打架。屠户也不肯退让,也要上去拼命。村里老头好像看惯了他们俩的争吵打骂了,谁也不去劝拉。我怕他们真打起来,赶快上前去拉,这时那个瘦小的老头,嘴里叼着旱烟袋,不慌不忙地在一旁向村长献计道:"尽里边的那一匹是洋马,宰了它!"

"好!好!"村人们连声叫好。连那个跟屠户打架的愣小伙子,也转回身来大嚷:"好!好!洋马,宰了它!"并且亲切地向屠户打招呼:"侯二,赶快过来,我帮着你宰了这洋马!"我心里暗暗发笑了。这愣小伙子真是粗鲁直爽!

屠户和愣小伙子,真的和解了,立刻一同到马群里把尽里边那匹洋马拉了出来。这匹洋马枣红色,个子虽然高,却极其驯服。然而村人们对它却像对于敌寇似的,小心翼翼地才敢接近它,而且带着非常谨慎的警惕心。

愣小伙子帮着屠户,用绳索很快就把洋马前后腿绑起,并且撂倒了。屠户用大腿把马头压住,从我手里要过宰猪刀子去,在大裤腿上蹭了几下子,左手摸了摸气嗓眼上的毛,正要伸刀子抹脖时,三个骑兵团的战士,突然到了。

洋马以及那些中国马,一见他们三个进来了,立刻哀求地仰着头叫个不住。那叫声中充满了悲哀和渴望。

骑兵团的战士们,披着破烂的老百姓衣裳,晒得又黑又瘦,虽在夜间,脸上的汗碱、眼眵和憔悴的肉皮,也看得清清楚楚。

"干什么,这是!"

他们气势汹汹,好像预先知道了,一进庙门,又看见洋马倒在地上,屠户举着刀子,急得连嗓音都变了。

又黑又胖,满脸横纹的屠户,将明晃晃的刀子慢慢缩回来,却不耐其烦地回答道:"宰了吃肉。"

"什么?宰了吃肉!"

其中一个五大三粗、语音瓮声瓮气的战士,怒气冲天地回问了一声,浑身上下使着横劲,要跟谁拼一下子般地,拿起绳索的捆头,用猛力就是一拉。绳索立刻一连贯地松开了,洋马四肢一伸,又一拳站了起来,喷了一口大气,这战士也出了一口大气,用手掌打扫马身上的泥土,用白眼珠子翻了大伙一眼问道:"凭什么?"又把绳往怀里一拉,拳头一攒,仿佛对方回答不上来,就得报以老拳般的。

"凭什么?"主张先宰洋马的原提案人,那个瘦小的撅着两绺老鼠胡子的老头,抓住缰绳又往回一夺,理直气壮地回答道:"日本马,敌人,宰了它解解恨!"越说越倔强起来。老头并且怒气上升,用他

那两个小眼睛瞪着那个五大三粗的战士，仿佛在质问他："我们杀的是敌人，难道你还有理由说不应该吗？"

这个五大三粗的骑兵战士，当时被这位理直气壮的瘦小老头质问住了。他用力咽了口唾沫，气馁地发起愣来了。

屠户恢复了有理的神气，用冷嘲的微笑，看那战士。但是那愣小伙子，却看看那骑兵战士，看看瘦小老头，又看看我，默默地直眨眼，好像没了主意似的。

"你说偌个行不行！"五大三粗的战士，闷了一会儿，忽然一咽唾沫答辩道，"洋马是敌人，可是八路军优待俘虏，再一说，参加抗战了，在骑兵团二年多了，就算是……就算是……"

"对啊！对啊！"那愣小子又兴奋起来了，跳着脚才嚷呢。

他们那种朴素的说话真叫我暗暗发笑，但是他们那种单纯的真挚感情，却深深地打动了我。于是我上前加以解答道："同志！你们说得很对，可是我们并不是因为它是日本洋马，才要杀它。这十八匹马，我们要统统杀死！"

"什么！"对于骑兵团他们三个，那简直是个晴天霹雳。

我向他们解说武器与其叫敌人得去，不如自己先毁掉，这一次"扫荡"，不像过去似的！几天可以结束的……

其中那个短小精悍的战士，来了不曾说话，安静地听着我对于情况的分析，默默地想了会儿，忽然插嘴问道："怎么样？这次'扫荡'，不能很快地结束吗？"

他的疑问，使我同样也感到压迫。我咽了口唾沫，平复了一下跳跃的心脏，用沉重的口气，慢慢地回答道："我虽然也没有接到上级的指示，可是根据敌人兵力的配备和各种布置——修公路，修岗楼，挖封锁沟……，所以我估计敌人这次一定要和大清河以北一样，长期蚕食下去，并且还要一步比一步地残酷下去……"

"难道我们不能够牵着我们的马回骑兵团了吗?"

五大三粗的战士,瓮声瓮气地问了一句,惹得那第三个约有十七八岁的天真的、语声还带有童音的青年骑兵战士,突然放声大哭起来。他这一放声大哭,传染得谁也忍耐不住了。

我竭力抑制着我的感情,过了很久才渐渐冷静了下去。除了屠户脸上,好似毫不动感情,所有骑兵战士和村民们,都流出了眼泪,而那个愣小伙子,更是同那青年战士一样,放声大哭了。

我们谁也不再想到杀马的事,我们其实和战马一样,是一群坚持抗战到底、待命出发的,而又同病相怜的战友。我们的人民,多么爱我们的战士和战马,而我们的战士和战马,又多么互相爱护!

我们由呜咽变为默默悲痛了,后来那个短小精悍的战士,忽然用着湿润的眼神向我们打量起来了。他的脸盘和他的体格比衬起来,并不算小,可是挺瘦挺干巴。他那紧紧缩小的眼睛,潮润润地放射出了对我疑惧不安的光芒来。

"对不起,同志,"他突然干笑一下,又严肃地用着沉着的语声问我道,"我还没有问,你是哪一部分的?"

我一看他这种神气,就猜出是因为我对冀中新形势的估计不合他的心思,于是他怀疑起我来了。我便解释道:"我说我是哪一部分的,也不足为凭,我可是跟你们主任杨经国同志是同学,挺熟……"

"怎么?"天真的带有童音的青年战士,爽直地答,"你跟我们杨主任很熟,可是他已经牺牲了?"

"什么?"我大吃一惊吸了口冷气,"他已经牺牲了?"

杨经国同志是我们西安东城门楼上东北军学生队的同学(他那时叫杨耀生,贵州人),抗战后,又同在冀中平原上开展游击战争。他爱诗,他的诗代表着他那潇洒、朴素、奔放、奇突的热情和风度。一九四一年秋,我们在深泽马立村开代表大会,他们骑兵团在饶阳东开了荒回来，也驻扎在这个村里。我同孙犁同志找到他，说了几句阔别话和冀中文艺活动后，他就从一个日本背包里，拿出他新作的诗稿来叫我们看。这首诗的标题，就吸引住了我们——

我们是来自民间的子弟兵

我们是来自民间的战马

背景就是他们刚完成的开荒工作——饶阳城东滹沱河沿岸，自一九三九年大水灾后，就一直荒着。今秋骑兵团奉了军区命令，去替老百姓们开荒种麦子，来自民间又暂时回到民间的八路军战士战马，立刻变成了勤劳的农民和耕马。

我展开钢笔写的原稿，读了几节，饶阳城东那一片广漠的荒芜的河滩地，被淹没的凄凉的残屋破院，以及流离失所的灾民，同时呈现在眼前，但是在这广漠荒凉的大河滩上出现了成千的穿着绿军装的、手扶犁耙的、"来自民间的子弟兵"和"来自民间的战马"嘚啊喔哇地吃喝着，有时间杂几声军歌和流行的抗日小调。微笑和紧张的光芒，像初春的太阳。说工作，一齐工作，说休息，号声从滹沱河上一个残破的木桥上广播出来，吹号的是个十五六岁的娃娃兵。喇叭柄上垂带着一块通红的绸子穗头。

我回想到这里，他那淳朴深湛的气质，骑兵团和冀中人民的深厚关系，仍在渗透了我，他在谈战争谈写诗时，从他那明亮的眸子里放射出来的光芒，从他那南腔北调的口音中所喷放出来的热气，都像仍在放光，仍在吹拂着我的脸。可是怎么，他已经牺牲了？我们永远再不能聚在一块谈战争谈诗了！

"昨天他才牺牲的！"青年战士伤心地添加道。

"昨天他才牺牲？"我更一惊异，我若早一天来这里，一定能见到他！

就在村南麦地里，他一举手指了指："敌人清早搜洼发现了我们,我们虽然把马都坚壁在村子里了,可是杨主任还穿着一条军装裤子,他长得又白,汉奸就追赶他,他拿盒子打了几枪,敌人大队就包围上去了……"他的童音也发沙了。他继续述说不下去了,我也只是提着一口气。他忽然咳声叹息了一下,接着说道:"边上的这匹雪里站小黑马,就是他的马,也受了伤……"

我朝那群马里边望去。杨经国同志那匹小黑马方才我看见过,它和它们杂乱地站在一起,时时抬头看我们一会儿,用尾巴向伤口处挥舞几下,好像有什么痛苦期待解脱似的。我想过去看一看它的伤口,却始终没有动一动。

村长和村中老头们,往一边去,嘟念明天应付敌人的办法去了,愣小伙子倚着门扇呼呼大睡着。独独那个屠户,双手抱着肩,用斜眼瞟着我,好像等得非常不耐烦了。马吃草和蹄子蹬地的声音,单调而令人沉闷,庙外边的旷野,静得森人。

"喔……喔!"在村当中忽然传来一声报晓的鸡鸣。

我大吃一惊,仰头望望天色:"敌人要出动了!"于是我赶快向骑兵团同志们,介绍了一下利用敌人对老敌占区疏忽,可以暂时隐蔽的经验,便转到处理这十八匹战马的事。最后,征求他们的意见道:"你们觉着怎样?是不是杀了比叫敌人弄去用好?"

"话是那么说。"

"不光说,立刻就得做。天一亮,就是人家的天下了。"

他们又痛苦地沉默起来了。

"你们没有意见,我们可就立刻下刀子了。毁了它也不能叫敌人弄去!"

他们仍然不言语。我叫过村长来,叫他负责督促着,无论如何要在黎明之前把这十八匹战马统统杀死,剥不剥不要紧。村长连连点头说好,可是有些心不在焉。屠户又露出喜容,抢着答应道:"这事交

付我吧！只要你说一句痛快话，我准能办到。"我又向村长和骑兵团战士们动员解释了一番，才转身告别往外走……

一九四三年五月于深县

（原载1946年《北方文化》第1卷第3期）

五 月 之 夜

一个五月的黑夜里。刮了一天的红眼风煞住了,满天却变成阴郁的愁云。荣军辛大刚从深武饶安地区突围出来,到深安路旁已经伸手不见掌地黑了。摸着瞎过了公路,朝西北走了很多时候,估量着该离本村不远了。同时,北边河沿上的火光越来越分明,火焰和爆发起来的烟烬几乎也可以看得出来了,这道火光沿着滹沱河东西蔓延着,像一条东西看不到头的火龙。他想进村仔细打听打听河沿上的情况,可是又不敢贸然闯进去。犹疑不定地慢慢往河沿方向挪动时,忽然发觉了道沟旁的麦田地里躺着很多人。他们有的在呻吟,有的在暗暗哭泣。大刚就过去一看,有的脸上蒙着绷带,有的面黄肌瘦,仿佛病势沉重,只剩下奄奄一息了。他问他们是干什么的?他们勉强扭过头来,用焦躁和疑惧不安的眼光看看他,却没有人肯回答。大刚又往周遭一看,横竖躺卧的一大片,几乎有二百多,于是他猜疑这一群都是伤病员,在敌人疯狂"扫荡"下,看护员照顾不了,抛下他们光顾自己逃命去了。他也曾经受过重伤,躺在担架床上,需要人家救护;他也更加知道在这种灾危苦难下,心里是多么凄惨和哀痛!于是禁不住滴答滴答滚下同情的热泪来了。

他愤怒得眼里冒着火星子,恨不得将那些不负责任开小差逃走的工作人员们一把抓回来,张嘴咬他们两口,一拳打出他们的脑浆子来。

燃烧似的脑子一冷静,大刚忽然听见前面有人小声私语,像纷纷商讨什么。他一直奔往那里,果然是堆积着男女一群人。他们不是病号,也不是伤员,正是看护、医生和一切后方医院的工作干部们。他们并没有抛下伤病号开小差,他们架着、背着、抬着不下二百多轻重伤病号，跟敌人的机械化兵团周旋了两天了。

大刚听着里边有的语声很耳熟，而特别听清楚了面朝西北坐在沟沿上的章所长。

"这不是章所长吗？"大刚鲁莽地问。

"哼，"他们都一惊，而章所长忙问道，"你是谁？你……"

"我是荣誉军人辛大刚，还记得不？住过所养伤。"

"记得！记得！"回应者不只章所长一人。"你怎么……"

大刚向他说了自己今天在深武饶安地区突围的经过，就问这边情况道："听说这边敌人明天一定要搜洼，为什么你们还在这里待着？"

"谁乐意在这里待着呢！"章所长着急地答道，"不是弄不清河北的情况吗！上级指示我们无论如何今天要跳出圈子去，转到河北敌人大'扫荡'的外线去，将伤病员分散开，坚壁在群众里。可是敌人把滹沱河封锁住了，一个火把后边一架机关枪，专等我们过去了扫射呢！"

"怎么！"大刚一惊，"真的一个火把后边一挺机枪？"

"都那么说呢！"

"没有过去探一探吗？"

"谁敢过河走进去探呢？派出去多少人，都半路上跑回来了。"

大刚一愣，略微思量了一下，立即慷慨地答应道："我去！"

说了立刻开腿就往北走。所长忙站起来追上去问道："你一个残废怎么倒行呢？准有把握吗？"

"把握是一点也没有的，"大刚蔑视一切危险地微微笑着答道，"可是，不冒一下险行吗？今天晚上转移不到外线去，明天敌人一搜洼，这些伤病员不都叫敌人抓去，活活地折磨死吗？"

"不用说叫敌人抓捕了去，就是再在洼里冻一宿，连渴带饿地晒一天，就都交待了。"

"那么，这样看来，"大刚那浓眉一皱，肯定地说道，"只有冒险过去看看，回来马上想法突围了！"

"不要先冒险，再商量商量，看还有别的地区能够跳不？"

"快天亮了，还有什么可商量的！"大刚像在军队上一样，决断地发火了，"再一说，路东'扫荡'得比这里还厉害，西边是敌人的蚕食区，沧石路南，你们熟吗？再一说，沧石路离这里有五六十里，等我们把伤病号转移到那里，天就得响午了！"

所长愁闷得抬不起头来了。

"不能再迟疑不决了，"大刚又接着说道，"我过去哇！"说时就动身，"你们估量着我蹚过去的时间，假若有机枪扫射我的声音，那么你们就不用再等我回来了，你们就赶快另想办法好了。若是没有事，那更好，我叫些人来，或者探清河北敌人的配备情形，回来想法过去。"

"只要弄清河北敌情了，我们就有办法过去。"章所长追着大刚说，"你河北熟吗？"

"我村就在河北河沿上。"

"这还好，这还好。"

老母亲似的章所长这才微微放心。而大刚的勇健的身影，却摇摆着朝着一片火光的河坡走去了。

"哒哒……"

大刚悄悄地一下河坡，迎面忽然响了一梭子机枪声，仿佛就是专瞄着他打来的。他本能地急忙卧倒，静静地伏在沙滩上，心里暗暗想道："哈，他妈的。敌人已经发觉我了吗？"

静悄悄地待了一会儿，枪声没有继续发作，但别处，远近不同地仍有机枪扫射声。他仄着耳朵听着，忽然回忆起方才那机枪声，脆亮而带着飘空的水音，不像对岸埋伏着敌人朝这里作近距离扫射的，只是夜间寂静，所以才觉得枪声那么响亮，跟瞄着自己打来似的了。

他抬起头来瞭望对岸，对岸的火光还是那般呼呼地燃烧着，因为离近了，一堆一堆的火头都分清楚了。一堆火距离一堆火，也就是十几丈远，每堆火前总有三四个人影时隐时现，出没无常。大刚根据着所长的报告，以为那即是打埋伏的敌人。可是后来仔细望了会儿，看出他们穿着便衣，又看出他们直往火堆上添柴火，这才分清他们是老百姓。

这些穿便衣的老百姓是敌人化装的，还是在别处抓来的忠于敌人的民夫呢？却不能看得出来。在火堆后边是否像他们所报告的架着机关枪呢？更不能观察出来。大刚是有决心为那些为革命流血、为民族积劳成疾的二百多伤病员们，探出一条脱险的道路，但是牺牲不等于完成任务，所以他不肯轻易冒险过去。他仍然静悄悄地趴在沙滩上，仰着头聚精会神地观察着对岸，希望从对岸的火光里窥测出什么裂缝来，或者创造出一个出奇制胜的法术来。

"咕咕咯……"报晓的公鸡，在寂静的远处村庄里叫了一声，附近各村的鸡啼，接二连三传来了。

大刚听见鸡叫的声音，心里可慌了："不能再迟延了，时候不允许了，即便能够顺利过河，好几百伤病号也得相当的时间才能过完，过去之后还得分散在各村安排下呢！况说，若是发生个意外呢？"于是他急忙匍匐前进，进到了河边沿上。河水像火烧云一样通红，有时在彩霞般的波纹上映照出个黑色人影出来。大刚抓起一块泥向水里一掷，试探他们的反应。他们听见了河中的水声，果然有一个人惊异地小声问道："什么呀？"

附近那个人转向河水，看了看，才慢慢答道："许是鱼打溅的。"

河水更容易播音，他们的话声，大刚都听得很清楚。他高兴起来了。

因为他从他们的腔调上听出他们是附近这几个村人来了。于是大刚更大胆地往水里抛了块泥片。

"是鱼打溅的?"先前第一个说话的,又小声问道:"这一会儿有这么大鱼?别是你投的吓唬我的吧?"

"小狗子,是真的,我没有投!"

大刚一看第二下也没有惹起大祸来,而且那俩庄稼人说话很自然,于是推测火堆后边未必隐藏着敌人。若有,也一定离河相当远。再一说,看火堆的人既是附近的老百姓,那么就必定有熟识的,所以大刚立刻扒下裤子,轻轻蹚着水往北岸走去了。

河水深处可以达到肚脐眼,很凉,但是大刚的全副精神统统集中在对岸上了。红霞似的水流,从他身边流过,他几乎就没有感觉到。

转到两火堆的阴暗相交处出了水,急忙穿上裤子和鞋,打算冒充是搬柴火守火的老百姓。大刚才提上裤子,忽然听见西边火堆旁边有一个极其熟悉的腔调说道:"你省着点吧,反正看着就行啦!"

大刚偷偷走过去一看,确是当家子辛大章,而那一个也像是自己村里摆渡船上的李二柱。大刚走入火堆的光圈里,期待着他们惊异地向他一望,然而出乎意料,秤砣脸的大章和干瘪口吃的李二柱,却从从容容地问大刚道:"你怎么也来干这个呢?"

大刚知道他们是误会了,却从他们那种安闲的表情上感觉出河北敌情必定不是河南传说的那么严重了,他更进一步接近他们,望了望周围,小声解释道:"我是刚从河南过来的。"他俩这才一惊一喜,并不惶恐。"这边情况究竟怎么样?"

"这边这几天不要紧。"秤砣脸的辛大章争先回答道,"我看敌人是害怕八路过河摸他们,他们才这样虚张声势,叫我们成夜点柴闹火光。哪地方火一灭,他们就以为八路摸过来了,吓得就乱打一气。"

"净哪地方有他们?"大刚又急忙问。

"沿河村里都有,"二柱想说,嘴巴子一张没有说出来,叫大章又抢先了,"没有关系,他们天不黑就都吓得钻了高房子了。"

"河边上没有?"

"没有,没有。"二柱着急的样子说了出来,"他们敢……敢……"

"刚才放机枪打谁?"

"瞎放呗!不一定打谁。"大章鄙夷地一点头回答道。

"给,给自己张……"二柱嘴脸乱动着说,"张胆呗!"

"北边净是哪个村新安了据点?"

"没有新安,还是那些个。反正沿河的村都有他们。"

"从河南的过来人,不成问题吧?"

"不,不……"二柱又抢着回答。

"过来吧,不成问题。还有谁?"

大刚将河南的二三百伤病员的窘困情形说了说,他们不加考虑地立刻说道:

"赶快过来吧,天一亮可又成了人家的天下了!非用摆渡船摆不行吗?可是都弄沉了!"

"不用船,水不深。"

"我知道。"

"他们有人,蹚水过来不成问题。"大刚想不用他们帮助,可是又一想,伤病员和工作人员们打了两天游击了,又饿又累,而且重伤病号还得需要背过来,于是问道,"还有谁们在河边呢?"

"多啦!"大章回答,"凡叫人家圈住的,都赶来这里给人家抱柴火呢!"

"武委会的有谁?"

"姜振兴。"

"他,他刚才,还,还抱柴火来,来了呢。"

大刚找到姜振兴,又找到辛老广,说明因由,他俩一转,立刻集合了二三十个青壮年。前边叫大刚领着过河和医院接头，后边有姜振兴再多动员些青壮年来继续过去，辛老广留在河北指挥着分派人们抱柴火添柴火，应付着敌人。

大刚领着青壮年过了河，觉得是按照原路回来的，可是什么人影也看不见了。他们静悄悄地立着仔细听了会儿，仍然是什么动静也没有。

"难道他们听见我过河前的机枪声，以为我遇险了，他们转移到别处去了？"

黑暗的深夜，寂静得真是森人。天上一颗星也见不到，低压的愁云，把大地包围得严严实实。附近村庄里有一只杜鹃，"光顾打锄光顾打锄"地脆亮地叫着。忽紧忽慢的机关枪声，从远处传来，伸手不见掌的夜色好像在发抖。

"章所长！"大刚试探地小声喊了一句。

"辛同志吗？"回声低低地从麦垄里传了出来。

"啊，是我！章所长。"大刚几乎要喊叫出来。

章所长的身影从麦垄里爬起，接着一大群身影也出现了。他们听见那机枪声确实以为大刚遇险了，想转移方向，但是没有方向可去。后来听见大刚带领着一大伙子人过来了。"怎么过来了那么多的人呢？"以为是大刚被捕受刑不过，暴露了秘密，敌人追踪找来了，所以吓得都藏了起来。

大刚并不怪他们警觉性这样高，将河北的敌情和带来的青壮年向他们一说，喜欢得章所长提住大刚的手不知道说什么好了。

大刚问章所长如何分散过河与过河分散，章所长对这项工作早有成竹在胸，而且全体人员在游击环境下也养成了习惯。于是各队分散开，各组按次序过河。村中青壮年由大刚指挥着分到各队里去背伤病号。数百个黑影子立刻有条不紊地出动了。

轻伤病号要求自己下水过渡，男女看护和工作人员都争着背一个伤病号过去。全体不下二百五六十人，可是除了轻轻的蹚水声，什么嘈杂声音也没有。凉森森的滹沱河的浊流急速地一去不复返地朝东海逝去，彩霞似的波浪荡漾着生与死的恐怖，却也映照出了民族的伟大画面。不久，黑压压的一大片的人形，便从夜色如漆的南岸，转移到火光燎天的北岸上来了。接着，静悄悄地又分散了，无踪无影了。

"嘎嘎……"恐怖的远近机枪声，在伸手不见掌的黑夜里，在生与死决斗的各个角落里，仍然不停止地咆哮着。

（发表于1946年8月《长城》月刊创刊号）

最后一分钟

一九四七年一月间主力军进攻定县城之前,九分区地方军负责肃清定南外围点碉。北车寄从日寇侵占时代,就是威胁定南的军事重镇。车寄西北二里西中谷,还有一个与定县城相呼应的岗楼。定安博支队负责警戒定县城内的敌人,附带围困它。这个岗楼里有顽伪军一个中队,两个大乡。武器很好,成分最坏。民兵们利用村边的高墙和猪圈棚,向岗楼喊话。顽伪军们不搭腔,只是打冷枪。二十七日傍晚,一大群顽伪家属围上岗楼,叫着他们自己的奶名,又是哭涕,又是说劝。向楼上解释宽大政策,报告外边的胜利消息,叫他们下来。

他们不再打冷枪了。起初装作镇静不搭腔。家属们往前又一进,他们可就沉不住气了,用着非常烦躁不安的声音嚷道:"别往前走了,有地雷!"

"麻烦死人了,你们先回去吧,我们商量商量就下去。"被困的敌人要求商量半个钟头。半个钟头过了,我们问他们商量好了没有,他们又不搭腔了。家属们再一喊,他们才答话,要求再商量半个钟头。我们也答应了。

第二半个钟头又过去了,问他们,他们又是不搭腔。又是等顽伪家属一喊叫才回答。这回变花样了,说是"怕下去没有保证"。我们重新解释一次优待俘虏的宽大政策,敌人还是不信。我们叫他们派出个代表来,他们却叫我们上去个人商量条件。我们不干,他们又要求时间再商量商量。

这一商量,商量了有两个钟头。我们看出狡猾的敌人是磨时间来了。这时候已经快半夜了。磨过夜间就是白天,他们幻想他们有美国飞机,他们还以为定县城是他们的,也许出来援助他们(今天白天

城里就出了一股，到了八里店）。于是我们就想利用夜间强攻。顽伪家属们看出我军意图来了，更加着急和拼命地喊叫起来。这时吊桥上，忽然有人喊道："放吊桥了，你们可别动手了！"

我们以为敌人要缴枪投降了，然而不是。他们要我们派代表进去，我们要他们出来人。吊桥放下，出来了一个副班长，大高个，黑巴，四十多岁，姓筛。抗战期间他当伪军时曾经向我们来哀求，讨过"宽大"，了解我们一些情形。他说："里边没有问题了，派人进去吧。"

我们以为真没问题了，进去个代表只是交涉投降缴枪的具体步骤，所以也没有研究和分析。支队长问谁去时，随队来做政治攻势的文工队音乐队长王力民同志答道："我去。"于是筛某在前，王力民同志在后走向吊桥。吊桥在他出来后又立刻拉起来了，于是他向里边喊道："外边的王指导员来了，快放吊桥。""多少人？"里边问。外边答："他个人。"

吊桥放下，他们进去，吊桥立刻又拉了起来。王力民一下吊桥，垛口两旁有四五个人，都端着枪，死盯着他。他连看他们一眼都不，一直往里走。院里人很多，王力民微笑着打招呼道："受惊了！""没有什么。"王力民跟他们一个个地握手："放下武器就是朋友，八路军优待俘虏，你们是知道的！"他们兴奋地嚷道："王指导员你可来了，我们可盼望你们来！"

一个头目人似的军人却催着他赶快到主任屋里去。

这是一个计。狡猾的敌特骗了我们年轻的游击队，但是王力民当时没有意识到。放吊桥约我们派代表进来，并不是他们商量好，或头目人愿意的事。这个岗楼的头目人是伪警卫主任詹子厚，国民党里专做特务工作的，家在根据地，是个地主，被清算斗争过，对我们抱着很深的阶级仇恨。但是在我军包围威胁下，在自己士兵要求投降缴枪的逼迫下，不得不另想办法。他是想叫我军代表进来，不即不离地谈判；又可以争取时间，又可以缓和自己部下的情绪。所以他们不敢叫我方代表王力民同志接近他的群众。

王力民被动地跟着他们的人走往主任室。主任室在岗楼旁边的北屋里，有三间大，当中有一个方桌。立在方桌正面带着崭新的花口橹子、小个白净、约莫在三十多岁的军人，就是伪警卫主任詹子厚。在他旁边也有穿便衣的，也有穿军装的，个个都挎着手枪，张着机头。都是一些老奸巨猾的社会油子，都是和我们斗争多年的老特务，并且差不多都亲手杀过我们的人。就在这次我们包围他们以前，他们还在附近村里抓了三四个村干部，吊起来用火筷子逼口供。

我们的代表呢，却是一个幼稚和天真的青年。抗战前他才十二三岁，抗战期间只是在舞台上了解一些顽伪军的生活，向来又没有做过这种工作。今天报奋勇，完全凭着他那一腔子天真好奇心和勇气。他一进屋，以诚相见地点了点头，他们却连动都不动，死钉钉地盯着他。王力民打了一下冷战，心里想："不妙，事情不是来时想的那么简单！"可是既然来到这里了，无论如何也得硬到底，不能给解放军丢人。

伪军筛副班长介绍以后，王力民和他们也随便互相握了握手。王力民在这种场合上不知道第一句该说什么，又觉得光窘着不是事。闷了一会儿，他忽然想起什么来了，往衣兜里伸去。汉奸们以为王力民掏枪，立刻慌张地乱抓枪。王力民故意装作没有看出，手从兜里缩回来，拿出来的是纸烟，轻轻往桌子上一放，心平气和地微笑着说道："抽烟吧。"

伪军筛副班长也趁势取笑道："抽吧，王指导员的烟，咱们轻易抽不上。"

门口外边的伪军，却没有屋里那么紧张。他们好像闹稀罕似的，拥进去抢抽王同志的烟。

"带枪了没有？"詹子厚死盯着王力民问。

"没有。"

"几个人？"

"我个人。"

詹子厚向青年军人一使眼色。这青年军人是敌人的指导员，国民党县党部贾秘书的学生，也不过二十来岁，留着长头发，带着手枪，还提着一支三八大枪。这个小家伙接受了詹子厚的眼色出去了。去了一会儿，又回来立在门口上，向詹子厚回答了个眼色。子厚这才让座道："坐下吧，王指导员。"他自己也就手坐下。

王力民坐下，把两手放在桌子上，免得他们生疑。略沉了一沉，就按着来时的主观估计和愿望，开门见山地招降道："你们派代表出去，叫我们派代表进来，大概没有什么问题了。你们把私人的东西搁在一块，军用品集合在一块……"

詹子厚没等说完，就用鼻音哼了一声："哼！你们叫我们缴枪投降，是不是？"

"是的，"王力民毫不犹豫地回答道，"你们派出人叫我们来的，可是还有什么意见，有什么顾虑，可以提出，我代表我们部队回答。"

"'同志'啊，哪有那么简单的事，你总是还年轻，你可太冒险了！城里早给我们来命令了，要死守炮台！我们也要宁愿和这炮台一同毁灭，也不愿受你们的优待的。你大概还不知道吧，我家原本是有钱有落，叫你们清算得逃到外边。'同志'，这不是闹日本的时候，喊一声中国人不打中国人，就可以过去……"

真的，这是阶级斗争，阶级斗争最尖锐——针尖对麦芒的火线上！

王力民直觉地感到这个问题，讲了一套耕者有其田的政策和孙中山的主张以后，就只好用我们外边有超越的兵力来克服他了。可是他狡猾得很，在谈话时，老想探听我们的兵力、兵种和意图。他们对美式飞机和大炮，抱着充分幻想，更不相信我们会拿得下定县城来，他们还梦想着消磨时间，等待援军。王力民感到这样磨下去没有好处，立起来说道："那么不缴枪也好！我回去了，我来的时候规定的是一刻钟。"

凑巧，这时外边呼喊起来了："时间过了，为什么我们的人还不回来！"他们要求再谈一刻钟，他也答应了。但是站岗的给外边说，外边不信。王力民亲自去答了几句，外边才放了心。

王力民再回去谈，他们的态度跟刚才不同了，愁眉不展得好像内心在作斗争。

但是时间走得很快，一刻钟又过去了。詹子厚也不说缴枪，也不说决裂，外边我们的人又喊起来了。他也不说让他回答，也不说让他走。

詹子厚不言语，别人也不敢插嘴。他有时低下头寻思一会儿，有时又死盯一会儿我们的代表。他盯人的时候，好像一条死鱼，两眼死钉钉地盯住不放，眼神里凝结着仇恨。

外边我们的人喊声又起来了。王力民说："时间又过去了，不能再等了，你们不下去也没有什么！……"立起来就要走。

詹子厚急忙拉住他，勉强得叫人打冷战地笑着说："事情没有这么简单，再谈会儿。"

"再不能多谈了，顶多一分钟！"

"一分钟就一分钟！"

他要求了一分钟。王力民同志应了他一分钟，但是在这一分钟里他却死沉沉地低着头不说话。

一分钟眼看就过去。外边我们人的声浪更高涨起来。穿便衣的伪

大乡长大乡副，感到我军的威力，沉不住气了，看看詹子厚的脸色，希望他说痛快话。那个姓筛的副班长更着急，代表是他领进来的，出了问题，责任他脱不开。但是他尤其不敢插嘴。那个小家伙（敌人的指导员）和一些穿宽装的小头目们，却光看着詹子厚的脸色做事。子厚虽然光低着头，可是企图越来越明确：决裂就决裂，反正枪不缴，代表也不放。

在门口被詹子厚和"指导员"屡次驱散的兵士们，又都绕到房后边爬到窗户上听。屋里一沉默，外边就沸腾起来。

"怎么回事，怎么还不出去？"

"你听我家里人们，又叫喊哩！真叫人焦心！"

"还有什么事，怎么老谈不利落呢？"

"你班说好了吧？"

"说好了，早就一个心啦！"

顽伪兵士们爬在窗户上的私语，使王力民灵机一动，觉着过去完全处在被动地位了。这种被动地位，叫敌人利用来延拖时间，而把自己陷在进退不得的泥坑里。于是他坚决地迅速地转被动为主动，声调严肃地警告铁心汉奸詹子厚说道："最后一分钟已经过去了！"

詹子厚头一歪，牙一龇，态度镇静而又狠毒地慢慢回答道："过去了，又该怎么样？！"

"弟兄们！"王力民大声向士兵喊道，"别人不拿主意，你们可得拿主意了！外边什么都准备好了，只要打起来就不会有好，倒霉还是当弟兄的！……"

詹子厚突然立了起来。

外边士兵回答着："那是，那是，当炮灰的还是我们！"

詹子厚忽然又气馁地坐下去。王力民又向窗外说道："放下武器就是朋友！八路军优待俘虏……"

"那是，我知道的……"

"咱们都是本乡本土，我知道你们是被抓来的……"

"一听口音就像老乡！"

"妈的，抓我的时候，还打了我半死了！"

"你们的老的小的在外边喊了半天了，哭哭啼啼的实在可怜。因为这个我才进来的。有什么困难你们尽管说，我立刻回答。我来的工夫已经很长了，再不能多等。错过这机会牺牲了，可就是受了一个人的累！"

詹子厚嗵地跳起来，疯狂了似的举起了手枪，拉开架。王力民也立了起来，虽然没有带枪，却也不怕。詹子厚正要张嘴说什么，外边士兵们骚动似的叫喊起来了：

"缴枪！谁拦着就先毁了谁！"

"不能为了他一个人，叫好几百人送死！"

王力民以为最后的决裂到了，准备空手和这几个顽强狡猾的阶级敌人搏斗。但是詹子厚那种狂暴的气焰忽然消减了，把手里的枪往桌上一扔，变得非常温顺和可怜，奴颜婢膝地向王力民道歉，要求原谅他，说他口是倔，心是好的，解释他不能立刻缴枪的困难。伪大乡长、大乡副赶上来握手。伪大乡长吹他跟过吕司令，在抗战期间掩护过八路军敌工人员。伪大乡副就故意向王力民说他的亲戚叫什么，在八路政府里工作，问他认识不认识？小头目都说早愿意和八路拉关系。那个小家伙（敌人的指导员），到底还是个雏儿，挤在王力民身旁，急得说不出话来。屋子里的空气更是大变了，顽伪士兵们一拥闯进屋子来，围住王力民，说他媳妇孩子还在外边等着呢，允许不允许出去了立刻叫见面？那个说参加了八路军，把家眷从城里接出去，是不是也分给土地？还有的说厨房里有半口袋面，他家里太困难，可以不可以背了走？甚至于连带走棵白菜也向他请示。

前边的挤，后边的伸着脖子喊。好似谁离近他一点，谁能和他答上腔，谁就光荣，谁就得到保障似的。后来又有一个斜楞眼，拼命挤到前边，扒着王力民的肩膀头，咬耳朵似的小声报告给他哪里藏着子弹，哪里藏着手榴弹。这可引起了嫉妒，谁都想交头接耳地给他报告一下岗楼里的秘密。

王力民耳朵里嗡嗡乱响，被顽军群众挤得站不住，听清听不清的，只可连声答应："行行……好好……"简直支架不开了。

詹子厚被兵士挤到一边，光耷拉脑袋不言语了。后来大小头目们提出了他们的家属困难，王力民慷慨地解答了以后，就商讨缴枪的办法和秩序。

善后工作做得很顺利，而且很迅速。一个钟头后，顽伪军的武器就完全转移到我军手里，我们部队开进了中谷岗楼上边。这时东方发了白，天也快亮了。

花　　果

　　梅贞比她丈夫李大雨大两岁。结婚的时候，卢沟桥正闹七七事变，但是还没有波动到她这个小偏僻村庄里。不久国民党军队从前线溃退下来了，紧接着是日寇的奸淫烧杀。幸而水过地皮湿，鬼子兵往前追击，在广大的敌人后方，共产党和八路军游击队应运而起，恢复了社会秩序，遍地点起抗战烽火。

　　武汉失守之后，日寇重点放在华北，一九三九年一月间九路"扫荡"河北平原。贺龙将军的部队好似天兵神将来到冀中，和地方武装会合起来，跟敌人展开了广泛的游击战。冀中的青年像开了口子的洪流一般涌进了老八路部队。梅贞的丈夫大雨就在这种参军热潮里入了伍。日寇的气焰受到打击，冀中的子弟兵受到锻炼，贺龙部队开往北岳区，又转回吕梁山区。这一去就是七个年头，梅贞连丈夫的一封信一个便条也没有收到过。

　　一九四二年"五一大扫荡"以后，冀中一时变了质，点碉和封锁沟密得像蜘蛛网，又加上日特和国特合流，谣言遍地。不是今天说梅贞的丈夫大雨被日本捉住送到关外死在本溪煤窑里了，就明天说大雨在前线上打断了腿，没有人管叫狼吃了。这些谣言说得真叫人害怕，连时间地点和在场的证明人都有名有姓地指了出来。但是梅贞不相信，在恐怖的成天处在日伪"扫荡"里的七年岁月里，她朦胧地感觉到他还很健康地活着，战斗着。

　　她这个朦胧的本能的感觉和自信，终究实现了。日寇投降后不久，她就接到了一封皮儿都磨破了的双挂号信。信皮儿上写着"李大雨平安家信"。这几个字就把梅贞喜欢得光心跳了。

　　梅贞赶忙打开看，里边是这样写的：

母亲大人：

一别七个年头了，这七个年头可不是好熬的！我不知道娘熬过了这段灾难的日子没？因为战争，因为邮局不通，又因为怕给家里惹祸，就没有给家里捎过信。娘是会原谅儿子的，可是不知道梅贞还在咱家不？

不管受了多大痛苦，总是战胜了。蒋介石想独吞胜利果实，依仗美帝国主义非打内战不可！八年抗战，人民就够受的了，怎么还能再打内战？毛主席知道人民的痛苦，也知道人民的要求，所以冒险亲自到重庆找蒋介石商谈和平。停战协定已经公布，不久还要开各党各派的政治协商会议，研究和平建国的事。娘，你算熬出来啦！你儿子也算熬出来啦！

娘，我再告诉你一件叫你老人家喜欢的事。我现在当上团政委了。团政委和团长一样。

打了七八年仗，你儿子不但没有牺牲，而且当上团政委了，你能不喜欢吗？胜利了，老同志们都想回家看看去。我脱不开身，只好接你们来这里了。见信以后，立刻回我一封信。我好派人接去。信要到城里去送。双挂号，多花点钱，还保准送到。信皮上这样写：晋绥军区兴县城内文庙东野战第二旅第一团。我在外边叫李禹。

此请

金安

儿雨叩禀

（叔叔大伯们，替儿子问他们好）

梅贞一边看信，一边喜欢得流泪，看完以后她却忽然生起气来："怎么一句体贴我的话没有呢，年轻轻的媳妇，这七八年是容易熬的吗？"她的文化程度虽然已经能看懂信，可是言外之意却还不能一下看得出来。

但是又模模糊糊地感觉到丈夫疑惑自己守不住走了。于是她又急忙重新看。看到"娘是会原谅儿子的，可是不知道梅贞还在咱家不？"就呆住了：啊，他真的疑惑我守不住出门走了！

这可伤了她的自尊心，这可难为了她这七个年头坚贞的痛苦的操守！她立刻跑进自己屋里抱头哭了起来。

婆婆一早到外村打听她儿子去了。无论从哪里回来的八路军同志，她只要听见说了就得去打听她儿子的下落。村头路过个穿军装的战士，她有时候明知道他不知道自己儿子，可是她也忍不住去问一问；问了不知道，没亏吃，假若万一知道而不问，过去了再后悔不就晚了吗？这天刚到外村扑了个空回来，一进村有人说："你儿子来信啦，快回去看看去吧！"她便一溜小跑地往家跑。

一见儿媳妇抱着头哭，就吓得浑身哆嗦起来：难道有了什么不好的信儿？她急忙问："怎么啦，怎么啦？是雨来的信？"梅贞立刻不哭了，眼里带着泪花笑着说："你儿子当上团政委了，要接你去呢！"婆婆喜得上气不接下气了："你呢？能不接你去吗？"

"人家当上团级干部了，什么漂亮女同志没有，还稀罕俺们这些庄稼娘儿们！"

"别瞎日日了，还能忘了鬟髻夫妻！信呢，快给我念念！"

梅贞眼圈还潮湿，但是已经满脸笑纹地念了起来。念到"不知道梅贞还在咱家不"，特别解释给婆婆听。当母亲的明知道儿子的心思，却故意替儿子辩护："他是问你常住娘家，还是常住这儿，接的时候好别扑个空！"

梅贞不相信，矫情地说："算啦娘，光替你儿子说话！"

婆婆笑了。又急催："完了吗快念下去！"梅贞接着念，念到"接你们来这里"，婆婆这时候泪花像珠子挤满了眼窝，却是愉快地反问儿媳妇,"你看这不写着接你去吗?"

"哪里写着我呢?"梅贞明知故问。

"咱们家几口人啊?就是你和我。俺儿子说你们还不就咱俩!"

这话把梅贞说得也嘿嘿笑起来,梅贞早看出这字眼儿来了,可没有明指出自己的名字来,心里老觉得不亲切。

念完了没等母亲替儿子再剖白,梅贞就完全原谅了丈夫,反倒责备起自己来了:"怎么这么小气,他参军出去的时候才十七,俺那会儿还是个大门不出二门不迈的庄稼媳妇,一走七八年,他怎么知道俺从识字班的积极分子发展成妇会干部,又当上了村支部的宣传,又被选成军属生产模范,自己熬过了残酷环境,还领导全村战胜敌伪'扫荡'呢?他要是知道俺早已经不是大字不识的庄稼娘儿们,又当上干部了,他不会对俺这样不凉不酸的!"

于是她急忙找纸找笔给丈夫写信,报告自己这几年的痛苦和进步,向他诉苦。她从识字班里学习得能够看懂报,也能写个简单的信,但是要想把坚持八年抗日战争的痛苦一下写在纸上,她还没有这种能力。于是她用她那支直"拉稀"的美人牌破自来水钢笔画了半夜,连一个开头也没有写出来。婆婆嘲笑她:"多少心里话呀,鸡叫了,怎么还写不完呢?"梅贞满头大汗地回答道:"七八年了,事太多啊,你那一回叫汉奸吊起来打还没有写清呢!"婆婆愉快而带着讽刺的口吻接着说:"啊哟,怎么连俺的事也写上啊!"梅贞装听不出婆婆的话头来,说:"当儿子的不惦记自己的娘,还惦记谁呀?"母亲在被窝里几乎笑出声来,体贴儿子道:"别再提那些事了吧,叫他怪惦记得慌!写上俺还活着,还壮实,就行啦!"

母亲不用嘲笑儿媳妇,其实自己一夜也没有睡着,一时叫儿媳妇信上写上叫儿子回来看看老人,一时又同意儿子派人来接,过一会儿却又嫌太慢,不等派人来接了,信一去,人一来得两三个月,不行,等不得了,立刻起身去!虽然躺在被窝里了,并不比趴在饭桌子上写信的儿媳妇心情轻松一点儿。

对于动身的日期,儿媳妇和婆婆却有不同的立场。梅贞是愿意写封信去,报告自己这七八年的遭遇和进步,先探探丈夫对自己的态度再决定什么时候去。"人家当上大干部了,多么漂亮的女同志没有,还会稀罕我这庄稼娘儿们!"这是她的顾虑。有时候她也能打破这种多疑,同时却又盼望丈夫热情的信,自己才去得有脸。可是母亲就没有这些顾虑,她只是怕自己岁数太大了,身体又不算好,怕道上受罪。母亲想儿子的心终究超过行路的畏惧,没等到天亮她就下了决心要立刻找儿子去,而且穿上衣服收拾起东西来了。

一个农民全家出门,一出去又是说不定就得半年,可不是件简单的事。死物好安排,把门窗垒煞就得了。可是活东西,像鸡啊猫啊,合喂着的牲口啊,地怎么种,负担怎么出啊,都需要交给别人,但是可靠不可靠,自己放心不放心呢?还有,出门动员车得有县武装部的大车证。给儿子寄双挂号信叫别人去不放心,因此婆媳俩忙活了一整天也没有安排清楚。天黑了很久,梅贞才从城里回来。通行证大车证是都领来啦,但是她刚进了大门就发生了件可怕的事情。

自从接到丈夫的家信以后,梅贞就一肚子心事,再看不见别人,从村到区,由区到县,又从县转回本村,往来不下七十里路,可是她就没有看见自己走的路和串走的村。但是黄昏以后进自己家大门的时候,忽然从北屋里出来一个黑影子她看得清清楚楚是自己的婆婆,她正要高兴地喊一声娘的时候,那个黑影忽然从门台子上栽了下来。梅贞跑过去扶时,婆婆只能呼吸困难地喘了。

自从天不亮起来,她就忙着收拾这个安排那个。儿媳妇上城里去了,晌午饭自己都忘了做,忙了一整天,又累又乱又心跳,再加上昨夜通宵没睡觉,今天晌午没吃饭,天一黑她就累得立不起来了。本希望儿媳妇回来了做晚饭吃，可是她老不回来。忽然又想起鸡窝门还没有堵上，前天东邻家叫黄鼬拉了一只鸡去了，可别再忘了，想起来就赶快去堵。她立起来，头有些晕眼有些花，心里也不大在意，一出屋门迈门槛的时候脚抬低了一点儿，一绊摔倒，从门台子上栽了下去。

梅贞把婆婆背进屋里炕上，又喊四邻会拿巴的老婆们来替她活动筋脉。生命没有危险，但是起不来炕了。立刻起身找儿子去的计划就不得不改变。梅贞想按照自己的原定计划给丈夫写封信，可是婆婆不叫写，说几天就能好，好了立刻动身去。但是几天几天地过去了，不但不立刻好，而且勾起腰疼的老病来了。可是母亲想儿子的心更深了，不叫梅贞把她摔着的事告诉儿子，还要他派人来接她们去。

两个月以后，李大雨接到了参军七年后第一封家信。一个身经百战的军人也喜欢得光掉眼泪，熬过八年的残酷战争，老母还活着！经过八年的残酷战争，一个目不识丁的庄稼女人，学会了识字写信，还成了生产模范，当上了村支部宣传委员！残酷而又伟大的八年！

李大雨立刻写信感谢梅贞在这八年残酷战争里的坚持和孝敬老人，称赞她的惊人进步和成绩，热烈地盼望早日见面。快写完的时候，忽又想起信上似乎写着她们已经动身了。他立刻放下笔重新看。信上倒是有这意思，可是写得太不确定。上边只说母亲一定要这样主张，却没说定是什么时候起身。于是他又提起笔来把信写完发出，叫他们等着去人接。

四个月以后梅贞见着了丈夫平生第一封写着"梅贞同志亲启"的情书。同时她一生也第一次产生这样狂热的愉快，战争八年的痛苦，坚持八年抗战的紧张的心情，立刻烟消云散，她变成了欢蹦乱跳的小女孩！——她的预感没有错误，她的苦难完全得到回报。

可是她报告婆母跌伤的第二封信，在她还没有接到丈夫第一封回信的时候，丈夫就接到了。立刻派了一个警卫员来接她们去。警卫员来到，母亲的病还没完全好，儿媳妇和本家大辈只是怕长期赶路，大车一颠打，再一受凉受寒吃不到喝不到的，半路上出麻烦。可是母亲心急，非立刻动身不可，本村大车动员好了，一路上准备在哪村换车，在哪处住宿，警卫员来时就按政委的嘱咐留心了。一切都准备好了，当家子老少男女挤了一屋子来送行，明早天不亮就起身。可是傍晚又接到了儿子的双挂号信。婆媳俩欢欢喜喜地拆开看时，梅贞没有念完，一提气浑身酸软地坐在炕上，盘腿坐在炕头上的母亲立刻浑身发木倚在被窝卷上头。

儿子的来信是这样写的：

亲爱的娘和一别八年的梅贞同志：

如果你们还没动身，接到这信就不要动身了！蒋介石撕毁了停战协定，撕毁了政治协商会议的决议，三百万大兵开进解放区，内战又爆发起来了！

娘，抗战八年中我虽然没有写过一封家信，可是并没有忘记你老人家。我知道你为你这独生子成天担着心。你的儿子在战斗中在行军时一有暇空也就想起娘来，盼望早些把鬼子打走，好回到娘跟前说说笑笑，耕种自己祖传的几亩地。梅贞同志，自接到胜利后你头一封信，我也成天想念你。我们结婚九个年头了，可是见面的日子才一年半，你忍受了八年的战争痛苦，你生产，你学习，你孝敬母亲，你领导群众坚持斗争。我觉得光荣，可我也觉得痛苦，我们的青春都消磨在战争里了。抗战一胜利，人人又都显得年轻了。政治协商会议的消息，天天散布着回家团圆、人伦欢聚的和平幻想，我也就成天计划着全家团聚后的生活。

但是这一切和平幻想，一切我们抗战八年流血流汗的希望和代价，却被蒋介石这万恶的汉奸一脚踢开了！蒋介石看着我们抗战八年疲乏得很，又没有接收胜利物资，他又觉得自己有美帝国主义帮助,有接收日本的大量军火武器,有八年养精蓄锐早就准备反共的三百万大兵,于是不顾全国人民的和平民主的愿望和要求,背信弃义,撕毁各党各派、无党无派的政协决议,向全国人民,向解放区人民进攻了!

我们战斗了八年,取得了抗战胜利。我们还要战斗八年争取全国革命胜利!这八年也许比抗战八年更加残酷,但是我们有经验有信心战胜日本和汪精卫,就有经验和信心战胜美帝国主义和蒋介石!娘,你熬过了抗战八年,也会熬过这革命八年的。梅贞,你还像抗日时期把眼泪咽到肚里去,还要把牙咬得紧紧的,把嘴绷得紧紧的吧,也许我们团圆的时候,我的头发花白,你的头发也花白了。可是我们一定要胜利!我们在全国歌唱胜利的欢笑中再见面吧!

不多写了。队伍已经出发了……

梅贞勉强把信念完,满屋送行的老头老婆都耷拉下脑袋,日寇投降以后充满了农村的喜气和欢笑,一下消散了。一个可怕的黑影又重新压在每个人的心上。最后,一个个叹着气走散了。

农民爱叹气,女人爱掉泪。但是经过八年残酷战争的农民却锻炼成了把眼泪咽进肚里去。婆婆狠狠地骂了一句"蒋介石这老奸贼",心像被刀子扎了一下子,倚在被窝卷上没有再言语。梅贞念完信,眼泪已经快要涌出来,可是她立刻咽进肚子里去,把牙咬得紧紧的,把嘴绷得紧紧的,低下头一声不响了。

"把眼泪咽到肚里去,把牙咬得紧紧的,把嘴绷得紧紧的。"这是梅贞给丈夫的信上写的,也是她抗战八年的历史和奋斗过程。梅贞是个高身量大脸盘的人,有着一般农民妇女的健壮和朴实。可是从小生在一个勤劳而又和睦的家庭里。婆家也是亲戚转亲戚说的媒,婆婆把儿媳妇当作亲生女儿一般。因此梅贞从小养成不大用脑筋想事的脾气，双皮大眼倒挺精神，可是在父母跟前，在婆婆跟前，在丈夫跟前，总爱耍顽皮。婆婆跟邻家这样又夸奖她又褒贬她地说："别看长了个大个子，孩子脾气老改不了，心里就不搁一点事儿！"

但是战争改变了她这脾气，丈夫一参军，婆婆又常闹小病，当家过日子的担子就交给了她。不当家不知柴米贵，虽然村里有代耕组织，可是种什么，什么时候该锄，什么时候该收割也得自己操心。再说这年月又不是太平年头，丈夫是在日寇九路围攻的时候入伍的，打仗就不能没有牺牲，万一有个差错呢？况说敌人一步加紧一步，由九路围攻，占据了各县城和公路，发展成季节"扫荡"，分区封锁，由蚕食变为铁壁合围拉大绝户网。五里一碉十里一点，挖沟筑寨剔抉清剿。特别是"五一大扫荡"以后，抗日干部和抗属成了黑人，她的地没有人再代耕，敌伪的勒索还不能少摊派。梅贞一方面自己当一个壮小伙子种地，另一方面还得提防着汉奸特务的抓捕。

在抗战初期，在丈夫参军后的初期，在敌寇"扫荡"枪林弹雨底下，拉着婆婆逃难的时候，或者在灾难的深夜里，她也曾经啼哭过——啼哭得眼像红桃，嗓子哑得说不出话来。但是眼泪并不能战胜敌人，也不能解除困难。她渐渐学得把眼泪咽到肚里去，把痛苦忍受下去，把牙咬得紧紧的，把嘴绷得紧紧的而积极战斗起来。于是她从一个识字班的积极分子，发展成妇救会小组长，参加了共产党，后来被选为妇会宣传。"五一大扫荡"以后她是秘密支部委员，抗战胜利前大减租时她正式当上支部宣传。

当干部当党员就得处处起模范作用。有困难第一个不能表示低头。有号召第一个表示响应。于是党和政府号召生产致富的时候，她头一年就当上了抗属生产模范。

灾难的日子，苦难的日子，她在这多灾多难的八年里锻炼成妇女领袖和生产模范了！可是她那双皮大眼，不是当年那般天真和水灵了，现今蒙上了一层忧郁的光芒，眼角上也有了皱纹。因为常常用力绷，嘴巴有些撅撅，嘴角上也隐约出现褶子，有些老婆样子了。灵活的健壮的身腰也有些显出粗笨来了。

抗战胜利和丈夫的来信，使她又恢复了青春的活泼和天真，感激丈夫没忘记自己的恩情，她流出抗战八年中咽进肚子里的眼泪。梦想夫妇团圆后的愉快，她成天心跳得说不出话来。但是这些幸福仅像流星一般，在碧蓝的天空里一闪，立刻又被蒋介石给毁灭了。

婆媳俩各人想各人的心事，灯里的油熬干了，她俩还是一个倚着被窝斜躺着，一个坐在炕沿上低着头，不动一动。深夜从安静中醒来，鸡开始叫了。她俩还那么倚着坐着。

熬过一天是一天，八年抗战也就这样过去了。可是回想起来，倒有点儿后怕！当初谁也没有想到自己会熬得过来闯得过来，如果说今后还得熬这样八年闯这样八年，真叫人打冷战！可怕的场面，可怕的亲身尝受过而今天犹有余痛的搜捕、吊打、烧杀、死的恐怖和威胁，就立刻涌现在眼前了。这些灾难，梅贞比谁也尝受得深刻，同时也比谁变得更加坚强更加勇敢。她把眼泪咽进肚子里去，忍受一切痛苦，她把牙咬得紧紧的，把嘴绷得紧紧的，她的愤恨就是她的力量，她的痛苦就是她的信心。

天亮了。咽进肚子里的眼泪又不觉地涌出来。她带着泪花辞退准备送她的大车，带着泪花拆开已经垒上的窗户和半扇大门。上级的紧急动员令下来了，她又将噙着的泪花咽到肚里去，把牙咬得紧紧的，把嘴绷得紧紧的，带着愤怒和有胜利信心的样子，号召复员战士重上战场，号召群众重新坚壁清野，把刚填平不久的道沟再挖起来，把填了一半的地道又修理起来，把埋了八年在抗日胜利后才出土的东西又深深埋了起来。人民含着泪花紧张动作起来，人民紧紧地咬着牙、绷着嘴动作起来了，经过八年残酷抗日战争后在和平幻想里一度微笑过的农村，在愤恨中在忍痛中又重新战斗起来了。

虽然几次紧张过，虽然边沿地区都受到了蒋匪军的蹂躏，但是人民一步步走向胜利，人民解放军按着毛主席预定的战略方针，第一年结束了防御阶段，第二个年头就开始了进攻，渡过黄河一直打到长江沿岸。第三个年头秋天全部解放了东北九省，冬季就会师华北开展平津战役，解放中国古都和华北工商业中心了。这时梅贞当上了本村新农会副主席。青壮年不是民兵就是担架队，一批批走上前线。大车队头一连还没有回来，第二连就已经装上车了。谁有牲口谁关心自己的牲口，老头几乎都参加了运输工作。村干部要随时领导支前工作，一拨一拨地也都出发完了。最后正主席也亲自出马了，于是结束土改、分浮财、分房产的责任，就都落到了副主席梅贞肩膀上。

有领导，都有困难，都诉自己的贫苦，怎么能把不能分割的东西分配妥当，而且会得到多数人的同意？小组会大组会开会，贫雇农小组会，新农会大会，组长联席会，代表常务会，见天熬到半夜。别的干部会议外还能休息，但是梅贞开完会以后更忙。这个老太太找她要求不出车了，因为牲口病了或者老头不舒服，那个抗属大娘向她诉苦，说本组的人对她有成见。还有那些孤儿寡妇要求村里多照顾她。出勤出车集合前要督促，出发时要检查。前方传来一个谣言，出勤各家老小又都会找来吵闹。因此梅贞眼看就消瘦了，但是她非常愉快。

平津战役前不久她接到了丈夫的信，丈夫信上说因为毛主席的英明领导，因为刘邓大军渡河南下，因为辽沈战役和淮海会战的伟大胜利，大大缩短了战争的年限。平津又要指日可下。他们将要在西北大练兵，等平津拿下以后，跟东北华北各野战军再一齐南下江南解放全中国。大练兵时期行动少，所以不久就派人接母亲和她去。因此梅贞更不免有一种急躁的情绪，总想见天的事见天清，丈夫派的人来到了好立刻动身。

天津解放以后，支前和结束土改的工作比较轻松一些了，她这种情绪更不自觉地表露出来，有一天吃饭的时候向婆婆说："自从你儿子来了信，我看娘天天都准备动身似的！"婆婆故意跟儿媳妇开玩笑似的回答说："我才不这样呢！我老了，一走道就头疼胳膊酸的！不去啦，只要他结结实实的，我就放心啦。还是你赶快去。我老了，就想抱个孙子啦！"梅贞把身子一扭，又羞又快乐地笑了："娘，你真是！"跑到一边想自己的心事去了。

这件事真成了她的心事。敌人消灭了，离别十年的丈夫不久就要团圆，革命胜利的幸福立刻就要来到，她还有什么想头呢？于是就想有个娃娃抱在怀里——有个娃娃长得跟丈夫一模一样，抱在怀里，即使丈夫再有时候离开自己，也好像没有离开一样，而且这也是报答丈夫恩爱自己的一种礼物。于是她在梦里竟梦见自己有了个白胖的小娃娃。

北平解放后不久，丈夫派来的人到了。他给母亲和梅贞捎来几件战利品——美国罐头和饼干。他告诉她们说这可更好了，他们的部队立刻出发到华北，去参加民主改编从北平和平接收过来的蒋军。有机会他要回家看看。可是这机会不可靠，不如立刻同派去的人到涿州去找他。

这么一来，母亲真的想留在家里等儿子回来了。一听婆婆不肯去，忽然变得娇气的梅贞急得要哭，婆婆却也说得好："又是牲口又是鸡的，我舍得一丢下走吗？就是不出气的锅碗瓢勺，也是一辈子伙计啦，出去了哪里那么随心应手！"

梅贞只好自己去，这可更把心情骚乱了。但是把她心思骚乱的还有另外一件事：丈夫捎来两张相片。他穿着军装，骑在一匹日本大洋马上，他昂着头，他挺着身子，他凝视着远方，充满了决心和英雄气概。梅贞几乎不大认识了，但是他并不显得苍老。他长得很随他娘，眉眼精神，肉皮滋润。

这引起她照镜子，这引起她衡量自己和丈夫见面时将要引起的感应，这引起她兴起无数的顾虑。

她偷偷跑到自己屋里去，穿上用自己织的花条布早做成的新衣裳，照着镜子左看右看，而且带着表情。但是，粗笨的身腰，好像只适合于到野地里种庄稼，绷得有些噘噘的嘴，好像只适合于忍受痛苦和用着哭腔向群众号召斗争。而曾经灵活过的眼睛呢，因为老把流出来的眼泪咽进肚里去，也显得干瘪。好像一切天真的女人表情都不适合自己了。

这不能不成为她的顾虑，这不能不使一个新婚一年多而离别十来年的女人发生隐忧，但是因为丈夫来信的热情和交代村里工作的忙碌，那种念头一闪就过去了。

来接她们的警卫员是本地人，把带来的东西和信件交给梅贞，回老家住了两天就来催她们起身了。母亲要等儿子来看，不肯离开家，一切东西不用安排，又不用动员大车，于是第三天梅贞就骑着警卫员骑来的马向涿州方面出发了。

没有走到涿州，警卫员就碰到本部队的熟人，说旅部改在丰台了。到了丰台又遇见本部通信员，指给他们旅部旅政委的住处。旅部住在一所楼房里，旅政委李大雨住在正面的楼上。警卫员跟谁都熟，同志们也知道政委派他接家属去了。所以用不着任何传达就一直往政委住室走去。

警卫员立在政委屋门口正要喊声"报告"时，屋门一开，从里边忽然出来一个又年轻又漂亮的少女。这个少女穿着一身时髦的冬装，向满身土气的梅贞上下打量了一下，就小鸟跳跃般地下楼梯了。满身土气的梅贞朝这个烫发、美式垫肩大氅、浑身喷香的少女，也上下打量了一番，却待在门口发木了。

政委听见警卫员的语声，知道是家里人来到了，就急忙到外屋门口来迎接。梅贞一见他一怔，他一见梅贞也一怔。政委很随他娘，梅贞一看就熟悉，但不显得苍老，只是把十年前那种天真的孩子气变成刚毅和严肃。而大雨呢，在这十年战争生活中，熟悉她的机会却没有，今天能立刻认识她，实际上是警卫员的帮助。因此他不免一怔。

他听了母亲为什么没来之后，就用亲切的口吻叫她赶快进屋里来，她却因为他那一怔受到侮辱和刺伤。她多日来预感到的隐忧和顾虑，今天真成现实了。眼泪涌了出来，像在日寇"扫荡"时的野地里，像抗战胜利后忽又听到蒋贼爆发内战还得忍受战争痛苦时一般，把眼泪又咽进肚子里，把牙咬得紧紧的，把嘴绷得紧紧的了。丈夫让她进屋里来休息，说路上走得怪累的。她却低着头冷冷地回答："不用，我到别的闲屋里坐坐就回去了。"

丈夫莫名其妙，叫人着急又叫人好笑。用自己人不分轻重的急躁的腔调问："你还往哪里回去？哪是闲屋？快进来打打身上的土，洗洗脸，休息休息。"他又转脸喊警卫员："小王，赶快开个客饭！"

一听丈夫叫自己打土洗脸，神经更过敏起来比刚才那种态度还顽强和冷淡，回答丈夫道："不用了，不用了，只要我亲自看见你还结结实实地在这，回去告诉娘一声，娘就放心了。我看我就立刻回去吧！"

"回哪里去呀！"丈夫有些生气了，"老远来了，怪累的，再说我们结婚十二三年，才见过一年多的面！"

丈夫的生气，却给了梅贞很大的希望和安慰。她这才好像被动地胆怯地进了屋。一进内间她就提心吊胆而又急迫地拿眼往床铺底下一扫："还好，只有一双厚底子山鞋，没有女人鞋！"她这才放心一半。丈夫叫她坐下的时候，她又用眼角搜寻了一遭。房间很大很漂亮，桌子椅子很讲究，但是日常用的东西很少，更没有女人用具和服装的痕迹。她这才肯坐在床上。但是心里并没有消去顾虑:"人家像一朵鲜花,俺像一个晒干巴的茄子,谁肯待见这个,不待见那个呢?"

丈夫叫她洗脸她也不洗。接着警卫员端了饭来,丈夫拉她到桌子前吃饭,她也不动。她只是低着头噘着嘴。丈夫像一个活活泼泼的小弟弟,梅贞却像一个生气的大姐。

丈夫由奇怪变成痛苦了。最后连连问她:"你这是因为什么,又不吃又不喝,又不说又不道的?十几年得不到见面,见了面怎么这个样子呢?你是有苦说不出来呢?还是我哪个地方对不起你?"

梅贞仍然不言语。她觉得丈夫没有对不起自己的地方,但是自己对丈夫却有莫名其妙的埋怨。丈夫又想了想,就给她解释虽然战争把我们的青春幸福夺去了,但是这个算什么呢,很多的同志把自己最宝贵的生命都贡献给革命了!"我知道我知道!"梅贞急忙插嘴,"这个我全懂得!"

"那么还为什么呢?"

梅贞又不言语了。

大雨在屋里转来转去,纳闷而又着急:"挺快乐的团圆,怎么闹得这么扫兴!"于是有些生气,问:"你是来干什么的,你老这个样子!"

沉闷了很久的梅贞忽然勇敢地一抬头,注视着丈夫说道:"我是来跟你离婚的!"

"啊!"丈夫大吃一惊,"跟我来离婚的?"受到这一突然袭击,好像被敌人打了个埋伏一时应付不了,大雨沉默了一下子,在屋里转了起来。转了两遭他忽然停住,用痛苦的腔调向梅贞说道:"结婚不到一年多,我们就分开了。十年以来我们在战争和痛苦里熬着,好容易我们熬得全国革命都快要胜利了,熬得我们不再被敌人追赶,倒能在这大城市里在这漂亮楼房里团圆了,为什么你反倒想起离婚来

了呢?"

"俺太苍老了,俺太土气。"梅贞的嗓音沙哑了,"你是大干部,你是大官!我配不上你了!"

"这是哪里话呢?你老我也不年轻,你土气我可也是农民的儿子啊!"

"不不,"梅贞低下头,用微弱的颤抖的声音,"你有的是年轻的一朵花似的女……"

"哈哈!"聪明的政委恍然大悟,立刻仰着身子哈哈大笑起来,"哦,我这才闹明白,敢情你怀疑方才出去的那个女人,跟我有什么关系了?哎,你们女人心眼儿,真是又小又尖!"

丈夫给她解释说那个女子是刚从北平招来的文工队员。因为组织部的人都上北平玩去了,所以自己才跟她谈了谈话。但是梅贞仍然不相信丈夫会永远喜欢自己而不把爱情转到她身上去。她用颤抖和试探的口气说道:"像我这样的人,又没有文化,又土里土气,只配在乡下种大地,伺候老人,把老人送终,自己就该躲开了。不要破车挡住好道。你应该有一个又年轻又漂亮,又有文化又能说会道,像朵鲜花一样,陪伴着你,跟你一块骑在大洋马上,那才相称呢!"

大雨听到这些话,心绪上确实起了很大波动。他不是因为这几句更挑明了自己的秘密心思,倒是因为这个对梅贞更感激起来。他坐在他那办公椅上想了半天,最后才肯定而又朴实地说道:"我承认她像一朵鲜花,我也承认我遇到这朵鲜花不由得看几眼。可是这朵鲜花将来会结什么果实呢,那还不一定!我呢,我是农民的儿子,比较起看花来,我更注重秋收。我知道你早就不是一朵花了,但是你却是革命的果实,你只有更加成熟,却不会再有变化了!"

梅贞忽然涌出了眼泪。但是这眼泪不是痛苦,也不是失望。泪花里放出了光,这光里放射出了感激和谅解。这眼泪流出来了,她轻松了，因为这些眼泪是她在战争时在痛苦时咽进肚子里去的，是她进丈夫门口时咽进肚子里去的！

丈夫的眼也流出了泪珠。他感激梅贞这十多年的坚守，同时他又感激革命对于她的锻炼，使她这样一个平凡的农村妇女，完成到这样一个坚贞的德行和刚毅的品格。

一九四九年四月

神童小翻译

一九四二年春天,日寇对冀中抗日民主根据地进行了所谓"五月大扫荡"。那时候,我在安平县西部滹沱河两岸坚持反"扫荡"。滹沱河南的敌人疯狂了,我就往滹沱河北跳圈子。滹沱河北的敌人疯狂了,我就往滹沱河南转转。往滹沱河南转的时候,最要紧的是严密监视角邱据点敌人的动向。因为角邱据点的敌人顶残暴,经常拂晓前出发包围村庄、搜八路军和抗日干部,而且每一次出发都要烧房子、杀人。

群众恨得牙根疼,也曾经找八路军要求拿下角邱这个岗楼来报报仇。但是角邱据点里的敌人,都是日本鬼子老兵,工事修得也特别坚固,四周有两道封锁沟,两道鹿寨,两层吊桥,岗楼里边又有各种巧妙机关,险固得真像《三侠五义》里的"冲霄楼"一般。没有炮兵的摧毁,单凭步兵和游击队无论如何也是攻不破的。

当时咱们不仅是没有大炮,就是步兵主力也转移到山岳根据地里准备大反攻去了。地方上只留下各村的民兵和夜聚昼散、昼伏夜出的县、区游击队,拿角邱岗楼是不胜任、得不偿失的。因此,群众把仇恨咽进肚子里去,等待将来再大报仇。我们转移到这个地区了,也不便在角邱据点附近久留。

一九四二年冬季,我转到别的地区坚持斗争,第二年春节后我要到滹沱河北去,路过安平县西南部。秘密交通员领着我进一家堡垒户住下,他就做另外的工作去了。天亮以后,我问房东:"这是什么村?"

房东说:"小王庄。"

我不觉大吃一惊,连忙问:"小王庄离角邱据点不是很近吗?"

房东是个花白山羊胡子老头,他笑笑说:"就是离角邱据点很近,不过三里来地。"

我立刻埋怨交通员说:"角邱据点的敌人顶疯狂不过,交通员怎么把我们扔在这里了!"

房东老头捋捋山羊胡子说:"疯狂?早老实得像只老鼠了!"

我不信,却又惊又喜地问:"怎么,一出发就杀人放火的角邱敌人,现在老实得像只老鼠了?怎么变的?"

老房东仍旧微笑着回答说:"咱们中国出能人啦!一个十四五岁的神童,化装成小翻译,像孙悟空钻进铁扇公主的肚子里,使了一计,把角邱岗楼里的鬼子都下了枪,放下吊桥,唤进游击队就把鬼子都送到他'姥姥'家去了。鬼子为了扭转面子,来了个四县合击'报复扫荡'。雷声大,雨点小,早吓草鸡了,留下了一股鬼子和伪军,重修起岗楼和封锁沟来,可是老实得像只老鼠了!"老房东说完,又得意地捋起山羊胡子来。

我当然希望有这种"能人",有这种奇迹般的胜利。可是老房东说得像神话,使我不敢轻信。于是我自言自语地说:"神童?哪里会有神童?"

老房东不服气,一撅山羊胡子说:"十四五岁的孩子就能做出那么大的事来,不是神童是什么?"

我赶快承认说:"那是那是,如果十四五岁的儿童能做出那样大事来,确实可以称为'神童'……不过,十四五岁的儿童即便会说日本话,也当不上敌人的翻译呀!"

老房东见我不肯相信,更发火了,又一撅山羊胡子说:"你不相信吗?在拿岗楼以前,我可常见到他。他个子不高,瘦瘦的,说话连奶音都还没有脱。鬼子一出来,他就跟着。鬼子一说话,他就当翻译。我们这个村离角邱岗楼还不到三里地,立在岗楼顶上一望就望见我们全村，光跑也不行呀！况且我这么大年纪了，多少也得做些应付敌人的革命工作啊！"

我一见房东有点儿火，赶快声明说："老大伯，你别生气，你说的故事我相信。"房东还不消气，继续顶着我的嗓子眼儿说："怎么是故事呢？这都是真事！"我又连忙退让一步说："是，是，真人真事！"

我把房东大伯"安慰"得心平气和了，可是留在我心里的疑问还是不能解决："十四五岁的儿童怎么能够当上日本鬼子的翻译？根据地的儿童怎么学会了日本话？如果是从大城市来的，是日本奴化教育教养大的儿童，怎么会跟咱们一心消灭敌人？即使跟咱们一心，他又怎么能够'使一计'，把鬼子的枪都下了？"吃饭的时候，我拐弯抹角地问房东，他回答不上我来。于是我照旧对角邱的敌人保持高度警惕，准备万一。

这一天，果然像房东大伯所估计的，平安过去了。黄昏时分，我立在村头望了望角邱岗楼。角邱岗楼又高又大，像个魔鬼一样控制着四乡。因为听了"神童小翻译"的故事，就消除了"五月大扫荡"时的恐怖感觉了。但是心里总认为一定是我军区敌工部利用某种关系派遣了敌工干部当翻译，跟游击队里应外合地拿下角邱岗楼，只是为了保密，才编造一个传奇故事转移目标。

后来到了滹沱河北岸，也不断地听到房东大伯、大娘，以及青年干部和民兵们讲述"神童小翻译"的故事，而且越传越奇。有的说"神童小翻译"是冀中军区政治部敌工科长变的。有的说"神童小翻译"不仅会说日本话，而且会说八国话，几乎是见哪国人说哪国话；不仅会使计，而且能像孙悟空一般愿意变成什么就变成什么。我是喜爱文学的，尤其爱听神话和民间故事。于是我不再研究"神童小翻译"事迹的科学根据，只当作一种美丽的民间传说或神话来欣赏了。

在当时的强敌压境的具体情况下,在敌人的疯狂"清剿"和屠杀威胁下,谁不愿意真是"星宿下界"出了"能人",为民请命、消灭敌人呢!

忽然有一天,房东大娘又激愤又悲痛地流着泪花向我说:"咳,'神童小翻译'的嫂子叫崔岭的鬼子挑死了!"

这一个噩耗使我非常激愤、悲痛,同时又使我对"神童小翻译"是否真有其人,重新发生兴趣。崔岭在安平县西北部,是当时日寇的核心据点,于是我询问起"神童小翻译"的嫂子姓什么、叫什么。房东大娘回答不上来。我又问"神童小翻译"是什么村人。房东大娘立刻回答说:"西边杨各庄的。"我真是惊喜交加,连忙问:"就是西边渡口上杨各庄的人?"房东大娘一连点头说:"对对,就离西边不远,摆渡口上杨各庄的人。"

我所以惊喜交加的原因,是我对这个村庄非常熟悉,反"五月大扫荡"的时候,我经常隐蔽在这个村庄里。真没有想到非常熟悉的村庄里出了"神童"。这使我更容易刨根问底了,于是立刻到杨各庄去了。

我到了杨各庄,问堡垒户:"你们村是真出了个拿角邱岗楼的'神童'?"堡垒户老大娘说:"什么'神童'啊,就是你去年住在这村里的时候常见的那个小驴儿!"

这更使我一惊:小驴儿怎么变成"神童"?并且给日寇当上翻译了呢?我一愣,想追问,老大娘接着说:"忘了你那时候住在这里,一有风声,小驴儿就跑来给你送信儿!"

"喔!"我突然想起来了,小驴儿是一个儿童的奶名。他的学名叫张恩淼。一九四二年坚持反"五月大扫荡"的时候,我住在杨各庄,一有敌情,他就跑来给我送信儿。他长得又瘦又细,说话尖声尖气地带着奶音,面型更完全像个儿童。当时我看着他顶多有十四周岁

上下。他大哥常同我一起躲情况,据他大哥说,他本来跟着父亲在山西平遥县城里上高小,受日寇奴化教育的时候学会了几句日本话。他父亲在邮政局里当职员,一九四一年冬去世以后,他也就回老家跟着奶奶过了。

回到杨各庄以后,乡亲们只是看着这个从小在外乡长大的孩子不入群,和根据地的孩子玩不在一起。性格上也有点儿"小大老成",不爱说话,也不爱调皮,却是有活儿就抓,很招大人喜欢。日寇"五月大扫荡"以后,"扫荡队"来往频繁,没有人出头支应,就烧房子。抗日人民政府为了减轻人民的损失,在强敌压境之下,提出了"革命两面派"斗争方式。于是杨各庄的老头们组织了"维持会"。"维持会"的老头们因为不懂日本话,经常被日寇"扫荡队"打得头破血流。他们听说小驴儿会说几句日本话,就叫他出来参加"支应"日寇工作。

我在杨各庄坚持反"扫荡"的时候,小驴儿正在"维持会"里帮助工作。因为他懂日本话,又专门做这项工作,所以对敌情的变化总是"近水楼台先得月",知道得快一步,他大哥就叫他听到风声先给我们送信儿。我们听到风声往村外青纱帐里躲的时候,也经常见到他立在村边麻棵底下,聚精会神地监视着敌人,好像一个非常老练、非常富于战斗经验的侦察员。他这种专注和负责的精神,给我留下了深刻的印象。我每次看见他监视敌人,都不免暗暗钦佩地想:"那么年幼,那么聚精会神、认真负责!"

有一天清晨,日寇和伪县长带着伪军突然包围了杨各庄,把全村的人赶到东头大亮场里,用机关枪瞄准群众,用火烧,用劈柴打"维持会"的应敌人员,向应敌人员要抗日干部,要隐蔽在群众里的八路军和八路军坚壁着的军用物资,并且还逼着削高粱,锄平青纱帐。小驴儿用日语强硬地回答说:"抗日干部都往西边钻山了。这个村里没有住着八路军，八路军也没有在这个村里坚壁过物资。高粱是老百姓的生命，不能不等长熟就削！"鬼子兵生气了，抡起枪把子就要打小驴儿。小驴儿不但不示弱，反倒抄起一根劈柴棍子来要跟鬼子兵拼。"维持会"的老头们吓得直训斥小驴儿，要他放下劈柴向鬼子赔不是。小驴儿始终拉着决斗的架势不肯放下武器。结果，出乎"维持会"老头们的意料，鬼子兵却先表示屈服，放下枪把子了。

这一天，因为敌伪军来得过猛过快，我没有来得及躲出村庄。地洞还没有挖好，也不能钻。一时被迫地藏在堡垒户的后院南房里，侥幸没有被敌人搜索去。敌人走了以后，我听到小驴儿强硬对敌的故事，对小驴儿的印象和感情也就更深了。于是趁敌情缓和的时候，我就到他家里去玩，打算有计划地接近他，把他培养成一个自觉的革命战士。可是他一见我去，总是有点儿腼腆，不是找件活儿躲开我，就是拿着本白皮的《童子军教程》上一旁低着头看。

我走近他，要过《童子军教程》来。我说："我上中学的时候，干过这种玩意儿。没意思，不过是英美资产阶级少爷那一套罢啦。"接着我就向他介绍根据地里儿童团和青抗先的斗争故事。他默默听着，一言不发，似乎对根据地的新鲜事物很用心听，又似乎不怎么感兴趣。后来我又谈到"大扫荡"前的冀中抗日中学。沉默寡言的他，忽然又腼腆又热情地问："我能上抗日中学吗？"我说："你怎么不能上呢？反'扫荡'胜利以后，我介绍你进抗日中学。"他低着头微微笑了。从此他再见到我，就像有一种说不出来的热情闪耀在他那天真的脸上。对于报告敌情，也比以前更积极、更及时了。

当时我没有估计日寇"五月大扫荡"会连续疯狂那么长时间。秋后青纱帐一倒，我转移到石德铁路两侧活动去了。青纱帐被削平，日寇对滹沱河两岸搜刮勒索得更加残酷了。杨各庄四周有四个日伪岗楼，今天这个岗楼要这个，明天那个岗楼要那个，把老百姓的骨头砸碎了,也满足不了敌人的欲望。"维持会"的老头们都觉得应付不了,吓得快跑光了。只有这个十四五岁的儿童由抗日干部秘密掌握着,始终硬顶着不给。敌人生了气,包围杨各庄毒打他。用劈柴打他,他说:"你要是打我就能够打出东西来了,你们就使劲打吧!"敌人又灌他凉水,灌了一瓢,他冷笑着用日语回答说:"好凉快!"

日寇有一种"武士道"的怪癖,崇尚硬骨头。于是不打不相识,又见他会说日本话、又年幼可欺,就带走了他,叫他给日寇当翻译。先在仕伍村岗楼上当翻译,后来才调到角邱据点大岗楼里当翻译。在仕伍村岗楼上当翻译的时候,安平县敌工科就经过他的大嫂李国英跟他取得联系,并且分配给他敌工任务。利用他做内线活动,前后救出了不少被敌人抓捕的干部和群众。一般群众不知道他跟共产党和抗日政府的关系,就用猜想传说:"小翻译"有个怪脾气,谁要是"尿",敌人一打就招,并且乱咬人、供干部,他就非想法挑动敌人往死里打谁不可;谁要是有骨头、有气节,什么抗日秘密也不暴露,他总有办法把谁救出来。因此对于那一带群众坚持反"扫荡"、反"清剿"起了不小的鼓舞作用。

他被敌人调到角邱据点的大岗楼上当翻译,暂时跟敌工科失掉联系。小翻译很苦闷,想找关系跟外边接头,但是日寇监视得非常严密,很不容易跟岗楼外的人单独说句话。他见岗楼里有个被日寇抓来当杂役的角邱青年李壮成,常常利用给鬼子向维持会要东西的机会回村、回家,他就偷偷把敌人的弹药拿给李壮成。前后一共给了李壮成步枪子弹九百九十多发,炮弹二十一发。李壮成当时跟本村的抗日干部有秘密联系,但是摸不透小翻译是干什么的,怕他一旦翻了脸再往回要那些子弹和炮弹,所以把那些弹药弄出岗楼,也不敢径直给八路军送去。

不过,李壮成从此也就跟小翻译百般拉拢、接近,并且拜了盟兄弟。拜成盟兄弟，二人也不敢把心里的话径直掏出来。李壮成借那弹药的事，试探小翻译说："那东西卖了吧？"小翻译说："不用卖，我不缺钱花。"李壮成又问："那么怎么办呢？"小翻译说："你看着办吧！"李壮成回村跟抗日干部研究了研究，打发人秘密到杨各庄给小翻译家送了一些钱。接见人是小翻译的大嫂李国英，李国英追问这些钱是怎么来的，去的人回答不上来。李国英坚决不接。去的人只好把钱拿了回来。因此李壮成知道小翻译的家庭很进步，可是对小翻译本人，仍然不敢再深一步试探。

一九四三年初春，安平县委决定拿下角邱岗楼来开展工作。县敌工科打发小翻译的大嫂李国英借口祖母病重想念孙子，约小翻译回杨各庄"省亲"。敌工人员于是跟小翻译正式接上头。他问了问角邱岗楼里的敌情，接着说道："拿下它来怎么样？"小翻译爽快地回答道："那容易，你说哪一天吧？"

敌工人员一听他说话带奶音，面型更像个孩子，不免笑笑说："角邱敌人疯狂得很，也顽强得很，拿角邱大岗楼可不是件小事，行就说行，不行就说不行，可别像小孩子闹着玩一样说笑话！"

小翻译把脸一绷像个大人，说道："怎么能说笑话呢！明天角邱集。集上敌人防备严。过了集，你们在外边就准备人好啦。傍晚六点钟左右，鬼子开晚饭的时候，听见角邱大岗楼上枪响三声，你们就赶快上来包围吧，没有错，一个也跑不了！"

敌工人员不敢立刻相信，问了问之所以能够那样有把握的具体条件，却也勉强点了点头。临别时，敌工人员告诉小翻译说道："李壮成那人也很可靠，你一个人太孤单，起事的时候要跟他商量好。"小翻译一听李壮成原来是自己人，信心更高了，于是向敌工人员一扬手说句："一言为定！"就回角邱岗楼准备起事去了。

敌工人员回到县游击队一汇报，游击队长王东仓和政治委员张根

生也半信半疑。不信吧，小翻译当面说得那么肯定。相信吧，"冲霄楼"般坚险的角邱大岗楼，哪能如同儿戏一般地拿下来？但是敌工人员既然当面答应了小翻译派兵去，只好践约。于是在角邱集市的第二天拂晓前，就把游击队隐蔽在角邱附近的村庄里。

队长和政委从太阳一偏西，就支着耳朵听角邱大岗楼上传出的任何声响。太阳下山了，东方升起一轮明月。角邱村东北日寇大岗楼上，传出一声不大响亮的扑哧的枪声。富于战场经验的队长和政委，立刻听出了那是土造枪"独角龙"的枪声，心里一跳。可是约定的讯号是三声枪响，只听见一声"独角龙"枪响，还不能贸然起兵。

"独角龙"枪声以后，沉默了十几分钟，角邱大岗楼里突然传出有人怒吼和奔跑的噪音，接着又听见角邱大岗楼顶上啪啪啪打出三声"三八枪"的声音。王东仓队长立刻打出信号枪，唤起伏兵向角邱大岗楼猛扑。

游击队扑上去时，角邱大岗楼里的鬼子已经完全被小翻译下了枪。李壮成带着另外两个被鬼子抓来当厨子、当夫役的张小起、商小敦，也已经拿起斧头、切菜刀跟徒手的鬼子展开了白刃战，鬼子兵一方面空手跟李壮成等搏斗，一方面放下机关吊桥，企图突围向附近其他据点、岗楼逃命，被游击队迎头赶上，痛加歼灭。

有一个鬼子兵利用夜色跳了水井，当时没有被发觉。游击队和群众打扫战场以后，这个鬼子兵拉着井绳爬了出来，逃回安平县城据点，控告了小翻译，并且说他的大嫂在拿岗楼以前约他回过家。于是敌人认为小翻译的大嫂一定是"八路"，利用叛徒杨明玉当眼线突然包围了杨各庄，把李国英抓了去，并且用刺刀挑死在崔岭据点里了。小翻译拿角邱岗楼的日子，是一九四三年二月二十八日。李国英烈士就义的日子，是一九四三年三月二十二日。

小翻译张恩森之所以有把握空手下几十个日本鬼子兵的枪，据他自己向村里人说，和我向游击队的同志访问的材料看来，是敌人的工事"作茧自缚"，和小翻译如同孙悟空一样钻进了敌人的肚子里去的原因。角邱敌人的大岗楼，四周有两道两丈宽、两丈深的封锁沟，沟上是两道鹿寨。出入口是两道连环机关吊桥。岗楼四层高，进岗楼也得走岗楼的吊梯。进了岗楼，岗楼每一层有每一层的闸板。闸板上得大锁，进了一层楼，上不到二层楼。上了二层楼，进不到三层楼。所以由外而内地进攻，不用重炮摧毁，无论如何也是打不开的。可是小翻译在他们的肚子里，摸清了他们的内部构造和生活规律，将计就计，利用岗楼内部构造的特点和鬼子兵的生活习惯，降住了最疯狂、最狡猾的敌人。

角邱大岗楼上的鬼子仗恃岗楼内外的坚险工事，每天开晚饭的时候就把枪都留在岗楼里，空手下到岗楼外的平房里吃饭。岗楼顶上只留下一个哨兵。小翻译在吃晚饭的时候，假装跟一个鬼子开玩笑，占个小便宜就往岗楼上跑。吃了亏的鬼子自然要追。小翻译就假装怕鬼子追上报复，上了岗楼先拉吊梯，上了二层楼盖一层楼的闸板盖，上了三层盖二层，并且锁上大锁。正在吃饭的鬼子以为是开玩笑，也不立刻怪罪。

小翻译上到三层楼，从自己的床位上拿出以前跟着鬼子兵出门"扫荡"时"缴"来的"独角龙"土手枪，顶上子弹，就走上岗楼顶，向站岗的鬼子开玩笑地说："八路的土造枪真有意思，光能吓吓人，就是打不响！"站岗的鬼子得意地笑笑说："共产党的大大的不行，我看看！"小翻译也就好玩地比画着举着"独角龙"给他递过去，走近鬼子却猛一扣扳机，啪！射击了站岗的鬼子兵。击中了，可惜不能立刻致命。负伤未死的鬼子立刻向小翻译猛扑过来，小翻译也迎上去夺鬼子的枪，二人扭打起来。

鬼子虽然受了伤，还能挣扎一气。小翻译年岁小、气力小，不能立刻战胜已经负伤的鬼子。于是二人忽而这个占上风，忽而那个占上风，一直扭打到受伤的鬼子兵流血流得没有气力了，小翻译才完全争取了主动，夺过鬼子手里的枪打出三声讯号。

"独角龙"枪声后沉默了一个工夫，就是这个原因。岗楼外平房饭厅里的鬼子听见岗楼顶上的第一声枪声，就想上岗楼，岗楼的吊梯吊着。喊叫又不应，又见李壮成等拿着斧头、切菜刀冲来，才知道大事不好了！

我把拿角邱岗楼的经过弄清楚以后，就更想再会会神童小翻译张恩森了。游击队的同志说，他过铁路到晋察冀军区政治部敌工部汇报工作去了。一九四四年春我到了北岳区，一过铁路我就绕道直奔军区敌工部，想再见见张恩森同志。到了一问，敌工部同志说他刚在前不久的反"扫荡"里牺牲了。一同牺牲的，还有个"反战同盟支部"的日本朋友。并且说这两个同志在遭遇上敌人奇袭时，抵抗得非常英勇。上级几次叫他们撤退，他们都不肯撤退。最后被一颗迫击炮弹炸伤，英勇牺牲在战场上了。

我听到这个不幸的噩耗，转身就走，一直走出了十几里地，一句话也说不出来。群众称呼他是"神童"，在字眼上也许有点儿神秘，说他是个不平凡的儿童却不算夸张。民间传说中的"神童小翻译"并没有太多太大的夸张，只是用了些传统的词汇。让我们的民间艺术家把这些不平凡的儿童装饰得更美丽、更传奇吧！我们祖传的最美好、最奇伟的形容词，有什么不可以用在这种不平凡的儿童身上呢！

后记

上文是一九四四年应冀中根据地第七专区《伟大的两年间》写作运动写的旧稿，写在小翻译的故乡杨各庄。今春又找到跟小翻译一同起事的李壮成同志查对了一番，我也曾写信问过当时在安平县游击队当政委的张根生同志。

张根生同志在复信中,针对当时的具体情况和这次战斗的历史作用,说道:"当时正处在敌人气焰嚣张的时候,三五个敌人到处可以横行霸道。这一下给敌人很大打击,特别是给群众、干部很大鼓舞。这是反'五月大扫荡'后,首先给敌人打击最厉害的一次。虽然不算很大,但在那时的影响是非常之大的。接着我们游击队就由分散到集中活动起来,并连续给了敌人几次打击,形势有了较大的转变。缴获的那挺机关枪,一直用到日本投降,起了很大的作用……这个小孩爱国思想很强,表现很好,也非常勇敢。"

我想这几句话是对"神童"小翻译张恩森烈士最中肯的历史评价和最崇高的怀念。

一九六三年春补记